U0115642

人鱼陷落

Preference of Poseidon

麟 潜

著

湖南文艺出版社　博集天卷

【随便打打】兰波 击杀 1513 号实验体

White Lion . 麟潲

如果人类让你疼痛，我只会让你更痛，
所以，首先记住我。

永怀敬畏之心. 麟潜

目录
Contents

第一卷

绝密档案：呼吸蛇穴

第一章

废墟乐园

────◇────

　　年轻男人倚在皮质沙发里，无所谓身上的黑色半袖 T 恤被自己懒散的坐姿压出多少褶皱，心不在焉地盯着茶水间墙壁上装裱的一幅上了年头的儿童涂鸦。

　　"老大，我在这儿工作三年都还没休过年假，我累了，这个月别再给我派任务了，我想去海岛度假。"白楚年换了个姿势，与站在茶橱前挑选咖啡的亚体[1]讨价还价。

　　"嗯？"

　　茶水间弥漫着一股意大利咖啡的浓郁香气，言逸直起身，灰色发丝里垂的两只兔耳朵竖起来又落了下去，纤细身材被西服马甲包裹。

　　"雪茄是大人抽的东西，少沾染这些陋习。"言逸看了他一眼，轻声说，回头继续煮咖啡。

　　仅仅被看了一眼而已，白楚年立即感觉到一种由高阶亚化因子[2]产生的强大压迫力，本能让他不由得坐直了身子，把烟头按灭在烟灰缸里。

　　毕竟面前这位就是 IOA（国际亚体联盟）总会会长，凭着超高阶垂耳兔亚化细胞团[3]稳坐 PBB 基地最强特工首席多年，在十五年前的一场反叛战争中荣升太平洋生物分化基地少将，再加上他家有位豪横的游隼亚体财力庇护，至今无人能动摇他的地位。

　　白楚年看着言逸把一杯咖啡放在自己面前，随后坐在沙发另一端，优雅地跷起

────────────────

1. 亚体：文中设定世界中的人类统称。
2. 亚化因子：物种与相关的基因讯息，带有气味。
3. 亚化细胞团：可以传递亚化因子。

一条长腿，打开电脑轻轻敲击键盘，温和地说："只是一个解救人质的小任务，不会花你太多时间。"

"不去，我要休假。"

"二十万。"

"这不是钱的事。"白楚年憋了口气靠回沙发背，竖起指头掰扯，"今年刚到5月，我接了多少活了？

"1月份，南非遭空袭我去搜救；2月份，南极分部冷冻瘟疫我去查；3月份，假促分化剂流进市场我去回收；4月份，我带人端了两个恐怖组织；昨晚把你儿子堵学校厕所里表白的小亚体也是我去揍的。

"老大，你手下那么多亚体骨干精英，能不能别在我一个人身上薅羊毛啊？哦，他们身娇体弱，就我一个亚体，拿我当驴使唤？我搭档都休了半年产假了，到现在还没回来，朋友圈光定位都打卡欧洲各大景点了，连屏蔽都不屏蔽我，我今年就休过一个周末，过分了吧。"

"孩子，因为你能力强，我很看重你。"言逸托着下巴端详着笔记本电脑屏幕上播放的人质录像，"你可以先看完求助视频再决定。"

电脑录像中的空间并没有照明，所以背景几乎是纯黑的，可以从一些镜头附近的摆设和装饰推测出地点是某个小型海洋馆，人质被铐在蓄满水的玻璃缸里。

"救不了，等死吧。目测三米乘六米的水缸，等我到了人质早没了。"白楚年无所谓地换了个坐姿，双手交叉搭在小腹上，"话说回来绑架案得找警方啊，咱们什么时候连这种粗活都接了，联盟要凉了还是锦叔破产了？"

言逸专注地观察录像，指间转着一支钢笔："上个月109研究所爆炸事件你应该已经听说了，盯梢的线人与我们交接时说研究所不仅破坏严重，还走失了一个价值三十亿美金的特种作战实验体。"

白楚年挑了挑眉毛："那的确损失惨重。"

109研究所培育的特种作战实验体是现代医学所能培育的最高级人形兵器，拥有更强大的亚化细胞团，更适合战争的亚化能力[1]和大量伴生能力[2]，身体强韧度、自愈速度都远超普通人。成熟的实验体将作为生物武器被贩卖到世界各地，贩卖单价由实验体综合能力评估决定，从千万美金至数十亿美金不等。

言逸继续道："说来是个巧合，实验体走失后流落街头，被一个人口贩卖组织

---

1. 亚化能力：指每次亚体升级，必然获得一种与自身亚化特征相关的主动性能力。
2. 伴生能力：有可能伴随亚化能力一起产生的被动性能力，一般为没有攻击性的辅助能力。

顺手捡走了。他们以为那只是一个普通的亚体，正在寻找青睐他的买家。"

视频是伪装成买家的便衣盗摄的，在黑暗和摇晃的镜头中只能隐约看出人质的背影轮廓：瘦削纤细的肩膀，脖颈脊背修长，上半身除了头部和脖颈之外的皮肤严严实实地包裹着白色绷带，看得出来已经受了十分严重的外伤。

白楚年忽然有了那么点兴趣，坐了起来，凑到笔记本电脑前仔细看。这时候视频里传出嘈杂的呵斥声，应该是某个地方的方言或者黑话，仔细辨别后大致能理解说的是"保证是尖货，不买就不要再看了"。

"哦，买卖人口。"白楚年摸了摸下巴，"惯犯，看样子规模应该不小。"

没想到，在视频的最后几秒，被铐在玻璃水缸里的人质回了一下头。

借着微弱的光线和电脑的面部高清还原功能，人质的容貌被提取出来放大在分屏上——完全浸泡在水中的人质是位金发蓝眼的青年，脸颊几近雪白，侧脸轮廓极其冷酷俊美，如同一座沉在水底的维纳斯雕像。

白楚年半晌没回过神来，盯着人质回头的几帧画面反复看了几遍，手指不自觉地小幅度颤抖起来，滚烫的咖啡洒在指腹上烫出一块红斑。

后辈的失态似乎在言逸意料之中，他抿了口咖啡，从抽屉里拿出一张纸，纸上密密麻麻地布满点和短线。"有趣的是，半个小时前我们收到了这个实验体的求助讯息，他并不说话，只在与我们通信时敲了莫尔斯电码，你想知道他敲的是什么内容吗？"

白楚年低下头，缓缓将头埋进臂弯里。职业使然，这种最基础的密码对他而言很容易辨认，那个实验体发来的求助信号只有简短的两个单词："White Lion。"

——白狮。

白楚年散发出的强烈的亚化因子干扰到了言逸的亚化细胞团，言逸贴心地从抽屉里取出一支控制剂[1]推给他："我的资料显示你与人质的亚化因子契合度很高，现在人质的情况不大乐观，或许你到场更能安抚到他。

"当然了，被指名去营救前囚友这件事的确别扭，实在不想去的话我不会强求。但对方是特种作战实验体，攻击性极强，情况紧急时我派去的人会采取暴力手段强制镇压。"

"算不上友，"白楚年咬牙切齿地笑了一声，"我可以去。位置发我。"

言逸稍显担心："如果人质失控反抗……"

"他不敢。"白楚年略微活动了一下手腕，骨节爆出轻微脆响，依靠控制剂尽力

1.控制剂：可以控制亚化因子的分泌。

压下亚化细胞团中的躁动因子，低声回答，"必要的话，暴力手段，强制镇压。"

荒芜的公路尽头，一台漆黑的摩托——北欧女神1800，美国生产的超级重量级大马力巡航车，仅生产2500台绝版，曾是言逸会长珍贵的爱车之一——咆哮着从与星空相接的公路末端疾驰而来，如同一头迅疾猎食的黑豹。

摩托倾斜压弯，一声尖锐的轮胎摩擦声擦破宁静，骤停在公路一侧。白楚年摘去头盔，抬手胡乱扫了扫干练的短发，T恤外套着一件黑色马甲，皮质枪带紧扣在双腿两侧，枪套中各插一把沙漠之鹰。

他一时兴起跟言会长开口要这台车来玩，现在想想，还从没带心仪的亚体兜过风，联盟里火辣多情的亚体特工数不胜数，早就该塌下心来好好谈个恋爱。

5月下过几场暴雨，天气一早变得炎热潮湿起来，身上积攒起一层薄汗，白楚年拎着头盔坐在地上点了支烟，撩开T恤下摆扇风，露出一截削薄收紧的腰。长年累月在极限任务中锻炼出的肌肉如同刀削斧刻，和健身房里靠器械和蛋白粉养出的花架子截然不同。

他身上有一道长疤，从胸前斜开至侧腰，密密麻麻缝过针的疤痕浅了一些，但依旧令人悚然，忍不住想象这曾经是多么沉重的一道伤口。

无意中摸到这道疤，白楚年将烟头摁灭在沙土里，轻叹了口气。

那个亚体是个乖孩子，惹人怜爱，有一条小鱼尾巴，蓝色眼睛里覆着一层水。三年不见，他大概已经长大了：也许比从前更好看了，也许更绝情冷漠了。

不能再想。

白楚年看了眼手表上的定位，面前只有一片庞大的废墟。

郊区零散堆放的这片废墟是个因为游乐项目质量差错，导致一个初中班级师生遇难，进而被叫停荒废的游乐场，生锈落灰的旋转木马和支柱断裂的摩天轮已经看不出原色。

游乐场东南角建有一处占地不大的海洋馆，外墙海蓝色漆皮斑驳破烂，但大门质量显然并不敷衍——加固增厚的合金防弹门，遮雨棚上两个闪烁红光的监控摄像头正在工作，360度搜寻着周围可疑的动向。

海洋馆内布局被改造过，拆掉卵石走廊和大多数玻璃壁。大部分展示缸已经干涸废弃，只有原本的白鲸展示缸前亮着一排幽暗的LED灯。

展示缸中蓄着大约三米深的浑浊海水，因为许久未更换而散发着一股腥臭味，水底堆放着几块死去的珊瑚礁。

忽然，礁石缝隙中传来一阵类似鲸鱼长鸣的音浪，展示缸中逐渐游出一个人形轮廓——

这个奇异的生物拥有男人修长的上半身，下半身却拖着一条三米来长犹如礼服裙摆的蓝色鱼尾。

他闭着眼睛，金色发丝随着水流荡漾，在雪白的脸颊边轻拂。除了双手指间生长着薄薄一层半透明的蹼，体形与普通亚体无二，腰部纤细，手臂线条优美含蓄。

人鱼从水底缓缓向上游荡，零星几只蓝光水母跟随在他周围漂浮。

他的尾巴是半透明的，能够清楚地看见鱼尾内整齐排列的鱼骨、尖刺和一些鲜红的肠道内脏，细密的血管散发着淡蓝幽光，在静谧的黑暗中闪烁，仿佛游走的电光。

人鱼漂浮到距离缸底两米来高的位置时，脖子突然被勒住，他脖颈戴着一圈钢环，链条另一端铸在缸底沉重的船锚装饰上。

他想把脖子上碍事的锁环用力撕扯下来，撕扯间钢环的防逃脱装置自动放出一股强电流。人鱼突然受到电击变得异常痛苦，在水中剧烈地扭动身体，终于累到脱力，缓缓沉到水底，趴在死珊瑚上小幅度痉挛。

展示缸外，一个半张脸布满烫伤疤痕的亚体爬上投食阶梯，躬身用钩子把水底的铁链钩了上来，把人鱼拽出水面粗鲁地提在手里，向底下坐着的一位老板展示。

人鱼已被这样折腾了无数次，没有力气再反抗，被疤脸亚体扯着头发强迫抬头，露出一张极其精致的脸。

他并不像大多数亚体一样甜美娇弱，倦怠和冷酷的表情透着一股生人勿近的抗拒气质。

"您看好了，虽然让他吃了点苦头，可这张值钱的脸我们一点也没碰过。您得体谅，我们花了好些工夫才把他绑在水箱里，看见脖子上这一圈环了吧，通电的，不听话就接上电路教训一会儿，不留伤口还照样收拾得服服帖帖。"疤脸亚体挽起袖口，露出胳膊上的几道指甲抓痕，阴恻恻地笑了一声，"瞧把我挠得，又凶又辣。老板都喜欢这一口。"

人鱼展示缸前空出了一个废弃的表演台，被人打扫之后开辟成一间简易会客室，空气中弥漫着几种不同亚体的亚化因子，以及烟和咖啡混杂的闷热气味。

买家老板终于把贪婪的目光从人鱼身上移开，抚着臃肿的啤酒肚缓缓吐了一口烟，抬起下颌轻蔑地提点着单人沙发上坐着的另一个烫疤脸男人："人鱼亚体——的确是件稀奇玩物，上面喜欢，价格绝对不会亏待你，但保险起见我不想在这儿交易。"

疤脸亚体听了这话显得不大高兴，随手把人鱼扔回水里，敞开两条腿坐在投食阶梯上，拿起一把弹簧刀抠指甲里的泥，浑不在意："怕什么，外边安着七八个红外监视器，从入口到这儿布置了三道防弹门，别把我们当成街上掳姑娘的人贩子，这产业做大了什么都有。放心，周围有上百个弟兄看守，五个二阶分化猛兽亚体雇佣兵都在，一只蚊子也飞不进来，只要钱到账，连人带货我们安全护送您出境。

"这生意我们不是头一回做，您出去问问，我出手的亚体没有一万也有八千，碰上极品货色谁不来抢，您想好了，过了这村可就没这店了。"

啤酒肚老板不舍地打量着水缸里的人鱼，不信任地环视了一下四周，发觉自己身后站着几个雇佣兵保镖，靠近身边的两位故意散发出高阶亚化因子证明自己的能力，其中一位是 M2 级狞猫亚体，另一位是 M2 级猞猁亚体。他们体形高大，偾张的胸肌将身上的迷彩防弹服绷出一条弧线。

大多数人类亚化细胞团细胞都只能进行一阶分化（J1 级），少数的精英能在一阶分化的基础上进行二阶分化（M2 级），意味着呈指数增长的战斗力和亚化能力。亚化细胞团每分化一次，就会获得一种与自身生物特性匹配的亚化能力。

有五位高阶亚体雇佣兵守卫这方隐蔽的废弃海洋馆，老板终于放了心，打开笔记本电脑准备汇款。

忽然，角落里一直平稳运转的监控电脑发出一声警示音，疤脸亚体微微皱眉，扫了一眼监控录像，八个监控画面一切正常。正当他扬扬下巴，命令一个雇佣兵联系外边的看守汇报情况时，电脑左上角的一个监控画面却突然变成了杂乱的雪花。

"怎么回事？"疤脸亚体眉头锁紧了些，收起弹簧刀，目光落在电脑的其余监控画面上。

紧接着，八个监控画面接连发生故障，屏幕全部变成了杂乱的雪花。

疤脸亚体猛地站了起来，按下通信器，把守卫海洋馆各个出入口的弟兄分别联络了一遍。

"A 队？报告情况，快。

"F 队？发生什么事了？"

外面六个守卫小队没有一个人回应他。

疤脸亚体骂了一声，一脚踹开脚边的弹药箱，从中拖出一把 AK-47 端在手中，房间内的高阶亚体们分别摸出枪械，霎时密闭房间内充满了高阶亚体的压迫因子。

啤酒肚老板抱着笔记本电脑蹲到了台阶底下，慌张地大喊："什么情况？钱已经打过去了，你们要保证我的安全！不是说很安全吗？"他哆嗦着，抬高声调来掩饰恐惧，又自我安慰般喃喃自语，"是警察？三道防弹门没有那么容易被突破吧……你们一定有后门，有别的出口能安全出去，快，快带我走，如果我没按时回去，我上面的人……"

"闭嘴。"疤脸亚体阴沉地啐了一口。

没有人再出声，狭窄的房间中出现了长达一分钟的寂静，静得几乎能听见偶尔有人汗珠滚落到枪托上的轻响。

在场的每一个人都感觉到了，有一种陌生的亚化因子在匀速靠近这个房间，空气中蔓延进来一股寡淡的白兰地酒香，并且逐渐浓郁、辛辣，同时伴随着一股令人窒息的压迫力。

这是入侵者释放的压迫因子的气味。

三道防弹门的确不容易被突破，但这股压迫气息的确在毫无障碍地靠近他们所在的位置，疤脸亚体攥着枪支的手渗出一层薄汗。

嘀嘀。

挂在颊边的通信器响了一声，房间内屏息凝神的雇佣兵们纷纷把警惕的视线投了过来。

汗珠顺着疤脸亚体的脖颈淌进领口，他僵硬地怔了十来秒，接通了通信器。

通信器中传来了一个年轻男人的嗓音，语调轻佻柔润：

"听得到吗？"

白楚年坐在监控室内，身后随便堆放着几个已经昏厥的监控人员，他敲了敲麦克风，确定通信畅通后继续道：

"防弹门太厚，我敲了很久你们没人迎接我，所以我自己进来了，不用客气。

"我来接一位亚体，你们应该见过的，上边是人，下边是鱼的美人鱼，长得很像北欧混血，其实是洪都拉斯土著，我相信你们都不舍得杀这种漂亮东西，但你们错了，漂亮的东西大多非常恶毒，保守估计他手里有124条人命，其中123条属于二阶亚体。

"他的亚化细胞团上应该插了一枚控制器，你们能活到现在全仰仗这种东西，没有因为好奇拔掉他的控制器我真是为你们庆幸。

"但实际上你们抓了一个比泄漏的核弹更危险的生物，能理解吗？他曾经在我身上抓了一道二十厘米的伤口，缝了四十针，那天我看见我自己的肠子流在地上，真的。

"他……很强……劳烦把他交给我做无害化处理。"

"他在说什么鬼话……"疤脸亚体用力攥紧手里的 AK-47，眼神示意两个保镖去应付。

狞猫亚体和猞猁亚体得到命令，各自拿着枪谨慎地摸到防弹门前，耳朵贴在门上屏住呼吸听敌人的位置。

浓郁的白兰地亚化因子从缝隙中渗入，更加强烈的压迫感冲破防线直达两位 M2 级亚体的后颈亚化细胞团，两人似乎被一只无形的手抓住了脖子，突然浑身僵硬，动弹不得。

防弹门中间的花纹似乎开始变形，中心逐渐凸起了一块，像有什么东西即将破壁而出，凸起的最前端开始变薄变亮，砰的一声巨响，一只骨节分明的修长左手突然戳破防弹门，在众目睽睽之下一把抓住了猞猁亚体的脖子。

"不——"

猞猁亚体后一个字还没说出口，便闷哼了一声，颈骨以一个诡异的角度扭曲折断，瞬间毙命。

那只轻易穿透防弹门的手扔掉攥在掌心的尸体脖颈，在门里寻找了一会儿，找到了门锁，左右拧了几下，防弹门应声而开。

白楚年站在门外，悠哉地揉着手腕，身上散发着气味辛辣的白兰地亚化因子，强势的压迫因子震慑般溢满房间。一瞬间除了余下的四位 M2 级亚体还能勉强站立，其余低阶亚体全部痛苦地抚着被压迫的亚化细胞团，身子东倒西歪，有的甚至直接重重地摔在地上。

白楚年像回家一样亲切地走进来，顺手把防弹门关上，看了一眼门上捅出来的洞，随手捏起钢铁碎块补了回去，坚硬的钢块在他手里像橡皮泥一样柔软——白狮亚化细胞团 J1 亚化能力"骨骼钢化"：亚化细胞团细胞大量分裂使骨骼硬度高于一切金属及合金。

展示缸里的人鱼倚靠在死珊瑚边休息，房间中浓度激增的亚化因子更让他疲惫，鱼尾无力地扫动水流。

亚化因子在水中蔓延的速度比在空气中慢得多，因此过了很久人鱼才察觉到这股独特的白兰地气味。他垂死般抬起头，失神的眼睛迟钝地寻找亚化因子的主人。

白楚年没兴趣正眼打量剩下的几个二阶亚体，用脚踢开腿软倒在地上的一群乌合之众，懒洋洋地朝蓄水展示缸走去，手中的沙漠之鹰对准玻璃扣下了扳机。

展示缸应声炸裂，大股水流潮涌而出，人鱼随着翻涌的水流被一起冲了出来，重重地摔在地上。

白楚年冷眼旁观，像欣赏仇家被枪毙那样痛快地盯着地上这条半死不活的鱼。

人鱼挣扎着弓起身子坐了起来，滴水的金发贴着脸颊，睫毛湿漉漉地上扬着，虚弱地抬起头望向白楚年。

他的声带与人类构造不同，只会靠挤压喉咙发出一些悠长空灵的音调，听起来惨痛又悲伤。

"啊……"

这是这些天来人鱼第一次主动和人类交流。

白楚年居高临下盯着这张可恨的脸，想把他踹远点，可喉结艰难地上下动了动，最终选择了退开两步。

人鱼则完全信任地把长蹼的手递过去。

白楚年故作冷漠的表情终于绷不住破裂，眉头拧到一块儿，下意识蹲下身子，伸出手，不知所措地停在半空。

人鱼意识到白楚年的犹豫，收回右手在眼前端详了几秒，突然张嘴把五指间半透明的蹼全部撕咬开，与白楚年握在一起。

白楚年指尖颤了颤，犹豫着甩开他的手，只抓住他的手腕，把整条鱼提了起来。

人鱼对于白楚年的拒绝有些意外，此时细长的尾巴还拖在地上，只好默默地卷到白楚年的腰间。

他的皮肤和从前一样凉，白楚年想。他是深海鱼，娇气怕热，和人类体温相差太多，从前只要碰一下就会被烫得尖叫，多碰几下就会哭起来，第二天早上就能从他睫毛上取下一颗形状不大规则的珍珠。

人鱼脖颈上拴的铁链簌簌作响，露出的后颈亚化细胞团被钢环磨破了皮，青肿不堪。一枚带编号的实验体控制器深深钉在亚化细胞团中心，用来防止亚化细胞团能量过盛，实验体暴起伤人。

白楚年的目光在他受伤的亚化细胞团上停留了好一会儿，轻易拧断人鱼脖颈上的钢扣，目光狠狠地扫视了一遍在场的所有人。

他抽出一把沙漠之鹰放到人鱼手上，冷笑了一声："谁弄的，把他找出来。"

一直躲在椅子后边的疤脸亚体发现情况对自己十分不利，趁着还有力气转身就逃。但人鱼微眯眼睛，手中的沙漠之鹰预瞄门口，在疤脸亚体即将逃出防弹门的一瞬间打爆了他的后脑。

紧接着，人鱼推弹上膛掉转枪口，子弹擦着白楚年耳边呼啸而过，把摸到白楚年身边企图偷袭的雇佣兵率先击杀。

等到他们走出废弃的海洋馆，身后一路横七竖八倒下了几十人，每一具尸体身上都只有一个弹孔，至少有三分之二的尸体是头部中弹，被人鱼手中威力巨大的沙漠之鹰炸没了半个脑袋。

人鱼的金发湿漉漉地贴在耳畔，他面无表情地低着头一枚一枚填装子弹。

白楚年从胯间枪带上卸下一枚黏性炸弹抛到身后，炸弹牢牢吸附在海洋馆废旧的入口大门上，黏性炸弹电子音乐响过几秒，砰的一声引爆废墟各个角落安放的炸药。

他低下头，轻轻拿住插在人鱼亚化细胞团中心的控制器，边释放安抚因子边慢慢地将那枚精密仪器抽出来，扔进兜里。

控制器离开亚化细胞团之后，人鱼双眼瞳膜重新覆盖上了一层蓝色金属光泽，眼球中央偶尔爬过几丝电光。他长尾轻扬，使废墟上空的云层急速聚集成雷暴，狂风席卷着爆炸火焰，吞噬着废墟和被困在废墟中的一切生命迹象；闪电在云层中肆虐，混乱地击中暴云笼罩范围内的建筑。

电光魔鬼鱼亚化细胞团 J1 亚化能力"下击暴流"：特种作战实验体独有的破坏型亚化能力，常用于水下掩护狙击手及突击手渗透敌后方损毁精密军备。

冲天火焰夹杂着震耳欲聋的雷电轰鸣照亮了半边天空，白楚年借爆炸冲击波跳下高台，在燃烧扭曲的空气中跨上摩托，带着人鱼亚体疾驰而去。

白楚年在市内只有一套一百平方米的小公寓，平时出任务经常不着家，并不大的房子显得空荡荡，只有客厅茶几上堆着几份吃到一半的零食和一个插满烟蒂的烟灰缸。

他从冰箱里拿了瓶水，坐到茶几前拧开喝了半瓶，端起昨晚点的盒饭扒拉了几口，顺手打开电视看看新闻，人鱼被他随便扔在地板上。

"你把身上缠的布条扯了，布条吸水，弄得满地板都是水。"白楚年边吃边说。

人鱼迷惑地认真倾听，猜测着白楚年的意思，用手指着身上的绷带："呱？"

"不会说话就别说，你觉得自己这样很可爱吗？"

人鱼其实不能完全听懂白楚年的语言，只能理解某些常听到的简单词汇，并且依靠肢体动作和表情去猜测白楚年的意思。

所以在人鱼心里，白楚年说的是："%@ < -【% +@）你 < + - % %× -很可爱 %+。"

于是人鱼点了点头，扬起细长的尾巴尖给白楚年比了个心。

白楚年无奈地抹了把脸。

人鱼在陆地上的行动可以说非常笨拙，扭动着身体爬到茶几边，扫视了一遍桌上的东西，突然看中了白楚年放在手边的半瓶水。他觉得不错，拿到手里研究了一会儿如何打开瓶盖，突然凶猛地把矿泉水瓶前端塞进嘴里，咔嚓一声连瓶带盖咬掉了半个瓶身，吃掉，然后优雅地抿了两口水解渴，顺便把剩下的半个瓶子也吃了。

白楚年也不再管他。

等扒完最后一口饭，白楚年弯下身抓住人鱼的尾巴，拖着人鱼进了浴室，打开花洒调成冷水浇在人鱼身上，粗鲁地帮他搓了搓脸上的污渍。

人鱼安安静静的，尽量保持不动。但当白楚年从抽屉里翻出把剪刀，蹲到地上抓住人鱼纤细的手腕，想帮他剪开身上缠满的绷带时，人鱼挣扎起来。

白楚年的力气总是更大一些，他用力攥紧了人鱼："别动，恶心巴拉的，剪开重新缠一层干净的。"

人鱼身上的绷带更多的是用来在陆地上保湿的，湿润的绷带缠满上半身可以防止皮肤干裂缺水和被日光灼伤。

人鱼怔怔地盯着白楚年手里的剪刀，望着尖锐的刀锋发怵，想把手抽回去。两人等级相同，即使白楚年力气大，也不会对人鱼产生太绝对的力量压制。人鱼不仅挣脱了手，两人拉锯时人鱼的手还不小心扫到了白楚年的脸。

看起来就像给了白楚年一耳光。

"兰波！"

"啊？"人鱼并没用什么力气，甚至并没发觉自己做错了什么，所以听到对方吼出自己的名字时发了一下呆。

白楚年的脸色阴沉了下去，他从医药箱里拿出一捆绷带扔给人鱼。

"我不管了，你自己弄吧。"

白楚年不习惯泡澡，所以浴室里没安浴缸，他把洗衣机蓄满水，让人鱼泡在里面，免得在陆地上缺水而死，自己关上浴室门出去看电视了。

新闻频道正插播着郊区游乐场废墟爆炸事件，医护人员将压在废墟中的尸体蒙上白布一具一具抬出来，警察和消防员在周边拉起警戒线维护秩序。

白楚年在联盟当了三年特殊任务指挥，设计逃脱路线时避开或者销毁所有监控设备对他而言轻而易举，没有任何人能搜查出蛛丝马迹。

放在旁边的手机屏幕闪了两下，备注显示"老大"。是言逸会长打来的，白楚年考虑了一会儿，深吸一口气接了电话。

电话里言逸的声音有些严肃："你在哪儿？"

白楚年低声回答："家里。"

"你把一个特种作战实验体带回家，还擅自拔了他的控制器？"

"对，那又怎么样？"白楚年不耐烦地道，"我戴过那玩意儿，疼得要命。"

"他有多危险你也看到了，立刻带他回联盟实验室做检查，特种作战实验体的破坏力是不可控的。"

"他挺乖的。"白楚年心不在焉地拨拉着烟灰缸里的烟蒂，过了许久，抿唇保证，"我看着他，他不会出去破坏东西。"

"小白，你想让我下搜捕文件吗？"

"……"

正当白楚年想法子跟言会长扯皮的当口，另一通电话打了进来，白楚年扫了一眼屏幕，立刻对言逸打哈哈："老大，我锦叔找我有事，我先挂了，估计是什么急事呢，等会儿再给你回电话。"

言逸后半句还没说出口，白楚年抢先一步挂了电话，一口气还没松完，陆上锦的电话又打进来。

"锦叔，有事？"白楚年被这一通乱事折腾得头脑发昏，揉着太阳穴按了接听。

陆上锦没有在电话里具体说什么情况，而是叫白楚年去他公司找他。

白楚年疲惫地捡起外套，卸下枪带，拿着车钥匙出了门。

陆上锦是飞鹰集团现任 boss（老板），在国际商联举足轻重的人物，对白楚年而言既是上司又是长辈，白楚年平时颇受锦叔照顾，别墅车库里几辆百万跑车都是锦叔送的。

陆上锦就在自己的休息室里等他，年过四十的陆上锦身材依旧保养得体，披着西服外套在红木桌前端着咖啡悠闲地浏览文件。

"随便坐，今天公司没什么人。"陆上锦让助理端了份鲜切水果给白楚年，"这两天言逸派给你什么任务了没？"

白楚年用银签插着去核的车厘子吃，含糊回答："联盟里杂事多。"

"行，回头我跟言言说，让他给你放假。"陆上锦笑了笑，"有个事，帮叔一下。"

白楚年挑眉："您直说。"

陆上锦推了一份考试报名单过来："我儿子马上要参加 ATWL 考试，说他也不听。这种考试里面考生大多都是强大的亚体，我担心他会受伤。就算没受伤，他自尊心受打击，当爸的也心疼。"

ATWL 考试即高级团队作战等级考试，小组入场，任意使用考场内所有枪械工具，存活 48 小时算及格。在及格基础上完成随机任务会加分，同时允许考生之间械斗，输赢全凭实力。

白楚年噎了一下：“您的意思是让我去参加学生考试？别吧，把一群小屁孩打哭了怎么办？”

这种考试其实并不公平，有钱有势的家庭总有办法钻空子，请几位厉害的打手进去带自己家孩子。三保一必然能让自家孩子拿到不错的成绩，市面上甚至有专门收钱组队的一条产业链，只不过费用昂贵，一般背景的家庭消费不起。

陆上锦不以为意：“你不也还没到二十岁吗？再说谁让你把他们打哭了，我让你照顾一点我儿子，你演一下，别太强，蠢一点，别伤我儿子自尊。”

白楚年考虑了一会儿：“行，不过我也想求您件事。”

陆上锦边翻看文件边嗯了一声。

“我有一个朋友，犯了点小错误，现在躲在我家里，我怕老大发火把他逮回去。”白楚年胡诌起来脸不红心不跳，“我这个朋友也挺强的，您儿子队里缺几个人？我带他进去躲躲可以吧？48小时过去，可能老大就消气了，能躲一时是一时。”

“什么朋友？”

白楚年权衡着回答：“他没有腿，走路不太方便。”

陆上锦若有所思：“哦……残疾人，这么可怜。行，没问题，言逸那边我去说。都残疾了还抓着不放干什么，不像话。”

白楚年松了口气，混过一时是一时，先回家看看那条鱼怎么样了。

打开家门就闻到一股洗衣液的香味，白楚年愣了愣，“吧唧”一脚踩到地上的积水。

循着积水走到了浴室门口，白楚年心里“咯噔”一下。

推开浴室门，一大片洗衣液泡泡飞了出来，糊了白楚年一脸。地上是一个已经倒空的蓝月亮洗衣液瓶子，满地满墙都是泡沫和水。兰波正坐在启动的洗衣机里转圈。

“祖宗！”白楚年狂掐自己人中。

第二章

随便打打

ㅇ

白楚年蹚着满地的水去拔了插头，洗衣机终于停了下来，此时这条鱼和他身上的绷带都已经被洗得闪闪发光。

"你在干什么……？"

兰波指了指洗衣机上的"清洗"按钮，他认识"洗"字。

"但是，你倒这么多洗衣液干什么？"

兰波用搭在洗衣机外边的尾巴尖卷起地上的洗衣液瓶子，指着标签上的"洗"字给白楚年看。

"呱。"

"……那你是怎么启动洗衣机的？"临走时白楚年明明关了电源。

兰波愣了一下，瞳孔闪现蓝光，一道闪电顺着鱼尾进入洗衣机电源，洗衣机发出开机的音乐声，又带着兰波在里面转起圈。

"……"

白楚年终于把兰波弄出来，沥干水用毛巾垫着放在沙发角落，拿出手机上网定制了一个规格最大的玻璃鱼缸，顺便点了两份外卖。

白楚年觉得有必要再和锦叔确认一下准考证和验血的事宜，于是编辑了一条消息准备发出去，正好外卖敲门，白楚年习惯性地指挥兰波去把饭拿进来。

锦叔只育有一个孩子，白楚年只远远地看见过几次，是个垂耳兔亚体，名字叫陆言，今年十五岁。他平时在家里骄纵霸道惯了，时不时捅出点娄子，还得白楚年暗中帮着收拾烂摊子。

发完消息，白楚年往门厅看了一眼那条鱼拿外卖怎么还没回来。他发现外卖小哥还没走，双腿发抖扶着门框不敢动。

兰波尾巴卷在鞋柜上，仰着半个身子拆外卖，将包裹保鲜膜的寿司直接吞下去，顺便把包装盒也吃了，还把外卖小哥斜挎在身上的保鲜箱咬掉了一个角。幸好白楚年来得快，把兰波及时抱走，还倒赔了外卖小哥二百块钱。

关上门，白楚年坐在地上搓了搓脸。

兰波："嗝。"

兰波从未在实验室之外的世界生存过，对人类世界的认知几乎为零，他被培育出来的唯一目的就是战争和破坏，以及借助他生产出更强大的战斗机器。

白楚年只是不愿意回想，记忆里他和兰波相处的一段时间，其实都在一个大号观察箱里，箱子里有柔软的床垫和暖黄色的灯光。

单向透明观察箱外，周围十几个穿着白色工作服的科学家在围观和记录。

看着兰波这副对现实世界懵懂的样子，白楚年觉得自己一直以来想得太多。这条鱼可能天生就没有感情，所以也不存在背叛一说，这么想来，心里的怨恨就淡了些。

其实只当朋友……当搭档也可以。等48小时过去，足够向言会长证明兰波并不是容易失控的危险实验体。白楚年想帮兰波在联盟里争取一个职位，以后当同事，朝夕相处，总不会太无聊。

"明天我带你出去，两天后回来。"白楚年往沙发背上一靠，懒懒地嘱咐，"锦叔儿子明天有战术考试，我去帮他保前三。正好队伍里空一个位置，我把你带上，这种考试跟玩似的，你不用打架。记好了，什么都不用干，给我报位置就完事。"

兰波认真地听着，精确抓取到了几个关键词："@ < +% ×%ǎ 你 +ǎ%%打架 %ǎ+× 好了，+% @。干 @%% ↑ < ǎ 就完事。"

他点了点头，表示明白。

第二天早上6点，清晨的城市还未完全苏醒，大多数市民还徘徊在卧室软床和烘焙早餐的厨房里。

蚜虫市市区边缘地带有一座占地三千多亩的圆形穹顶式建筑，此时入口处聚集着上千名穿戴轻型武装服的年轻学生，基本上都是三四个队服颜色相同的学生分别扎堆，不同队的学生之间几乎不怎么说话，互相观察的眼神带着一丝竞争的敌意。

一个身材娇小的亚体正蹲在升旗台上望着远处打电话，头发里藏着的两只兔耳朵翘起来又落下去。

陆言找了个阴凉地方往墙上一靠，抽出腰带上的战术匕首随手抛着解闷。"我爸真是的，昨晚临时告诉我，他有个远房表侄也要考试，让我带带……听我爸说，那两个队友不光等级低，还一点战斗意识都没，况且根本都没跟队伍磨合过，进去也是给别人送分。"

他身边有位大两岁的箭毒木亚体，拍了拍陆言的脑袋安慰："没关系，你尽管去打，我保护他们。"

毕揽星比陆言高两个年级，去年已经顺利通过考试，拿到了五星证书。不过ATWL考试允许考生刷分，还想拿更高星级的考生可以继续考，系统自动取最高成绩录入档案。

陆言哼了一声："四个人配合默契都不好过的考试，这下变成二拖二了，真没意思。"

ATWL 高级团队作战等级考试，是学生阶段难度最高的战术考试，一年一次，通过率极低。限制年龄不超过二十三周岁，且限制考试次数，每位学生最多考四次。换句话说，ATWL 是一场筛选精英的考试，拿到 ATWL 证书的学生将成为各势力、各部队重点栽培的对象。

陆言看了眼表，不耐烦地给陆上锦发过来的电话号码打了个催促电话。

白楚年接得很快："嘿。"

陆言怔了一下，清了清嗓子："你们到哪儿了？9点考试，现在都6点半了，等会儿还得换队服验血呢，速度速度。"

白楚年笑了一声："这么凶？马上到。我好像看到你了，国旗底下，两只兔耳朵，酒窝很乖的那个亚体是你吗？"

"嗯……"陆言话音里的锐气不知不觉降低了些。

挂掉电话，陆言小声和身边的亚体嘟囔："揽星，这个亚体，这个亚体是渣男音……"

毕揽星失笑："什么意思？"

"就是，声音特别温柔，嗓子偶尔还黏一下，跟没睡醒似的那种，一听就是烟抽多了的渣男。"

话音刚落，陆言忽然眼前一亮，几步开外有个穿着休闲 T 恤、戴着墨镜的亚体拖着黑色旅行箱缓缓走来，旅行箱上坐着一个金发碧眼的混血亚体，冷淡地扫视被自己吸引的亚体们，叼着皮筋无聊地将头发束起来。

白楚年拖着旅行箱走过来，摘掉墨镜低下头和陆言打招呼。

"我和兰波都没参加过这种考试，劳烦多照顾。我们都很弱的，不太会打架，所以躲起来尽量不给陆哥添麻烦，好吗？"

陆言憋红了脸，目光在这两张脸孔间游来游去，兔耳朵紧张地把脸包起来。

过了好一会儿，陆言调整好状态，整了整护腕和露指手套，收起战术匕首，简单安排了一下："等会儿我再和你们详细说规则。放心，这里面是全息战斗，不会真的受伤，所以不用怕。进场之后直接占点，我去抢弹药箱，你们去楼顶架枪，注意别被扫下来。近战我来打，你们不要出声，懂了吗？"

白楚年："架枪是什么意思？我不懂，我什么都不知道。"

兰波在吃墨镜。

陆言："……？"

"垃圾还参加 ATWL……我就不应该答应我爸来考这个试，没意思。"

升旗台另外一端有个小队，穿着同样的紫色队服，胸前挂着一枚方形队伍名牌"风萧萧兮"，四个队员都是意大利灵猥亚化细胞团，三强一弱的配置。队长是个高挑的亚体，挑衅地看了白楚年一眼："你们队名是什么？等会儿万一遇上了，不打你们，免得第一天就被灭队太没面子。"

白楚年笑了一声："随便打打嘛。"

陆言上前一步把白楚年挡到身后，兔耳朵竖起来："你踉什么呢，你们叫风萧萧兮是吧？我记着了。别跟我们分到一个区，要不脑壳老子给你打掉。"

白楚年抚了抚炸毛兔子的头："陆哥，消消气。"

对面的亚体队长显然被激怒了，刚挽起袖子就被身边的弱亚体队员拉住："队长，走吧。"声音清冷镇静。

"什么时候轮到你说话了，萧驯。"亚体队长甩开他的手，恰好就着弱亚体话头的台阶下来，转身走了。

灵猥弱亚体身形更纤细，力气也小，被高大的亚体一推，向后跟踉了两步，白楚年伸出手背扶了一下。

"谢谢。"

灵猥弱亚体轻描淡写地道了声谢，提起升旗台上放的背包转身跟上自己的队伍，他走路很快，也十分灵活，不像会拖队伍后腿的那种弱亚体。

白楚年回过神来，四周寻觅了一下兰波，兰波已经套上了毕揽星准备的黑色紧身队服，低头看了一眼装在旅行箱里的尾巴，没地方穿裤子所以就把裤子吃了，随后尾巴尖放电操纵电动旅行箱的滚轮，跑到自助入场机前领队伍名牌。

自助入场机底下的取票口蹦出一个亚克力名牌，兰波捡起来贴在胸前。

白楚年走过去，看了看队伍名牌："随便打打"。

白楚年："这你起的队名？"

兰波指了指屏幕上的语音条，刚刚他在领名牌的时候，自助入场机要求语音输入队名，那时候白楚年刚好在旁边说"随便打打嘛"。系统自动识别了前四个字。

陆言边套队服边过来领名牌，顺口问："我们队伍叫什么名字？"

白楚年攥着名牌藏到背后："呃……"

ATWL考试场地辽阔，场地分十个区，以希腊数字一到十作为标号。

入口安检极为严格和烦琐，每个人都必须经过黑箱全身扫描，以检查体内是否嵌有武器金属，之后要逐个验血，确定本人未注射兴奋剂和亚化细胞团供能类药物。

白楚年四人小队被随机分入第十区，监考人员依次为他们戴上一副隐形眼镜，引导四人分别进入类似独立电话亭的小隔间。

白楚年再睁开眼睛，发觉自己已经身在一间陌生卧室中，他蹲下来摸了摸脚下踩的木制地板，的确是木头触感。

卧室里有一面落地镜，白楚年看看镜中穿着黑色武装队服的自己，再看看自己的双手，均无异样。

他尝试对着镜子把眼睛里的隐形眼镜抠出来，镜片被抠出来的一瞬间，周围的一切都恢复了原样，还是刚刚工作人员领他们进来的小隔间考场。

突然，自己所在的隔间亮起红灯，刺耳的警报把监考人员招了过来，监考不耐烦地拿出一副新的隐形眼镜给白楚年戴上，并且严肃警告白楚年再犯规一次就按扰乱考场秩序处理。

重新戴上眼镜的白楚年再一次回到了刚刚所见的那间卧室。

"哎呀，"白楚年愣了一下，看着自己的双手，攥了攥拳，"我……实体触感隐形VR（虚拟现实），这考试这么先进的吗？"

他尝试着走了几步，从卧室走到阳台，再从阳台走到客厅，坐在柔软的沙发上和冰凉的地板上，和现实世界没有任何区别。

他仔细照了照镜子，发现身上的黑色队服不仅挂着一个印着"随便打打"队名的亚克力牌，腰间多了一条有十个金属凹槽的腰带，胸前还嵌着一个二十厘米长的橡胶管，管内注满了红色液体。

白楚年打开窗户向四周望了望，自己身处一座普通居民小区。周围都是外观相同的居民楼，有女人在阳台晒衣服，楼下还有遛狗的老太太站在一起聊天。

看来这个考试不仅模拟战场，还完全复制了现实世界的情况，估计伤害到这些普通人还会扣分。

有点意思。

白楚年没有贸然走出房子，而是在各个角落仔细搜寻了一番，在电视橱抽屉里找到了一张地图和一个圆形纽扣小零件。

"考生您好！"

突如其来的一声电子音广播把白楚年吓了一跳，仰头看了看天花板上的音响。

"欢迎参加高级团队作战等级考试，下面播报考试规则——

"本次您抽选到的地图为【城市】，考试时间 48 小时，在考试中请勿摘下模拟眼镜，否则以弃考处理。

"考生胸前的红色液体条为模拟血量条，受击时由系统计算伤害，血量条清空时考生当即淘汰。场地弹药箱内会放置恢复针剂，避免拥有恢复类亚化能力的考生恶意打消耗战影响考试公平。

"为避免考生消极避战，考生腰部均装有一条炸弹带，每隔一小时自动脱落一枚阻爆器，阻爆器全部脱落后腰带自爆，考生当即淘汰。

"每个考生需要完成三个随机任务，结算成绩时，成功存活 48 小时，成绩评为三星。四人小队最终只需有一人存活则视为全队存活，在此基础上个人每成功完成一个任务，则个人评级追加一星，满编队存活通过时，所有队员评级加一星，每击败十名对手考生，成绩加一星。"

白楚年边听边计算，活到最后能得三颗星，完成三个任务得三颗星，全队都活着再加一星。也就是说，这考试在完全不打别人的情况下，最高成绩是七颗星。那按锦叔的意思，不能太出风头，又得拿好成绩，所以让那只小兔子拿个五或六星就可以。

"考生所在房间内有一张任务书，任务书背面为【城市】地图，地图上标有固定弹药箱位置，弹药箱内随机放置枪械、近战武器、恢复针剂、阻爆器等物资。

"考生所在房间内有一枚阻爆器，请在十分钟内找到并安装在腰带凹槽内，否则将直接自爆淘汰。

"考试开始。"

白楚年掂了掂手里的圆形金属纽扣，按进了腰带凹槽中，腰带扣亮了一下，显示爆炸倒计时一小时。

"啧，弄得我还挺紧张……"白楚年搓了搓手，这考试内容听着有点难啊，得尽快找到队友，再晚估计要死光了。

他没有走门，一脚踹开窗口的防盗栏，双手扣紧窗框上沿，仅凭手臂力量翻上遮雨棚，攀着引流排水管飞快爬上楼顶，将整座城市一览无余。

果然同队队员相距并不远，白楚年俯视周围，很快找到了兰波。

很明显广播播报考试规则时兰波根本没听，此时正趴在喷泉水池里用尾巴扫水玩。白楚年敏锐地捕捉到花坛外一闪而过的影子，两个穿红色队服的亚体佩戴着"死刑犯"队伍名牌，各拿一把战术匕首，缓缓接近兰波，偷袭意图明显，毕竟大家都想要人头分。

匕首寒光乍现，两个亚体配合默契，同时从左右方向夹击兰波，一个攻击兰波下腹，另一个直接背后锁喉，企图一刀毙命。

水可以传递地面的震动，兰波察觉到危险靠近，本能促使他瞬间跃出水面，蓝色半透明鱼尾顿时蓄满电光。

"鱼……？人鱼？！"

兰波从高空俯冲落地，单手扣住亚体的锁骨，细长的手指插进了亚体的血肉中，利用惯性将自己的身体向空中一荡，纤细的小臂从背后直接勒断了亚体的颈骨。那人胸前的血量条立刻清空，兰波顺手夺下尸体手中的战术匕首，长尾缠绕在背后的亚体脖颈上，用力朝天一甩，亚体惨叫着被抛到高空，下落时毫无还手之力，被兰波的匕首轻易洞穿后心，血量条同时清空。

兰波将金发掖到耳后，从尸体上抽出鲜血淋漓的战术匕首，在手中一抛，一抛。黑色紧身战斗服胸前的电子数字从"0"跳成了"2"。

城市上空广播随即播报：

【随便打打】兰波 击杀【死刑犯】郑纠

【随便打打】兰波 击杀【死刑犯】莫非

"别动。"

白楚年撩起喷泉池中的水帮兰波洗净脸颊和身上的血迹，把他手里的战术匕首拿过来插在自己队服的武装带上，从两具尸体腰带上抠下两枚阻爆器，迅速安装到兰波的腰带上，自爆倒计时才从一分零九秒增加至两个小时。

兰波坐在喷泉的大理石外围，半眯眼睛仰着头，浸湿的金发缓慢滴水，水滴消失在脖颈裹缠的绷带中。

他刚刚结束了一场战斗，亚化细胞团外溢少量亚化因子，身上依稀残留着白刺玫淡香。

白楚年原本想骂这条鱼不服从指挥，可嗅着这股熟悉温馨的亚化因子气味，白楚年像受到安抚一般，轻轻摸了摸兰波的头发，蹲下来细细地为他讲了一遍规则。

"我让你打架才能打，其余的时候找个没人的角落坐着发呆就可以了。"

兰波抿着唇思考，很努力地张了张嘴："啊。"

白楚年烦恼地揉了揉头发，帮兔子拿个五六星很简单，但如何防止兰波拿到七星以上是个大问题。

烦恼这事的同时，白楚年忽然发觉兰波的发音比之前清晰了不少。

"你跟我说，白——楚——年。"

"bai……"

"白楚年。"

"bai shu……ni……"

"算了，换个简单的，叫楚哥。"

"chu chu……"

"楚哥。"

"楚……ge……哥。"

"乖，多练。"

几分钟后，陆言和毕揽星到达喷泉与二人会合，分别摊开自己的任务书，放在一起对照，看有没有内容相似的任务可以一起完成以节省时间。

兰波、陆言、毕揽星的第一个任务地点都在市图书馆。

白楚年瞥了两眼地图，从他们所在的位置开车去市图书馆需要二十分钟。任务书上写的是与线人交接情报，理论上花费时间不多，但同时地图标注市图书馆内安置了一个固定弹药箱。也就是说，图书馆是附近队伍都会来争夺的一个大物资点，想进图书馆就免不了要打架。如果争夺弹药箱的队伍不止一队，就一定会拖延时间，弹药箱内的阻爆器如果提前被别的队伍拿走，他们很可能因为时间不够而直接自爆淘汰。

所以说最先前往图书馆不是最佳选择。

这时候，陆言对兰波说了一句："没想到你还挺厉害的，你跟着我。"

白楚年连忙按住兰波："别，他不行。"让兰波放开了杀，整个场地里都留不下一个活人。

"我看你最不行了，靠边，别说话。"陆言哼了一声，"等会儿再去图书馆。开局就打架的应该不是什么厉害队伍，想在别人没武器的情况下碰运气捡人头，刚刚兰波灭了死刑犯队两个人，另外两个还在附近，我们先去把剩下两个吃了再说。"

白楚年怔了怔，这小兔子倒还有点小聪明。

死刑犯队余下两人不敢再轻易冒头，想等附近人都走了再偷偷转移，他们一下子少了两个队员，剩下一个是刺藤亚体，另一个是暹罗猫亚体，不可能再打正面战，耐心埋伏偷袭还有一丝胜算。

两个亚体躲进地下车库的制冷机房管道上方，低声商量战术。

刺藤亚化细胞团属于攻击性强的植物类亚化细胞团，刺藤亚体的性格也不属于坐以待毙那一类。和队友商量可以在地下室通风口埋伏，刺藤和通风口周围的植物很容易混淆，当有人靠近时可以迅速捕捉目标，并用尖刺藤蔓使其窒息毙命。暹罗猫亚体速度快，身手敏捷，可以趁机取走尸体上的阻爆器往另一个方向逃脱，吸引对方注意力。

战术安排完毕，两人屏住呼吸，等待敌人经过他们设下的陷阱，只要对方动了来搜寻他们的念头，很大概率会走过这条必经之路。

就在两人屏息凝神关注着陷阱时，刺藤亚体突然被从背后勒住了脖颈，紧接着腰窝剧痛，一把匕首毫不留情地捅进身体，刺藤亚体痛吼了一声，胸前的血量条迅速减半。两人迅速回身，却惊悚地发现背后空无一人。

不过短短三秒，两人背后倏然发冷，同样的一把战术匕首从侧墙伸出，带着一股狠辣劲刺进了刺藤亚体的大腿，血量条急速减少。反复几次，死刑犯队的两个亚体已成惊弓之鸟，血量条几乎被消耗见底。

那个看不见的敌人终于在最后一次偷袭中被刺藤亚体的藤蔓缠住，露出了真面目——陆言。他反握战术匕首，没有人知道他是如何闪现在这里，又是如何捅一刀就消失不见的。

只见陆言脚下的墙面凭空多了一个圆形黑洞，他抖了抖兔耳朵，砍断缠绕身体的刺藤跳进黑洞里，连着黑洞一起消失了。

垂耳兔亚化细胞团 J1 亚化能力"狡兔之窟"：可以在两个相邻空间中建立维度通道，任意穿行，但仅作用于自身。

两个亚体终于看明白了陆言的能力，分开一段距离，目光扫视所有陆言可能出现的位置。

短暂的一瞬间，黑洞再次从屋顶出现，疯狂生长的刺藤捕捉到了这个瞬间，用爆长的尖刺封死了黑洞，同时封死了陆言的退路。

刺藤亚化细胞团 J1 亚化能力"野蛮生长"：突变基因使植物不遵循自然规律，生长成亚化细胞团主人需要的样子。

两人配合默契，陆言失去退路的刹那有些慌乱，暹罗猫亚体抓住这个机会蹿上风口，利用自身加速的亚化能力，想靠惯性直接击碎陆言的胸骨。

不过是个兔子亚体而已，看起来还没成年，奶白的小脸肉嘟嘟的，奶粉给他扬了，奶嘴给他拔了，让他知道人心险恶。

二打一的碾压局面，胜负已分，然而就在这时，刺藤封死的黑洞突然被另一种漆黑的藤蔓顶开，黑色藤蔓闪电般缠绕在陆言身上。暹罗猫亚体灌注全力的一拳重重击打在坚硬的黑色藤蔓上，藤蔓破碎，但陆言毫发无损。陆言趁着暹罗猫亚体没反应过来的一瞬，匕首反杀。

制冷机房的铁门被撞开，毕揽星皱眉走进来，右手五指连接着五条黑色藤蔓。

箭毒木亚化细胞团 J1 亚化能力"毒藤甲"：无视等级完全抵消一次物理伤害，且可以作用于任何人。

暹罗猫亚体血量条清空当即淘汰，刺藤亚体只剩丝血，白楚年悠哉地走过去蹲在他身边，无情地把刺藤亚体腰带上的阻爆器抠了下来。

随着一声爆炸闷响，刺藤亚体也被淘汰。

城市上空广播再次播报：

【随便打打】陆言 击杀【死刑犯】花卷

【随便打打】陆言 击杀【死刑犯】付留昕

【死刑犯】全队淘汰

"小白，去把另一个阻爆器也抠下来。"陆言擦去战术匕首刃上的血迹，在手心打了个转儿收进武装带，黑色队服胸前的数字从"0"跳至"2"。

白楚年不介意被一只小兔子叫成小白，笑了一声。不得不说，他被这只霸道的小兔子震惊到了：罕见的空间扭曲类亚化能力加上兔子本身的敏捷身手，真不敢相信他只有十五岁，且战斗天赋惊人。

而另一个小亚体也非常不错，箭毒木亚化细胞团属于稀有有毒植物亚化细胞团，攻防兼备，发展路线众多，加以培养会在团队里作用极大。

看来锦叔有些多虑了，凭他儿子的实力，是真的有可能靠自己拿到五星。可以预见，将来这两个孩子会是各大特种部队全力争夺的种子成员。

陆言把抠下来的阻爆器放在一块儿数了数，平均分给每个人。现在队里每人都有两枚阻爆器，两个小时的时间足够去一趟图书馆完成任务，运气好的话还能再抢几个阻爆器。

白楚年则在制冷机房里溜达了一圈，找到了一个小型弹药箱。

死刑犯队敢开局打架，原来是找到了随机弹药箱。看来小弹药箱里没有太多有用的物资，白楚年只找到了一支恢复针剂和一把 M25 轻型狙击枪，但没有配备瞄准镜，怪不得没人拿。

"陆哥，会打狙吗？"白楚年趴在窗台托腮问陆言。

陆言有点为难，迟疑了一下，还是觉得队长的高大形象需要保持，伸手把枪接过来扛到肩头："怎么不会？我……我也练过。"

毕揽星在一旁无奈地笑了笑。

他们在地下车库偷了一辆宝马，靠兰波尾巴放电启动，朝市图书馆绝尘而去。到了图书馆，他们并没有径直进入，而是在图书馆隔壁的科技馆高层找了一座天台，天台视野辽阔，可以清楚地看见图书馆内的动静。

陆言有些焦急："等会儿物资要被抢完了。"

"三个队伍全在图书馆，我们干吗凑这个热闹？宝贝，我们不需要打很多人，只需要打最后一队。"白楚年枕手躺在走廊栏杆下，懒洋洋地说，"只要你够不要脸，什么装备都能抢来。"

陆言重新趴到天台上，指尖焦虑地敲打枪托。

天空中不断广播击杀信息：

【无人生还】恩可 击杀【爆炸头】trust

【无人生还】恩可 击杀【一次就好】巧克力

【无人生还】路何 击杀【一次就好】北书

…………

"无人生还……这名字起得还挺猛。"白楚年不以为意，对陆言抬了抬下巴，"他们应该快打完了，有把握的话你开几枪，能狙击掉一个我们就冲。"

"你让他拿狙击枪还不如……"毕揽星欲言又止。

陆言咬着嘴唇，闭上一只眼睛认真瞄了很久，扣下扳机。

什么也没打中，还把图书馆里专心捡物资的无人生还队员给惊动了。

白楚年闭着眼睛安慰："打得挺好的，再来一枪，打电梯上那个。"

陆言抹了抹额头的冷汗，瞄了半分钟，又一枪，什么都没打中。

"没事，继续打呗，子弹也不要钱，打空它。"

毕揽星无奈地去擦战术匕首了，陆言还在乱开枪，兰波张嘴接狙击枪里蹦出来的弹壳吃，白楚年跷着腿哼歌，场面一度痴呆。

陆言盯着图书馆里的动向，发现无人生还队转守为攻，直接开车朝他们所在的科技馆冲过来。

"他们，他们刚打完一场，应该都没恢复状态吧，要直接来冲我们？"陆言急了，眉头拧在一块儿。

白楚年："没看明白吗？因为你刚才那几枪，人家把我们当傻子了。"

陆言："那你让我开什么枪？"

白楚年托腮笑笑："这么可爱的小兔子，当然要随便指挥一下。"

无人生还队所在的图书馆与他们所在的科技馆相隔不到五十米，但中间没有任何掩体，无人生还队选择开车过来说明队里有懂指挥的，因为陆言那几狙实在太水，难免被对方低估了实力。

几次对枪失败，陆言的血量条被对方那个叫恩可的亚体打掉了三分之二，只好暂时躲到栏杆下补充恢复针剂。恢复针剂中装的是与胸前血量条中相同的红色液体，针头扎进血量条的橡胶口中注入补充，但由于气压原因不能一次性注入，打一支恢复针剂至少需要二十秒时间。

打恢复针剂的短短十几秒内，无人生还队的银色丰田已经启动行至半程。白楚年所在的科技馆室内设计空旷，掩体少，楼梯单一，只适合选点架枪，一旦被小队攻楼，很难全身而退。

"队长，你的 M25 借我用用可以不？"白楚年懒散地爬起来，拍了拍队服上的土。

陆言不怎么甘心，而且这亚体就一副不靠谱的样子，枪给了他能怎么样。

"喊，给你。"陆言卸下狙击枪扔给白楚年，"你敢露头吗？他们的枪都对着这片窗口呢。"

白楚年接过来，轻身攀上玻璃护栏，无瞄准镜的情况下朝窗外甩了一狙，立刻缩了回来。

疾驰中的银色丰田左前轮被击中爆胎，失控飘移出十几米。趁着这短暂几秒，白楚年拉栓上弹再次探身出窗外，准星落在司机眉心，瞬狙一枪立刻收回。

广播随即播报：

【随便打打】白楚年 击杀【无人生还】恩可

"司机没了，这一队废了，下楼，给他们抬走。"

陆言愣了，听着城市上空的击杀播报，半天没反应过来。

"兰波跟我，箭毒木带兔子。"白楚年率先翻楼梯下楼，毕揽星左手抱起陆言翻窗一跃，五指生长出黑色藤蔓爬满科技馆侧墙玻璃，爬行的藤蔓交织成滑索座椅带着两人急速下滑。

兰波不完全依靠白楚年行动，鱼尾持续放电，以电磁吸附在各种导电物体上，跳跃前进。白楚年走进电梯，伸出双手接住兰波，两人所在的电梯被蓄满高压电，以电磁悬浮状态高速下降，平稳落地。

无人生还队被四面包夹，他们刚与另外两支队伍在图书馆狭路相逢，此时都不处在最佳状态。飘移翻车带来的冲击已经让剩余三人头晕目眩，他们本就没有想过队里的主力会被提前狙掉，手忙脚乱间仓促应战，几乎毫无还手之力。

毕揽星用藤蔓绑住苟延残喘的三名队员，让陆言轻松收人头，陆言胸前的击杀数字一下子从"2"跳到了"5"。

白楚年蹲下查看被自己一狙爆头的那位名叫恩可的队员。恩可是一个吉拉啄木鸟亚体，武装服胸前的击杀数字只有"2"，但同队的一个大山雀亚体胸前击杀数字却是"10"，其余两个队员胸前击杀数字都是"0"。很明显，这个队伍也是三保一队伍，三个人给大山雀亚体让人头，而这位名叫恩可的还是个高手。

白楚年割开恩可的队服，发现尸体胸前文有一个飞鸟刺青，飞鸟脖颈刺了一团红色花纹——恐怖组织"红喉鸟"的标志。

以前白楚年从没想过有恐怖组织会混迹在这种考试中，很好奇他们的目的何在。如果说为了钱，倒也说得过去，毕竟 ATWL 帮考是个很昂贵的项目，可相比贩毒、走私和贩卖人口，帮考还是稍微辛苦了些，而且有很大的概率暴露身份。

一时想不通他们想得到什么，暂且不多想。白楚年抠下无人生还队尸体上的阻爆器，除去一小时自动脱落报废的几个，十二个阻爆器每个人分三个，其中四个即将到时间，加上各人腰带上剩余的一个，每个人有四个小时的安全时间。

将无人生还队的尸体搜了一遍，又在固定弹药箱里搜了搜，得到三支恢复针剂，一个 PVS-4 夜视瞄准镜，各种型号弹带若干，还有一套无线通信器。

白楚年问："你们都拿到什么了？"

毕揽星："Uzi 冲锋枪（乌兹冲锋枪）。"

陆言："沙漠之鹰，十发备弹。"

兰波手里拿着一把蟒蛇左轮手枪，正叼着子弹一发一发装弹。

白楚年："扩音器。"

陆言疑惑。

白楚年举起扩音器，对着无人生还队的尸体说："下次起个吉利点的队名，兄弟。"

　　陆言的任务书中，第一个任务就是与图书馆三层 D 区档案室管理员交接情报。但等一行人进入三层 D 区之后，发现档案室中所有文件都杂乱地散落在地上，A4 纸资料扔满地，整个房间混乱得令人头疼。

　　档案室管理员满头大汗地蹲在地上收拾资料，陆言试探着过去与他交接情报，却被管理员暴躁地呵斥了一顿："我这么忙，看不见吗？乱摊子一大堆。"

　　陆言暴脾气立刻被点起，刚想开骂，被毕揽星捂住嘴拉到身边。

　　"我们时间还多，先帮他整理文件吧。"

　　白楚年找了个地方坐下偷懒，捡起地上一沓顺序错乱的"文件 A"，边排序边浏览起来。

　　文件 A 记录了 17 世纪初暴发的一场针对人类的病毒——飓风病毒。

　　症状类似埃博拉出血热和狂犬病结合，像飓风一样迅速且猛烈地席卷全球。

　　当时的医疗工作者发现野生蛭形轮虫经过处理后，制成疫苗注射，可以促使人类体内快速形成飓风病毒抗体来治疗和预防感染这种可怕的病毒。

　　成功扛过飓风病毒洗礼的幸运儿们以为灾难已经过去，直到 1793 年 11 月，蚜虫市一位颅外科医生宣称自己后颈长出了一个状似半个鸽卵的突起，他在接受采访时称之为"某种亚化细胞团"。

　　随后大量市民纷纷表示后颈也出现了"亚化细胞团"，但并不影响生活，因此当时并未造成严重恐慌。

　　人们以为亚化细胞团不过是注射飓风疫苗的后遗症，却发现了一个惊人的事实：刚出生的婴儿后颈也出现了亚化细胞团，这居然会遗传。

　　各大权威医学组织纷纷开始了深入研究。研究发现，人体细胞正常状态没有逆转录过程，而含有蛭形轮虫成分的血清能促进细胞逆转录过程，从而使病毒 RNA（核糖核酸）分子生产出的 DNA（脱氧核糖核酸）分子插入人体生殖细胞的基因组长链上。由于蛭形轮虫本身窃取基因和易突变的特性，每个人的亚化细胞团中都随机含有来自不同生物的 DNA。随着上百年的进化，亚化细胞团已完全成熟，根据细胞核内 DNA 表现出不同的生物特性，甚至突变为特殊亚化细胞团，赋予人类不同的生物亚化能力。

1896 年夏季，一位来自欧洲的年轻魔术师在歌剧院公演飘浮魔术引起巨大反响。当时有人拆穿他"不过是骗人的把戏"，并上台打算当场让魔术师颜面扫地，魔术师却张开一对羽毛翅膀飞上剧院天花板。

直到上世纪初，研究者才意识到，那位魔术师可能是史上第一位具有亚化细胞团觉醒生物特性的人类，猜测他的亚化细胞团觉醒类型为蜂鸟，具有飞翔和滞空飘浮能力，并且在当时已经分化到了 M2 级别。

亚化细胞团更像一种病毒的寄生，与人类互惠共存，人类也无法摆脱它们。

老实说，白楚年没怎么思考过亚化细胞团是怎么出现的。他不记得小时候的事情，当他意识到自己是个白狮亚体的时候，他已经是白狮亚体了。有人愿意追根溯源去研究人类身体结构的奥秘着实是一件好事。

整理出一份文件，白楚年又捡起一摞杂乱的废纸，在桌上戳了戳，按页码排序。

文件 B 所记录的东西就比上一摞晦涩难懂的基因报告有趣得多，它像一份观察报告，记录了一段实验体繁殖过程：

特种作战武器 1513 繁殖日记与特种作战武器 1513 惊人的攻击力截然相反，他对于与亚体结合这件事显得不感兴趣，或者说有些害羞。因为他还没到交配的时期，即使我们向观察箱中注入了大量助情因子，特种作战武器 1513 也不愿意和我们准备的亚体结合。希望明天有所进展。

天哪，我看到了什么？特种作战武器 1513 抱着我们的亚体睡觉了！快看他们甜蜜的样子，我觉得我们马上就会得到一个小宝贝了。他会像特种作战武器 1513 一样具有穿甲弹般的攻击力……我们的繁殖技术还是太落后了，总会有一天仅靠基因编辑克隆技术就能够达到我们想要的结果。

…………

白楚年对这过程很熟悉，过去有很长一段时间，他经受一整天残酷的药剂试验和身体性能测试之后精疲力竭，被送回温暖的观察箱里。

他浏览完文件 B，意犹未尽，在地上翻找文件 C，不知道还能看到些什么记录。

他找了很久，从兰波嘴里发现了半沓文件 C 的残骸。

陆言和毕揽星满头大汗地把档案室收拾了一遍，从管理员手中拿到了情报芯片。四个人坐在一起打开任务书决定下一步去哪儿。

陆言完成了一个任务，任务书上亮起了一颗星，毕揽星同样。

白楚年看了看兰波的任务书。

？？？三颗星。

随机任务一：整理文件 A 已完成

随机任务二：整理文件 B 已完成

随机任务三：销毁文件 C 已完成

这运气。

可能这就是锦鲤吧。

第三章

鲁珀特之泪

一个上午过得很快。天气系统模拟出的日照和现实世界别无二致，烈阳高照，温度升高，显得有些燥热。

白楚年看过陆言和毕揽星的任务书，剩下的地方都不在一处。陆言的任务二地点在医院，从地图上计算由图书馆开车到医院需要十五分钟，路程很近。

但有一件值得注意的事情，白楚年一直分心留意天空上方的击杀广播，有一个叫作搜鬼团的队伍频繁击杀敌人，粗略默数，大约已经播报了二十九次搜鬼团的击杀信息。播报最多的一个名字是【搜鬼团】何所谓，这个叫何所谓的人至少被播报了十九次，其余三个队员的名字也都被播报过若干次。

距离考试开始只过去了两个小时，搜鬼团已经拿下了近三十个人头。城市地图很大，分配考生时也不可能把七八个队伍凑在同一个地方。略加思索就能明白，搜鬼团是在到处开车找人杀，他们的战术大概是趁着最初人多，拿满人头分，等把人杀得差不多了再去做任务。

表面上看这种战术的确效率甚高，但实际上极容易半路天折。ATWL 是一场存活考试，如果队伍中途不慎碰了硬钉子，在到达 48 小时之前全军覆没，那么即使拿到再多的人头分，都只能算作成绩不合格。

众所周知，ATWL 考试中帮考行为屡禁不止，甚至已经形成了产业链。有不少退伍雇佣兵、刚出狱的无业歹徒都以帮考为谋生手段，那么在这种情况下还坚持选择莽夫战术的搜鬼团，对自己的实力必然极度自信。

白楚年倚坐在承重梁下偷懒，心不在焉地摆弄着收缴来的扩音器，轻声哼笑："这把遇上神仙了，看样子不只是请帮考那么简单。"

兰波以鱼尾的强电磁力吸附在图书馆钢制梁上，鱼尾盘绕在钢材间，微扬下巴倾听着击杀广播。他对人类的语言虽然陌生，但对于频繁接收重复信息十分敏感，搜鬼团显然已经引起了兰波的兴趣。

"你下来。"白楚年拍了拍身边的位置。

兰波顺着钢制梁游走爬行下来，坐在白楚年身边。

白楚年见他拿着蟒蛇左轮不停地拆装子弹，托腮调笑："想打架啦？"

兰波轻轻摇头，张开手臂把白楚年圈在墙角，做出保护的姿势。

白楚年愣了一下，他忘了以兰波对人类科技的了解，不可能理解实体触感全息VR，他一定是把现在当成真的战场了。

"保护我啊。"白楚年翘起唇角，冷冷地笑，"那当初对我下手那么狠，只为了和我抢一个出狱名额，你忘了？我没忘。"

"就你这点小能力，还和我单挑……本来我也打算要让着你的，让你出去，自由自在的。你不需要那么着急，也不必……对我那么狠。"

兰波起初还能平静地听着，后来越来越急切地想理解白楚年的意思，因为他看懂了白楚年的眼神，无奈又伤心的样子，有点凶。

看着兰波这副可怜模样，白楚年又说："你逃走了能怎么样，还不是被我抓回来？"

兰波抿着唇，无助地向四周张望，在一旁规划路线的陆言终于看不下去了："他都不会说话，你欺负他干什么啊？"

白楚年无所谓地一耸肩："麻烦给成年人一点教训人的时间，小兔子。"

"就这儿？就你？"陆言翻了白楚年一眼，啵的一声，像拔厕所搋子一样把靠电磁吸附在地上的兰波拔起来抱走了，长尾巴拖了一路。

原地休整十分钟后启程，白楚年开车，先去往加油站把油箱加满，再去医院。陆言的任务二是在医院寻找一种致幻类药剂，同时医院也是一个固定弹药箱安置点，一旦进医院的时机不合适，就免不了一场消耗战。

白楚年买了包烟，叼着烟头开足马力在公路上飙车。可惜没偷到跑车，不然还能好好过一回马路杀手的瘾。

陆言："开这么快干吗？"

白楚年："哎，最近实在太忙，好久没飙车了，搞得现在看楼底下的五菱宏光都眉清目秀的。"

正说着，一辆明亮的绿色兰博基尼与他们擦肩而过，带起一阵震动的声浪，一路朝公路尽头狂飙。

白楚年朝窗外掸了掸烟灰："我追了啊，他们就两个人。"

陆言半个身子探到驾驶座上："能追上吗？"

"能，大牛在经济模式下百公里油耗也要 27 升，他们的来向没有加油站，飙这么快，迟早要停下加油的。"

果然，炸眼的绿色在远处的别墅区停了下来，两个穿队服的亚体从车上跳下来拿枪上了楼。

白楚年特意放慢速度，开车缓缓靠近别墅区，把车停进绿化阴影里，指尖敲着方向盘等待时机。

"他们到二楼了，往阳台去了。小兔子你俩等会儿过去直接把他们清了。"

陆言和毕揽星点头，从枪带中摸出枪械，准备下车。

为隐蔽起见，他们停在了阳台背面，从停车的方向看不见阳台的动向，只能靠经验和声音去推测敌人的位置。

这时，天空广播突然传来击杀播报：

【搜鬼团】何所谓 击杀【苟分别打】孟瑞

【搜鬼团】顾无虑 击杀【苟分别打】袁空

"等会儿。"白楚年叫住正准备下车偷袭的陆言和毕揽星，放开手刹方向掉头，从一条窄道快速驶离了别墅区。

"欸？欸？走了？咱们为什么走了？"陆言舍不得马上到手的两个人头，趴在车玻璃上不舍地频频回头看。

白楚年单手开车，另一只手搭在副驾驶座上："兰博基尼那两个我估计被灭了。"

"可是没听见枪声啊？"

"两个击杀一块儿跳出来，都是搜鬼团。可能是徒手或者冷兵器杀的这两个人，埋伏在别墅区，拿别的队伍钓鱼，咱们进去就被这几个畜生阴了。"

陆言打了个寒战："你……枪法不是挺凑合的嘛，你怕他们呀？"

白楚年笑了一声："我怕你没了啊。"

"呸。"陆言憋了一肚子气。

"没事，这队叫苟分别打的还没播报团灭呢！剩下两个应该离得不远，在附近搜搜，看能不能把剩下的揪出来干掉。"

白楚年开车在附近兜了一圈，路过幼儿园时，听见里面传来一声桌椅挪动的声音。

"啧，谁家的小可爱苟[1]在这儿了。"白楚年掉转车头直接开进幼儿园主楼，四人从两个方向分别上楼，堵住了里面人的退路。

舞蹈厅闪过一个黑影，被白楚年灵敏地捕捉到。白楚年把身上背的M25换给兰波，自己拿兰波的蟒蛇左轮架在舞蹈厅的阶梯座位后，通过通信器告诉陆言："舞蹈厅的帮你架住了，直接过来打掉，再去包夹另一个。"

"收到。"陆言攥着沙漠之鹰翻窗而来，踹翻舞蹈厅的散流器从天而降，枪口对准苟分别打队的一个队员开枪。

寂静的舞蹈厅传来两声枪响。

广播播报击杀信息：

【随便打打】陆言 击杀【苟分别打】阿狸

同时，陆言抚着中弹的锁骨翻倒在地，痛苦地捂着鲜血喷涌的弹孔，胸前血量条骤降见底。

白楚年心头一沉，刚刚他完美地架着那个人，那人手里虽然有枪，但以白楚年的枪法，这人不可能有机会开枪并且伤到陆言。

远处有狙击手。

白楚年顺着打破落地窗的弹孔向远处寻觅，一丝细小的反光让他锁定了狙击手的位置。

白楚年眯起眼睛打量，那人的长相有些熟悉。似乎是入场前遇到的那个灵猩亚体，叫萧驯来着。

"啧，这个臭狙。"白楚年扶起陆言帮他止血，把恢复针剂打进血量条中尽快补充。

兰波将M25架在高点，眼神变得冷冽，宝石蓝的瞳孔透过瞄准镜，视野中出现了一张淡漠清俊的亚体的脸——萧驯也同时在瞄准他。

"兰波，跟他对。"白楚年相信兰波的枪法，特种作战实验体个个都是枪械专家，没有什么武器是他不擅长的。

几乎在同一瞬间，两声枪响分别炸裂在远近两点。

短暂的零点几秒漫长得仿佛一个世纪，兰波突然闷哼一声，锁骨中弹，被狙击弹巨大的冲击力震飞两米来远，电光游走的猩红血液迸飞，胸前血量条骤减，只剩下一丝红色。

天空寂静，并没有传来任何击杀播报。

---

1. 苟：形容非常有耐心，找一个落脚点一直蹲着不动的战术策略。

白楚年愣住了。

兰波，居然没对过那个灵猩亚体。

白楚年眼看着兰波后背猛地撞在墙上，血液浸湿了队服和缠绕上半身的绷带，顺着指尖滴在地上，兰波嘴角渗出血丝，瞳孔逐渐涣散失神。

这画面实在太过真实，白楚年甚至感受到一种毛骨悚然的心疼，心脏突突地在胸腔中鼓动。

"往椅子底下爬，藏起来。小兔子也去，把恢复针剂打满。"白楚年拿起蟒蛇左轮，从倒地的尸体身上搜出一把 SA80 步枪，全部插进自己的皮质武装带上。

毕揽星从通信器中得到消息，迅速从建筑另一角赶过来会合。他把身上仅剩的一支恢复针剂也放在陆言口袋里，举起 Uzi 看向白楚年："冲吗？"

白楚年沉默地盯着远处那个灵猩狙击手停留过的位置："等着，对面让狙击手打残我们两个人，趁我们补充恢复的时间会直接来灭我们的。"

毕揽星分心用手指生长的藤蔓摸了摸陆言的头，释放安抚因子给陆言减轻痛苦，并在陆言和兰波伤处扫了两眼，这弹孔的位置很奇怪，如果说对方狙击手不够准，可这两个弹孔完全打在两人锁骨同一位置，分毫不差。

"请了厉害的帮考吗？"

毕揽星的怀疑不无道理，以这个狙击手的精准度来看是完全有能力直接爆头击杀陆言和兰波的，而他却没有。而且广播也播报过风萧萧兮这支队伍，击杀信息里从没出现过萧驯的名字，有给队里其他人让人头的嫌疑。

"不像。"白楚年攥瘪了手里的烟盒。入场前白楚年见过萧驯，目测二十岁左右年纪，以他们队长对他的恶劣态度来看，不像帮考。即使是帮考，也很难找到一个狙击精度超过兰波的帮考，这不科学。

毕揽星看了一眼重伤的兰波，人鱼用鱼尾把自己蜷成小小一团，藏在椅子底下，因为枪伤的疼痛而微微痉挛："这不重要，你……要不要安抚他一下。"

"又不会真的受伤。让他反省反省，为什么对狙没对过人家。"白楚年从兰波身上移开目光，"三年没见，变笨了。"

毕揽星欲言又止，不再多说。

不出白楚年所料，风萧萧兮队趁白楚年队里两人残血的机会开车直接扎进幼儿园主楼，除萧驯以外的三人分两路上楼围堵，准备一举歼灭他们。

毕揽星迅速放出藤蔓，为残血的陆言和兰波生长出两副毒藤甲以免被击杀淘汰。

风萧萧兮队三人冲上楼，白楚年提前攀上楼梯口等他们露头，毕揽星利用疯长的藤蔓将自己身体挂在主楼外侧，等白楚年把人逼下来再一网打尽。

白楚年用余光注意着远处的动静，突然从二百米外一棵茂盛杨树的枝杈上发现了树叶伪装的狙击枪口。

他敲了敲通信器，让毕揽星换位置以免被狙掉。就在部署新位置的当口，一枚狙击弹破窗而来，白楚年迅速翻越楼梯栏跳到二楼，右手小臂仍然爆出血花，被狙击弹穿出一个血淋淋的弹孔，胸前血量条减少了四分之一。

"这狙……好烦啊。"

原本完美无缺的埋伏位置全部被打乱，白楚年咬了咬牙，同时他也看明白了那个灵猩亚体在队伍里处在辅助位，一直在为队伍观察位置架枪，几次被打断进攻的机会全是因为这个狙击手。

但冲楼的这三个亚体发挥就比较普通了，三个人的配合毫无亮点，队长的指挥也不够及时和精确，根本配不上远处架枪的灵猩亚体优异的大局观，还不如直接让那个灵猩亚体做指挥。

灵猩是一种视觉型狩猎犬类，视觉追踪和速度爆发力极为优秀。因此白楚年猜测他们的亚化能力可能在于视力和速度的提升上，立刻放弃被灵猩亚体架住的位置，两人换到二楼音乐教室。毕揽星用箭毒木藤蔓封死出口，并且将白楚年推进通风口，白楚年顺着风道回到三楼天花板钢架上，屏息等待。

急促的脚步声由远至近，白楚年面无表情地握着蟒蛇左轮，等到脚步声行至自己正下方时，轻轻扣下扳机。

啪的一声炸响，风萧萧兮的队长捂着爆开血花的锁骨滚落楼梯，血量条急剧减少。

白楚年也没有直接击杀，眯起眼睛又开了一枪。

第二枚子弹完全打入第一枚留下的弹孔中，血花四溅，亚体队长因剧痛而嘶吼打滚，但锁骨位置并不是要害，因此没有立刻被淘汰。

余下的两个亚体队员听到了队长的痛吼，有点乱了阵脚，没注意脚下突然出现的藤蔓，被疯长的藤蔓骤然拉扯缠绕在一起，毒素透过藤蔓尖刺注入皮肤，产生了一种火焰灼烧般的剧痛，两个亚体队员惨叫着拼命地上爬，想要逃离这片恐怖的荆棘丛林，嘴角因为中毒而溢出白沫。

毕揽星皱眉收紧藤蔓，听着两个亚体的惨叫，心里多少好受了一些。

陆言填满恢复针剂，脸色苍白地爬起来，拿起沙漠之鹰循着声响追出去，刚好碰见白楚年，白楚年甩了甩右手上的血浆："这几个人交给你，我去教教那个臭狙做人。"

上空公布击杀名单：

【随便打打】陆言 击杀【风萧萧兮】萧子喆

【随便打打】陆言 击杀【风萧萧兮】萧子遥

【随便打打】陆言 击杀【风萧萧兮】萧子驰

听到这三条击杀播报，灵猩亚体脸色白了几分，收起狙击枪跳下杨树想逃走，没想到转身就被一只坚韧有力的手扣住了脖子。

白楚年攥着灵猩的脖颈，既不让他呼吸顺畅，也不让他窒息而死，把纤瘦的灵猩扯到面前仔细端详了一番："我看看这是谁家的小狗。还想跑？过来吧你。"

就像将猎物叼回巢穴的公狮子一样，白楚年把萧驯活捉，一路拖了回来，扔在墙角。

萧驯动了动身体，白楚年单手拿起步枪，枪口顶在他额头上，戳了戳："让你动了吗？靠回去。"

"你开枪就可以了。"萧驯冷冷地凝视着白楚年，像受到侮辱了一般，指尖都在发抖。

白楚年又用枪口戳了戳他的额头："想好了吗？你们队可就剩你一个了，你现在是全村的希望。你乖点可以吧，我问什么你答什么。"

萧驯闭上眼睛："你说。"

"你的 J1 亚化能力是什么？"白楚年问。

萧驯有点意外，沉默了一会儿，轻声回答："万能仪表盘。"

白楚年恍然，笑了一声："怪不得。"

灵猩亚化细胞团 J1 亚化能力"万能仪表盘"：风向、风速、测距、目标动态分析，一切狙击数据一目了然。

如果说一个优秀狙击手的过人之处在于他对目标的分析速度更快，那么这个灵猩亚体的能力就在于不需要分析，就像给出一道计算题目，别人最先看到的是问题，而萧驯直接看到的是答案。

"第二个问题，"白楚年放下抵着萧驯额头的步枪，"你几岁了？"

萧驯转过头不想回答，白楚年抬起 SA80 朝萧驯两腿之间的橡胶地板上开了一枪，滚烫的枪口向上移："头铁是吧，等会儿给你做个绝育，小狗狗。"

萧驯被这一枪恐吓吓得打了个寒战，脸上一会儿红一会儿白，半晌才极小声地憋出一句："十九。"眼睛里慢慢沁出一层水。

"害怕了？"白楚年放下枪托腮笑着看他，"不是你狙击我们队里人的时候啦，一枪一个小朋友，看把你能得，我不欺负欺负你都说不过去。"

欺负够了，白楚年从萧驯腰带上抠下来三个阻爆器，只剩下了一个还有四十分钟就失效的："走吧，能不能带你们队的三个废物苟到两天后，看你本事了。"

萧驯讶异地扬起睫毛，看白楚年确实有放走自己的意思，试探着去摸地上的狙击枪背到身上，发现没人阻止自己，飞快地翻出窗外逃走了。

白楚年没管他，去椅子底下看兰波。陆言愤愤地盯着萧驯越来越远的背影，看不懂为什么要放走他。

考试而已，白楚年没必要真的报复一个认真考试的亚体，况且对方也不是帮考，逗着玩一会儿就罢了。

倒是兰波这边情况有点复杂。

见底的血量条已经被恢复针剂补满了，可兰波还躲在椅子底下不肯动，用尾巴把自己裹得严严实实，只露出一双警惕的眼睛。

在真实触感 VR 中，疼痛感和现实世界是一样的，中弹的反应也完全仿照真实情况模拟出来。兰波的身体本能开启了防御和自我恢复机制，把自己团成一个鱼球，缓慢地疗伤，这是人鱼的某种恢复类伴生能力。

白楚年只好把他抱出来，轻轻拍着脊背释放安抚因子哄他："好了啊，没事了，你打开。"

兰波虚弱不舍地望着白楚年，迟钝地摸了摸鱼尾，找到一片蓝光闪烁的鳞片，轻轻掀起来，忍着痛扯下一片，放到白楚年手心里。

白楚年有点迷惑，兰波又扯了一片鱼鳞交给他，不多时就把最漂亮的几片鳞片抠秃了，在白楚年手心里堆了一小撮。

白楚年终于明白了兰波的意思。

他这是在给自己留遗物，这条鱼觉得自己要死了。

该怎么和一个语言不通的奇特物种解释这只是一场平平无奇的考试？

人鱼的自我疗伤机制很独特，整个蜷成一个半透明球，可以在地上平滑滚动，直到找到水源就扎进去沉到水底，用泥沙把自己埋起来。如果运气好没有死去，就会进行长时间休眠，缓慢恢复至身体完全正常；如果在休眠过程中因为伤势过重而死去，就会像鲸落沉降在泥沙中，尸体滋养一片海域的生物。

这种自我疗伤机制是人鱼的一种伴生能力"鲁珀特之泪"，在受到外界强烈刺激或者濒临死亡时被动启用，在鱼球状态下旁人无法对他造成任何伤害。

但白楚年知道这种伴生能力的弱点，它是可以强行唤醒的，只需要重重击打他露在外边的尾巴尖，或者直接切断他的鱼尾末端，这种坚不可摧的保护机制就会被强行终止。

不过这种暴力唤醒方式对人鱼的创伤极大，很容易造成心理障碍和精神紊乱。

白楚年轻轻捏了捏人鱼的尾巴尖，已经有点干了。他从饮水机里接了点水打湿兰波的尾巴，又捏了捏。

不知道离水太久兰波的身体能不能吃得消，即使身上缠着保湿绷带，在陆地上连续待上 48 小时也不会太舒服。

陆言和毕揽星去风萧萧兮三个队员身上搜物资去了，安静的舞蹈厅里只有白楚年一个人在呼吸。他耐着性子边释放安抚因子边抚摸团成球的兰波，指尖轻轻捏他发抖的尾巴尖。

怀里的人鱼终于有了一丝反应，缠绕自身的尾巴有所松动，但颤抖得厉害，尾巴尖瑟缩着，怕再受到伤害。

"好了啊，你打开。"白楚年释放出更高浓度的安抚因子，半哄慰半强迫地把兰波的尾巴从身上剥离开。

兰波显得更加抗拒，甚至露出尖锐的犬齿低吼，发出刺耳的高分贝噪声。

他想了很久如何向兰波解释这只是一场考试，疼痛和受伤都是系统模拟出来的触感传输，可这些名词太难理解，兰波不可能听明白。

那么只能曲线救国了。

白楚年低下头，轻轻吹了口气。

"好了，你活了。"白楚年弯起眼睛，"是不是觉得身体舒服多了？"

兰波眼皮半睁，蓝宝石眼珠微弱地闪烁电流，看上去就像在闪闪发光。

白楚年说："起来，别装死了。"

兰波缓缓地爬起来，看了看自己的双手，再看看锁骨已经止血愈合的弹孔，疑惑地发了半天呆，突然看到自己屁股上的蓝光鳞秃了一块，雪白的脸颊腾地变红了，从白楚年手里抢回鳞片，蘸了点口水一片一片地往屁股上粘回去。

白楚年把剩下的几片攥在手里不让他拿："想要啊？"

兰波抿了抿唇，抬手遮住通红的脸颊，闪电一般顺着钢制座椅梁逃走了。

白楚年仰头靠着墙笑起来，忽然敛住笑意，把手心里剩下的三四片蓝色半透明鱼鳞按大小顺序摞在一起，捡了一张纸把它们包住，叠成一个妥帖的方形，随后放进左胸前口袋里保存。

一下子灭了两队，陆言队服胸前的击杀数字已经跳至"10"，这场架打完，他们又收缴了八枚阻爆器，每个人的安全时间又增加了两个小时，算上之前的时间，一共有四个多小时的安全时间，还拿走了尸体口袋里的五支恢复针剂。

　　白楚年一个人坐在空旷的舞蹈厅里，面对着十几排空的阶梯座椅，无聊地用食指指尖挂着手枪转。

　　房间里忽然多了另一个亚体的气息，白楚年回过神："嗯？"

　　毕揽星坐到他身边，把一支恢复针剂推到白楚年手边："他们两个在三楼食堂。"

　　白楚年又嗯了一声。

　　毕揽星平静地问："你是锦叔叫来帮陆言考试的吧。"

　　"瞎说，我来混分的。"白楚年点了根烟。

　　和聪明人说话不需要太费时间，毕揽星也不需要白楚年回答得太明确，继续道："你是锦叔的人，肯定是值得信任的前辈了。我想知道，你和兰波熟吗？你们认识多久了？"

　　白楚年朝毕揽星吐了两个圆形的烟圈："三年六个月零五天。"

　　毕揽星皱了皱眉，扇走面前的烟圈，略微思忖，轻声说："三年前我跟着我爸的部队野训，中间组织参观了一个叫109研究所的生化武器库。我那时候年纪小，不懂事乱跑，就掉队了。之前有几个穿白大褂的给我们当介绍员来着，我以为只要跟着穿白大褂的就能找到队伍，结果不小心跟着他们进了个实验室。

　　"趁着没人发现我，我就在实验室里钻来钻去跑着玩，后来看见实验室的培养器里就泡着一个球，和兰波刚刚蜷成的那个球一样，有一截尾巴露在外边。"

　　白楚年的脸色阴沉下来，随口问："然后呢？"

　　"他们把那个球的尾巴砍了。"毕揽星抬手比画，"砍掉这么长一截，我确实被吓蒙了，不小心碰掉东西被里面的科研人员抓住，拎起来扔到实验室外边，但一路上都能听见那个生物在惨叫。"

　　毕揽星不解："他们为什么要这么做？"

　　白楚年盯着地面出神，直到过长的烟灰落在指间把他烫醒，才轻声回答："熔化的玻璃在重力下自然滴进水里，形成的水滴形高密度玻璃称为鲁珀特之泪。头部可以承受大重量挤压，但尾部非常脆弱，人鱼的其中一种伴生能力就是如此，当他受到刺激进入球状自愈期，没有任何人能靠外力打开他，除非切断他的尾巴尖，暴力终止自愈，用剧痛强迫他打开身体。"

　　这不是什么秘密，很多关于人鱼的文献中都写明了这种伴生能力。

"不打开他怎么做实验，要取血液样本、体液样本，测药物耐受极限、破坏力和受创极限、高温极限、低温极限、体力极限、能力极限，都需要实验体配合。"白楚年平淡地叙述着毕揽星从未接触过的测试项目，像在回忆昨晚晚饭都吃了什么一样平常。

"你好像知道得很清楚？"

"不是所有人都和你们一样是少爷，知道吧。"白楚年无聊地剥开烟蒂的过滤嘴，撕着里面的棉絮打发时间，"考个试而已，亲爸还给找个保镖护着。"

"对，有的人就是幸运。"毕揽星拿过白楚年手里的烟头在地上摁灭，"陆言就是，随便作天作我我都惯着他，锦叔想多了，没有你我也能带陆言赢。"

白楚年轻声哼笑："有道理啊，我十七岁的时候怎么就没这个觉悟，我老是想着怎么报复他，好长一段时间都在思考见了面怎么把他揍成手打鱼丸。"

开车去医院的路上，毕揽星坐在后座看窗外的风景，陆言蜷缩在后座打盹，兔耳朵遮着眼睛。

兰波抱着尾巴蹲坐在副驾驶，把尾巴尖拿起来吹吹然后含在嘴里，就像人类习惯舔两下割破的手指来止痛一样。

白楚年开车，分出一只手伸到兰波面前，摊开掌心："给我。"

兰波发了一下呆，把手放在白楚年手上。

"不要这个，"白楚年轻轻攥了攥他的手，"尾巴。"

兰波犹豫了好一会儿，把还沾着口水的尾巴尖小心地放在白楚年手里。

白楚年的后颈亚化细胞团分泌出安抚因子，通过汗腺释放到掌心，笼住兰波的尾巴尖。

兰波舒服地嗯了一声，放松警惕窝在副驾驶眯起眼睛休息。白楚年摊开手掌，仔细观察放在手心里的一截鱼尾：从末端向上十厘米长的位置有一条不甚明显的分界线，末端的鳞片明显更新更幼嫩一些，是切断之后重新生长出来的。

对人鱼来说，切断十厘米长的一段鱼尾，和人类被砍掉双脚一样痛苦，即使鱼尾只要不切到骨骼就能无限再生，那种清醒的疼痛却是毕生难忘的。

三年前109研究所派科研人员来购买特种作战实验体，说只是做观察展示用，会为实验体提供最优渥的生活环境，而他们提出的购买条件是，选择战斗力最高的一个。

实验体们因此开始了长达一周的疯狂混战，谁都想离开这座暗无天日的监狱。

因为 109 研究所承诺，会承担因这次挑选战斗而夭折的实验体的损失，所以根本没人制止这场属于生化怪物们的乱斗。

一周后只有白楚年和兰波还活在透明生态缸中，但只有兰波活着被带出去了，白楚年胸前被人鱼的利爪划开了一道深长的伤口，内脏和肠管流了满地，缝合后整整两周都在反复感染中煎熬，最后只好被作为玩具低价出售给爱好变态的富豪们。

直到陆上锦在地下拳场看中了他的能力，把他买回家，言逸给他拿了一套干净的衣服。那天刚好周五，陆言从寄宿学校放学回来，白楚年没有出去，躲在楼梯上看着他们在客厅沙发里一起看电视。

不过看来这三年兰波在 109 研究所过得也没有那么舒服，白楚年觉得心宽了那么一点，又有些异样的难受。

"这不是你自找的吗！"白楚年心里想着。

幼儿园距离医院只有十五分钟车程，到达前白楚年绕着医院观察了一圈，突然停车，盯着露天洗手池里的一团泡沫出神。

车上其余三人也被这团泡沫吸引了目光，看起来就像有人挤了一大坨洗手液之后搓出一堆泡沫丢在水池里，还没冲。

半晌，泡沫动了一下，开始慢慢地蠕动，在四人眼皮底下缓慢爬出水池，然后撒腿就跑。

毕揽星早一步放出藤蔓抓住了那团跳得很高的泡沫，收渔网那样把抓住的东西拉回来。陆言和兰波下车按住了那团挣扎的泡沫，泡沫里露出了两只大眼睛。

扫开泡沫，一个穿着武装队服的亚体暴露出来，胸前挂着队名牌"有 A 吗"。

白楚年没忍住扑哧笑出来："沫蝉亚体，吐泡沫当吉利服伪装自己，可惜抽到城市地图了，要是抽到森林地图，苟一个礼拜都没人能找着你。你队友呢？"

沫蝉亚体扫掉头上和身上的泡沫，抱腿坐在地上，露出一个乖巧的笑："在你后面。"

话音未落，一阵刺耳的尖叫魔音贯耳般从背后响起，极其恐怖的尖锐噪声几乎能够化为实质洞穿耳膜，医院高楼的玻璃霎时被震碎。兰波立刻蜷成球滚回车里，连白楚年脑袋里都翻江倒海，眼前一黑。

背后的树荫里站着一位与沫蝉亚体同色队服的长发亚体，一半身子胆怯地躲在树干后，喉咙里发出超高分贝尖叫。

铃铛鸟亚化细胞团 J1 亚化能力"摧毁强音"：连续发出高分贝噪声用以干扰敌人听觉和声波信号。

原本低阶亚化细胞团的能力根本不会对白楚年造成创伤。白楚年等级高，白狮又处于物种食物链顶端，对铃铛鸟亚体同时具有等级压制和物种压制，但铃铛鸟的尖叫无孔不入，让白楚年头痛得厉害。

白楚年揉着太阳穴看了看四周，另一个棕发亚体翻墙跳了出来，长相并不算太惹眼，有些普通，但尽管他什么都没做，白楚年仍然感受到了他释放出的亚化因子，是一个海蜘蛛亚体。

海蜘蛛这种生物因为过于渺小不被注意，也没有动物愿意把它当作食物，因此没有天敌。

海蜘蛛亚化细胞团 J1 亚化能力"压制抵消"：将双方等级拉至同一水平，抵消等级压制和物种压制。

沫蝉亚体趁机脱离藤蔓的束缚，从毕揽星和陆言身上抠走几个阻爆器揣进兜里跑掉了。

"这是个全弱亚体队？"白楚年更加头疼，全弱亚体队因为力量和能力上与强亚体有差距，因此只会选择这种阴森的打法，不咬人恶心人就是他们的战术。

白楚年有点烦躁，对付几个难缠的亚体居然要用上自己的亚化能力，着实丢脸。

忽然，医院二楼跳下来一位黑发金眸的年轻男子，凤眼眼角点缀一颗泪痣，散发着一股阴郁的气息。

"我是有 A 吗队的队长。"年轻男子抛起手枪，轻轻接在手心打了个转儿，缓缓朝白楚年走来，枪口抵在白楚年下小腹上，淡笑道，"我检测到你们这一小时都是安全的，搜鬼团在乱杀一气，我们没必要现在就争个两败俱伤。"

乌鸦亚化细胞团 J1 亚化能力"死亡预知"：预知检测对象一小时内的存活情况。

"所以，"黑发亚体抬起枪口，敲了敲白楚年的腰带，唇角上翘，"组队吗，小哥哥？"

白楚年抬手压低乌鸦亚体的枪口，食指指尖一挑，轻易地把手枪从亚体手中挑到自己掌心，转了两圈卸了子弹揣进裤兜里，把空枪放回亚体手心，低头问："怎么组队？"

乌鸦亚体微扬下颌："我们不拿人头分，遇见的所有对手我们架住，你们来杀，但要带我们去一趟科研院，我们的任务在那里。"

科研院在地图上的标志十分明显，基本处在整个城市地图的东南角，醒目的三个固定弹药箱标志分别标注在科研院的三层、十层和十六层，看来科研院正是整个城市地图的最大物资点，四个基本没有武力输出的亚体很难从科研院存活下来并且完成任务。

"你以为没有你们，我们就杀不够人数？"白楚年笑了一声，眼神讥笑地扫过这几个娇小的亚体。

乌鸦亚体早料到他会这么说，略微闭了闭眼，随后轻声说："医院四层化验室有一队，一人残血，两人半血，一人全盛。三百米外商场一层奢侈品区有一队，一人残血，三人全盛。"

白楚年讶异挑眉。

"我的伴生能力暂留眼，能分出两只活动眼珠在不同位置监控。"乌鸦亚体将鬓角碎发掖到耳后，"不然你以为我们是怎么避开搜鬼团的？"

某些亚化细胞团有概率在分化获得亚化能力的同时，额外出现伴生能力，自然条件下出现的伴生能力大多与亚化细胞团生物特性有关，且不是必然获得。

白楚年离他稍近了些，意味深长地说："暂留眼听起来和乌鸦亚化细胞团关系不大。"

乌鸦亚体退开两步，警惕地与白楚年对视："我没骗你，不合作就算了。"

"没说不合作，我觉得你还挺强的。"白楚年收回具有侵略性的目光，轻松无害地靠回车门边，"怎么称呼？"

"渡墨。"

陆言对这几个亚体没什么意见，他年纪小，经历事少，对人不怎么设防。沫蝉把偷走的阻爆器还回来之后，陆言也没有再和他们计较。毕揽星思考得多一些，用藤蔓缠住陆言，轻轻把他拽回自己身后，与那几个亚体拉开一段距离。

白楚年想着既然医院里只有一队，让兰波在车里休息一会儿也没关系，刚一拉开车门，发现兰波就坐在这一侧的座位上看着手指发呆。

他指间的蹼已经生长如初，虽然纤细白皙，但看起来与人类格格不入。

白楚年低头看他。

他的瞳仁仿佛涌动的冷海，从这双眼睛里，白楚年读出一种热切的好胜来。

一阵白玫瑰淡香从兰波后颈亚化细胞团中分泌出来渗入空气里，陆言离他最近，首先感觉到一阵不适。他抬手按住自己的亚化细胞团，有点说不出的难受。

另外几个亚体就没有这么幸运了，被白刺玫亚化因子入侵亚化细胞团的一瞬间就感受到了一种强大的压迫力，后颈亚化细胞团肿痛难忍，连海蜘蛛亚体迅速发动

J1亚化能力压制抵消也无济于事。

海蜘蛛虽没有真正意义上的天敌，但人鱼作为水生变异亚化细胞团，对一切海洋动物具有削弱作用，海蜘蛛的压制抵消能力对人鱼而言完全免疫。

三个亚体被强硬的压迫因子按在地上动弹不得，渡墨勉强还能站在地面上，双腿发软微抖，按着后颈刺痛的亚化细胞团叫了白楚年一声："他疯了吗？快让他停下来。"

兰波似乎在针对这个乌鸦亚体，将压迫因子汇聚到渡墨一个人身上，直到强盛的亚化因子逼迫渡墨跪在地上为止。

白楚年没有见过兰波强势驱逐周围亚体的行为，回头让几个亚体退远一些。

等到几个亚体艰难地退到距离白楚年十米之外，兰波才停止释放压迫因子，抛给白楚年一个"就这？"的眼神。

白楚年哑然失笑："我没说他比你强。"

"hen。（好的。）"兰波扬起鱼尾放出一股电流，借着电磁吸力离开车座，吸附在医院的墙壁上，顺着楼梯间敞开的窗户爬了进去。

既然已经到达医院，自然要优先帮陆言完成医院的任务，寻找一种名为Accelerant的致幻剂。

已知医院四层化验室有一队，白楚年带着队伍行进的速度稍微加快了些，打算速战速决，而实际上走到四层楼梯时就已能够嗅到一股浓郁的血腥味。

几人摸枪潜行，化验室门口堆着一摊泡在血中的残肢断臂。兰波坐在化验室的窗台边扫动鱼尾，尚未干涸的血液顺着他的手臂和鱼尾淌到地上，与零落的断肢汇到一起，血液顺着他的尾巴尖被吸进体内，在鱼尾中游走的蓝色电光逐渐像蓄电的电池一样变成了红色。

"看来你没说谎，果然有一队。"白楚年欣赏了一番兰波的杰作，蓄满红色电光的鱼尾比往常多了一丝危险的性感，很漂亮。

渡墨弯起狭长的凤眼，抱臂轻笑："我们的能力都很适合做辅助，可惜这考试对辅助能力很不友好。要留个联系方式吗？需要什么类型的辅助都可以找我。"

化验室地上昏迷的四个断手残脚的队员胸前的血量条都还剩下一丝血皮。兰波微扬下颌，示意陆言过来收人头，顺便瞟了渡墨一眼。

渡墨起初没什么感觉，但被兰波蓝色幽深的眼睛注视久了，指尖开始轻微发抖，咽了口唾沫，退到房间的对角，兰波才把冷冽的目光从他身上移开。

第四章

实时积分

　　乌鸦亚体注视了兰波一会儿，视线下移，目光描摹兰波的鱼尾——与腰部平滑相接的半透明鱼尾极长，微光闪烁的长鳍像垂落的蓝冰丝绸缎，而末端没有尾鳍，和蛇尾末端类似。

　　"你是陆言？"渡墨眯眼打量兰波，"在击杀播报里出现了很多次。"

　　兰波与他对视，但眼神并不友好，轻蔑而警惕地坐在窗台俯视着他。

　　陆言收完人头，天空广播立刻播报击杀情况。渡墨才意识到自己某些地方想错了，但不足以说明什么。

　　化验室的门一推即开，陆言和毕揽星率先走了进去。白楚年回头对渡墨说："走啊，一起。"

　　渡墨瞥了一眼窗台上眼神警惕的兰波："你把他拴紧点。"

　　"好。"白楚年朝兰波伸开手，兰波立刻减弱电量离开窗台，顺着铁质护栏游走到白楚年身边，随他一起进入了化验室。

　　化验室中除了一些医院常用的化验设备，东面墙壁摆放了一扇带玻璃门的井字形书架。中间格和右边格各摆放着一份化验报告，报告装在透明自封袋中。白楚年随手拿了最中间的一份，打开自封袋，化验报告封面写着"特种作战武器1513蛇女目"。

　　翻开封面，第一页报告上有几行潦草的字迹，似乎是对编号为特种作战武器1513、名字叫蛇女目的化验者的化验结论。

　　"特种作战武器1513尚处于培育期，由于曾被强行逼迫而出现僵暴病态，现已治疗痊愈。

"备注：培育期实验体外形正常，但表达和理解能力较为青涩，破坏力初见端倪，攻击欲望强烈，吞食欲望强烈，用以补充亚化细胞团能量，此状态会在实验体进入成熟期时自行终止。"

白楚年快速浏览了一遍这份化验报告，又拿了紧挨着右手边的一份报告拆开，第二份化验报告的封面写的是"特种作战武器324 无象潜行者"。

这份报告要比刚刚那一份厚了一些，因为里面夹着一张化验者的CT（计算机层析成像）影像。

影像照片上是一个人类亚体的全身骨骼，但他的眼眶直径比普通人要大出一倍，尾椎骨很长，末端微卷。难以想象这个亚体的真实样貌，有点像只蜥蜴，不过化验内容和上一份区别不大。

白楚年把化验报告放在一块儿戳齐，朝渡墨摊开手："交出来吧。"

渡墨嘴角抽了一下："什么？"

"大家都是来考试的，既然组队了，分享情报很重要。"

"要我交什么？这儿肯定有人来过，看灰尘痕迹就知道井字形书架每个格子里都有一份报告，余下的几份都被别人拿走了。"渡墨抱臂倚在书架边，脸色如常。

白楚年翻开上一份化验报告："少一份CT影像照片。你拿走的CT影像应该是一张人身蛇尾的骨骼照片，看起来和兰波很像对不对？而且你的伴生能力应该是检测一定范围内的生命体征，不是暂留眼。"白楚年拍了拍手里的自封袋，"暂留眼大概是这个实验体的能力吧，你故意说出这个能力看我们的反应，就是想弄清楚这个特种作战武器1513是不是兰波，思路没问题，不过并不是。"

渡墨隐隐松了口气，拉开队服拉链，把藏在怀里的CT影像给了白楚年。

CT影像如白楚年所说，化验者上半身是人，从腰部开始连接一条蛇尾，与希腊神话中人首蛇身的女妖拉弥亚形态近似。

白楚年有点纳闷，他有意控制着陆言的击杀人数，在高手如云的考试里并不显得十分突出，自己的队伍应该不会被特别注意到才是，兰波的外形确有些引人注目，但这个世界上外形奇特的人类众多，人鱼并不算最特别的。

他突然回忆起最初在图书馆伏击无人生还队的时候，在无人生还队的尸体上收缴了十二枚阻爆器。无人生还队一共拿了十二个人头，他们灭了爆炸头队和一次就好队，算上消耗到时间自动脱落的，应该只剩下八枚完好的阻爆器，那时候他们还没来得及拿固定弹药箱里的补给，那么多出来的四枚阻爆器应该属于趁乱跑掉的一队。

"你们去过图书馆了？"白楚年问。

渡墨有些讶异，想了想还是点了点头："你怎么知道？"

广播考试规则时明明说固定弹药箱里会准备阻爆器，而图书馆的弹药箱里却没有。既然乌鸦有检测范围内生命体征的能力，很可能抢在几个队伍前面换走弹药箱里的阻爆器，因为无人生还队和另外两队来得太快，才没得及拿走其他物资。

"为什么要去图书馆这种大物资点，你们队伍里没有输出，还去大物资点抢东西，是因为有任务在那儿吧？"白楚年打了个响指，"图书馆三层D区的文件？"

"嗯。"渡墨好看的细眉挑了起来，"我们的第一任务都在图书馆，要求打乱三层D区档案室的所有文件。拿任务分对我们来说才是最重要的，所以没有第一时间去搜弹药箱，最后时间不够，只拿了阻爆器就走了。"

白楚年若有所思："所以文件C写的是人身蛇尾的怪物吗？"

"对，我以为资料上说的是他。"渡墨看向兰波，也渐渐明白了这个误会的根源。当时他们进入档案室后开始乱搞一气，地上掉了几张带图的资料，看起来在整个被白色A4纸铺满的档案室里格外醒目，当时渡墨稍微停下来看了一下。

文件C：

特种作战武器编号1513

蛇女目

状态：培育期亚体。

外形：人身蛇尾，依靠鳞片蠕动可以在陆地直立行走。

亚化能力："暂留眼"，两只眼睛可以从眼眶中取下，留在他人不经意的位置，一旦不慎与这两只眼球对视，则在三十秒后出现类渐冻现象，肢体岩石化，距离越近，对视时间越长，石化程度越高。石化同时刺激痛感神经，让被石化者不会晕厥，而是痛苦惨叫并且体温随之升高，以此使蛇女目判断方位并捕食。

研究发现：蛇女目不具备嗅觉，取下两只眼球后，本体失去视觉，因此仅靠听觉和热感判断方位。

最后一次观测位置：109研究所。

陆言在化验室的试剂橱中找到了一瓶标签写着Accelerant的半透明粉色药剂，药剂放置在安瓿瓶中，与一支约十厘米长的注射枪用医用胶带粘贴在一起，可以看出是配套使用的。

"使用说明：将该药剂注射进后颈亚化细胞团后将在十秒内起效。"陆言照着安瓿瓶上的标签内容读了一遍，"起效，并没写会起什么效，就这些了。"

"我来吧，你别刮手。"白楚年抽出枪带上的战术匕首，用刀背划掉安瓿瓶玻璃帽，熟练地用注射枪吸取药液，盖上封盖前嗅了嗅药液的气味。

"完成了。"陆言弹了弹任务书，任务二"在医院搜寻 Accelerant 致幻剂"已完成，任务书上已经有了两颗星，再加上陆言现在拿到的十四个人头换算成一颗星，"现在只要活到最后就能拿到六颗星。"

白楚年转头问那几个亚体："你们想拿几星？科研院那么难打，还不如我带你们苟到最后呢！科研院三个固定弹药箱，不知道有多少队在争，我可顾不过来你们这么多小宝贝。"

陆言斜了他一眼，把 Accelerant 致幻剂注射枪揣进兜里："谁是你宝贝？"

白楚年手一撑坐上窗台，悠闲晃腿："你们都是我的宝贝。"

正在嚼空安瓿瓶的兰波忽然停了下来，朝白楚年眨眼睛："en？（嗯？）"

白楚年弯起唇角朝他笑："你听到了？我是说这些可爱的亚体都是我的宝贝。"

但在兰波听来，白楚年说："你 @#￥%……是￥%# 可爱的亚体￥%# 是我的宝贝。"

兰波点点头，扬起尾巴尖给白楚年比了一个"√"，甚至收起了攻击架势，表面上看来十分随和。

特种作战实验体的生长过程分三个阶段——培育期、成熟期、恶化期，处在培育期的实验体各方面能力都处于生长阶段。

兰波正处于培育期，尽管身体各个器官趋于成熟，但理解能力和表达能力都比正常人类要差，需要不断进食无机物和有机物来协助维持亚化细胞团的能量，进食足够或注射催化剂可以加快成长进程。

白楚年让所有人各自摊开任务书，对照了一下任务内容，发现很多任务都与图书馆三层 D 区的文件有关：有的是打乱，有的是整理，有的是销毁。按概率计算，整个城市考场的考生们至少有 80% 都有可能拿到关于图书馆的任务，只不过因为起始地点不同，到达图书馆的时间也基本错开了，意味着很多人都浏览过档案室的资料。

再加上这间化验室中井字形书架上被拿走的另外七份报告，这就可以理解为主考方本意就是把这些资料上的内容传播出去。

毕揽星的三个任务分别是：

任务一：清理图书馆内的入侵者（已完成）

任务二：浏览并带走化验室井字书架中心格的化验报告（已完成）

任务三：点亮科研院十六层的烛台

陆言的三个任务分别是：

任务一：与图书馆三层 D 区档案室管理员交接芯片（已完成）

任务二：在医院搜寻 Accelerant 致幻剂（已完成）

任务三：取走科研院电梯中的单反相机

任务有团队机制，只要其中一个人完成了某个任务，队伍里其他人如果有相同任务也会被默认完成，且团队任务基本都是互通的。白楚年终于有兴趣认真地看了看自己的任务书。

任务一：浏览化验室书架中心化验报告（已完成）

任务二：在科研院十层公共机房读取芯片

任务三：给 1513 号实验体拍照

兰波的任务没有任何参考价值。

"现在明白了吗？"渡墨摊开自己队伍的任务书，"1513 号实验体就在这座考场里，大概率就被关在科研院里，我们去了就能看到那个怪物。

"我非常好奇这个 1513 到底是什么东西。只要我队友有一个能活下来，我就能得六星。反正我是来刷分的，即使成绩不合格也没关系。你们去科研院的话，带上我，我全力帮你们，也不用特意保护我，死了就算了。"

白楚年心不在焉，想着这考试如果收门票就好了，有空带着联盟特工们组队来一趟，这团建项目比从前一帮特工休假跑金三角逗毒贩玩有意思多了。

"行吗，哥哥？"渡墨释放出一丝诉求因子主动向白楚年示弱。当亚体释放出这样的亚化因子时，一般是在表达诉求和愿望，强亚体天生对弱亚体有保护欲，接收到诉求信号时往往会心软。

兰波扬起尾巴尖挑起乌鸦亚体的下巴，眯起蓝眼瞧他，几个不甚熟练的音调从咬紧的齿缝中挤出来："xing（行），ni（你），跟 zhe（着），我。"

两队分两辆车，根据渡墨的指引直接把商场的一队吃掉，抢了那一队的物资随后向科研院位置行驶。科研院的位置相对偏僻，位于城市郊区，需要开一段高速路。

两队交换了队员，毕揽星在有 A 吗队的车里开车，渡墨坐在白楚年斜后排座位。

忽然，渡墨敲了敲玻璃："我们前方五百米内有两辆车，其中一辆有四个人，都是残血。另外一辆车上四个人都是满血。"

乌鸦亚体能够检测一定范围内的生命体征，这种伴生能力连白楚年也觉得十分实用，他打开通信器麦克风告诉另一辆车上的毕揽星："前方五百米有两辆车。"

两车同时减速，以免和前面两辆车追尾。这时前方突然传来一声炸药轰鸣，不远处的地面升起一股火星四溅的浓烟，一辆保时捷被炸上了高空。

渡墨停顿了一下："现在只剩四个人了，一人半血，三人满血。他们掉头，冲我们来了。"

同时，上空广播实时播报：

【搜鬼团】何所谓 爆破击杀【扶朕躺下】

【扶朕躺下】全队淘汰

乌鸦亚体的检测半径只有五百米，以车高速行驶的速度计算不过十几秒搜鬼团就会和他们直接撞脸。

公路尽头已经能看见搜鬼团的黑色大 G，左右两侧各有人架枪扫射，步枪子弹劈头盖脸扫在宝马车前盖上，一股滚烫浓烟带着火焰在车头燃烧。

陆言摸枪跪立在后座准备开战，手指焦急地搭在门把上，随时准备跳车逃生："车冒烟了，万一打油箱上就炸了！这车快坏了！不能要了！"

"瞎说，跟新的一样，"白楚年轻松打方向盘急速甩了一个横弯，悠哉地打了个响指，"菜鸡还敢扫老子的车，脑袋都给他打爆。"

"哎哟！"

混乱间流弹穿透玻璃，在陆言小腹上打出了一个渗血的弹孔，陆言捂住伤口，忍着剧痛骂了一句："车上这么多人为什么就能打着我？"

"我刚刚走神了，这波千万别和你爸说。"让陆言连受两次伤，几乎可以算保护任务不合格了。白楚年还想挽回一下损失，按下车窗，探出半个身子到车窗外，拿出扩音器："搜鬼团的人们听着，你打的是我们的队（笨）宠（蛋）兔子，你们即将为这不幸命中的一发子弹付出惨痛代价，你们摊上事了！"

随着中弹后不断流失血液，陆言胸前的血量条锐减至三分之一，而车辆顶着枪林弹雨穿行，不断有流弹击碎玻璃。

兰波从副驾驶攀爬至后座，用鱼尾将陆言缠住，包裹成球，挡住车窗掉下来的钢化玻璃碎屑和胡乱击穿车身的流弹，他的血量条也在减少。

陆言被半透明鱼尾卷在中心，仍然可以透过网状的血管和血红色的内脏勉强看清外边的情况，他忍痛拍了拍兰波的尾巴："你放开我，步枪子弹杀伤力太高了，你马上就被打掉淘汰了。"

白楚年专注开车，甩出一个漂亮的 S 急弯，躲掉搜鬼团的一梭子弹。他按开天窗，把戳在副驾驶的 M25 狙击枪扔给兰波："他们换弹了。"

趁搜鬼团架枪三人收回车身换弹的短暂几秒，兰波捡起 M25 探出天窗，身体压低，前胸紧贴车顶放低中心。高速冲刺的车身不免颠簸，兰波将狂风扬起的金色发丝掖到耳后，下颌微低，蓝宝石眼珠透过瞄准镜锁定目标，食指轻扣，一声刺耳枪响伴随着一声爆胎的巨响，高速夹岸高山中回荡着令人震颤的嗡鸣。

兰波收回身体，沉默地坐回原位拉栓装弹。搜鬼团的大 G 右后轮被狙击弹击穿，高速追逐的车身立刻滑移，朝高速护栏撞了过去。

正常情况下像这种猛烈的爆胎滑移是根本无法控制的，却只见车身疯狂旋转时轮胎仍在冷静地调整方向。透过黑暗的车窗，白楚年通过后视镜紧盯着搜鬼团的司机——一个北美灰狼亚体在沉静地操纵方向盘，他生着一双狼的青灰色眼睛，唇角叼了半支点燃的雪茄，犬齿在烟身咬出一个坑。

北美灰狼胸前的击杀数字为 36，在四人中最多，看来他就是何所谓，大约是搜鬼团的队长。

"为什么不狙司机？"陆言趁这段时间打满了恢复针剂，探头瞄准开车的狼。

"狙不动。"白楚年心里默算着他们的滑移轨迹，敲了敲通信器与另一辆车上的毕揽星联系，"试着推他们一把。"

毕揽星明白他的意思，同时放出五条粗壮的有毒藤蔓。藤蔓从车窗中急速生长，在公路路面上扎根蔓延，短暂几秒内已经爬至搜鬼团车前，五条黑蟒般的藤蔓相互缠绕，编织成一张巨型藤网即将翻车的大 G 推去。

在毒液淋漓的藤网即将触碰车身时，一面直径一米的圆形防护屏障凭空出现，屏障折射淡黄色微光，表面布满深浅不一的圆形坑洼，浮空挡在藤蔓与车身之间，霎时藤蔓再无法前进半寸，腐蚀性毒素被圆形屏障吸入，甚至无法侵犯到车身外围。

北美灰狼亚化细胞团 J1 亚化能力"月全食"：防护型能力，月盘遮挡范围内不受伤害，但随着时间和受到不同程度伤害的消耗，月盘将从满月变为弯月，最后消失，遮挡范围也逐渐减小。

这就是白楚年选择让兰波狙后轮而不是狙司机的原因，通过搜鬼团四个队员胸前的击杀人数和从开始到现在的考试时间判断，搜鬼团一直以来的战术都是开车搜人杀，击杀这么多人里没有一位狙击手尝试过狙掉司机是不可能的。

司机是队伍的核心，利用最靠前的视野和三面后视镜可以观察局势，改变战术和传达命令，一旦司机被狙杀，再默契的队伍也需要时间调整。

而刚刚搜鬼团开车直接贴脸撞过来时，三个架枪队员都在开枪扫射，没有一个在保护司机，不考虑这个队伍配合度低的原因，那么就表明司机本身有防护类能力。三人一起换弹属于战术失误，这种机会在配合默契的队伍中很少见。因此如果一定要趁此机会用一发狙击弹让搜鬼团付出些什么代价，直接狙掉后轮是最有效的选择。

险些摔出护栏的大 G 奇迹般地在甩出半米车身后又重新扯回了路面。

白楚年从后视镜中看见灰狼亚体朝自己挑衅地眨了一下左眼，叼着雪茄用口型说："同行啊，兄弟。"

"谁跟你同行。"

白楚年翻身钻出天窗，左手掏出 SA80 步枪朝浮空的月盘定点扫射，月盘急速消耗，满月一角被消耗出了如同月食的缺口。紧接着白楚年右手抬上天窗，一把沙漠之鹰在掌心转了两圈即刻发射，子弹准确地擦着月食缺口击碎了大 G 前挡风玻璃，白楚年反手换蟒蛇左轮又开一枪，子弹循着前一发沙漠之鹰打出的圆形弹孔飞入，在灰狼亚体左肩爆出一枚血花。

何所谓胸前的血量条降低五分之一，他用手捂住了流血的弹孔，通过后视镜望着白楚年的眼神多了些戏谑和审视。

他的目光忽然又移到了兰波身上，好奇地盯着他下面的鱼鳍，转头再次从后视镜里对上白楚年的目光，叼着雪茄吹了声口哨，用口型调侃："你车上的人鱼借我玩会儿，我拿我队友跟你换。"

"拿你自己换。"白楚年冷冷地提起唇角，突然急刹打方向，用甩尾的惯性直接将徘徊在边缘的大 G 给撞出了护栏，自己也有大半个车身悬在了空中，前轮在路面上挣扎摩擦出火星。兰波从天窗跳了出去，双手攀住护栏，鱼尾紧钩在倒车镜上扯住车身；毕揽星及时掉头回来，在藤蔓拉扯下宝马才缓缓驶回路面。

高速底下是一片湖，搜鬼团的车泡在水里没了顶，但并没有听到击杀播报。

白楚年敲着方向盘在岸上等了一会儿，乌鸦亚体轻声说："他们在潜水远离我们。"

"菜鸡。"兰波鱼尾卷在护栏上，面无表情地俯视着波光粼粼的水面，抬起指尖隔空点了点，宁静的湖面便凭空翻涌起浪花，他轻易地操纵着浪花追逐那个北美灰狼亚体，湖水卷着漂浮的枯木击打在灰狼亚体身上，不断玩弄消耗着他的血量。

白楚年突然笑了一声："学脏话学挺快，教你楚哥学会了吗？"

兰波抿了抿唇，认真重复："chu……chu……g……"

"选择性学习？"白楚年从车座底下捡出一枚空弹壳，嗖地丢到兰波头上，"上车。"

毕揽星问："追吗？"

白楚年盯着冒烟的车前盖思考了一会儿："不追，让他们走。我在想一件事。"白楚年无聊地按喇叭玩，"我觉得任务书上的任务挺简单的，地点集中，基本都是要把我们聚在一块儿打架。所以搜鬼团为什么不顺手完成几个任务呢？十个人头才一颗星，一个任务就一颗星，还能顺便杀人，明显做任务划算啊。"

"你们说，搜鬼团的任务会不会都在科研院，跟那个1513号实验体有关？有A吗队的任务都是了解1513号实验体，咱们队是引出1513号实验体然后拍照。按这个进程推断一下，搜鬼团的任务万一是击杀1513号实验体呢？他们做不来，所以才只拿人头分。"

白楚年一拍大腿，拿起扩音器钻出天窗，托腮对着高速底下的湖面说："科研院见，兄弟。"

平静的水流冲刷着公路下方的碎石，四个人瘫倒在石滩上休息，身上穿的银灰色队服全部湿透，胸前"搜鬼团"的队伍名牌上还挂着水珠。灰狼亚体抱着AK检查枪械进水情况，顺便看了一圈队员们的血量条，均有不同程度的损耗。

"把血打满。"何所谓边铺开子弹晒干，顺手把三支恢复针剂扔给队员们。

"碰上硬钉子了，那个狮子亚体有点本事。你看他开车的那个技术，绝对练过，不知道是哪个部队的，说不定出去了还能碰见。"

"看什么狮子呀，有点追求吗？你们不觉得那个人鱼枪法特别准吗？一枪就把我们后轮打没了……而且长得好漂亮，第一次见。"顾无虑拧干队服擦了擦还在滴水的头发，照着水面倒影整理了一下发型，"我刚刚掉水里的姿势帅不帅？能不能给他留个好点的印象啊……你们刚刚谁开枪了，打着他了知不知道？唉……我也想和他们组队。"

"你肯定给他留下印象了，"贺文潇拽下袜子在河边拧水，转头乐他，"我听见他最后说了一句菜鸡。"

顾无虑仍然自我感觉不错："我至少还有句菜鸡呢，他鸟都没鸟你们。"

贺文潇又开始拧那只脚的袜子："别美了，他那句菜鸡明明是骂队长的。"

身边另一个与贺文潇长相酷似的灰狼亚体正蹲在一边，用在街上买的打火机点燃收集的细木柴，方便烤干身上的湿衣服，抬头嬉笑着附和双胞胎兄长："我也觉得他是在骂队长。"

何所谓扔来一把进水报废的子弹，砸得三个亚体满地乱爬："再给老子争这没用的，回家全部把腿打断。"

与有 A 吗队截然相反，搜鬼团是一个全强亚体队伍，与之前风萧萧兮队的四灵猴阵容有些许出入，队伍里有三个北美灰狼亚体，中间混进来顾无虑一个 happy 的哈士奇。

队长发火了，贺家兄弟殷勤地蹭过去给何所谓拧干衣摆和裤脚，让出一个舒服位置让队长烘干衣服。

何所谓捡起枪在远处烘了烘，有些烦躁地检查还能不能用。他们现在虽然并没有摸清随便打打队的实力，但至少可以确信这个队伍不简单。看狮子亚体和人鱼亚体对车里那只兔子的保护，这大概率也是一个三保一队伍，更何况还与一支亚体队达成了合作，现在看来想拿他们的人头不太现实，最好避开。

"哥，我们现在能拿几颗星？"顾无虑掰手一算，"我杀二十一个了，活到最后也就只能拿五星，怎么这么倒霉啊？别人都有三个一星任务，只有我们一人一个三星任务，这运气没谁了。"

从贺文潇的任务书上能得知 1513 号实验体的大体位置在科研院，现在整个队伍只有贺家弟弟的任务已经完成，拿到了一支 Accelerant 致幻剂。

顾无虑的任务书上只有一行简短的文字："将 Accelerant 致幻剂注入 1513 号实验体的后颈亚化细胞团。"

何所谓的任务书更加直接："杀死 1513 号实验体。"

"话说回来，1513 号实验体到底是什么东西？"顾无虑托着下巴纳闷。

"刚刚那个狮子亚体说，科研院见，他肯定知道什么。"何所谓打了三四下火都没点着受潮的雪茄，不大甘心地把烟抛进水里，砸出一团细小的水花，"不同队伍组队不判违规，我们现在能得到的信息量太少了。"

何所谓沉默考量，如果随便打打队的任务也是击杀 1513 号实验体，那么可以考虑一些别的方法。

与此同时，随便打打队忽然改变路线，原本打算直线进入科研院，此时却从匝道驶离了高速，从坑洼不平的郊区村道一路颠簸进山。

毕揽星则开车带着另外三个小朋友原路返回，往来时的居民区去了。居民区房屋树木和来往行人繁多，许多队伍都不愿意来这种地方，因为如果不慎伤到居民会扣分，因此居民小区成了地利人和的上好苟分[1]点。他们身上现在有足够的阻爆器，

---

1. 苟分：它是一种游戏的战术策略。在《绝地求生》《和平精英》等游戏中，以靠远离危险来提高自己的生存排名上分。

完全能够支持他们躲在居民楼里休息，考试时间已经过去近四分之一，此时再到处招摇没有意义。

考试最初他们从地下车库偷来的宝马前盖冒烟，两侧玻璃被完全击碎，车身布满斑驳的弹孔，基本可以报废了。

伞洼村东口停着一辆往镇里送菜的五菱宏光，白楚年熄火开门："换车。"

渡墨倒是听话，之前那一场车战让他看清了些白楚年的实力，或许这个亚体比他想象的还要强些，于是白楚年一说话渡墨就立刻乖乖地跟在他身边——这个亚体看上去一副玩世不恭的浪荡脾气，实际上在他身边就能莫名感受到安全感。

渡墨还想往白楚年身边靠近点，脖子突然被一条冰冷的鱼尾卷住，兰波坐在车顶，用尾巴尖把乌鸦亚体拽到自己身边，垂下眼睫，目光不加掩饰地沉沉扫在渡墨脸上。

渡墨面对一条看起来不那么友善的人鱼兔不了更加谨慎，迷茫又小心地抬眼，与兰波对视了一眼又迅速移开目光。他隐约看懂了兰波的意思，轻声问："哥，我跟着你？"

兰波低着头，从容冷漠地从紧贴腰间的弹带上取下弹匣给步枪换弹，嗯了一声。

陆言看了一眼那辆破旧肮脏的面包车，不大情愿上去。小兔子出身军二代加富二代，生下来就没坐过低于七位数的车。

白楚年拍了拍被稀泥糊了半面的坑洼车门："教你打车战，不想学？"

陆言听罢耳朵一甩，快步跑过来跳上驾驶位："想学……你车开得挺好。"

白楚年让陆言直接开走了这辆肮脏陈旧的面包车，教他将车打横方向扎在弯道上停住，让所有人下车。

道路尽头隐约响起跑车排气的声浪，陆言和渡墨第一反应都是架起枪准备扫射。白楚年倚靠在树下，懒洋洋道："记清楚跑车声浪的区别，来的是KTM，它的速度你们是扫不中的，去搬石头卡它底盘。"

果然不出白楚年所料，一队KTM被卡在道路中央直接翻车。白楚年让陆言去收了人头，拿下这一队快递送来的物资，上车跑路。

"好富啊这一队，居然有火焰喷射器。"

"这种考试就是这样，只要你够不要脸，什么装备都能抢来。"白楚年吹了声口哨，悠哉在野地劫掠落单的车队。距考试结束还有一天多的时间，任务几乎完成得差不多了，暂时避开大物资点减少伤亡概率是最好的选择。

迎面又有一队倒霉蛋不知死活地冲了过来，陆言攥紧了方向盘，紧张道："撞脸了，怎么打？"

"对面大众帕萨特，皮脆。"白楚年坐在副驾驶丝毫不慌，"直接撞。"

毕揽星带着三个小朋友在居民区安安稳稳地躲着，听着上空不断播报随便打打队陆言的击杀情况，看样子是在野外灭了一队又一队，杀到忘乎所以了。

毕揽星忍不住敲了敲通信器："楚哥……"

白楚年悠闲哼歌的声音从通信器耳麦中传来："嗯？"

毕揽星："你要不收着点？我也不清楚这一场里一共多少队，万一都被你干没了，得个第一，是不是有点太明显了？"

通信器中沉默了几秒。

白楚年："哎，我忘了。"

天空挂的一轮模拟太阳东升西落，等到再次艳阳高照，城市中心有座高耸的钟楼敲响了，缓慢敲响九下之后，天空中的广播提示电子音悠然响起一段音乐，音乐结束之后播报："考试时间过半，存活至今的考生辛苦了！系统检测到场上存活考生数量已不足5%，远低于以往合格率12%。现将结算方式调整为队伍战斗评价分数排名，考场中仅剩同一队伍队员时考试结束，考试结束时排名位于前三十的队伍视为成绩合格，其他规则不变。

"下面公布实时积分排名：

No.1【搜鬼团】

No.2【随便打打】

No.3【有A吗】

No.4【帝国觉醒】

No.5【BUG】

No.6【工地搬砖】

No.7【风萧萧兮】

No.8【敢打你爹】

No.9【疯狗啊】

No.10【四脸蒙逼】

…………

"请考生们再接再厉，完毕。"

随便打打队屈居第二，白楚年长舒一口气，感谢搜鬼团，让他们的成绩显得并不那么十分突出。

"风萧萧兮的那个灵猩狙击手居然还没死。"白楚年低头数出几个阻爆器平均分给其余三人，"小心点吧，我低估他了。"

直到傍晚，白楚年都没再有其他动作，反而找了一家酒店全体休整。

前台小姐颔首微笑问："先生，有预定吗？"

"没。"

"好的先生，我们现在有两间两居室，您看可以吗？"

"不是，考场里也有人住？房间不应该都是空的吗？"

前台小姐只会礼貌地重复几句系统预设程序中没用的回答，白楚年也不想再多废话，转身分配房间："你们三个住一间。"

陆言皱眉："这么小的房间我才不要三个人挤。"

乌鸦亚体委婉地表示担心，如果和兰波睡一起可能半夜被他用尾巴勒死。

"你再问她还有没有房间了。付五倍房费让他们随便找个房间，把里面人赶出去。"陆言娇生任性早就习惯了，在他眼里这些要求根本不算什么难题。

"少爷，别扯了。"白楚年把其中一张房卡拍在陆言手上，"这里位置偏僻，远离大物资点，而且周围的队伍都被我们清干净了，应该是不会有人来找麻烦的。凌晨4点再出来。"

房间里面是欧式典雅风格装潢，一楼正对大门的里间有一张床，木质旋梯通往阁楼上放置的第二张床。

白楚年看了一眼墙上的挂钟，现在是晚上9点，还能休息足足七个小时。其实以他们久经训练的体能而言，连续两天的高强度战斗并不算什么，但当务之急并不是杀人冲星，他们已经拿了足够的分数，接下来低调求稳更合适。

白楚年心里想的是，万一再撞上一队不长眼的，总分超过搜鬼团拿了第一怎么办？实在太难了，随时得提防着不小心得第一，明天看看能不能给有A吗队里的小朋友们让几个人头，还能让他们帮着压一下名次。

心里想着事，白楚年打了个呵欠躺到床上放松身体，悄悄瞥了一眼兰波，兰波还吸附在钢制防盗门上没有动。

"你去楼上睡。"白楚年翻了个身，背对兰波侧躺在床上。

"不。"兰波看了一眼木质旋梯，不能导电的材质他是不能吸附的，所以上不去二楼。

"那你在楼下睡，我上去。"白楚年有点不耐烦，撑着床坐起来准备换位置。

但兰波很执着，像安抚般低语："不动。我，会……痛。"

特种作战实验体的学习能力异常强大，仅仅混迹在人类中间不到两天，就已经能够学会一些表达思想的短语。

放在从前，白楚年其实并没有真正意义上与兰波说过话，他们从前更多的是靠亚化因子交流，以至于第一次听到兰波发出这样清晰的声音，有点酷，而且听上去比白楚年想象的要成熟一些。

第五章

血丝眼球

———◦———

兰波轻轻抱住自己。

白楚年翻身坐起来，伸手去掀生长在兰波小腹下方的一片鱼鳍："给我看看。"

兰波抓住了他的手腕，他的手臂缠满绷带直至指尖，肌肉线条含蓄但十分有力。两个人旗鼓相当地拉锯，几回合争执不下，反而是兰波占据了上风。

白楚年释放出一丝强烈的压迫因子刺激兰波的亚化细胞团，强行掀起兰波腹下那一片鳍。

鱼鳍里留下了一道缝合后的细小伤口，看样子不是新伤，但一直没有愈合，反复红肿发炎化脓。

一开始兰波只是突然睁大眼睛安静了下来，安静得甚至有些乖巧。

但白楚年却咬紧了牙关，轻声嗤笑。

"你不是活该吗？想杀了我逃出去，想不到吧，想不到吧？你乖点留在我这儿，你觉得我不能带你出去？弄成这样就高兴了？！"

白楚年头脑发热，手劲没控制住，扯到了他的鳍，薄鳍被折出了一道白痕。

兰波惊叫了一声，随后被刺激得更加暴躁，受了侮辱般甩开白楚年的手，反向释放大量压迫因子，朝白楚年反扑过去，双手指尖瞬间探出尖爪，深深抠进白楚年胸口的皮肉里，锐齿咬穿了白楚年颈侧的一层皮肤。

人鱼的报复心是所有海洋动物中最强的，受到的伤害必须原封不动地还回去。

白楚年胸前的血量条减少了五分之一。

兰波仿佛拼命压抑着快到极点的暴躁和怒意。两个人僵持许久，他松开白楚年，尾巴尖一钩木质旋梯扶手，带着身体离开了白楚年的床，头也不回地爬上二楼卧室，钻进被窝里不动了。

白楚年靠在床枕上枯坐了一会儿，搓了搓脸让自己清醒，去阳台透了透气，摸了一把脖颈，干涸的血渣沾在指尖，脖颈还留着几个见血的牙印。

等到脚下积攒了七八个烟蒂，他才离开阳台，轻手轻脚地走上二楼。兰波用薄被把自己整个蒙了起来，看形状大概又蜷成了一个球。

白楚年把二楼卧室的空调打开，调到16摄氏度制冷，临走时不慎被地毯上的硬物硌了脚，蹲身捡起来，发现是颗凉得有些冰手的珍珠。

空调制冷的风声低响，房间里忽然安静得落针可闻，两个人呼吸轻缓下来，残余的压迫因子充斥着整个房间，让身处其中的人倍感压力。

白楚年索性直接坐在地毯上，借着昏暗的光线注视着手里的珍珠，沉默着。

想起第一天认识兰波，是因为他们躺在相邻的两张手术床上，白楚年还记得这家伙很虚弱，身体紧绷着，手指紧紧抠着手术床。

他的指甲像猫一样可以伸出利爪，把身子底下的医用垫连着手术床抠出几个洞来。

护士在不远处挑选要用到的工具，手术刀放进盘里发出令人骨头根泛寒的轻响，医生们和麻醉师在一旁不知讨论着什么。

白楚年事不关己，躺在手术床上望着灯出神，无聊地抬起手，用手掌遮挡刺眼的光线。

紧挨着躺在身边的人鱼亚体动了动，白楚年侧头打量他，刚好与那双深邃冷酷的蓝宝石眼睛目光相对。

亚体很少会拥有这样强势野性的眼神。听科研人员说，这是在加勒比海最新捕捞到的一只魔鬼鱼人形体，科研组立即带着他从洪都拉斯登陆返航。

弱亚体的亚化细胞团容量要比强亚体小很多，因此当本身能量过剩时，多余的亚化细胞团能量会溢出，使亚化细胞团细胞拟态进化。有的优秀弱亚体可以进行八分之一拟态进化，即在身体上出现生物特征，大多体现在耳朵、尾巴、爪垫等位置，理论上拟态进化程度越高，亚化细胞团越强大。

而躺在白楚年身边的，是一只进行过二分之一拟态进化的魔鬼鱼亚体。

医生们结束了短暂的讨论，麻醉师走过来和白楚年闲谈："很美的人鱼，对吧？"

"嗯。"白楚年认同他的说法。

"他很紧张。"麻醉师说，"你是知道的，麻醉之后并不痛苦，你哄哄他。"

白楚年想了一会儿，翻身侧卧，轻轻摸了一下人鱼的鳍。

人鱼扭动身子远离他，被白楚年摸过的鳍略微充血变红，但很快又恢复了原色。

自然界里很多生物都会因为情绪变化而改变体色，这条鱼看起来有点生气。

白楚年释放出安抚因子，淡淡的白兰地酒味拥抱着人鱼，然后伸出一只手停在他面前。

人鱼受到了有效安抚，本能的恐惧缓和了些，迟钝地与白楚年手指相碰。

他的手指间生长了一层半透明蹼，白楚年觉得很好玩，轻轻拨了拨他的蹼，随后自己把左右手十指相扣给人鱼看，高兴地炫耀自己可以做到这个动作。

人鱼蒙蒙地看着他，发了一下呆，突然用尖牙撕断指间的蹼，和白楚年的左手十指扣在一起。

他的手温度很低，但不算寒冷，反而有种早晨六七点钟时冷风的清凉。

白楚年见到外面世界的次数不多，他记忆里跟着姓白的老研究员走出实验室的那次，凉风吹在身上，老头告诉他那时候是初夏。

他的老研究员是个六十来岁的胖老头，长年在白大褂胸前的口袋里挂一副金丝框眼镜，兜里揣着一本缩印版《兰波诗集》。

有时候实验结束得早，老头就掏出小书来读。当他读时，白楚年坐在隔离箱里扶着玻璃瞧他，听着老头用苍老得像个短路吹风机的嗓音读道：

"我拥抱过夏日黎明。"

那时候白楚年以为老头喜欢读的这位诗人是世界终极浪漫，在屈指可数的自由时间里，他就代表着白楚年想象中外面一切美好事物的总和。

"兰波。"

这是他为人鱼起的名字。

白楚年从队服口袋里拿出那个包鱼鳞的小纸包，把珍珠和几片蓝色鳞片放在一起，折起来再揣回口袋，起身坐到兰波床边，掀开被子一角。

兰波果然又团成一个球不动了，与以往不同的是，蓝色鱼尾和鳍充血变成了鲜艳的红色。

"你的错，你凭什么气红了？"白楚年在他身边躺了下来，用亚化因子安抚他。

白楚年不愿回想刚刚看到的那个伤口，可伤口狰狞的模样不由自主浮现到眼前，缝合时的针眼不止一排，看来不止缝合了一次，红肿的伤口内侧出了几个发白的溃疡斑点。

他后悔带兰波来这儿，他早应该听会长的话，把兰波交给 IOA 联盟专家组，他们会给他做全面检查和诊疗。

在亚化因子的安抚下，兰波不知不觉打开了身体，鱼尾恢复成宁静的蓝色。他睡着时身体很柔软，可以随意摆弄。

二楼空调制冷温度对白楚年而言有些低了，他大臂和脖颈起了一层细小的鸡皮疙瘩，但还是不断释放安抚因子，帮兰波修复被自己不小心折断的鳍。

兰波半蜷身体，浅色弯眉蹙在一起，睫毛时不时颤一下，讨人怜却不自知。

也不能全怪他。

"等出去之后，你还逃吗？"白楚年低下头，"我把你养在我家的地下室，每天都来陪你，喂你吃饭，这样就没有人知道你，也不会抢走你。"

临近凌晨 4 点，兰波先睁开了眼睛。

房间里的温度意外地很合适，在水里待久了，就会显得陆地温度太高，大脑会因为炎热变得很迟钝和暴躁。

白楚年就躺在身边睡着了，因为房间里空调温度太低，汗毛一根根竖了起来，起了一层细小的鸡皮疙瘩。

房间里淡淡的白兰地气味还未完全消散，充盈的安抚因子使普通的小房间更温馨了些。

兰波沉默着打量睡在身边的白楚年，目光沿着棱角分明的年轻脸庞一路描摹到被咬伤结痂的脖颈，冷冷地蹙了蹙眉——那表情就像气急动手打了熊孩子一顿的家长，回头看见孩子带着屁股上的巴掌印委屈入睡一样复杂。

三年没见，小狮子似乎褪去了之前的青涩稚气，因为出任务风吹日晒而暗了两度的皮肤也不像从前在繁殖箱里雪白细腻，但依旧英俊。

可长大了三岁，他就不像从前那么乖了，虽然比以前更强，但似乎沾染了太多陋习——抽烟、撩妹、阴晴不定、暴躁无常。

想到刚才的争执，兰波的尾巴又不忿地变成了红色，想不通当年靠自己亚化因子奶大的乖软的小白狮子怎么会反咬自己一口。

培育期实验体不能理解语言，也不会开口表达，但思维是在敏感运转的。兰波现在已经通过周围人的情绪和行为分析出自己此时存在于一个虚拟环境中，也能感受到躺在身边的白狮情绪反常，冲动易怒。

"chu g……"兰波试图读出白楚年教自己的这个称呼。

"chu、ch……g……

"chq……

"小白。"

这个比较顺口。

兰波短暂地忘记了刚刚见血的闹剧，推了推安详睡着的白楚年。

白楚年并没有如往常执行任务一样警惕，反倒睡得很死。

兰波忍不住挣扎了两下，力气没收住，一尾巴把白楚年抽下了床。

咣当一声巨响，白楚年滚到地毯上摔醒了，扶着床沿坐起来，困倦地揉揉脑袋，一脸蒙眬的睡意和无辜。

见兰波的尾巴还红着，白楚年脱口而出："至于吗？气成这样至于吗？给你放了一晚上安抚因子，亚化细胞团都瘪了，你醒了把我踹下来？"

兰波被说得脑袋蒙，听不懂的部分一律按骂人处理，尾巴从淡红充血变成深红，愤怒地扬起尾巴把白楚年从二楼旋梯上抽了下去。

白楚年眼疾手快地抓住栏杆，顺势翻身扑倒兰波："我劝你别挑衅我的耐心。"

他的动作稍大，兰波挣扎时扯动了下身的伤口，痛得打了个哆嗦，白楚年立刻收了力气："很疼吗？忍一会儿，等出去我就送你去医院。"

兰波却趁机把走神的白楚年抽下了二楼。

白楚年猝不及防滚下台阶，胸前血量条一路锐减，栽到楼下时只剩了丝血。

刚好陆言准备就绪背着步枪推门进来，正看见白楚年面对门口撑着沙发跪在一楼的地毯上。

陆言疑惑。

渡墨暗自庆幸没和这条鱼同睡一室，连外援大佬都被打成丝血，太危险了。

白楚年黑着脸站起来走出去，陆言让他开车，他从鼻子里哼出一声："谁爱开谁开，老子不伺候了，陪小孩过家家不如回去睡觉。"说完走出酒店坐进了副驾驶，放低靠背，抬脚架在车窗沿，枕着手合眼睡觉。

渡墨看着局势紧张，自告奋勇开车，右脚刚踏进驾驶座就被电了个哆嗦，头发都炸了起来。

回头一看，兰波正卷在酒店门口的迎宾雕像上，眼神充满警告意味，半透明尾巴里电流流窜速度变快，亮度也越发明亮，显然在蓄电。

"哥，您来。"渡墨退后鞠了一躬，给兰波拉开驾驶座车门。

兰波顺着车窗坐了进去，长尾巴弯曲成波浪状，一个弧负责踩一个踏板，熟练地启动车子，打方向绕出车库启程，时不时放电调整三个后视镜。

安抚因子在一定意义上有促进剂的作用，不断经受安抚因子浸泡的亚化细胞团会成长得更快。

可见这一晚上的安抚让兰波的亚化细胞团有所成长，他能说出的短句相比从前更加丰富了，也逐渐凸显了他的本体性格。

特种作战实验体分为两种，一种是从胚胎开始即为战争而生，另一种则是像兰波一样，被捕捉后加以颅内和脊椎手术改造，并向亚化细胞团中注射大量促分化剂引导出人们所期望拥有的亚化能力与伴生能力，后者的成功概率更低。

为了使这些强大的武器更易于管理，科学家们选择同化培育期实验体的外在表现，因此所有的培育期实验体都不能通过语言沟通，性情略显呆滞冷漠。

一旦实验体步入成熟期，就会脱离思想控制，觉醒出不同性情：有的实验体腼腆羞涩，有的喜怒无常杀人如麻，有的阴险狡诈，变得强大而难以预测。这时候他们就会尽快脱手，将这些逐渐变得麻烦的实验体以生化武器名义出售，变成大把钞票。至于这些违背自然规律产生的超自然生物日后会如何，根本没人在乎。

白楚年被人鱼盯着，心里反而升起一种隐秘的期待。

他的心情像阴转晴后跳出云层的太阳，枕着手吹起口哨，敲了敲通信器，与毕揽星联络会合。

经过分析，既然存活考生已经不足 5%，那么狭路相逢两败俱伤的概率会很小，大多数队伍会抱着求稳的想法，减少交火次数，稳住名次。所以白楚年选择赌一波灯下黑，去抢位于科研院三层的固定弹药箱。

两辆车从白楚年规划的地图路线分别驶入科研院，一路畅通无阻。

科研院是整张城市地图中占地面积最大的一座沿海建筑，分为 A、B、C 三幢楼，三层、十层、十六层之间以连廊连接，每幢楼都有两个并排建造的直梯，但似乎没有照明，三幢楼的窗户都暗着，不过好在借着黎明的光可以勉强视物。

八个人同时弃车上楼，渡墨为他们报其他队伍的位置，其余三个渡墨的队友分别躲在三个不同的楼梯口望风。

白楚年的队伍负责攻楼。

"电梯没反应。"陆言站在电梯按钮前愣神，数字明明显示电梯就在一楼，但无论怎么按门都不开。

"走楼梯，先把弹药箱抢了。"白楚年不以为意，三楼而已，不怎么花时间。

"可是电梯不开，我怎么拿任务里说的单反相机？"

"你还嫌我们分数不够高吗？我们都第二了，马上就要反超搜鬼团了，听我的，这任务咱不做了。"

"嗯。"陆言牟拉着耳朵，乱按了几下上楼键出气，跟着队伍跑上了三楼。

固定弹药箱周围寂静无声，如白楚年所料根本没人来抢。几个人像逛菜市场一样在弹药箱里悠哉翻找物资，除了足够的阻爆器和恢复针剂之外，白楚年还捡到了一支快速恢复针剂、两个强光手电筒、一架轻机枪和四条弹带以及其他装备若干。

其实他们现在每个人都肥得流油，根本不缺装备。白楚年推开窗户，把不要的装备全扔到科研院背后的大海里，自己不用也不给别人用。

叮咚。

电梯响了一声："三楼到了。"但门并未自动打开。

冰冷的电子音在空旷寂静的科研院大楼里回荡，陆言吓得耳朵一颤，躲到毕揽星身后："这电梯怎么跟着我们……里面有东西吧。"

渡墨本来不害怕，被陆言的一惊一乍弄得头皮发麻，扫视一圈身边的两个亚体，最后硬着头皮躲到兰波身边，小声报位置："走廊尽头来人了，四个人，血量条是满的。啊，好像还有两个人，和他们不是一队。"

兰波皱了皱眉，尾巴尖卷住乌鸦亚体，把人推到小角落，释放强电流在渡墨面前，形成一张交错的高压电网将乌鸦保护起来，低声命令："别动。"

渡墨哪敢说话。

"哪个队伍头这么铁，也来抢弹药箱。"白楚年还有点纳闷，突然就听见走廊尽头响起一阵混乱的枪响和惨叫，接着就是嘈杂的叫骂和跑动声。

"他们队形乱了。"渡墨感应着走廊尽头那一队的生命体征，"有两个人在掉血，还在掉，还在掉，剩下的人从楼梯跑上去了，妈呀，连队友都不要了。"

短暂的沉寂之后，沉默许久的天空广播响起了击杀信息：

1513 号实验体 击杀【搜鬼团】贺文意

这条消息一出，在场所有人都愣住了。

1513 号实验体，那个资料中介绍的诡异实验体蛇女目，就在这三幢楼内随意游走。

白楚年的思路有点混乱，回头问渡墨："你到底感应到几个人？"

渡墨满头冷汗，抿唇回忆了一下："六个，六个心跳……其中四个是搜鬼团队员的话，另外两个……"

毕揽星："是蛇女目。"

陆言："×，这么恶心的怪物还不止一只吗？"

"开会开会。"白楚年招手把几个人聚拢到身边商量战术，"现在不是和怪物杠上的时候，我简单说一下会议精神，当务之急是保护搜鬼团别死。"

陆言："？"

渡墨："？"

兰波："。"

毕揽星："……"

白楚年举着枪率先朝走廊尽头冲过去，满地弹痕和血迹。昏暗光线中，搜鬼团队长何所谓面孔苍白如纸，躺在楼梯上奄奄一息，滴血的修长手指攥着一把手枪，血迹浸透银色队服滴下台阶。

白楚年二话不说把灰狼亚体扶起来掐人中，掏出一支恢复针剂给他打进见底的血量条里，做了几下胸外按压，然后掏出扩音器喊醒他："兄弟！挺住啊，你们死了我们就第一了！"

何所谓被扩音器震得脑壳昏迷，咳出一口血："别碰我。"

灰狼亚体从失血过多的休克状态中被抢救回来，白楚年松了口气，掏出刚从固定弹药箱里拿到的唯一一支快速恢复针剂放到何所谓手里，郑重交代："拿着吧，你们比我们更需要这个，保护好自己。"

快速恢复针剂属于稀有物资，相当于一次复活机会，只要在血量条清零后十秒内注射就能不被淘汰，并且恢复一半血量。

"离我远点。"何所谓抚着隐隐作痛的伤处艰难爬起来，倚靠在楼梯栏杆边休息。ATWL 考试中的死亡模拟堪称绝对真实，刚从死亡边缘游走了一圈的何所谓精神还有些恍惚。

因为担心血腥味会引来怪物，几个人快速撤回原来的位置。兰波吸附在天花板的钢质灯箱上，用一张高压电网隔断了他们所在的 A 座大楼三层连廊口。

何所谓戴的通信器中传来余下两个队员急切的嗓音："哥！哥？还在吗？我们跑到八楼了！"

何所谓回了他们两句。

渡墨原本躲在最后，却不知什么时候挪到了灰狼亚体身边，专注地问："你看到它们了？长什么样子？拿什么武器？"

白楚年目光在渡墨脸上停留了一两秒，回头兴味盎然地听何所谓描述。

"不知道，我没看见任何东西。"何所谓狼狈地坐在台阶上，自己满身污血却浑然不觉，沉闷道，"我们刚从 C 座大门进来，就看见电梯门开了，文意拿枪进去摸了一圈，什么都没有。我担心有陷阱，就带他们走楼梯，没想到爬到三层时我们被看不见的东西攻击了，文意当时毙命，我浑身都感觉到一种僵硬窒息的剧痛，地上是我们的血，而我根本不能判断伤口在哪儿。"

"如果这是实战，我们可能已经被灭队了。"何所谓愧责地闭了闭眼，脸上透出一种属于年轻军人的自责和后怕。

"放轻松。"白楚年姿势随便地靠坐在窗沿上荡腿，把黏性炸弹和弹带整理整齐挂在身上，"所以只有死的那个小伙子进过电梯？"

"对，电梯里没有灯，我给文意递了一个手电筒。"

"那就很有意思了。"白楚年换了个舒服的姿势，把腿跷起来，托着左颊问，"我们现在有很多有用的情报，想加入的话就把你们的情报拿出来换。"

何所谓对白楚年发来的组队邀请早有准备，并不意外，反而习惯性地和白楚年谈起条件："你好像把我放在很被动的位置上。"

"哪有。"白楚年笑了一声，"现在场上留存的各个队伍都在朝科研院聚集，你们已经开始减员了，再选择单打独斗没有意义。你也看出来了，我们对第一没兴趣，对你们毫无威胁。"

其实搜鬼团在来科研院之前就已经打定主意要与白楚年组队，既然他先提了，何所谓索性借坡下驴答应下来，还表现得不太情愿的样子，占据心理上风。

白楚年也在想，这一队北美灰狼明明是帮考队伍，却出尽了风头，丝毫不怕引起主考方的注意，那他们背后的势力想必不小吧，就算一时半会儿挖不出他们的老板，至少不会胡乱得罪人，给自己找麻烦。

何所谓通过通信器叫另外两个队员下来集合，同时展开任务书交换情报。

搜鬼团四个队员被分配的是难度最大的三星任务，每个人只有一个项目，分别是：

1. 找到 Accelerant 致幻剂（已完成）；

2. 浏览科研院十四层档案馆保险箱中的文件 D；

3. 将 Accelerant 致幻剂注入 1513 号实验体后颈亚化细胞团；

4. 杀死 1513 号实验体。

"哎哟，够倒霉的。"白楚年啧啧叹气，"这一看就是喝饮料中了再来一瓶，把后半辈子的运气都花光了。"

"别废话。"

"你们四个人的任务里只有一个提到地点了，那我们就从这个地点入手。"白楚年摊开己方的任务书，"我们的任务里，有一条是在科研院十层公共机房读取芯片，这是我们唯一能得到未知情报的途径。"

C座走廊尽头传来两个人匆忙的脚步声，搜鬼团剩下的两个队员收到何所谓的消息赶了回来。

"我们下楼的时候听见 B 座大楼里有人在吵嚷打架。"

"队长，没事吧？都是战友，关键时刻你还是把我们推走了。"

"把你们留下等着团灭吗？"

"呜。"

白楚年思索了一下，看见陆言蹲在电梯边发呆，于是说："可能是备用电源电压不稳，电梯时好时坏的。"

"不是，不是坏的。"陆言盯着按钮上方显示的楼层数字，"你看，它刚刚又动了，已经上到六楼了。"

"你用狡兔之窟钻进去看看。"

陆言的 J1 亚化能力"狡兔之窟"堪比任意门，能让自身穿过两个相邻空间之间的阻隔，是个非常实用的能力。

"我才不要……万一里面有怪物呢……面对面钢枪[1] 我不怕……我最怕怪物了。"陆言忍不住退开两步，兔耳朵瑟瑟发抖。

突然，电梯数字从六楼开始往下降。

五楼。

四楼。

三楼。

本以为会继续下降，但电梯缓缓停在了他们所在的楼层，叮的一声。

冷冰冰的电子音提示："三楼到了。"

所有人都屏住呼吸等待电梯下一步开门，一时拉栓推弹匣上膛的咔啦声纷纷响起，所有枪口都对准了小小的一方电梯。

白楚年耐心等了一会儿，走过去试探着按了一下开门按钮，电梯毫无反应。

就在人们鸦雀无声各怀想法时，相邻的 B 座大楼楼上传出歇斯底里的尖叫和混乱开火的枪声，子弹炸碎了玻璃，大片玻璃碎屑从上方坠落，落到地面四溅纷飞。

很快，在场众人再一次听见了击杀播报。

1513 号实验体击杀【帝国觉醒】四人，【帝国觉醒】全队淘汰。

同时，众人面前这个电梯的门喇啦一声，缓缓拉开。

白楚年打开手电筒向内照了照，电梯里空空如也，什么都没有，除了四壁贴了一些教育机构的广告。白楚年在光洁的钢壁上照了照镜子，整理了一下发型，依然

---

1. 钢枪：猛打猛冲，和对手正面对枪。

很帅就放心了。

渡墨如梦初醒，揉了揉涨痛的太阳穴："抱歉，我刚刚在预测我们自己的情况。"

乌鸦亚体的 J1 亚化能力"死亡预知"：能够预知检测对象一小时内的存活情况，但检测数量有限，每次只能检测四个人，并且这个能力有一小时的冷却时间，一小时后才能继续使用。

"我测了四个人。"渡墨深吸了一口气，沉重道，"白楚年，安全。"

"何所谓，安全。"

"搜鬼团的那位扎小辫的哥哥，我不知道你叫什么名字。"渡墨望向贺文潇，"五十三分钟后你会死。"

"十分钟后我会死。"渡墨云淡风轻地说，"我已经计算过逃跑、上楼、下楼等等所有的可能性，都没出现其他结果。"

"那你临死前还是发挥点余热吧，你这技能太实用了。"白楚年抓住渡墨的手臂拖走，回头道，"兰波跟我上十层，箭毒木和兔子原地盯电梯，搜鬼团去 C 座大楼，有情况通信器联系，频道密码我写窗灰上了。"

兰波靠电磁悬浮侧坐在楼梯扶手上轻松滑行，白楚年拖着乌鸦亚体爬楼梯，根据任务书上所写，果然在十层大厅找到了一台装配芯片读取器的计算机。

渡墨和陆言各在图书馆档案室管理员手里拿到了一枚芯片，白楚年先插上了渡墨递过来的芯片，显示屏上出现了一条灰色的进度条，快速读取着芯片内容。

读取完毕，自动跳转到了一个纯黑的页面，页面上只有一行类似公式的字母和数字：

A1-B1

"就这？没了？"白楚年敲了几下回车，搬起电脑拍拍，"是不是卡了？"

兰波认为他这种修理电脑的方式过于原始，鄙夷地推开白楚年，自己坐到电脑椅上，触摸了一下键盘。然后放出高压电把电脑电到白屏，重新启动。

白楚年："笑死，主机冒烟了。"

渡墨捂了捂眼睛。

白楚年突然顿悟，捶了一下掌心："哦，我懂了。

"科研院分 A、B、C 三幢大楼，每幢楼两个电梯，A 座的两个电梯就可以标号A1 和 A2，另外四个就是 B1 和 B2，C1 和 C2。

"在我们看来电梯在不受控制自己乱走，实际上只是我们按的按钮并不控制我们这个电梯。

"那 A1-B1 的意思大概是，我们刚刚按的那个电梯的按钮，其实控制的是 B 座大楼的电梯。"

"这么说，"白楚年尴尬却不失礼貌地一笑，"刚刚帝国觉醒队四个人可能是在被蛇女目追杀，正好有机会藏进电梯里，但是我刚刚手贱按了个开门……"

广播中的击杀播报逐渐变得频繁起来，除了清一色的 1513 号实验体击杀其他队伍的信息，还有搜鬼团把工地搬砖队灭队的消息。

白楚年挂在耳廓上的通信器中响起了一阵嘈杂的噪声，搜鬼团队长何所谓与白楚年联络："我们已经到了 C 座的十四层，大厅中央有一个密码保险箱，要输入十二位密码，你们有吗？"

白楚年问："什么样的密码？"

"箱子上有十二个瓶盖大的电子屏，六行两列，中间用横杠连接。"

"你先输一行，A1-B1。"

通信器中的杂音短暂地沉默了几秒，何所谓松了口气："这一行的绿灯亮了，应该是对了。其他的呢？"

"嗯……"白楚年舔了舔嘴唇，"填 B1-A1 试试。"

只听通信器另一端突然响起刺耳的警报声，紧接着是慌乱的脚步声和何所谓骂街的声音。

"姓白的你拿我们试密码呢？！"

"啊，看来两个电梯的按钮不是互相控制的。"白楚年抱歉地笑笑，"快跑呀，我们之前的任务里有个文件，说这个 1513 号实验体听觉很灵敏，捕食的时候靠别人惨叫判断位置，哈哈。"

"等老子出去头一个干翻的就是你。"何所谓已经顾不上再和白楚年打嘴仗，朝身边余下两个队员大吼，"跟我走！快！"

沉重慌乱的脚步声在通信器中咚咚作响，一个青年的一声嘶哑惨叫穿透了白楚年的耳膜，接着就听见何所谓在通信器里嘶吼："文潇！发什么呆，快过来！"

"队长……痛……我动不了……我动不了……"

何所谓立刻折返回大厅，步枪连射火力压制门口，单手把贺文潇抄起来背到身上带下了楼，粗鲁地帮他打了一针恢复针剂。

"队长……我看见，一只圆的，带血丝的……眼球，飘进刚才的房间……没有眼皮，会转……它看到我了，我头好痛。"

贺文潇的手臂皮肤逐渐显露出僵硬干燥的灰色，五根手指甚至无法弯曲，何所谓把他交给队里最后的哈士奇亚体，把枪带里的恢复针剂交给他，让他给贺文潇补充持续消耗的血量条。

白楚年敲了敲通信器："你们在十四层对吧？先下楼，到十层，顺着连廊往 B 座大楼跑，在靠左边的电梯口等着。"

何所谓狠戾咬牙："你想好了再说话。"

"没有问题，去吧，躲进电梯里。"

白楚年边读取另一个芯片，边联络在 A 座三层看守电梯的陆言："兔子，把你们面前的电梯按到十层，然后按开门，毕揽星去按另一个，快。"

"收到。"

芯片读取的速度明显要比上一个慢，白楚年有节奏地轻敲桌面耐心等待，瞧了渡墨一眼："你还剩多少时间？"

渡墨沉默心算："四分钟。"

"好，先给我检测 B 座大楼的人员分布。"

渡墨在脑海中逐层排查，把人员分布状态告诉白楚年，白楚年点了点头："跑快点，去 C 座大楼看哪一个电梯到了十层，然后把离你最近的电梯按到三层。"

渡墨艰难地咽了口唾沫。

"这是个很重要的事情，你会死得其所的。我带你们队伍里其中一个人活到前三。"白楚年抬手搭在渡墨头上，揉了揉，弯起眉眼，"害怕的话可以闭着眼睛，乖。"

面前这狮子明明瞧着不着调，温和悠然的嗓音却莫名能蛊惑人心，渡墨无奈闭了闭眼，顺着连廊朝 C 座跑了过去。

C 座十层空无一人，光线也有些昏暗，踩在地板大理石上的脚步声显得格外空灵清晰。

叮！

电梯电子音响了一声："十楼，到了。"

渡墨扶着两个电梯口之间的墙，指尖搭在镶嵌在墙壁中的层数按键上微微发抖，与白楚年联络："左手边的电梯到十层了……我……我现在按……按了右手电梯第三层的按钮……"

"好像……有东西，在电梯里……"渡墨连声音都在发抖，强作镇定道，"我没事……还有三十多秒……我觉得我还有机会离开。"

"做得好，别害怕。"白楚年轻声淡笑着安慰。

但渡墨听见白楚年在通信器中对另一个人说："毕揽星，现在按一下开门键。"

渡墨瞪大眼睛，左手边的电梯门应声而开，他下意识去看那扇开启的电梯门，一只爬满血丝的眼球飞了出来，缓慢地飘浮在渡墨面前，瞳孔是金橙色的一道竖线，与蛇的眼睛一模一样，眼球转了几圈，终于锁定目标，无声无息地注视着他。

A座十层大厅，白楚年仍然悠哉地坐在电脑椅里，跷腿轻晃。他摘下了耳上戴的通信器，听着天空广播播报：

1513号实验体 击杀【有A吗】渡墨

兰波面无表情，对这个结局毫不意外，坐在电脑桌上无聊地甩动鱼尾，翻看几下手里的沙漠之鹰，冷淡地开口："欺负、弱亚体。他预测、自己……怎么样、都会死，因为你……要杀他。"

白楚年哼笑："当然了。这只乌鸦太可疑了，回头我要上报给会长，他来这儿的目的不纯。

"好，现在我们知道了很多东西。"白楚年托腮思考了一会儿，"刚刚毕揽星把A2电梯按钮按到了十层，并且用开门证明了A2电梯按钮就是控制C1电梯的按钮。我们刚进来的时候把A座两个电梯都按过，所以搜鬼团进来时看见的打开的电梯是我们按开的。他们那时候搜过C1电梯，但当时天还没亮，在黑暗中与蛇女目的眼睛对视了而他们却不知道，所以才会折损搜查电梯的那个队员。刚刚渡墨把C2电梯按钮按到了三层，我们等一下。"

这时，搜鬼团再次与白楚年联络："我们还在十层，B1电梯门打开了，我们进去躲了一会儿，四周都很安静，我们应该暂时安全了。"

白楚年懒洋洋地挖了挖耳朵："听到什么声音了吗？"

何所谓回忆了一下："刚刚听到旁边电梯响了一下，说'三楼到了'。"

"OK，现在就很明朗了。你听到的是B2电梯的声音，也就是说，渡墨刚刚按的C2电梯按钮控制的是B2电梯，所以现在我们知道了另外的密码。"白楚年说，"你记一下，A1-B1，A2-C1，C2-B2，然后你现在按一下开门键。"

何所谓不知不觉就被白楚年的思路带着走了，鬼使神差听他的按了一下B1电梯的开门键。

白楚年问守在A1、A2电梯口的陆言和毕揽星："你们那儿有什么反应？"

毕揽星说："我的门开了。"

"好的。"白楚年又确定了一个密码，"B1-A2。"

"现在我们还不知道A1和C2电梯分别被哪个控制，我们刚来的时候A1电梯自己上到了三层，那时候你们应该还在C座，你们按过电梯按钮吗？"

"没，怕有炸弹。"

"那就是说 B2 控制的 A1，排除掉我们确定的五组，最后一个密码是 C1-C2。"

"记住了吗？"白楚年问何所谓。

"记是记住了，可是这三幢楼里也不光我们能按电梯，万一别人按的，恰巧跟我们答案对上了呢。"

"怕什么呀，错了你们就按刚刚的路线再跑一次，我们帮你们按电梯，放心，我们很稳。"

何所谓："？？？为什么是我们去？"

白楚年嬉笑着对通信器里说："兔子，送搜鬼团上十四楼继续试密码。"

陆言："收到。"

何所谓在通信器里破口大骂："有只眼睛在十四层蹲着哪！操！操！开门！我们不去！"

白楚年换了个舒服的姿势，把脚搭在电脑桌上抖："你们可以的，你们是第一名，不要低头，皇冠会掉。"

第六章

蛇女目

搜鬼团被关在 B1 电梯里，无论何所谓怎么骂街，也只能眼睁睁看着楼层数越来越高，最终停在了十六层。

他背上背的贺文潇全身更加僵硬，血量条持续减少，皮肤出现了裂纹，贺文潇用力捂着嘴，但仍然忍不住痛苦呻吟出声。

通信器又一次接通，何所谓听见白楚年说："把你们队里这个受伤的队员留在电梯里，你和那只还活着的二哈从连廊走到 C 座，然后下楼到十四层解保险箱。"

"我不会抛下我的队员。"

白楚年嗤笑："OMG，这只是个考试好吧，别太入戏了，死了只是淘汰而已。"

何所谓犹豫着抬起手枪，抵住了贺文潇的眉心。

"你想毙了他？最好不要。"白楚年似乎早就能猜到何所谓的想法，轻松笑道，"让他叫。这是在保护你们，即使是实战，你的队员也一定愿意做这个牺牲。"

贺文潇听着通信器中轻佻的狮子嗓音，虚弱地朝队长点了点头，自己爬到电梯角落，喘着气催促他们快走。

何所谓沉默片刻，发动 J1 亚化能力"月全食"，将能够抵挡伤害的飘浮月盘留在贺文潇身边，带着最后一个队员离开了电梯。

听着自己的队员在身后因痛苦撕心裂肺地吼叫，而自己却抛下他渐行渐远，对何所谓来说其实很难忍受。

"你到底是什么人？"何所谓按住挂在耳廓的通信器，有些疲惫地质问白楚年，"你不是军人，我们从不会抛下战友。"

"我是无业游民啊。"白楚年笑了一声，"我哪有你们这么高尚，兵哥哥。"

搜鬼团两人终于到达 C 座十四层，进入大厅前，白楚年在通信器中压低声音说："强光手电筒还在吧？打开之后放在离保险箱最远的地方，然后挡着眼睛走过去输密码。"

"我们的文件上有写，蛇女目的两只眼球可以分开行动，只要和其对视就会被石化，同时还会被注入神经毒素，人会因为痛苦叫得很大声。"白楚年说，"现在可以确定其中一只眼球在你们附近，另一只眼球在渡墨死的 C 座十层附近，其实你们还算安全。"

白楚年："你们先按一下你们左手边的 C1 电梯按钮，按到十四层。"

何所谓："按了。"

何所谓："右手边的电梯上来了，停在我们这里了。"

白楚年："按开门键，等会儿如果出了意外就躲进 C2 电梯里把门关上。"

何所谓深吸一口气，闭上眼睛，凭借敏锐的听力和记忆力摸索着找到保险箱，无比谨慎地逐行输入字母。

他隐约还能听见 B 座大楼里贺文潇的惨叫，禁不住喉头一哽，在通信器里问贺文潇："还好吗？"

过了很久贺文潇才打开了麦克风，他已经不能说出完整的句子，声音嘶哑颤抖。何所谓能听见通信器里有凶猛抓挠的声音，咣当、咣当，有东西在狠狠地破坏他留在电梯里保护贺文潇的月全食。

一声奇异尖锐的啸鸣钻进通信器麦克风中，紧接着是清晰的咀嚼声和血肉撕裂时喷溅液体的咔啦声。

击杀播报随之而来：

1513 号实验体 击杀【搜鬼团】贺文潇

保险箱按键被何所谓指尖的汗沾湿变得滑腻，他聆听着自己紊乱的心跳，艰难地挨个按下字母和数字。

白楚年切断了贺文潇那一边的联络，淡淡地说："作为诱饵，他干得不错。我相信那个被他惨叫吸引过去捕食的就是蛇女目本体，刚刚我已经让陆言关了电梯门，蛇女目现在被困在 B1 电梯里了，你们只要不与那两只眼球对视就很安全。"

何所谓点了支烟叼着，沉默地填写密码。

旁边的哈士奇亚体声音有点抖："哥，那东西从我脸边蹭过去了。"

白楚年插了一句："你不还有一个手电筒吗？打开，离你队长远点。"

哈士奇挡着眼睛，举起强光手电筒蹦跶到远处，浮空的蛇眼球跟随着乱动的光点追了过去，随着乱晃手电筒的时间越来越长，哈士奇亚体似乎从中找到了乐趣，眼球好奇飞过来的时候被他一手电筒打飞了两米，在墙壁上弹来弹去，似乎没什么威胁。

原来这两只眼睛唯一的攻击途径就是和敌人视线相接。

好运终于眷顾了搜鬼团一次，保险箱密码锁上六个绿灯亮起，门自动弹开，里面摆放着一沓文件，封面写着"文件D"。

"东西拿到了，我们走。"何所谓揣起文件，闭着眼睛低着头快速走出大厅，感觉队员没跟上，只好压低声音叫他，"顾无虑，你在干什么？"

哈士奇同样闭着眼睛挠头："打乒乓球，这只眼睛真的很Q弹。"

"给老子过来。"何所谓拉起二哈就跑，躲进C2电梯里关上门，确定那只浮空的眼球没有跟进来之后才敢睁眼。

白楚年催促问道："文件上写什么了？"

"封面写着，文件D：1513号实验体蛇女目详细能力说明。

"1.蛇女目发动J1亚化能力'暂留眼'时，两只浮空的眼球可以离开本体搜索目标，当两只眼球全部离开本体时，本体依靠浮空之眼传递视觉，自身失去视觉，仅保留听觉。

"2.与浮空之眼对视过的目标将在三十秒后肢体石化僵硬，由对视时间长度决定目标死亡速度。

"3.蛇女目的移动速度会随着进食量增大而变快。

"4.蛇女目本体的攻击方式：利用双手利爪和掌心锋利的鳞片刺入敌人的皮肤，伤口微小，但能造成大量出血。

"5.当蛇女目进入成熟期时，将觉醒两种伴生能力，伴生能力①：化蛇，浮空之眼石化杀死的所有尸体的眼睛将成为新的浮空之眼，尸体的视野将共享给蛇女目；伴生能力②：响尾，蛇尾尖端将进化为响尾蛇尾部末端，发出响声，并随机强迫一个目标与自己共鸣，逼迫目标发出尖叫，以便蛇女目循声捕食。

"6.弱点：心脏。"

"哇，有点厉害。"白楚年感慨，"你们的任务二是打开保险箱浏览文件D，对吧？现在完成了，三颗星已经拿到手，你们第一名的位置稳了。"

何所谓有些颓废地说："我们可以现在撤出科研院，坐等9点钟考试结束，让剩下的队伍面对这个怪物。我不想打了。"

白楚年："但我很想看看这个怪物长什么样子，来都来了，还要临阵脱逃吗？你们兵哥哥应该不是这样的。放心，你们队的第一我来保，照我说的做就行了。"

"总之先集合吧。"何所谓深呼吸平复了一下心情，"你们还在A座十层大厅吗？我们去和你们会合。"

"不用，别来。"

白楚年托腮瞧着面前的电脑显示屏。第二张芯片读取完毕，电脑桌面多了一个EXCEL文件，文件名叫"本建筑内所有实验体实时监测数据"。

打开之后里面是一个三页的工作表，第一页的标签是1513号实验体蛇女目。

成长阶段：培育期

原生物形态：菱背响尾蛇

进食量：59%（正在不断升高）

破坏形式：单体点状输出

攻击意图：强烈

…………

长达二十多行的状态参数，复杂的参数内容一直在实时变化。

白楚年又点开了第二页工作表浏览，标签是857号实验体电光幽灵。

成长阶段：培育期

原生物形态：魔鬼鱼

进食量：91%

破坏形式：规模轰炸

攻击意图：无

文件中还有第三页工作表，白楚年没有点开，直接右键删除了最后一页。

兰波注视着他的一举一动，唇角淡淡扬了扬："原来、这是……不能说……的吗？"

"倒也不是。"白楚年无聊地打了个呵欠，看了眼计算机右下角的时间，"现在是早上6点，离考试结束还有三个小时，我有点不耐烦。你的伤怎么样了？"

兰波垂眼瞧瞧自己的下身，淡淡回答："可以……忍。"

白楚年站起身，双手扶着桌面，略倾身子靠近坐在桌上的兰波："我让考试快点结束，然后带你去医院消毒。其他的事，你好自为之吧。"

兰波不自然地看向别处，这时，有一队人从B座九楼楼梯口爬上来，端着步枪跑过连廊朝两人冲过来，大概也是为了这台电脑的任务而来。

兰波仍坐在桌上，裹缠绷带的右手抬起横放在桌边的SA80步枪，眼眸半眯，朝连廊口四发点射。

【随便打打】兰波 击杀【BUG】艾文

【随便打打】兰波 击杀【BUG】居然

【随便打打】兰波 击杀【BUG】时奏

【随便打打】兰波 击杀【BUG】奶咖

【BUG】全队淘汰

"我想、见见，蛇女。"兰波低头换弹匣，轻声说。

"好。"白楚年坐回电脑椅，倚靠在柔软的椅背里，"先清一拨人。"

"陆言，把你面前的A1电梯按到第五层。"

"收到。"虽然不知道这些莫名其妙的命令是为什么，但这两天下来，陆言已经完全习惯听白楚年的命令了。

A1按钮按动之后，关押蛇女目的B1电梯开始下降，在B座大楼第五层停了下来。

渡墨临死前为白楚年检测过B座大楼的所有人员分布，有一队苟在了B座五层，想必是准备等别人打完，再阴掉最后一队人头。

白楚年托着腮，敲了敲通信器："开门，大哥要开始清人了。"

很快，击杀播报被1513号实验体刷屏。

当天空广播响起1513号实验体击杀【四脸蒙逼】第一个队员的击杀播报时，白楚年联络陆言："按关门，然后按三层按钮。"

陆言按下A1电梯的按钮，B1电梯随之关闭，缓缓从五层下降到三层："然后呢？"

白楚年："有A吗队的那三个小朋友还在吗？"

陆言："就在我们旁边。"

白楚年："让那个海蜘蛛亚体带着我的扩音器，从连廊走到B座，把播放键打开，放进B1电梯里。"

陆言："嗯，他去了。海蜘蛛有什么用吗？"

白楚年把通信器耳麦从耳朵上拿远了一点："我看他胆子比较大。"

话音刚落，通信器中海蜘蛛亚体的频道就响起一声歇斯底里的恐怖尖叫，白楚年揉了揉耳朵："比我想的叫声还要大。"

海蜘蛛亚体瘫坐在B1电梯前的墙角，双手抱着扩音器哆哆嗦嗦，绷紧了身体，腿软得站不起来。

刚刚电梯门缓缓向两侧分开，入眼是一片血红，整个电梯里喷满了腥味的血迹，一些小的渣子浸泡在浓稠的血水中，其实是一些被牙齿切碎的骨肉和咬成几瓣的颅骨。两颗眼球没有支撑，因此掉出了眼眶，凭借几根血管悬空挂着，因为电梯的震颤而小幅度晃动，突然，血丝断裂，眼球滚到了电梯外。

一件已经撕碎的银色队服散落在电梯各个角落，一枚写着"搜鬼团"三个字的队伍名牌血淋淋地扔在地上。

白楚年在通信器中出声安慰："别害怕，只是搜鬼团贺文潇的尸体而已。"

海蜘蛛亚体忍住胃里翻涌的恶心，动作僵硬地打开扩音器播放键后扔进了电梯里，艰难地爬起来跌跌撞撞地逃走了。

扩音器在电梯中大声地循环播放白楚年提前录的一段音频："冰箱、彩电、洗衣机、电风扇，修理油烟机，修理煤气灶……"

等收到海蜘蛛亚体回答任务完成的消息后，白楚年让陆言按关门键再按五层按钮。

B1 电梯就带着不断播放噪声的扩音器回到了五层，缓缓打开门。

陆言一直守着 A1 电梯按按钮，有点疑惑地问："一会儿下来一会儿上去的，这在干吗呢？"

在这里面考试的考生们已经近 48 小时不吃不喝，白楚年也不例外，口干舌燥，懒得解释太多。

刚刚他趁蛇女目在吞食贺文潇尚未完全石化的尸体时，让陆言关上电梯，直接把蛇女目关在了 B1 电梯中，将这个怪物送上 B 座五层，打开电梯门放他出去灭掉四脸蒙逼队，再用扩音器把他勾引回电梯中锁住。

白楚年靠着椅背闭了会儿眼睛休息，听见不远的 B 座大楼中隐隐约约的嘈杂的扩音器录音突然停了，大概是蛇女目已经回到了电梯中，破坏了扩音器。

"关门。"白楚年联络陆言，"送大哥去 B 座十九层清另外两队联合的。"

不出五分钟，藏在 B 座十九层的疯狗啊队和敢打你爹队全队被蛇女目击杀。就这样兵不血刃，不费吹灰之力连灭三支前十强队，直接清场。

蛇女目还在 B 座大楼十九层游荡，此时这场考试已经可以结束了，名次和积分都已经注定。

陆言掏出口袋里的 Accelerant 致幻剂，有点可惜："这个东西还没用上呢，搜鬼团好像也拿到了一支，是不是大家都有啊？"

"哼。"白楚年嗤笑，"我们拿这个药剂的时候，旁边的架子已经被拿空了。"

陆言好奇地摆弄手里的注射枪："你们说这个会不会是那个怪物的弱点呀，一针打下去，他就不能动了。"

"小兔子，你们学校有英语这一科吧？ A 开头的单词除了 abandon 没记住别的？"白楚年隔着通信器训他，"我没记错的话 accelerant 是促进剂、加速剂的意思吧，你给蛇女目打上，他立马进入成熟期，到时候一口一个小朋友，把你头都咬掉。"

"咳，"毕揽星插了一句嘴，"楚哥，别吓唬他。"

搜鬼团队长联络白楚年："我们还在十四层 C2 电梯里，帮我们按一下外边的开门键。"

"嗯，我让一个小亚体过去接你们了。"白楚年觉得有必要再嘱咐一遍，"你们手里那个 Accelerant 致幻剂不要用，这个任务别做，不然我怕你们考试考出心理阴影。"

"行，听你的吧。"

科研院三幢大楼背面沿海，南边一百多米外则面对着一座海洋观测基站，基站大约有二十层楼高，顶端建造了一个巨大的蜂窝型建筑，十分具有设计感。

这时候天已大亮，基站顶端的蜂窝玻璃反光有些刺眼，白楚年抬手挡了挡光，眼角不经意一瞥，发现对面基站天台有个小小的圆形反光一闪而过。

白楚年忽然站了起来，拿起脚边的 M25 狙击枪，利用高倍瞄准镜的视野观察天台上那个人。

熟悉的面孔依然冷漠淡然，那个被他欺侮逗弄一顿放走的灵猩亚体端着一架十字弩，弩上的注射枪枪尖并未针对白楚年，而是面向白楚年斜上方更高的楼层。

白楚年脸色突然凝重，飞快翻越电脑桌趴到窗口，狙击准星在对准灵猩亚体头顶的一瞬间开了枪，一发瞬狙爆头，灵猩亚体左上颅骨被威力强大的狙击弹爆出一团血花，但他手中的十字弩也已离弦发射，不可挽回。

灵猩头部中弹，摇摇晃晃坠下高楼，清冷的脸庞被鲜血覆盖，对白楚年露出报复成功的喜悦微笑。

【随便打打】白楚年 击杀【风萧萧分】萧驯

随着击杀播报响起，大厅的电脑也发出了一声电子音警告：

1513 号实验体注射 Accelerant 致幻剂成功。

1513 号实验体加速生长中……

五秒钟后培育期结束。

五、

四、

三、

二、

一——

1513号实验体蛇女目成熟期唤醒，请高度警戒！请高度警戒！

"萧驯，"白楚年攥紧了狙击枪，"你是真的狗。"

整座大楼的红色警示灯光一闪一灭，科研院三幢大楼顿时笼罩在一股阴郁压抑的气息中，一种类似亚马孙雨林中潮湿的野生莓果气味从高层逐渐蔓延到楼层下方——浓重的成熟期亚体实验体的亚化因子疯狂地冲击着整座建筑中每一个人的亚化细胞团。

兰波有些不耐烦地抚住了自己隐隐作痛的后颈，半透明的鱼尾中电量快速蓄满，并从宁静的蓝色变化成愤怒闪烁的红色。

"小鬼……在挑衅我。"

白楚年将通信器频道调成公开，联络所有人："跳窗走吧，离开科研院，名次已经注定，再打没有意义。"

"我们也走。"白楚年用掌心按住人鱼后颈的亚化细胞团，保护起来，"我改主意了，不准你去看他了。"

兰波微微扬起下颔，蓝眼睛里的神采既困惑又好笑："wei？（为什么？）"

"我一开始只是想确定他是不是我想的那个蛇亚体，现在我已经知道了。"白楚年蹙起眉，有些暴戾因子在心里燃烧蒸腾，带着兰波朝楼梯口快步走去。

白楚年有一段令自己很不快的记忆，三年前他在战斗中受伤，一连十天都不能再训练，只能被关在繁殖箱里养伤，其间研究员们向繁殖箱中注入了雾化麻醉剂，偷偷把他的小鱼从他身边抱走了。

白楚年醒来后在繁殖箱里乱砸东西，焦躁地追问研究员为什么，研究员耐心地回答他："因为人鱼到了亚体活跃态，我们担心他伤害到你，所以暂时把他转移到蛇亚体的繁殖箱里。"

但是等兰波再被送回来的时候，身上就沾满了这种莓果亚化因子的气味。

陆言在通信器中大喊："出口全部都被封死了，我们怎么都出不去，跳窗也不行。"

搜鬼团队长也开口回应："C座所有出口的安全门都打不开，窗户都被机械控制的防盗钢板封死，我们出不去。"

沉寂许久的系统广播突然响起一阵电子音乐，提醒尚且存活的考生：

"恭喜存活至今的考生进入附加题阶段，成功击杀1513号实验体时，参与者所在队伍将额外获得三颗星。此时离开科研院大楼将被视为本次考试成绩不合格，请诸位全力以赴。"

白楚年愣了一下，忘记了回答队员的联络，他自觉把现在的情况当成了当年的挑衅，一股邪火冲上了头。

一种冰凉的触感将白楚年的炽热思绪拉回到现实，兰波用白刺玫气味的安抚因子围绕着他，像哄慰受惊的孩子一样轻声安慰："不怕，我还能……杀他、第二次。"

白楚年躁动的心绪确实被安抚得平静了些，但同时他也觉察到自己和兰波两个人都在自说自话，他迟钝地发现自己并不明白兰波说这话的意思。

"你觉得我会怕？为什么？"白楚年感到太阳穴涨痛，"他不过刚进入成熟期而已。"

兰波依旧在不明所以地安慰他："不怕。"

他带着兰波下楼，远远地听见身后的电脑发出警告："检测到857号实验体电光幽灵强烈攻击意图。"

搜鬼团最后两人已经从C2电梯中被放了出来，来接他们的是有A吗队的沫蝉亚体，沫蝉顶着一大团泡沫带搜鬼团两个亚体在地上默默蠕动。

何所谓听罢系统广播后已经骂了两趟街，而且他不大习惯在地上匍匐前进，低声说："其实我们可以站起来跑两步。"

沫蝉翻了个白眼："嘘，这样安全，我的泡沫还可以隐藏热感，不出意外的话我们直到考试结束都不要站起来了。"

"哥，你先跑吧，我要和小朋友多爬一会儿。"哈士奇跟着爬得很起劲。

他们仍在C座十层，现在他们唯一要做的就是通过连廊与仅存的两个队伍会合，再一起研究战术，这场架已经到了不打不成的地步。

由于窗户被钢板封闭，大楼内部的光线变得极度昏暗，不依靠强光手电筒的话，能见度不超过五米。

何所谓低头看了一眼胸前挂着的"搜鬼团"三个字的队伍名牌，做了几个深呼吸。

忽然，狭长的连廊中间传来些微声响。

何所谓停止匍匐，按住身边的两个人，警惕地小声说："有东西过来了。"

远处有东西在移动，发出摩擦地板的刺耳噪声，在幽静的连廊中清晰回荡。

沫蝉亚体缩了缩肩膀，悄悄看了看左右两边的亚体，至少亚体高大的体形和不由自主释放出的强势亚化因子还能给他一点安全感。

那东西越来越近了，发出的摩擦声响也越来越清晰——是一种坚硬的材料刮擦大理石的声音，但没有脚步声，可以确定这个逐步靠近他们的物件是有原动力操纵的。

何所谓探出强光手电筒，贴紧地面照向那件东西。他不敢看得太多，因为一旦与蛇女目的浮空之眼对视就会被不同程度石化，他担心那两只诡异的眼睛就在附近窥视。

但出现在远处光线边缘的其实是一只脚，人类的脚。

"是人。"何所谓反而松了一口气。虽然他仍没有贸然行动，但没有比在这幢古怪的大楼里见到同类更让人放松的事情了。

视线向上，他看见这个人穿着深紫色队服，走路的姿势极其僵硬，两条腿都不怎么灵活，极小幅度地向前蹭两厘米，再向前蹭两厘米。

这人胸前的名牌被手电筒强光晃了一下，何所谓才看清了他的队名：有A吗。

沫蝉忍不住拨开一点泡沫，诧异地探出头："是队长？"

渡墨旁若无人地站在他们面前，脸色铁青，皮肤也变得像石面一样粗糙，紧闭着眼睛。

"队长……"沫蝉呆呆仰头望着渡墨的脸，"你怎么……"

"别看。"何所谓突然反应过来，伸出手掌遮住沫蝉的眼睛，但已经来不及了，渡墨突然睁开了眼，眼眶却是两个黑漆漆的空洞，他身后飞速浮起两只金色眼球，在空中旋转着寻找猎物。

沫蝉吓得瘫进何所谓怀里，因为短暂的对视，皮肤也开始僵化变硬，一种强烈的刺痛让沫蝉难以忍受地抽泣。

何所谓单手抱着沫蝉，拖起哈士奇与渡墨擦肩而过，紧急联络白楚年："我们被发现了。"

他们刚冲到B座楼梯口，就听见楼下的台阶有咔啦咔啦的僵硬的脚步声，四个穿着帝国觉醒队服的队员尸体正在台阶上扭曲地攀爬，八只瞳孔各色的眼球飘浮在空中，在看到搜鬼团几人的一瞬间，视线全部转了过来。

何所谓及时用J1亚化能力"月全食"遮挡住三人的视线，但下楼的阶梯被帝国觉醒队员的尸体堵住，背后的路也被渡墨的尸体截断，一时只有上楼这一条路可选。但他们身处B座，蛇女目本体就在十九层游荡，此时已经不知游走到了第几层。这些被蛇女目控制的尸体就是要将他们驱赶到本体附近，让他们成为蛇女目的杀戮目标。

帝国觉醒队四个队员的尸体扭曲纠缠在一块儿，卷成一坨僵硬的尸堆，分不清哪条胳膊哪条腿属于哪个人。

何所谓不敢抬头，甚至不敢睁眼太久，他们三人周围布满了至少十只浮空之眼，视线凝聚在他们身上虎视眈眈。

僵硬的尸手紧紧扣住了他们的脚腕和手臂，何所谓掏出战术匕首却砍不断尸体已经坚硬石化的手爪，他们已经被浮空之眼锁定位置，很快蛇女目就会冲下来与他们正面交锋，以那怪物的强大攻击力，恐怕他们根本毫无还手之力。

"顾无虑，你带沫蝉走。"何所谓把抱在臂弯里的沫蝉推给哈士奇亚体，"找机会下楼和其他人会合。"

顾无虑的四肢也被尸手紧紧纠缠着，他接过奄奄一息的沫蝉，嬉皮笑脸地回头嘱咐自己的队长："哥，你扛不住就开枪毙了自己，可别变成这样吓唬我。"

"还废话，快走。"

不过一个呼吸的工夫，缠绕在他们身上的尸手全部被一股瞬发力量扯断，顾无虑和沫蝉即刻离开原地，背影从远处的 B 座连廊和 C 座大楼的交接口下楼消失了。

哈士奇亚化细胞团 J1 亚化能力"撒手没"：脱离型能力，有限时间内挣脱一切束缚，击穿拦路障碍。

何所谓闭着眼睛给自己打了一针恢复针剂，躲开移动缓慢的尸堆背靠墙壁，敲了敲通信器："姓白的，我让我的队员带那小朋友走了，剩下的交给你了。"

通信器耳麦中响过一阵电流音，白楚年居然回应了。

"你在哪儿？"

何所谓呼吸有些急促："B 座十层左手边楼梯口。"

"趴下。"

何所谓愣了一下，但紧急之下本能驱使他服从白楚年的命令，立刻就地趴下。

这时只听电梯滑索摩擦的暗响，B1 电梯快速升上了十层，电梯门向两侧缓缓拉开，内壁吸附的两颗黏性炸弹发出音乐警示音，随后轰然爆炸。

夹杂着火焰的爆炸波冲毁了 B1 电梯对面的整面墙，沉重的墙体没了支撑开始塌陷坠落，帝国觉醒队四个队员的尸体全被爆炸波冲出了大楼，墙体瓷砖碎裂，被这股爆炸的力量掀飞，锋利的碎瓷片四处飞溅，几只浮空之眼被碎瓷片砍碎，失去了与本体的联系，逐渐变成僵硬的圆形石块，坠落到满地狼藉之上。

何所谓依靠自己的 J1 亚化能力"月全食"抵挡爆炸的冲击，趁着爆炸时混乱的局面朝 A 座跑去。

守着 A 座三层两个电梯的陆言和毕揽星也在原地待不下去了，陆言以 J1 亚化能力"狡兔之窟"穿越楼层，飞速朝白楚年所在的 A 座十层攀爬，毕揽星排查 A 座楼梯，每上一层便用藤蔓封锁楼梯口。

科研院三幢大楼中间被炸出一个巨大的缺口，从 B 座十层开始被炸出了一个洞，上层和下层都因失去了支撑而缓缓掉落砖瓦，露出浇筑在梁柱中的钢筋，清晨的光线透过这巨大的爆炸缺口照射进来，缺口外就是波涛汹涌的后海和被海浪冲刷着的礁石。

寡淡的阳光斜照进十层大厅，白楚年垂手提着一把 SA80 步枪，纯黑队服被阳光染出一道蜂蜜色光带。

兰波尾巴尖卷在因爆炸冲击而裸露出墙体的钢筋上，背后斜挎 M25 狙击枪，指尖挂着一把沙漠之鹰，与白楚年站位形成夹角，斜拉开一段距离。

对面的墙角阴影中缓缓走出来一个男人。

男人垂着一头柔顺的长发，双眼裹着一圈医用纱布，下颌弧线干净俊美，外貌与二十来岁的青年无异。

他微微偏着头感觉着对面两人的位置，感受空气中剑拔弩张的亚化因子，闷声笑了："我感受到一种熟悉的狠毒气息。"

兰波垂眼看了看指甲，露出不屑一顾的眼神。

蛇女目面向白楚年的方向，唇角挂着一丝不友好的讥笑："你比那时候长高了这么多，小家伙。我还记得你倒在我脚边蜷缩成一只可怜小猫的样子，抱着骨折的手嗷嗷哀叫，就是不肯求饶。现在看起来级别高了很多……真让我刮目相看。"

再强的人被提起年幼时的落魄事都难免心生惭愧，但白楚年无动于衷，并没有被刺激到，冷淡和平静是他唯一的表情。

白楚年能不把他的嘲讽放在心上，却不代表兰波也一样大度，兰波原本卷在钢筋上吊垂的身体愤怒地弓了起来，竖起猩红的背鳍尖刺，朝蛇女目露出尖牙，喉咙发出低吼恐吓。

他松开钢筋，以强电磁力支撑身体朝蛇女目冲了过去，尖锐的利爪从指尖瞬间伸展而出，在蛇女目脸前划出一道带着闪电的半弧。

蛇女目轻轻向后闪身，下半身的蛇尾钩住楼梯栏杆将自己带离原地，脱离兰波的攻击范围。

当亚体身上展示出生物特性时，仅有两种可能：他的亚化细胞团已经进化为 A3 级，亚化细胞团能量过剩导致溢出，使亚化细胞团细胞过度增殖以承载能量；

或者他本体是蛇，经过改造后生长出了二分之一人类拟态。

蛇女目属于后者，因为能进行 A3 级进化的亚化细胞团实在太过稀少，进化条件苛刻，概率微乎其微。

"为什么你还在培育期？他一点安抚因子都不给你吗？"蛇亚体朝兰波反扑，布满蠕动鳞片的手掌轻而易举地削去了兰波耳侧的一缕金发。

成熟期实验体对培育期实验体的实力压制比想象中更加强势，白楚年抬枪开火，几发子弹架开蛇即将接触到兰波身体的双手。

"兰波，回来。"试探结束，白楚年打算唤回兰波改换保守战术。

但蛇显然不想轻易放过这个亚体，他小幅度摇动尾尖，发出响尾蛇特有的沙沙嗡鸣。白楚年以为他要用第二个伴生能力"响尾"随机选一个目标共鸣，当白楚年已经做好了准备应对他的伴生能力时，蛇却停止了摆尾，一时身后升起十几只旋转的浮空之眼，视线同时转向白楚年。

原来响尾只不过是迷惑目标，召回大楼各个角落的浮空之眼才是他的目的。

白楚年垂下眼眸，不与任何一只眼球对视，但这种情况下他也不能精准地判断兰波和蛇的位置，架枪变得很困难。

他右手遮住眼睛，左手抬枪扫射，子弹像循着预设轨道飞行，每一发都避开了兰波的身体。兰波趁机摘下背后的大狙，抵着蛇的左胸爆了一枪。

蛇胸前爆出一团血雾，摇晃着身体向后退缩，被狙击弹炸裂的胸口却在快速愈合。

狙击枪不能连发，就在换弹的间歇，蛇扑了上来，将兰波死死地压在身下，力量奇大的蛇尾卷住了兰波的脖颈和腰肢，鳞片收缩，将兰波勒紧令他窒息。

兰波挣扎着伸手去抓落在不远处的沙漠之鹰手枪，一只金色眼球却突然飞到了枪边，盯着兰波的眼睛。

"唔。"虽然兰波第一时间闭上了眼睛，但短暂对视的几秒钟仍然对他造成了伤害，不多时，浑身肌肉都不受控制变得僵硬，强烈的刺痛从骨髓中升起，兰波发出一声类似鲸鱼长鸣的叫声，痛吼在长廊中回荡。

蛇笑得肩膀抽动："在培育期实验体里再无敌，在成熟期面前一样不堪一击，你只能怨白楚年对你不够好。"

蛇回头望向白楚年："怎么样，我马上就要咬断他的脖子了，你不给我看看你更高的亚化能力吗？"

白楚年闭着眼睛开了一枪，子弹瞬间穿透了蛇的喉咙，蛇捂住喉咙沙哑咳血，在复原之前都说不出一句话。

白楚年背后的楼梯口隐约传来摩擦声响，五条漆黑的藤蔓顺着栏杆急速生长，带着风声冲过白楚年耳边，缠绕在兰波身上。与此同时，蛇女目头顶的天花板突然出现一个圆形黑洞，陆言从洞中落下，闭眼抱着火焰喷射器一通乱扫。

蛇被火灼痛了皮肤，下意识松开压制兰波的手臂。毕揽星控制住黑色藤蔓将兰波拉回到自己身边，另外分出一条藤蔓挂在陆言腰间，随时可以把陆言扯回安全地带，并在最短的时间内为陆言缠了一层能够抵消一次纯伤害的毒藤甲，紧接着再次发动能力保护兰波。

白楚年愣了一下，回头看了一眼毕揽星："你在干什么？"

"对不起。"毕揽星吸了一口凉气，他也意识到了自己严重的战术失误——他的J1亚化能力"毒藤甲"是单体瞬发能力，发动时会按顺序依次缠绕在保护目标上。

而刚刚情况紧急，毕揽星却下意识选择先把毒藤甲缠绕在敌后相对安全的陆言身上，而不是距离敌人攻击范围最近的兰波身上。

"毫无大局观。"白楚年撂下这句话后翻越弯曲的钢筋朝兰波冲了过去，蛇的利爪即将刺入兰波毫无防备的后心，白楚年在那一瞬间抱住兰波转过身，把后背露给了蛇的利爪。

毕揽星及时弥补失误，将毒藤甲及时缠在了白楚年的身上，蛇的利爪被坚硬甲胄抵了一下，藤甲爆裂破碎，蛇的双手同时被弹开。

但一切仍然来不及，蛇掉转方向，长蛇尾迅猛扫过白楚年的侧身，刚猛气劲将白楚年的身体贯穿在了墙壁裸露的钢筋上，白楚年队服胸前的血量条锐减至零。

兰波瞪大眼睛，连蓝色的眼睛都变得血红，闪电在瞳仁中游走。

天空广播遗憾播报：

1513号实验体 击杀【随便打打】白楚年

蛇得意地抹了抹唇角："他也毫无大局观，战术指挥应该先保证自己的安全，他却没有，他甚至自负到连J1亚化能力都不屑用。但这也只能怪你。"

"嘿，兄弟！"轻快的一声吆喝从蛇背后响起，蛇皱眉回头倾听声音来向，在B座大楼断裂的连廊和楼层中，蛇在低于自己一层的连廊废墟中看到了一个人。

哈士奇亚体在废墟中蹦跶，手里攥着一只浮空之眼，抛起来用手电筒打出去，嗖地打在蛇的脑门上。

这激怒了蛇，顿时所有浮空之眼的目光全部转向哈士奇。

当所有浮空之眼的视线都被吸引，蛇女目的视野中就只有哈士奇一个人。

何所谓突然从十一层的爆炸废墟中露了头，手里端着一把从固定弹药箱中找到的十字弩，弩箭头替换成了一支快速恢复针剂，绷紧的弩弦凌空发射，将整个考场内放置的唯一一支快速恢复针剂注入白楚年体内。

已经清零的血量条倒灌，白楚年迅速睁开眼睛，从陆言口袋里夺出那管灌满粉色 Accelerant 药剂的注射枪，推进了兰波的后颈亚化细胞团里。

"干掉他。"

第七章

电光幽灵

———○———

大厅的电脑再一次发出电子音警告：

857 号实验体注射 Accelerant 致幻剂成功。

857 号实验体加速生长中……

五秒钟后培育期结束。

五、

四、

三、

二、

一——

857 号实验体电光幽灵成熟期唤醒，请高度警戒！请高度警戒！

蛇听觉敏锐，立即放弃吸引自己注意的搜鬼团队员，愤怒转身。

蛇女目亚化细胞团分化等级已达 M2 级，亚化细胞团每升一级，必然随机获得一种与自身生物特性匹配的亚化能力，等级越高时获得的亚化能力越强。

空气中莓果亚化因子的气味越发强烈，蛇女目几近发狂，召回两只浮空之眼飞回眼眶，他扯下蒙住双眼的医用纱布，金线蛇眼神阴鸷凌厉，将全身力量汇聚于亚化细胞团，不计后果地发动 M2 亚化能力"沼泽"。

霎时坚硬的地面化成泥水，站立其上的人们双脚不受控制地陷入了沼泽般的地面中。

所有能够抓攀的东西全部变成了稀泥，人们只能眼睁睁地陷入泥化地面中，陷入速度要比真正的沼泽更快，一旦口鼻陷入地面以下，必然窒息而死，此时众人已经顾不上多思考第二个出现在这里的怪物了。

连支撑大楼的钢筋也软化开来，贯穿在白楚年胸口的钢筋化为泥水淌走，白楚年没了支撑，从悬空的十层高台掉了下去，在汹涌的海水中砸出一片渺小的浪花。

兰波不由分说纵身一跃入海。

陆言反复以狡兔之窟在各个楼层中穿梭，但无济于事。蛇女目的 M2 亚化能力笼罩范围极大，所有楼层地面全部成了表面凝固的泥水沼泽，整个 B 座大楼都处在熔化的状态。

蛇低头看了一眼汹涌咆哮的后海，轻蔑地提起唇角，先把近处这些碍事的小东西解决了再说。

他轻摇尾尖，深褐色的蛇尾末端有一段金色的空心鳞片，鳞甲摇动沙啦作响，蛇微抬下颌，视线落在在各楼层穿梭的陆言身上。

蛇女目伴生能力"响尾"，能够随机强迫一个目标与自己共鸣。

陆言身体顿时僵直，脑子里被一种放大无数倍的指甲刮擦黑板的噪声充斥，霎时从大脑直到四肢的神经全部麻木，短暂的麻木之后就是如同弹片在体内爆破的剧痛。

陆言娇小的身体坠落在地面上，他蜷成一团紧紧捂着嘴不准自己叫出声，身体缓缓被泥化的地面吞噬。

就在陆言即将被泥化地面堵住口鼻窒息而死的前夕，身体突然轻盈起来，仿佛有东西在身下托着自己上浮，他艰难地把眼睛睁开一条缝，发现身下是几条交叉的黑色藤蔓，织成藤网托着自己。

等他睁眼，整个十层大楼都已经被密集交叉的黑色藤蔓贯穿长满，犹如一个密不透风的雀笼。

藤蔓尖端缠绕着毕揽星的腰，将他送上高空，又如滑索般带人俯冲而下，毕揽星双手握 Uzi，居高临下射中蛇女目的左眼。

以 Uzi 的超高射速和极强的近战能力，搭配毕揽星这一滑索天降，蛇女目猝不及防，一只眼睛被打爆，痛苦地捂住流血的眼眶后退，整座大楼的沼泽化随即停止。

箭毒木亚化细胞团 M2 亚化能力"天荆地棘"：攻防兼备的瞬发型能力，在有限的空间内快速催生毒蔓，使其密集贯穿整个空间。

哈士奇亚体费劲地刨地，把脚从地里刨出来，抬头朝何所谓吹了声口哨："哥，你看那个小毒草居然 M2 分化，好牛哦，藏都不藏的。怪不得叫随便打打，这一队里全是大哥啊。"

何所谓对他做了个噤声的手势。

藏在角落里偷偷看热闹的铃铛鸟和沫蝉亚体古怪地对视了一眼，小声嘀咕了一句，缩回了废墟里。

藤蔓织成摇篮，将陆言蜷缩的身体送回毕揽星身边。毕揽星对周围悄声的议论充耳不闻，伸手摸了摸陆言颤抖的小兔耳朵，沉默释放着安抚因子。

"这么小的年纪居然已经二阶分化了……你还能活着走出去吗？"蛇扶着地面缓慢恢复，浮空之眼守卫在他身边禁止他人靠近，被打碎的眼眶修复完毕，蛇抬手从空中摘了一只浮空之眼，推进复原的眼眶中，完好无损地转动起来。

几只浮空之眼受到蛇的控制，飞入水中寻找消失的人鱼和白楚年。

白楚年坠海时，腥咸的冷水一下子没过了头顶灌进鼻腔，刺激得他几乎睁不开眼睛，忽然有种被光滑柔软的冰凉生物蹭过身体的触感。

他强迫自己睁开眼睛。

眼前闪烁蓝光的小型水母成群结队地簇拥着自己，在湛蓝的水流中漂浮荡漾，最小的只有指甲盖大小，像个乖巧的蘑菇，依赖地钻进白楚年虚握的掌心中。

循着蓝光水母的来向看去，金发人鱼拖着一条蓝电游走的鱼尾朝自己游过来，尾巴尖扫动海水时出现一串大小不一的气泡，气泡立刻变作富有生命的蓝光水母，随着水流游荡前行。

白楚年被眼前的景象惊得忘记了求生，随后便感觉到一双冰冷的人类手臂从背后托着自己，带着他飞快地向上游动，身体受到的水压逐渐减小，头部冲破水面的一瞬间重获了氧气。

兰波将他推上礁石，自己半个身子泡在水里。

白楚年一时忘了咳嗽。

兰波双手撑在礁石上，将半个身体撑出水面，然后说："我希望这个状态能多保持一会儿。"

白楚年从未听过兰波说出如此清晰的人类语言。

"我一直想告诉你，我已经活了很久。你那时候在我眼里还是一只需要吃奶和拥抱安抚的小白猫，但我找不到我们语言里关于'年龄'的共通表达。

"你不知道蛇为什么出现在这儿吧。那天你早上出去训练，晚上却断了小臂和肋骨被抬回来，一只手被碾碎了，亚化细胞团也受了伤……研究员内疚地告诉我，他们急于让你挑战强大的家伙，才不管不顾地把你和蛇关进同一个生态箱里。蛇很喜欢折磨猎物，我是知道的。……那天晚上你很痛苦，一直在呻吟，你梦里还在发抖。

"所以我干掉了他，只留下了他完整的大脑。"研究员们惋惜地留下了他的大脑，并且复制了神经数据，卖给 109 研究所来挽回金钱损失。在那里，蛇的意识会无限体验被各种实验体虐杀至死的感觉。

"这就是我要他承受的。"

白楚年僵在礁石上，兰波的声音过于清晰以至于让他无法很快将他和自己熟悉的那条鱼联系在一起。

因为他的蓝宝石眼睛太过清澈漂亮，嘴唇也粉嫩如同果冻，金发搭配冷白皮肤更像一个娇嫩的小天使，一开始就让白楚年认定这是一条幼小的鱼崽，可能才破壳没多久，他们在一起的那些日子，白楚年都像在照顾宝宝一样照顾他。连每天晚上研究员送牛奶进来，他都会先喂给趴在被窝里的小鱼喝。

在两人谈话的当口，一只浮空之眼见缝插针冲进两人之间，出其不意地将瞳孔对准了白楚年，但没等这只眼球发挥作用，便被一只修长的手攥在了掌心里，毫不留情地攥成了一把血沫。

兰波在海水里洗了洗手，细眉略微蹙起："一如既往地恶心，他还以为自己活着呢。"

蛇女目已经发现了他们的踪迹，顺着大楼外沿向下俯冲游走。但兰波没有留给蛇女目蓄力发动能力的时间，他深扎进水中，化成一道蓝色闪电在水中疾驰，突然冲出海面七八米高空，半透明鱼尾中青色血管充血爆裂，电光蜿蜒闪动。

海水在他手中汇聚，无形的水立刻凝固成无比坚硬的材质，形成两把半透明勃朗宁 Auto-5 霰弹枪。人鱼眼神冷漠，双手两发透明霰弹接连发射，同时击中蛇女目上半身的左胸和下半身蛇尾，两颗心脏同时被霰弹爆裂，无数尖锐水滴将蛇的身体从空中爆成了筛子。

魔鬼鱼亚化细胞团伴生能力"水化钢"：能将水分子强制压缩形成类似武器用钢中各元素原子的致密排列，实现奥氏体和马氏体的反复相变，称为水化钢，其手持武器均由水化钢形成。

天空沉寂，电子音终于响起：

【随便打打】兰波 击杀 1513 号实验体

考试结束，请考生原地休整五分钟等待数据统计和队友复活唤醒。

兰波手里的透明武器在短暂爆发威力后又化回水的形态落回海里，他本身也没了支撑，从七八米高空坠向海面。

白楚年纵身跳进海里，尽力向前游去，在人鱼砸进海面的刹那探出身体把他接在怀里，使人鱼免于高空落水的冲击，两个人一起沉进了深海。

海水吞噬了两个人的身体。

兰波要白楚年直视自己的眼睛，挑眉问：

"你这些天对我发什么脾气？你在记仇？我耗尽亚化因子把你供养到成熟期，花心思送你出监狱，原来你这几年都在记我的仇吗？

"你的确成长得很快，天赋超人，级别也足够高，现在没有人还能欺负你了……所以这就是你反过来侮辱我怨恨我的理由吗？

"好吧，你继续记恨我吧。

"这一枪还给你，你得知道你的态度就是这样伤害我的。"

兰波抬起右手，水流在掌心盘旋汇聚成一把半透明水化钢沙漠之鹰手枪，抵在白楚年心口毫不迟疑地扣下扳机。

白楚年的后心被炸裂的子弹在水中喷出一片扇形血雾，胸前血量条再次清零，但考试已经结束，没有再播报击杀信息。

白楚年弯起眼睛，缓缓在血雾中抬手，摸了摸兰波。

兰波抱起白楚年的尸体向水面游去，蓝光闪烁的水母和被血腥吸引的鲨鱼在身后追逐。

五分钟后，所有 ATWL 考生的意识都被传送出考场，在考试中阵亡的考生也清醒过来，心有余悸地摘掉模拟眼镜，从电话亭一样的小房间中走出来，跟着大部队聚集到之前等待入场的空地，等待主考方宣布成绩和星级，最后训话结语。

一时不同气味的亚化因子充斥在空气中，各色队服乌乌泱泱挤满操场，有的队伍惋惜怒骂，有的队伍抱头痛哭。

陆言秊拉着耳朵蹲在墙角，脸埋在掌心里气急败坏地对着毕揽星抽泣："只是考试而已，我死了就死了，你为什么要露等级，我爸爸会骂死我的！他们嘴上不说其实心里都觉得我菜，害你在这儿暴露级别。我爸爸和你爸爸这下都要以为我是笨蛋兔子了，我爸爸肯定后悔只生我一个了，哇哇哇哇哇哇……"

"别哭了，没关系。"毕揽星说，"我没有在保护你，这是为了队伍荣誉，我们是满编队合格，全队追加一星。"

"嗯。"听他这么说，陆言秊才好受了一些，抽噎着把脸伸到毕揽星递过来的纸巾里擤鼻涕，鼻头擤红了，睫毛上还挂着几颗大泪珠。

白楚年醒来时，自己正倚躺在小房间的角落，他发了一会儿呆，抚住了自己的心脏。刚刚心脏被打穿的感觉非常真实，心跳骤停，短暂的剧痛过后，留下的缺口又被孤独感和失落感填满了。

他摘了眼睛里的镜片，揉了揉干涩的眼睛，突然想起了什么，紧抿着唇推开房间门，在紧挨着自己的几个小房间里搜找，终于在自己斜前方的小房间里找到了仍在昏迷的兰波。

白楚年释放着安抚因子，弓下身把兰波抱起来，抱起来时，看见角落里散落了几个闪着光的小零件——一颗带有蓝色偏光的黑珍珠，还有几片具有蓝色荧光的鳞片。

白楚年后知后觉地翻找自己队服胸前的口袋，在考试里认真把珍珠和鳞片折进纸包里的行为只是模拟出的影像，这些小东西其实都落在兰波房间的地面上了。

他把珍珠和鳞片妥帖地揣进口袋，带着兰波，找了个工作人员询问清洁间的位置，带着人鱼钻进清洁间里锁上门，捡了一块干净抹布把水池擦了两遍，然后把兰波放进去，打开一排水龙头，让冷水冲到兰波身上。

兰波已经离开水近 48 小时了，身上的保湿绷带几乎干透了，嫩白的皮肤变得粗糙干燥，金发蓬松柔软地垂在脸颊边，显得虚弱又无力。

冷水滋润了人鱼的身体，色彩暗淡的鱼尾被水滋润后重新焕发生机，冷蓝色鳞片随着水流微微摆动。

兰波困倦地半睁开眼睛，浑浑噩噩地抬起手，拨拉了一下身上的水流，慢慢爬起来，对着水龙头喝了一大口水。

白楚年趴在水池边，托着腮，轻轻摸了摸兰波的头发："辛苦了……等一会儿我先送你去联盟医学会。"

兰波喝饱了水，回头朝白楚年眨了眨眼睛，指着水龙头问："呱？"

"……"白楚年脚下一滑，爬起来捧着兰波的脸观察，"退化了？"

回头想想，在考试里因为 Accelerant 药剂才将兰波强行催化到成熟期，但那是全息系统模拟出来的情况，现实世界里兰波的成长阶段没有任何变化。

兰波等了半天也没等到白楚年的回答，索性按允许处理，一口咬掉了水龙头，大嚼特嚼。

水管里的水狂喷，劈头盖脸地给白楚年洗了个澡。兰波扬起尾巴尖，蓄满电力在水管口啪地打出一片电火花，喷水的管口被一下子焊住了。

兰波回头看了一眼白楚年，举起尾巴尖贴心地帮他抹了抹脸上的水，把嘴里的水龙头残渣吐到白楚年手心里，用尾巴尖堆了堆，堆成心形。

白楚年心情复杂，一只手托着兰波的心，另一只手拖着来时带的黑色旅行箱，兰波蜷在旅行箱上被拖着走，到空地上和自己队伍的队员会合。陆言正在擤鼻涕，把白楚年手里的铁渣子心吹跑了。

他们在空地上等了很久，主考方也没有出来讲话的意思，有的考生不免焦躁，在场地里吵嚷起来。

吵得最凶的要数风萧萧兮队。

风萧萧兮队是雇佣猎人"灵猩世家"的家族队伍，每年都会选四位到年纪的小辈参加 ATWL 考试，能拿到好的成绩就可以在家族中抬高声望和地位，进而被家族产业重用。

但唯一与历年不同的是，这次的队伍中混进来一个灵猩弱亚体。

风萧萧兮队闹得很凶，周围队伍都不自觉地让出一个空地让这几位少爷大展拳脚，大家都乐得看大家族的笑话。

队里唯一的弱亚体萧驯狼狈地抱着头蜷缩在地上，其他三个灵猩亚体对他拳打脚踢出言不逊。

萧驯弓身护住自己的要害，表情冷淡，像早已习惯了这种无理取闹的欺压和侮辱，一声不吭，沉默地忍着。

他们队的亚体队长狠狠朝萧驯腰窝踢了一脚，蹲身抓住他的头发强迫萧驯抬头："你很出风头嘛，积分第四，任务全满，十一个人头，这次至少能拿个七星吧？"

萧驯被迫抬起头，抿紧薄唇辩解："那种情况下我救不了你们，我离得太远了。"

"我们几个用你救？你枪是怎么架的？能让我们突击手全灭？"

白楚年的目光被这边的骚动吸引，毕揽星看出了他的困惑，轻声解释："雇佣猎人们崇尚力量，所以家族中的强亚体总是高人一等。而且灵猩家族追求纯种，本家的弱亚体都是被当作外人看待的。"

"噢。"白楚年摸了摸下巴，蹲下来观察萧驯挨打。萧驯的视线与他有一瞬间的交接，白楚年露出了一个"求我就帮你"的眼神，但萧驯把头转了过去。

几个灵猩亚体把提前淘汰的怒火全撒在了萧驯身上，亚体队长冷笑了一声，抬脚踩在萧驯细长瘦削的右手食指上："枪架得菜，以后就别玩狙了。"

萧驯桀骜的眼神里终于出现裂痕，颤抖的嗓音证明他内心有多慌张恐惧："大哥，别……"

白楚年顺手抽走陆言夹在腰带上的战术匕首，轻轻一甩，刀刃就没进了灵猩亚体队长的鞋边，架住了他即将要踩下去的脚："干吗呀，兄弟打架没什么，来真的可就没意思了。把你们队灭了的是我，怎么不敢来找我们算账呢？"

灵猩亚体队长嗤了一声，挽起袖子朝白楚年走过来："我不敢？小子，知道我爸是谁吗？"其余两个灵猩亚体也抛下滚在地上的萧驯，撸膊挽袖围过来。

兰波眯起眼睛，观察着这几个人的动向，尾巴尖翘起来甩了甩，开始蓄电。

眼看一场骚乱要演变成斗殴，毕揽星上前扯住要动手的灵猩亚体队长，有意无意地指了指陆言，低声说："兄弟，给个面子吧，他爸姓陆。"

"老子管他是谁！"灵猩亚体队长起初还不明所以，脑子里反应了几秒，突然噎了一下，张狂的表情不自觉地收敛了不少，不大相信地上下打量了一遍蹲在墙角耷拉着兔耳朵的陆言。

"行，算你有靠山，你等着。"灵猩亚体队长瞪了白楚年一眼，转身带着其余两个队员走了，路过萧驯时不甘心地踢了他一脚，"我看看出了我们队伍，还有谁要你。"

白楚年走过去，拔出地上的战术匕首，蹲在灵猩面前，用刀尖刮出一串号码，翘起唇角露出半颗虎牙："我们前三队伍最珍惜人才，有兴趣的话，打这个号码。"

萧驯抚着身上的淤青艰难地跪坐起来，垂着睫毛，冷淡地道："想揍我现在就可以。"

"不至于，你的战术我很欣赏，够恶心的。"白楚年无聊地用刀尖在地上乱画，随口问，"我能问你个问题吗？"

白楚年："你栓狙打得这么好，为什么还要背一把步枪？"

灵猩："栓狙打不了近战，被敌人近身的话，没人救我。"

白楚年噗地笑了："老实说你近战很差，被我背后近身的时候一点还手的能力都没有。

"以后只背大狙就可以了。"白楚年在地上刻的号码底下刮了两条线，几秒后又全部刮掉痕迹，站起来拍了拍土，拖着载着兰波的旅行箱走了。

考场入口有几个工作人员神色匆匆地跑过去，每个人都脸色铁青，有一个甚至险些撞到白楚年拖着的旅行箱。

白楚年低头问："发生什么事了吗？"

"审改题……"工作人员语无伦次，慌张地摇摇头，尽力冷静下来故作沉着，"没事，考生不要在场地中乱走，回到空场等成绩。"

这次公布成绩的时间要比历次考试都拖沓，并且广播中屡次出现杂音，拖了足足半个小时，场上考生都开始不耐烦时才在巨大的天空投影上公布成绩。

团队第一被随便打打队遗憾拿下，白楚年捶胸顿足，羞愧不已。

根据规则，四人小队通过考试时没有减员视为满编队通过，全体队员追加一星。最后附加题中，击杀1513号实验体全体队员追加三星。因此陆言在考试中拿下十二星，毕揽星九星，白楚年十星，兰波十一星。随便打打队创下ATWL历届最高团队总分四十二星，全场考生瞠目结舌。

ATWL星级将会镌刻在证书上，在个人档案上增添荣耀的一笔，这成绩的分量在大多数组织眼中都十分重要。

搜鬼团屈居第二。何所谓打了一通电话之后，耸了耸肩，打算回去给队员加训；贺家兄弟俩还在沉迷惨死，不可自拔，抱头痛哭；哈士奇不怎么在乎成绩，跑去跟有A吗队的小朋友们加微信去了，当然也有尝试和兰波加微信，但对方显然没有听懂并喷了他一脸水。

有A吗队意外拿到前三。三个小朋友欢呼雀跃，抱在一起和天空投影上的成绩单合影自拍。队长渡墨注视着白楚年，摸出打火机点了根细烟叼在唇间，悄悄走到花坛后吐了口烟气，将露出口袋的警号向里面推了推。

风萧萧兮队仅剩一个队员活着，取得第四名。但队里的几个亚体早已负气离开现场，萧驯一个人背着背包站在阴影中，听到成绩之后寂寞地站了一会儿，就快步离开了。

成绩只公布到前三十，排名在前三十的队伍被视作考试合格。有人欢喜有人忧，没通过的队伍互相安慰着大不了明年再来一次。

聚集在考场门口的考生即将散去，却突然有人喊了一声："考完了，为什么不开门？"

白楚年仰起头，借着身高便利越过人群向四周望了望，微微皱了皱眉。兰波蜷在旅行箱上，悄悄伸手碰了碰白楚年的手背。

城市上空，螺旋桨的轰鸣搅乱了这个静谧的清晨，数架黑色直升机从北方上空飞来。

涂着醒目的红色109研究所三角标志的直升机上伸出四架轻机枪，全部对准白楚年身后拖着的兰波。

直升机载着全副武装的抓捕人员，虽然他们接到的命令是尽量活捉目标，但面对极度危险的特种作战实验体，没人敢冒险捕捉，只好以最快的速度联络总部："发现走失实验体电光幽灵，未检测到攻击情绪，请求上级指示下一步行动。"

109研究所总部表示："立即回收。"

兰波弓起背，鱼尾逐渐变红，猩红的背鳍竖起几道尖刺，凶猛地盯着天空中的直升机。

抓捕人员变了脸色，再次联络总部："检测到电光幽灵强烈攻击情绪，请求立刻增援！"

与这场暴力回收工作无关的考生受到惊吓纷纷散开，空地中央只剩下四个人。

毕揽星和陆言也没有退开，陆言对现在的情况十分茫然，毕揽星似乎有一些心理准备，至少表面上没有那么慌张。

白楚年单手插在裤兜里，另一只手拖着旅行箱，仰头注视着飞机上的抓捕人员，自说自话地笑了一声："不会指望派两支防暴小队就能回收我们吧。"

馥郁的白兰地亚化因子从白楚年的亚化细胞团中散发出来，首先被这股力量压迫的就是靠他最近的陆言和毕揽星，毕揽星咬牙按住自己肿痛的亚化细胞团，此时白楚年身上的压迫力已经远不止 J1 级别。

但即将发动的亚化能力被一声沉重的汽车鸣笛打断了。

一辆幻影停在了场地外。

车标是独家定制的飞翔之鹰，这辆车，明眼人都认得出来是谁的座驾。

考生里能认得出这辆车的大有人在，想拿出手机拍段视频却又不敢。

直升机上的抓捕人员注意到了这辆幻影，脸色僵了僵，低声联络总部情况有变。

"咦，"陆言竖起耳朵，踮着脚尖朝幻影的车窗里望了一眼，"我爸爸今天好像给我买小蛋糕了。"

第二卷

轨屋之主：镜中人

第八章

高级密码

幻影上的人没有下车的意思,车就在路上安稳地停着。喧闹的考场空地渐渐鸦雀无声,有的人甚至屏住了呼吸。

这辆车不会轻易出现在大众视野中,因为一旦出现,就代表里面同时坐了两个人,这两个人同时出现在公众视线中就证明了一种立场。

"锦叔和会长老大都来了。"白楚年眯眼观察坐在幻影后排的两个人,不免臆测,"是收到什么重要的消息了吗? "

车上并没有安装任何武器,但停留在考场上空的109研究所直升机并不敢冒进,反而与近在咫尺的抓捕目标僵持起来。

ATWL考场原本因接到109研究所的抓捕警告暂时关闭了大门,但在这辆幻影出现并与直升机僵持了几分钟后,主考方似乎在两方势力中做出了选择,打开了考场大门。

毕揽星首先看明白了局面,眼神示意白楚年,四个人从大门离开,没有人敢阻拦。

走出考场后,十来辆涂装有白色IOA标志的防暴装甲车将四人围住,武装防暴小组的人员跳下装甲车,向白楚年出示由会长签字的逮捕令,并用手铐把他铐了起来。

逮捕令上将白楚年的违规行为写得清清楚楚:违规收养特种作战实验体,违规带特种作战实验体进入城市,违规拔除实验体控制器,违抗会长命令坚决不上交任务目标。

白楚年无话可说,只能束手就擒。

另外两辆装甲车上还跳下来十几个穿白色工作服的医护人员，围绕着兰波小心翼翼地靠近。医护服上同样印有 IOA 的标志，形状与武装防暴组不同，联盟防暴组的徽章上刻有两把交叉的冲锋枪，而联盟医学会的标志背景是红色十字和羽毛。

兰波对他们的气味很陌生，弓起带刺的背鳍，整条鱼变成了充满威胁意味的红色。

他眼看着白楚年被戴上手铐，突然更加发狂，用带电的尾巴尖驱逐警告白楚年身边的防暴人员。

"没事，这是自己人。"白楚年释放安抚因子，抬起戴着手铐的手抚摸兰波的头发，"别炸刺儿。"

兰波感知到了白楚年的情绪，收起背鳍上的尖刺，身上猩红的警示色逐渐变浅。

在十几个医护人员中，有一个慈祥的老教授，有技巧地用手势安抚兰波的情绪，嘴里吐出一些奇怪的发音，兰波歪着头打量他，开口用几个简短的音节回应，身体完全恢复了平静的蓝色。

医护人员手中的检测器一直显示"检测到实验体强烈攻击情绪"，随后红灯熄灭，直到仪器显示"未检测到攻击情绪"，绿灯亮起，他们才敢上前。四个人按住兰波，迅速在他后颈插上一枚亚化细胞团控制器。

兰波哀叫了一声，眼睛失去光泽，鱼尾中的电光熄灭消失，有些萎靡地抱住旅行箱杆，守在白楚年身边不肯离开，手爪紧紧抓在旅行箱上。防暴人员已经打算带走白楚年了，强硬地驱逐兰波，导致兰波指尖抓得更死，血丝从指甲缝里渗出来。

那位穿着医护服的年迈教授气愤地和防暴人员起了争执："我们要把白狮亚体也一起带走，贸然分开会发生难以预测的情况。"

联盟防暴组可不吃这套，举起逮捕令给老教授看。

白楚年反而袖手看起热闹，回过头眼神恳切地向毕揽星和陆言求助："我想陪他去医院，可以吗？"

毕揽星只能在旁边沉默地看着，他知道在这种事情上小辈们往往插不上嘴，但他有这个自知之明，却不代表陆言也有。陆言当即给老爸打去电话，要他放白楚年和兰波一起回医学会。

"宝贝，别插手这事。"电话里成熟低沉的亚体声线为难地回答，"你言爸已经很生气了，你快要见不着你爹我了。"

陆言："我不管。"

"……"

白楚年看见坐在幻影后排的高大的亚体悄声与坐在身边的会长老大商量了些什么，随后会长点了点头，兔耳朵冷漠地晃荡了一下。

电话里短暂沉默，几分钟后，联盟防暴组接到了会长的新命令：放白楚年跟联盟医学会的车走。

白楚年戴着手铐上了医学会的车，兰波才自行跟着爬了进去，躲在白楚年身侧的阴影里。

白楚年戴着手铐有些不方便，换了个姿势，让兰波趴着休息。

兰波身上缠的保湿绷带还在滴水，很快将白楚年胸前的衣料打湿了，湿漉漉地贴在胸口，十分难受，但没关系。

其实现在的兰波对白楚年而言才最熟悉，他注射 Accelerant 进入成熟期之后的样子，即使在白楚年的幻想中也没有过，毕竟只是致幻剂的模拟状态。但兰波成熟之后那种冷酷强势还十分霸道的性格着实独特。

白楚年已经两天不曾好好休息，脑子里有些混乱，但只要一闭上眼睛，兰波的声音就会在耳边转来转去。

"我耗尽亚化因子把你供养到成熟期，花心思送你出监狱，原来你这几年都在记我的仇吗？"

白楚年望着车窗外，回忆最后在海水中的一切细节。

那时候兰波最后一枪打穿了他的心脏。

只有这件事还比较像兰波能做得出来的。

他问坐在身边的白大褂教授："你能和人鱼交流？"

老教授正在专心记录检测仪器上的数据，随口回答："我研究过人鱼这个物种的语言，如果只是简单的表达，那么是可以的。"

"哦。"

车厢里沉默了几分钟，白楚年又问："Accelerant 致幻剂，你们有吗？"

这下老教授停住了手里的工作，惊讶地推了一把黑框眼镜："你居然知道 Accelerant 药剂。这是一种针对亚化细胞团细胞发明的催化促进剂，全称非常长，我觉得你不会在乎，所以就不再赘述了。"

老教授像遇到学究同行一样，放下手中的仪器，滔滔不绝地讲论起来："它能够极快地促进亚化细胞团细胞成熟和分化，但目前只能在身体素质较强的特种作战实验体身上试药，而且副作用很多，也并不稳定，总之是一种还没通过审核的药剂，如果出现在市面上的话，经销商是要坐牢的。"

白楚年的确不关心那些："注射之后人的反应是真实的反应，还是里面那些致幻成分的作用？"

"这我不敢肯定，因为我也没有得出确切的结论。"老教授摸摸下巴，"不过，我知道这种药剂在合成过程中用到了一个实验体的亚化细胞团组织增殖样本，这个实验体具有预测未来的能力，所以药剂的效果或许值得相信，虽然我倾向于这个答案，但我不能向你保证。"

"嗯。"白楚年绷紧的肩膀放松下来。

其实在这三年里，许多夜晚白楚年都在失落和怨恨中度过。他想要的不过是兰波亲自告诉他这其实是个误会而已；想让兰波告诉他，留在他身上的巨大伤口只是误伤，或者还有别的理由。即使是骗他也好，白楚年可以继续用这个谎言给自己编织一个美好的回忆和幻想，这样他就有理由对兰波好一点，安抚他时才不会觉得与自己可怜的自尊心冲突。

"其实这种药物的存在是个秘密，你是怎么知道的？"老教授没有意识到白楚年在出神，只对学术问题兴味盎然。

白楚年回过神，如实回答："在考试里，刚刚的 ATWL 考试，很多人都拿到了。虽然只是模拟状态，但兰波尝试了药效，五秒内就从培育期生长到了成熟期，表达能力和行为举止都惊人地流畅。而且……他记得从前的事，事无巨细都能回忆起来。"

"真的吗？"老教授困惑地掏出胸前口袋里的记事本记上这件奇特的新闻，"我们整个联盟医学会只有一支 Accelerant 药剂样本，这种药剂是 109 研究所的药剂师'蜂鸟艾莲'发明的，运送过程中会长派人截和了一支。"

"其实 ATWL 主考方一向中立，而且他们的出题人都很孤傲，喜欢拿自己原创的考题当作老友聚会上炫耀的资本，从不屑在考题里引用其他势力的元素。"老教授一边在陈旧的记事本上写下自己的想法，一边嘀咕，"我有一个老朋友是今年 ATWL 的出题人之一，有空你可以跟我一起去拜访他一下。"

"大概没空。"白楚年举起双手，把手铐露出来给老教授看，"等陪完人鱼我就要回去蹲监狱了。"

兰波太疲惫了，趴在白楚年的大腿上睡了一路。

实际上兰波睡得很沉，因为白楚年路上不停歇地释放安抚因子，白楚年的安抚因子对人鱼而言也是最好的助眠剂。

装甲车开进了联盟医学会停车场，护士小姐们推着担架床来接兰波，但兰波黏着白楚年不想下去，越拽他越反抗。

"我陪你进去。"白楚年艰难地用铐住的双手将黏人的鱼带进了注射室。

兰波反感医院里消毒水的气味，扭动着身体躲避检查毫不配合。

"他感染很严重。"白楚年用手掌强势地按住他乱摆的鱼尾，"有溃疡和撕裂伤，要先消毒吗？"

护士小姐小心地掀起兰波盖在小腹下方三寸的鱼鳍检查伤势，皱眉小声说："很严重了，只能先清掉脓液再消毒，撕裂的伤口暂时是不能缝合的。"

鱼鳍被掀开，兰波一下子安静下来。

"别乱动。"白楚年板起脸轻声呵斥他。

"en？"兰波愣了愣。白楚年抓住兰波两只细瘦的手腕反扣到他头顶，绑着他等待消毒。

兰波很不喜欢被掀开鱼鳍，不高兴地把脸转到一边。

当沾满消毒溶液的仪器探进去检查时，兰波颤抖了一下，喉咙里发出尖锐的痛叫，身体猛烈挣扎，白楚年低头按住他的身体："别动。"

护士小姐不大忍心："因为有很多小伤口，所以才会这样，但没有办法，只能让他忍一忍——怎么会弄成这个样子？"

"你……听话。"白楚年释放着安抚因子哄慰兰波。

他从兰波湿漉漉的睫毛上拿下了一颗珍珠。

白楚年拍了拍兰波的后背，抚摸他背部收起的鳍。

明明就还是个需要爸爸抱的小鱼崽呢，说什么活了很久这种话，小孩子都喜欢装成大人。白楚年安心地持续为他释放安抚因子。

消毒花了十分钟时间，兰波痛得十分抗拒护士小姐再靠近自己，蜷成球在病床上滚来滚去。

白楚年耐心地坐在床边陪着他，用身体挡着床沿，免得床上乱滚的鱼球掉到地上。

病房门忽然轻轻响了两声，白楚年回头看了一眼门上的小窗，一张熟悉的脸出现在门外，IOA 联盟会长驾到。

白楚年像被门外盯梢的班主任抓住了一样，不安地站起来。言逸轻轻推门进来，手里拿了一束白刺玫，放在兰波病床边的矮柜上。

"老大。"白楚年给言会长拽出一把椅子，自己则有些拘谨地站回窗台边，眼神飘忽不定，时不时瞧瞧窗外。

言逸拍了一下桌子，白楚年条件反射般站直了身子，回过头被迫直视言逸的眼睛："我知道错了。"

"你还不知道呢，小白。"言逸微微仰靠在椅背上，指尖轻点桌面，"不光违抗规定和我的命令，还把事情闹得尽人皆知，是想按叛徒罪挨枪子儿吗？"

白楚年垂下眼皮不出声。

兰波感知到进来的这个亚体气场不善，立刻松开裹成鱼球的身体，对言逸弓起脊背竖起背鳍，全身变为警示红色，露出尖牙利爪意图威胁。

稳坐椅中的会长释放出一缕微弱甜香的压迫因子。

在亚化细胞团接触到这缕带有甜味的压迫因子的一刹那，兰波立即收起了嚣张炸开的背鳍尖刺，鱼尾由愤怒威胁的红色变回蓝色，乖巧地蜷成球滚到床角，在被褥上拱出一个坑把自己埋起来，装作无事发生。

白楚年自顾不暇，也没工夫在会长面前安抚这个欺软怕硬的鱼球了，连他自己站在会长面前时都有点发怵，更何况一个尚在培育期的实验体。

"你可能对你的错误认识得还不够清楚。"言逸眼神冷淡但严厉，"身为我的下属，违规帮考，在考试里非法组队，给培育期实验体注射 Accelerant 致幻剂，最后还把分数刷到历史新高，让所有人都在关注你们，你很行啊！"

"也就一般行吧。反正这一个礼拜的头版头条应该是我们的了。"白楚年小声回答，"再说了，帮考不也是帮陆言考的嘛。"

"闭嘴。"言会长揉了揉突突涨痛的太阳穴，"陆言已经被陆上锦惯得无法无天了，我会另收拾他。"

"我们收到消息，说这次 ATWL 考试出了严重事故。"言逸喝了口水，"题目被窜改了。据说是一个爬虫亚体做的，他盗窃了大量 109 研究所的实验数据，随后黑进 ATWL 考试系统，在开考的前一秒钟植入了窜改程序，把 109 研究所的实验数据和考题混乱地结合到了一起，我们现在还没有找到他的踪迹，也不清楚他的目的。"

"爬虫亚体……是什么东西？"

众所周知，爬虫是互联网领域关于抓取数据技术的一个术语，而不指代某种生物。

"是编程亚化细胞团。"言逸额外回答，"无生命亚化细胞团的一种，人为在细胞里植入夸克芯片，通过程序觉醒分化，属于人造亚化细胞团，爬虫亚体的能力可以看作顶级黑客。"

"还有更头疼的事。"言逸继续道，"109 研究所发现数据泄露之后立即转移备份并且销毁了数据库，但在这个过程中，许多数据凭空消失了，跟着一起消失的还有存放在 109 研究所的几个特种作战实验体。"

"应该都是那个爬虫亚体在暗中捣乱。"言逸说，"109 研究所不敢公然与我们作对，但他们的特种作战实验体大量走失对我们来说也绝不是一件好事，我们分布在各个地区的眼线和特工众多，很容易受到这些实验体的伤害。所以我联络了 PBB 基地，让他们派特种部队清剿回收实验体。这段时间里你和人鱼就不要再出去惹是生非了。"

言逸重重咬了"惹是生非"这四个字："至于你，先跟我回联盟监狱反省反省。"

"那兰波呢？"

"你不用管。"

"……哦。"

白楚年在走之前，折返回去给兰波换了个快输空了的消炎挂瓶，戴着手铐换输液瓶十分不方便，链条不小心挂在了挂钩上，拆了半天拆不下来，白楚年轻轻掰断手铐，小心地从挂钩上摘下来套回手腕，再像捏橡皮泥那样把断口捏合在一起，又给躲在床角的鱼球堆了堆被子才走。

一时间联盟大厦里的特工们都在津津乐道一件事，会长最宠爱看重的心腹被关了禁闭，听说是派人 72 小时轮流看管他写检查，时不时来一通强光照射、泼水、抽禁闭室氧气，把刑讯审问那一套给这只不知天高地厚的小白狮子全上了一遍。

三天后，白楚年从禁闭室里出来，手里拿着一摞写完的检查，足足两万字，写到最后又困又恶心，字迹都变成了鬼画符。

临出来前白楚年在禁闭室脏兮兮的水池镜子前照了照，黑眼圈快耷拉到脸上了，没修剪的胡楂乱七八糟地贴在下巴上，脸色蜡黄憔悴。

朝会长办公室走的一路上，不少亚体特工与他擦肩而过，顺便打个招呼：

"楚哥出来了。"

白楚年浑浑噩噩："嗯，遵纪守法，我是好公民。"

"楚哥辛苦了，等会儿去我那儿喝酒？给你接风啊。"

白楚年："道路千万条，安全第一条。开车喝了酒，亲人两行泪。"

"楚哥，楚哥，楚哥，我看看你检查写得咋样呀！"

白楚年："没写死，滚。"

白楚年都不记得自己是怎么走进的会长办公室，怎么把检查放在桌上，怎么在会长点了头之后脚步飘忽忽地回到了市区公寓，一头栽进床里再也没爬起来。

以至于他没有发现，床另一侧多了一个超大玻璃鱼缸，里面蓄满了水。兰波躺在水底睡觉，听到动静才游起来探出水面看看。

白楚年趴在床上睡得很熟，脸色憔悴泛白，兰波爬到床边，轻轻伸出指尖拨拉他的睫毛。

兰波抬头望了一眼卧室吊灯，打了个响指让它断电，卧室一下子变得漆黑，伸手不见五指。然后他用巴巴尖在玻璃鱼缸里搅了搅，搅动水流时出现的气泡变成了一只只蓝色荧光水母，水母在鱼缸中聚集浮游，玻璃鱼缸变成了一盏蓝色的夜灯，温馨地在卧室中渲染出一片深海的颜色。

兰波爬到白楚年身边，释放出温和的白刺玫亚化因子围绕在他周围，以一个保护的姿态睡在了白楚年身边。

白楚年连续五天没睡过完整觉，已经到了严重缺眠的状态，几乎昏死过去，直到第三天上午才醒转，浑身酸痛，眼睛肿得睁不开。

在床上昏昏沉沉躺着时有股烟味钻进鼻腔，白楚年突然惊醒，一骨碌爬了起来："我天然气没关？"

连鞋也顾不上穿就跑进厨房，没想到看见有条人鱼在里面，他后颈亚化细胞团上贴着一条胶布，看来已经把控制器拔除了。

兰波身上绑着蓝色波点围裙，坐在灶台上用尾巴卷住平底锅，靠铁材质导电，在纯电力煎吐司。

他手边的盘子里堆着一捧灰，目测是因为电力过大直接碳化掉的面包片，被兰波认真堆成了心形。

厨房里还有很多碳化的食物，虽然看不出原貌，但都被强行堆成心形，强凑成一桌爱心早餐。

白楚年想了很多鼓励的词语，但牙缝里只能勉强挤出一句："注意能源环保。"他走过去，把兰波身上的围裙摘下来挂到自己身上，洗了洗锅，擦干倒油，打了两个鸡蛋进去。

白楚年才睡醒没多久，头发还没来得及打理，乱糟糟地参着毛，身上只穿了一件黑色紧身背心和一条宽松短裤，站在炉灶前安静地给煎蛋翻面。

兰波坐在旁边的碗柜上，默默低头看着他两截修长的小腿，因为出任务时长期穿作战服，所以这些露不出来的地方皮肤很白。

白楚年煎熟鸡蛋，浇上味极鲜调味，拨进盘子里推给兰波："凑合吃吧，我也不怎么会做饭。"

兰波呆呆地捧着这盘煎蛋，蓝眼睛里闪闪发光，然后把盘子塞进嘴里吃了，小心翼翼地收起煎蛋，用保鲜膜包起来，当作装饰品贴在了自己的鱼缸上。

白楚年："我最多忍到它长毛。"

吃罢早饭，兰波靠电磁悬浮离开厨房，到衣柜里拿出了一套警察制服。

白楚年疑惑。

兰波把警服口袋里的一张字条拿出来给他看，白楚年接过来扫了一眼，是会长的笔迹：

> 我在联盟警署给兰波安排了一个职位，帮他熟悉人类环境，工资会按时发给他，你的生活费也在这里面。毕竟半年的奖金扣完了，接下来总不能喝西北风，家里蹲的这段时间你最好做些家务，显得自己不会太没用。
>
> 言逸　留

"……还是那么爱操心。"白楚年摸摸鼻子，抬头看见兰波已将警服穿戴整齐，衣服是根据他的特殊体形定制的黑色短袖和皮质短马甲，套在上半身裹缠的保湿绷带外。

"领口太敞了。"白楚年叼了根烟，"真不知道你能胜任什么工作。"

"还疼吗？"他把兰波扯松的领带重新系回去，目光掠过兰波的鳍，鳍翘起一点不太自然的弧度，里面应该塞了药棉。

"呜……"兰波把自己的鳍向贴合身体的方向按了按，从他勉强忍痛的表情上看得出来伤口还没完全消炎。

他已经不再想刨根问底去追究这些伤是怎么来的了。

"今天就上班啊，怎么去啊？我开车送你得了。"

兰波又从兜里摸出一张会长留的字条给他看，字条上写着："你的车库我封住了，这几天不要太招摇，等我处理完。"

"……啧，那打车送你呗。"白楚年一句脏话还没骂出口，兰波又拿出第三张字条，上面写着："你的所有消费账户我也冻结了，原因同上。"

最后，兰波从上衣口袋里掏出一张崭新的一百元钞票，放到白楚年手里，出门上班了。

白楚年拿着这张钞票发了半天呆，气愤地把钱摔在地上踩了一脚，坐在地上抽了根烟。

好几天没好好吃饭了，在禁闭室里每天只给一瓶水和一小块压缩饼干，现在连一个外卖都点不成……白楚年忽然想起刚刚兰波包起来贴在鱼缸上的煎蛋。

回头一看发现人鱼把煎蛋带走了。

"怕我吃还是怎么的……"白楚年靠在大鱼缸边歇了一会儿，刚起床那阵还不觉得，这么一会儿过去，肚子实在饿得难受，他能屈能伸地捡起地上的一百块钱，趿拉着人字拖出门去了。

白楚年不是那种娇生惯养的少爷，一百块钱也花得挺滋润，先在楼下底商吃了份拉面，再去菜市场转了一圈。

市场里净是遛弯买菜的老头老太太，白楚年这么一高个儿亚体穿着黑背心手插裤衩兜溜达进去，就显得特别扎眼。

"土豆装俩。

"给我挑个洋白菜……啧，不要那个，叶子蔫巴了都。

"鱼？不要鱼。"白楚年摆摆手，提着几个菜袋在水产摊边蹲下来，指腹蹭了蹭水盘里冒泡的鲫鱼脑瓜子，"哎，鱼吃什么？"

活鱼贩子举着刮鳞刀愣了愣。

白楚年："鱼吃什么你给我称二斤。"

从菜市场里买了点肉、蛋、蔬菜、水果囤到家的冰箱里，最后兜里剩了十块钱不知道怎么花。想了想，白楚年洗了个澡，刮干净下巴，换了身休闲服，戴上黑色棒球帽和口罩墨镜，打算坐地铁到联盟警署看看兰波到底能干点什么。他到地方的时候已经中午 12 点，警署下班了。

这等闲人免进的地方跟门口保安扯什么都白搭，白楚年轻易避开监控和巡逻，翻墙走死角潜入了办公大厅，藏在天花板里观察。

几个穿警服的亚体抱着饭盒从食堂回来，经过走廊，叽喳说笑着今天的趣事，其中一个亚体悄声兴奋地说："我们科室来了一个混血小哥哥，金发碧眼，眼睛会发光一样，帅爆了，你猜他下面怎么样？鱼尾巴！人鱼小哥哥！"

"哇，有照片吗？"

"没，我不敢照，好高冷啊，一句话都不说。"

"长得帅的亚体就是爱装。"

"我刚刚在食堂看见他了，在微波炉前热饭呢。"

"亚体……？"白楚年坐在天花板通风口，透过缝隙托着下巴听这几个小朋友聊天。

他从兜里抽出手机，给兰波的号码发了一条消息，是用 Emoji 表情组成的内容："在"字后边加一副碗筷，碗里盛着米饭的表情，最后加了一个问号。

兰波的手机是会长给的，他很可能不会用。白楚年只觉得这样好玩，也没有期待能收到回信，因为那个笨蛋不可能会打字。

他把手机揣进兜里，朝食堂的方向摸过去，爬出通风口，顺着排水管道飞快地攀爬到屋顶，双手插在裤兜里轻松跨越两栋办公大楼，到食堂的透明天窗边坐下，低头寻找兰波。

兰波就坐在天窗正下方的角落位置，穿着警服，面前摆着一个精致的饭盒。

白楚年伸长脖子观察他在吃什么。

兰波郑重地打开微波炉热过的饭盒，从里面拿出早上那份保鲜膜裹着的煎蛋。

"啊，原来带走是要当午饭。"白楚年悠哉地趴下来，托着腮看他吃东西。

但兰波把饭盒吃了，盖子也吃了，然后把煎蛋收起来放进一个新的饭盒里。

口袋里的手机振动了一下，兰波受惊似的颤了颤，警惕地张望四周，才发觉震源在自己口袋里，摸出手机观察。

白楚年有趣地看着兰波慢吞吞地在屏幕上画了一颗心解锁，花了很久才看到自己发过去的新消息。

兰波捧起脸，从指缝里睁开眼睛看着手机屏幕上的消息，然后乱摁了几个键发送。

白楚年拿出手机看了一眼，新消息上写着"→→ u@%- % honglanboka dinlion~。@% jiji mua →←"。

"哼……笨蛋。"白楚年截了个图发朋友圈，配文字："出任务遇到一个高级密码，搞不定，求解码大佬破解。"

几秒后吸引了七八位破译专家好友在评论里吵架。

吃罢午饭，兰波接到了电子音开会通知，要求带上记事本和笔，他歪着头聆听了很多遍才明白对方的大致意思。

白楚年看热闹的同时也有些揪心，笨鱼看起来在人类社会里寸步难行的样子。

他临时去便利店买了一个记事本、一支笔和一个小面包、一支棒棒糖，用钓鱼线捆住，从天窗缓缓放下去，剪断钓鱼线，把东西投放到兰波的背包里。

兰波匆匆卷着楼梯扶手滑去会议室，白楚年换了个路线跟着，对他来说避开所有监控摄像头是必修课，跟踪目标轻而易举。

兰波找了一个位子坐下，发现了包里的食物，在同事们震惊的目光下淡定地拆开糖果吃了起来，领导推门进来的前一秒他刚好把糖棍和面包包装纸吃完，看起来毫无异样。

这次会议的内容是一起连环失踪案，被调查人员命名为"三棱锥小屋事件"。

起因是一位在网络上靠一些不可思议的逃脱视频而走红的逃脱专家，向粉丝们发送邀请函，请他们尝试自己最新设计的密室。

视频里的逃脱专家穿着完全遮挡住自己手脚和脸的兜帽斗篷，用颤抖的电子合成音介绍自己的杰作，游戏从进入一个三棱锥造型的小屋开始，非常神秘，"成功从出口走出来的幸运儿将获得一千万奖金"是这个游戏唯一的规则。

视频发布的时间是三天前，据统计已经有十几个大胆尝试的冒险者接受了挑战。这些人从事的工作各异，有专门来碰运气的无业游民，有濒临破产的企业老板，也有专门来找刺激的作家和冒险家，但无一例外他们都没能走出来，至今杳无音讯。

警方调查了发布视频的 ID：逃脱专家 Leon，但只查出了一个虚假 IP 地址，没有人知道关于逃脱专家的任何信息，除了他留在红枫山附近的三棱锥小屋。

领导挨个问起参会警员的意见，问到兰波时，兰波正在记事本上写东西，听到叫自己的名字，于是抬起头将金发掖到耳后，淡淡地说："我去、杀他。"

发言过于大胆，会议开始混乱。

领导走到他身边，翻开他面前的记事本。

记事本上画满了诡异的涂鸦——一个被绳子吊断脖子的斗篷男，眼睛瞪得极大，舌头吐得很长，绞刑架旁是一条尖牙食人鱼和一只凶猛炸毛的猫。

看起来这个斗篷男就是刚刚会议提到的逃脱大师。

领导盯着这幅画，说不出的脊背发冷，当他对上兰波空洞幽深的蓝宝石眼睛时，有种不寒而栗的错觉。

布置了出差任务后，会议结束。兰波回到工位上，他的工作是整理档案，将纸质档案和硬盘按编号排列之后收到档案室里。

兰波没发现挂在窗外偷偷观察他的白楚年，等觉察出有一股视线一直盯在自己身上时，他抬起头，窗外却已经没有人了。

这时候，一个亚体抱着一摞文件过来，挨个把档案袋放在兰波手边，没话找话地想和兰波攀谈："嗯……今天下午的工作就这些了，刚来还习惯吧？工作量觉得怎么样？"

兰波视线盯着档案上的编号，不冷不热地嗯了一声。

亚体受了冷落，只好自己给自己找个台阶下："那你遇到什么问题可以找我帮忙哈。"

兰波扬起眼睫看了他一眼，但即使兰波本身并没有表现出任何感情色彩，他那双瞳孔中间竖着一条线的蓝宝石眼睛看起来也过于生人勿近了些，周身环绕着一股冷淡孤僻的气息。

亚体被这双幽深无底的眼睛震慑住了，慌张地退了两步，回到了自己的位置上。

兰波不觉得这有什么，整理完一面书架后，身上的保湿绷带有些干了。皮肤因为干燥有些发痒，于是起身去茶水间里把绷带打湿。

他倒了杯水，转过身，突然发现单人沙发上多了一个人，上身穿着黑色 T 恤，戴着黑色棒球帽、黑色口罩和墨镜。

"en？"兰波立刻认出他来，把水杯放到白楚年面前的茶几上。

还在工作的时间里不能胡闹，兰波抬手卡住白楚年的下颌，让他不能出声，另一只手从胸前口袋里抽出两张一百块，塞进白楚年的裤兜里，眨了眨眼睛哄他："去买，吃的，不要，捣乱。"

白楚年低笑："没捣乱，随便查查岗而已。"

"只有二百啊，不够花。"白楚年故意抬着下巴颏逗他。

兰波哄他："先可怜、将就。"

"好，那我先可怜将就一下。"白楚年笑起来。

茶水间的门突然被推开了，刚刚抱文件的亚体有些冒失地探头进来："国际监狱的警员过来交接档案了，你整理好了吗？"

兰波回头看了一眼单人沙发，白楚年已经不在了，茶水间里只剩他自己一个人，只有挨着沙发的窗口是打开的。

"嗯。"兰波给自己重新倒了一杯水，跟着那个亚体出了茶水间。

白楚年单手悬空挂在茶水间窗外的阳台底下，听见关门的响声后才轻身翻了回来。

他蹲下来翻手机。刚刚趁着兰波接水的工夫偷拍了一张照片，稍微有些模糊，但能看清兰波被几缕金色乱发遮住的侧脸，从侧面看他的鼻尖又小又翘，颈肩和锁骨也瘦削得不像话，虽然不像其他亚体那么娇弱纤细，但也得多吃一点。

他把这张照片发给联盟技术部的特工同事。

段扬很快回复："收到，调查哪方面。"

白楚年："把图 P 清楚一点，不要瘦脸，他很瘦了。"

段扬："黑客从不 P 图。"

白楚年："也不要加滤镜。"

兰波出了茶水间又回到了自己的座位，听说国际监狱派人过来交接档案。兰波刚好负责的就是这一批档案，作为负责人，必须要出面交接签字，于是起身去了档案馆。

推开档案馆会议室的门，里面坐着一个身穿警服，戴肩章的乌鸦亚体，一双妩媚凤眼，眼角点缀一颗泪痣。

渡墨起身打招呼，见到进来交接的人时愣了愣，客气地伸出去握手的手僵在半空："兰波？"

兰波挑起眉，尾巴卷着沙发扶手坐下，目光略过了渡墨伸来的手，单手托腮斜坐在沙发上。

明明渡墨的警衔比兰波高出几个档次，但在这条人鱼自带的天然气场的压迫下，渡墨不自觉地坐正了身子。

兰波小幅度地翘了一下尾巴尖，示意渡墨可以开始说了。

"好吧。"渡墨拿出上级下发的批准文件出示给兰波，"我知道 IOA 联盟警署在过去五年间抓获了几个恐怖分子，身上都带有飞鸟刺青——是恐怖组织'红喉鸟'的成员，我需要调他们几个的档案。"

兰波微微侧头聆听，他需要在头脑里多反应一会儿才能理解对方的意思，但在渡墨的角度看来，那条坐姿高贵的人鱼用深沉的眼神注视着他，仿佛要把他整个人撕开，把每一块内脏都拿出来抚摸一遍。

那人鱼忽然直起身子坐了起来，渡墨不免本能后退，蹭到沙发最远的角落。

兰波依靠电力悬浮到档案架前，不知在用什么方式搜索编号，片刻后分别从几个不同的区域找到档案夹，用虹膜解锁后，一本一本慢悠悠地拿到手上，放到渡墨面前。

"这么快。"渡墨惊讶地拿起档案翻看首页，"都不需要电脑搜索的吗？"

兰波摇头。他并不会用电脑。

渡墨把档案装进包里，原本起身想走，想起什么事情后又耐着性子坐回原位："你没什么想问我的吗？关于……之前的考试？"

事后渡墨思考过，他死于蛇女目的眼睛这件事就是白楚年的计划之一，他也知道自己的行为很可疑，所以被别的队伍怀疑也不奇怪。

兰波不置可否，静静地把手肘搭在沙发扶手上，偶尔无聊地翘一下尾巴尖，等着渡墨把话说完。其实他才不在乎，在给渡墨找档案的几分钟里他看了好几眼挂钟，在心里计算距离下班还有多长时间。

"我是国际重刑监狱的警员，在ATWL考试前夜，我们的计算机受到了超级黑客的攻击。黑客发来一封邮件，说他已经破解109研究所的数据库，将会把这些有用的情报和数据扔进ATWL考试系统里，把109研究所的罪行全部披露到大众面前。国际重刑监狱里有资历和经验去调查这件事的前辈们大多年纪不小了，只有我还没超过考试的年龄限制，所以我混了进去，就是为了收集这位黑客所说的109研究所的罪行证据。不过现在看来那位黑客也没有做得很成功。"渡墨遗憾地叹了口气，"109研究所坐落在无人管辖的边境，明明做着违背人伦的残忍实验来牟取暴利，却没人能制裁他们。如今披露出的这些东西只是冰山一角，根本不足以撼动他们。

"但黑客在邮件里说，他们不会放弃的，这只是个开始。嗯……我们姑且期待一下。

"对了，听说你们这里最近发生了一起连环失踪案，我也关注了一下案情，比起无聊的恐怖袭击和绑架刺杀之类的东西，这个案子非常有趣……需要帮助的话可以向我们求助……嗯，我不是说你们没有处理这件案子的能力，我是说我对三棱锥小屋很感兴趣，虽然这是你们的管辖范围，但如果可以的话，我也想进去看看。"

兰波点了点头。

其实根本没听懂。

墙上挂钟显示已经到了下班时间，兰波迅速拿起笔在渡墨的文件上签了字：Lanbo，然后起身走了。

渡墨看着文件底下轻描淡写的几个字母，再抬头看看兰波离开档案馆的背影，无奈地捏了捏眉心："这种态度居然没有人投诉他。"

兰波背着背包，用鱼尾撑着身体站在打卡机前，在墙上钟表的时间从下午5点29分跨越到5点半的最后一秒，打卡成功。

科室的其他同事受到了惊吓，在他们这儿没有人能准时下班，不加班到半夜都属于偷懒。

兰波回头看了一眼同事们，抬起尾巴尖，接触到打卡机上，一股强电流注入机器，帮整栋大楼的同事都打了下班卡，然后背着包离开了。

几秒钟后大楼里响起一阵欢呼，警员们纷纷下班，狂奔着离开警署生怕再被抓回去办公。

　　白楚年坐在警署附近公园的一架秋千上等兰波，在儿童秋千里悠闲地晃悠，两条长腿无处安放，坐在低矮的秋千上和蹲在地上没什么差别。

　　几个小孩围到白楚年身边要荡秋千。

　　"欸嘿，不给！"白楚年叼着一根棒棒糖，懒洋洋地搂着两条秋千绳，一次性气哭了三个小孩。

　　兰波去地铁站的路上路过公园，白楚年朝他招手："过来。"

　　兰波翻越栏杆，尾巴卷到秋千架上看他："嗯？"

　　白楚年从秋千上下来，蹲在一边："来啊，坐这里。"

　　有个小孩趁机抢着一屁股坐上去，白楚年顺手提溜起小孩的后脖领，往边上一扔。

　　兰波没有见过人类的玩具，新奇地坐上去，轻轻晃了晃，保持不住重心，险些仰面摔倒，白楚年用膝盖把他挡回来，让他安心地玩。

　　"下班了？"白楚年从背后扶着绳子问。

　　"嗯。"

　　"回家嘛，我在外边溜达一天了，好饿。"

　　"嗯，好。"

　　"不过我现在没车，打车回去吧。"

　　"dit……地铁。"

　　"啊，这么勤俭的嘛，你一点都不累啊？"

　　"你累……就坐、车。"

　　"我不累。"

　　下班晚高峰，地铁上人满为患，黑压压一片全挤在一块儿，车厢里各种亚化因子气味混杂，拥挤又喧嚷。

　　这下根本没有人注意到车厢里有个用鱼尾站立的亚体了。

　　地铁到站的时候又挤上来一群人，有人不小心踩到了兰波的尾巴，兰波啊地叫了一声。

　　白楚年一直盯着兰波的脸看，他刚一张嘴，白楚年就把没吃完的糖塞到了兰波嘴里，兰波蒙蒙地含着糖棍，腮帮鼓起一块。

　　"你怎么这么好玩呢。"白楚年低着头笑，弓身捡起兰波的尾巴尖，揣进自己裤兜里，免得再被别人踩到。

回到家，白楚年裹上蓝色波点围裙进了厨房。

他平时从不爱做饭，即使偶尔没任务闲在家里也只会点外卖，因为嫌麻烦，又得买菜又得洗菜切菜做菜，烦。

但今天就是无聊，就是很想做，打开浏览器搜菜谱现学也想做。

他照着网上教的折腾出一盘酸辣土豆丝和一盘洋白菜炒肉，自己偷着尝了一下，意外地不错，于是端到餐桌上，推给兰波。

眼见着兰波又要拿保鲜膜把这两道菜包起来然后吃盘子，白楚年按住盘沿，只允许他吃盘子里的东西。

兰波仰头望了他一会儿，拿出手机，花了一分钟找到相机功能，认真地给两盘菜拍了二十张角度不同的照片，然后收起来，用勺子挖了一小口。

白楚年的视线不由自主地跟着他，咽了口唾沫："怎么样？"

兰波的眼睛里泛出蓝色发亮的小星光，"还行"。

白楚年终于直起身子坐回自己的位置，装作若无其事地往嘴里扒拉一口饭，平淡地说："嗯，就还行？"

临睡前，白楚年从浴室出来，擦着湿漉漉的头发回到卧室，兰波趴在鱼缸沿上睡着了，睫毛安静地垂着，灯光在他眼睑下映出睫毛的影子。

兰波的手机突然振动了一下，是警署发来的临时工作安排，说专案组已经成立，兰波负责去红枫山调查三棱锥小屋。

兰波困倦地睁开半只眼睛，不耐烦地蜷成鱼球沉到鱼缸底："困、觉，不去。"

"对，不去。还说什么出差奖金，才三千块钱，打发要饭的呢？"白楚年把联盟警署的消息翻到底也没看见什么心动的奖励，去个鸡毛，底层警员也太辛苦了吧，夜班出差才给这么点钱。

"奖、金？"

兰波从鱼缸里水淋淋地爬出来，拿起毛巾擦了擦水开始穿警服。

奖金得要。

第九章

三棱锥小屋

兰波往身上套警服时，抬起手臂，身上的保湿绷带随着身体拉伸发出勒紧的声音，连接薄瘦腰部的圆润鱼尾卷在鱼缸的波浪形边缘上。

他一回头，看见白楚年光着上身盘腿坐在床上抱着枕头玩手机。

白楚年胸前有一条陈年的长疤，疤痕从胸口蔓延到侧腰，足有二十厘米长，因为伤势太重加上缝合后感染，留下的痕迹十分深重，甚至有一些地方由于增生凸起，看上去很丑陋，以至于洗完澡晾干的时候会不自觉地在胸前抱个枕头，免得让自己看到。

白楚年发觉有一道目光似乎落在了自己身上，于是抬头，刚好与兰波视线相接。

兰波盯着那道疤看了一小会儿，转过头，继续沉默地穿警服，扣上皮质马甲带。

卧室里的空气好像凝固成了块，不然怎么会让人呼吸困难。手机一下子没那么好玩了，白楚年低下头盯着床单出神，过了一会儿，从床头的柜子里拽出一条新的黑背心套在身上，抬起头对兰波一笑："丑吗？"

兰波背对着他，安静地系纽扣和领带。

白楚年轻声笑："你好冷漠。"

兰波回过头看着他，眼神有些复杂，好像被这道疤痕勾起了一段回忆，因此态度忽然多了种说不出的冷淡和隔阂。

可兰波越用这种眼神看他，白楚年就越觉得烦躁。他长期担任各种队伍里的战术指挥，快速从身到心地掌控每个队员是他的强项，却更是他的职业，当他无法完全控制住一个人的时候就会变得很急躁。

"你怎么不说话？"白楚年攥着他手腕的手力道渐渐增加。

兰波安静地等着，等白楚年松开手，他爬了起来，提上背包，用尾巴支撑着身体站在床边。然后一言不发地离开了白楚年的公寓，在门把手上留下几条微弱的闪电，公寓走廊的照明灯被一闪而过的人鱼弄短路了，忽明忽暗地闪动着。

家里又变得和往常一样冷清。

白楚年无聊地趴在鱼缸边缘，用手搅和泡在水里发光的水母，本来想睡觉，但现在睡意全无，干脆拿了听可乐窝进客厅的沙发里看恐怖电影。

茶几上摆着一个挺精致的盒子，之前里面装的是锦叔过年时送他的一块表，现在里面放着两颗珍珠和几片蓝色的鱼鳞。

恐怖电影播完一部接着一部，白楚年的目光一直盯在表盒上出神，终于在快凌晨 2 点的时候拿走了茶几上的烟盒，坐到落地窗前，叼着烟拨了个电话。

"老大，睡觉呢？"

言会长："说事。"

对面的人明显是被来电音叫醒，说话还带着鼻音，而且枕边有另一个人沉睡的呼吸声，听起来贴得很近。

白楚年："你把我的武器库权限还我，我今晚有个活。"

会长："我没给你派任务。"

白楚年："护送任务总可以吧？兰波半夜出差，警署也没给他派其他协查警员。"

会长："联盟特工和联盟警署是两个不同的部门，协同工作时要交申请书等审批。"

白楚年："那把车库和我的存款解封好吧？兰波为了三千块钱奖金连觉都不睡了，我要带他去骑摩托兜风、吃大餐、出去玩。"

会长："武器库权限开了，你可以拿一把枪。"

白楚年刚准备挂电话，会长叫住了他。

"小白。"

"嗯？"

"一开始你们会互相照顾是因为观察箱里只有彼此，所以你不能强迫他出了牢笼还必须对你依赖。你不能把他当成你的私有物品，不管是朋友还是旧识关系，都不要过于执着了，最后伤害了他也伤害到你自己。你还小，以后会明白的，但我不想让你到时候再心碎醒悟，那种情况明明是可以避免的。"

"……好。"

白楚年听见电话里传来锦叔的声音："他想去你就让他去呗，管那么多呢……小白狮哪那么脆弱。"

锦叔把手机拿到手里，交代白楚年："你账户都封了，免得有人查到你头上，过两天也就解封了，零花钱明儿我让助理送过去，挂了。"

"噢。"白楚年仰面躺倒，比起之前的焦虑现在放松了些，望着天花板在沙发上躺了一会儿，然后爬起来，踩着拖鞋慢悠悠地溜达到卧室，找到墙壁上第二列第三行壁纸花纹，把手掌按在了花纹上。

花纹逐格亮起，在白楚年手掌下出现一面扫描屏，扫描指纹显示绿色确认通过，整面卧室墙从下向上无声地平移升起。

墙壁后建有一个约 10 平方米的空间，各种型号的手枪、步枪、微冲、狙击步枪、射手步枪、高精狙，整齐地挂满四面武器架。中间的防弹玻璃柜底层放置着 RPG（火箭推进榴弹发射器）、榴弹发射器、火焰喷射器，中间上锁的是从低倍到高倍和具有不同功能的瞄准镜，最上一层则是各国有名的部队装备的军刀匕首冷兵器。

玻璃柜台面上戳着一个木质相框，相框上没有一点尘土。照片是白楚年刚进入联盟特工组的时候拍的，会长仰起头给他佩戴代表认同特工身份的金色自由鸟勋章，那天刚好锦叔也在，所以照片里是他们三个人。

白楚年挑了一把德国 HK417 射手步枪，倚靠在玻璃柜前装配件填子弹，因为会长只允许他带一把枪，选既能远程架狙又能全自动射击的枪械比较实用。

红枫山坐落在邻市，乘车大约需要两个小时，说是山，但其实仅是一个地势稍高的丘陵地区，因长满四季长红的枫树而得名。而且这座山并不在郊外，而在市区偏西南的位置，周围的建筑也并非乡村野地，高压电线杆林立，一些污染较大的工厂几乎都被安置在附近，整座山平时被噪声和浓烟笼罩，以至于有人在此施工造了一座小屋都没几个人注意到，除了工厂的员工们，但他们都没当回事。

"前一阵子来了好几辆挖掘机，还以为是来取土的材料商呢。"人们都这么说，"过一阵再去看，地上就多了个金字塔似的小屋。"

这时才凌晨 4 点，天色还十分昏暗，正是人们最困倦和放松警惕的时间。乌云笼罩在头顶，小雨淅淅沥沥已经下了一夜。

兰波坐在高压电线上，鱼尾缠绕在电线上保持平衡，垂眸俯视着建造在两个丘陵之间的三棱锥小屋。金发贴在颊边滴水，水滴顺着下巴滴到鱼尾上，这样的天气反而让兰波很舒适。

这座三棱锥小屋和金字塔有那么点异曲同工之处，金字塔是四棱锥，用砖堆砌而成，而这座小屋的外部被富有科技感的太阳能电池板完全覆盖，从外部看去只有一个简单的门口，看起来和普通的森林猎人小屋相差不大。

由于连环失踪案的发生，小屋四周都被拉起了警戒线，但由于警力不足，还没等到联盟警署派来的警员，看守小屋的警员就擅自离开了，警戒线附近一个人都没有。

漆黑的树林中突然有个光点闪了一下，很快就熄灭了，似乎是手电筒的灯光。

兰波敏锐地捕捉到这一点光线，松开鱼尾，让身体自然坠落，在落地的一瞬间用电磁无声地托住身体，顺着地上堆的废旧钢材滑了过去。

几个身穿迷彩短袖，外套防弹背心的亚体正在拖着一具穿警服的尸体往积水坑里埋，血迹拖了一路，但很快被雨水冲散了。

很少有暴徒敢明目张胆杀警员，只有这帮赚亡命钱的雇佣兵才敢做出这样不计后果的蠢事。

兰波缠绕在枫树枝杈间，无聊地甩着尾巴，托腮听他们谈话。

其中一个黑蝎亚体正在与雇主汇报情况："我们的人一共分了三支小队，现在前两支小队都进去了。有个不要命的小警员发现了我们，还朝天开枪警告，哈哈，被我一枪撑了嘴。"

"我杀警员能怎么样？一帮饭桶，没一个能打的，就算派一个小队过来也得栽。"

"说好了，如果我们走出来了，那逃脱专家许诺的一千万奖金全部归我们。"

"哼，放心，我们对那些破科研材料一点兴趣都没有。"

兰波一点都不擅长窃听消息，他不怎么能听懂这些带着骂人糙话的语言，更不能从里面提取什么有用的信息，最好的办法就是把这帮人抓回警署审问。

突然，一缕手电筒的强光照射在了兰波的眼睛上。有个狡猾的雇佣兵在放哨时发现了隐隐发出微光的兰波，吹了声口哨，让所有雇佣兵的枪口全部对准缠绕在树上的人鱼。

刚刚与雇主汇报完情况的那个黑蝎亚体走过来，见只是一个穿着警服的亚体便放松了警惕，用手里的 ACR 突击步枪戳了戳兰波的脸蛋："看我抓住了什么，一个金发碧眼的小天使。让这么可爱的小宝贝警员辛苦上夜班应该会拿到很多钱吧。"

兰波皱眉："不，只有，三千。"

雇佣兵们都笑起来。

黑蝎亚体抓住兰波警服的衣领把他从树上拖了下来，才发现亚体下半身拖着一条漂亮至极的尾巴。

黑蝎亚体发出一声惊叹，随后就是收获意外财富的狂笑。

雇佣兵们吹口哨起哄。

"我在澳大利亚做活的时候见过塔斯曼海的人鱼，虽然也漂亮，但从来没见过这种透明尾巴会发光的人鱼。"

兰波面无表情，他对这些人说的话不太理解也没有意见，除了被提着领口抓着头发有些难受。

黑蝎亚体伸手摸了一把兰波的鳍，却完全没有料到，一股强电流在接触的一瞬间爆发，黑蝎亚体连从嗓子里发出声音都来不及就化成了一缕焦臭的黑烟。

电流以兰波为中心向四周骤然炸开，地面仿佛亮起了一片闪电蛛网，凡是接触到地面积水的雇佣兵全在一秒内失去了反抗能力，接连倒地。

一枚消声子弹从耳边掠过，兰波鬓边的金发被子弹带起的微风掀起几缕。

背后幸存的一个雇佣兵正举起手中的 AK 对准兰波的后颈时，一颗子弹无声地没入他的颅骨，血浆喷溅，雇佣兵应声倒地，手中的枪掉在地上，哐当作响。

兰波循着子弹来向仰头望去，白楚年跷腿坐在电线杆顶端，穿着黑背心和短裤，戴着一顶黑色棒球帽，腿上横放着一把装配消声的 HK417，正托腮朝他笑。

白楚年单手插兜，把枪扛在肩上，从高耸的电线杆顶端跳下来，落到兰波身边。

兰波坐在被一枪爆头的雇佣兵尸体上，掀起尸体的 T 恤擦尾巴上溅落的泥。

白楚年望了望不远处的三棱锥小屋："要进去吗？这些人怎么办？"

兰波的手机已经接通了联盟警署，总部从红枫山区调来警员，开车过来把尸体和被电晕过去的雇佣兵运走。

"你回家。"兰波摇摇头，"很累，我自己，可以。"

"反正我现在是无业游民，拿到奖金分我二百就行。"白楚年从雇佣兵身上搜了点东西，矮身钻过警戒线，推开了三棱锥小屋的门。

里面完全是黑暗的，什么都看不见，只能凭借兰波发光的尾巴照亮脚下的一块地板，但由于门口的防雨设施一般，地面已经积了一摊水，水里游动着被兰波尾巴搅和出来的几只蓝光水母。

白楚年也是新近发现这些水母是哪儿来的，只要兰波的尾巴在水里制造出气泡，气泡就会自动变成散发蓝色荧光的小型水母，但似乎是个除了好看没有任何用处的装饰型能力。

这座小屋可能完全靠外部的太阳能电池板发电。现在是黎明，太阳刚出来不久，小屋里的照明设备应该都还在休眠状态。

"警署给你安排的任务是调查这座三棱锥小屋吗？"白楚年习惯提前了解任务内容，但这次比较仓促，只能走一步看一步了。

兰波初来乍到，照说不会被分到难度太高的任务，想必是因为这家伙不懂交际应酬，冷着一张深海鱼的凶脸得罪了同事还浑然不觉，被使了绊子还以为是理所应当的呢。

白楚年也关注了新闻提到过的三棱锥小屋事件，原版视频已经被警方屏蔽，但总有好事的网民把视频保存下来在各种匿名论坛上大肆传播。

视频其实很简单，那位神秘的逃脱专家用一张黑色幕布当背景，用颤抖的电子合成音讲述游戏规则：

"这是一座耗费三年时间建造而成的超级密室，全球的密室爱好者都不应该错过它……它仅有一个入口和一个出口，我用生命发誓，它有出口。

"奖金我已经放在了出口，第一个走到出口的幸运儿就能把它拿走，这是我用毕生积蓄对您智慧和诡计做出的嘉奖。

"这座小屋有温感检测装置，如果有人能够在 24 小时内走出出口，系统会自动为您解锁一件礼物，您一定会喜欢的，换句话说，没有人不喜欢这件东西，它值得您从地球任何一个角落造访此处。

"如果您没能走出来，就会变成令人尊敬的养料，为后人的道路铺下一块基石。

"祝您好运！"

逃脱专家全程用兜帽斗篷遮住身体，视频也只露出了他的上半身，连声音都被电子音修改过，从视频上根本不可能找到关于逃脱专家 Leon 的任何线索。

"我玩过这种游戏，我有一同事退役了，开了这么个店，请我们过去喝酒，门票还挺贵的呢，一个人三百多，就给我们关一小房子里，然后让我们溜门开锁逃出来。结果我坐着等了半天不见其他人出来，后来他们告诉我，他们进去就是为了泡 NPC（非玩家角色）小哥哥，这群不要脸的……弄半天就我一个人认真玩。"

白楚年拿出刚从雇佣兵尸体上搜出来的手电筒照了照脚下："有台阶。"说着，向上迈了两步。

他回头看兰波，兰波停在原地，犹豫地盯着台阶。台阶是木质的，没有能导电的东西让他吸附。

他抿了抿唇，朝白楚年张开手。

白楚年弯起眼睛："干吗，走不动了？"

兰波用尾巴尖拍了拍台阶，然后在白楚年面前摇了摇，表示他上不去。

白楚年弓身把人鱼带起来，轻快地走上楼梯。

每一级台阶都很矮，高度好像只有普通住宅区台阶的一半，但很长。白楚年没有多余的手打手电筒了，只能用左肩紧挨着墙一级一级地上楼梯。

左肩经过了墙壁的一条棱，白楚年继续向上走，心中默数着级数，三十个台阶后肩膀又经过了一条棱。

"是个旋梯，再往上应该就到天台了吧，感觉也不是很大的一个屋子，和我家的面积差不多。"

肩膀蹭过第三条棱之后，又上了大约十五个台阶，白楚年脚下忽然踩到了一摊水。

他下意识地低头看，发现积水里悠哉地游着几只蓝光水母。

"我们，是从这儿，进来的。"兰波垂眼看着积水中游动的水母。

"门没了。"白楚年摸了摸墙壁，来时原本这里是道门，但现在已经变成了实心的墙壁，贴有皮纹墙纸的墙壁上只有一道凹陷的门的轮廓，看起来像个装饰品。

"我记得我一直在上楼梯，从来没走过下坡，什么情况。"

"那当然，是，迷路、了。"兰波无聊地晃了晃尾巴尖，尾巴尖卷着完全没有信号的手机。

白楚年带着兰波又上了几遍楼梯，明明一直在向上攀登，最后却又回到这一摊游动水母的积水中。

"就他妈邪门儿。平常照我这个走法儿，应该都爬上华山北峰了。"白楚年仔细摸墙上的纹路，煞有介事地猜测，"这就是鬼打墙呀，是幻觉型的亚化能力吗……我们可以缩小搜查范围，说不定我们的本体已经晕在哪个角落了，现在是我的意识在抱着你的意识。"

兰波面无表情："扯、淡。"

小屋的最顶端一角忽然亮起了一盏灯。按时间估算，外面这个时候应该已经出太阳了，开始为小屋供电。

兰波仰起头，找到光源，尾巴尖甩了甩，一股电流进入了顶端那盏灯。随后整个三棱锥小屋的照明灯全部亮了起来，黑暗的空间顿时灯火通明。

这时才看明白，他们所处的楼梯是悬空贴在墙壁上的，再向右多走几步就会一脚踩空摔下去，底下有些昏暗，还看不清有什么东西。

从他们站的位置看不见对面的阶梯是向上还是向下，因为中间挂着一幅奇怪的油画，把视线严严实实地遮挡住了。

刚好面对着他们的画布上有一只眼睛凸起的绿色大蜥蜴，油画笔触十分精致细腻，将蜥蜴的每个鳞角都描绘得栩栩如生，尤其是它的眼睛，似乎每走一步，那只凸起的眼睛都在盯着你看似的。

白楚年抱着兰波顺着台阶走了几步，想看看油画背面有什么，但突然发现脚下的楼梯方向不知不觉改变了，变成了下楼的方向。

下楼的楼梯直接通往最底下，无论怎么走都转不到能看见油画背面的地方。

一路沿着阶梯向下，脚终于踩在了地面上，底下光线昏暗，除了一些家具的轮廓，什么都看不清。

远处的墙角有个黑影动了一下。

兰波从白楚年身上跳下来，尾巴卷在了最近的椅子上，支撑着身体直立。

白楚年则单手提起 HK417，枪口指着墙角的黑影。

沉寂昏暗的房间中不止两个人在呼吸。

兰波扬起尾巴尖放出一缕电火花，点亮长桌上的烛台，蜡烛依次点亮，房间一块、一块地明亮了起来。

在对角与两人对峙的亚体同样手持微冲，激光红点稳稳落在白楚年的眉心。

灰狼亚体叼着细雪茄，戏谑挑眉："阴魂不散啊，怎么又是你们。"

"部队组织来这儿探险？"白楚年没有收枪的意思，"我们可是正经执行公务。"说罢，抬起下巴颏指了指兰波身上的警服，兰波从上衣口袋里掏出证件，亮给他们看。

何所谓看到兰波胸前的联盟警署徽章，眼中闪过一丝讶异，率先收了枪，指了指自己防弹服上醒目的"PBBw"四个字母："IOA 总会会长向我们申请援助，上级派我们来清剿实验体。"

PBB 指的是太平洋生物分化基地，属于国家独立军队基地，PBBw 特指基地麾下聚集头部精锐的风暴特种部队。

"我们的线索也不多，只知道进来了不少倒霉蛋至今还没走出去。"何所谓掸了掸烟灰，"可这儿好像就这么一个房间，不知道那帮人去哪儿了。三棱锥小屋……名字起得还挺萌，邪门儿得很，光爬楼梯我们就爬了半个多小时。"

"但是这个房间有四个墙角。"白楚年拉了把椅子坐上去，跷起腿休息，"三棱锥小屋应该只是在误导视线，实际上这房间是一整个正方体，大半埋在地底下，地上只露出一个尖。"

"理论上我们现在待的这个房间应该是有一条体对角线与地面垂直的正方体，简单来说，就是用一个尖立在地上的正方体。我现在很好奇我们为什么能在这里面保持平衡，我感觉我脚下就是平地。"

"何队长，你站那么远干什么，过来点，给你看个好东西。"白楚年颇自来熟地朝何所谓摆摆手，"你抽那么好的烟嘛，给我一根。"

何所谓索性扔给他一支细雪茄，白楚年接过来叼在嘴里，凑头过去和灰狼亚体对烟点火。

何所谓随口问："他是警官，你是来干啥的？"

白楚年歪头："我是警官的朋友啊。"

"你指定是有点毛病。"何所谓叼着烟皱眉觑他。

瞧着白楚年也是宽肩窄腰一米八五以上的亚体，不像是这种性格的人呢。不过话说回来，何所谓认真审视了他一番，相貌的确属于那种少有的俊，尤其生了一双桃花眼，声音也一点不见粗犷，慢悠悠懒洋洋的。

有了这一层先入为主的印象，再回头看坐在另一边的人鱼，人鱼扯松了警服领带，面无表情地歪头抻了抻筋骨，骨子里就带着一种与生俱来的高傲和冷漠。

短短几秒扫视，何所谓对白楚年大致有了一个被包养的小白脸的定位，于是诚恳地拍了拍白楚年的肩膀："兄弟，我觉得以你这个实力，就算到了 PBB 也足够立足，你要不考虑去我们那儿看看。"

"嗯？"白楚年已经蹲到地上研究地砖去了，一根烟吸尽，指尖按着烟蒂在地上摁了摁，闷声回答，"部队太苦了，我待不下去。"

"前几天我和少校提起你，他挺欣赏你的。"何所谓也拿起手电筒去找机关线索了，随口闲聊，"你不去试试？"

"噢，你们风暴特种部队的少校，我听说过，鸿叶夏氏的二公子，美洲狮亚体，很强，大佬级别的。"

"对，不过少校他三年前带人围剿实验体的时候手臂受了伤，一直没完全恢复。"何所谓惋惜地缓缓吐出烟气，"我那时刚进队，没参加那次围剿行动。"

这时，贺家兄弟俩举着手电筒从角落聚过来，向何所谓汇报情况："队长，这房间里除了东面的墙上没门，其余三面墙上各有一个门，说是门，但是打不开，其实只是墙壁上有个凹陷进去两厘米的门的轮廓，没有钥匙孔也没有密码，我们拿刀撬了半天了。"

"你们少数了一个。"白楚年用指节敲了敲地板，紧贴北面墙壁的木质地板上也有一个凹陷下去两厘米的欧式拱形门的轮廓，"可能是地下室吧。"

"至少应该先知道题目。"白楚年举起烛台，绕着房间细致地走了一圈，观察着房间中的蛛丝马迹，"我们现在都不知道人家想让我们回答什么。"

房间里的布置是典雅的欧式风格，房间中间摆放着一条晚餐长桌，桌上摆放着三支铁艺三头烛台，周围环绕摆放着高脚杯和高背椅，棉质桌布质感上乘。

房间角落摆放着一架斯坦威三角钢琴，白楚年想翻翻琴凳底下的置物空间，但凳盖怎么都掀不起来，看着中间有缝隙，也不像钉死了的样子，于是用力一掀。

突然，墙壁上传来咣当一声闷响，所有人都听到了一种撞墙再落地的闷响，几个人被惊了一下，全部安静下来，竖起耳朵听着隔壁的动静。

贺家兄弟把耳朵贴在传来声音的墙上，悄声讨论："隔壁有人，刚刚是有人撞在墙上的声音。肯定有办法打开门的。"

白楚年还在摆弄这个琴凳，在他看来事出反常必有妖，费这么大劲把琴凳打开，里面总得有点东西吧，提示资料？密码器？应该会有线索才对。

可偏偏啥都没有。

一直坐在长桌前的兰波用尾巴拍了拍桌面。

几个人的注意力都被吸引了过去。

"P、S、E，"兰波问，"是什么？"

白楚年想了想："PSE，心理应激测定仪？工程辅助设备？分组交换设备？太平洋证券交易所？"

贺家哥哥一拍手："逃脱专家给这个密室买了股票。"

贺家弟弟附和："拿股票赚的钱当游戏奖金，回馈粉丝，这个人不错。"

何所谓回头给俩人一人一巴掌。

"你从哪儿看到的字母，我看看。"白楚年来到长桌前，低头撑着桌面，棉质桌布上印有三个超大字母，刚刚坐在桌前时离得太近，以为只是一些直上直下的黑色花纹。

"这……是 PSE 吗？这 P 上面也没封口啊。"由于字母紧贴长桌上沿，所以很难发现字母 P 上面少了一部分。

白楚年转了几个角度观察，刚好走到来时照脖颈亚化标记的落地镜前，看着镜子里的东西愣了一下。

"镜像的。"白楚年回到长桌前，扯掉桌布，翻了个面重新铺在桌上。

他将烛台靠近桌面，桌面上的三个字母变成了三个电子数字：324。

突然，角落里被白楚年暴力掰开的琴凳盖翻回来闭合成原样，三角钢琴翻开了琴盖，黑白琴键自动跳跃弹奏起来，节奏明快，但旋律莫名有种刺骨的诡异感，很陌生的一首曲子，并非出自任何一位钢琴名家之手，应该是原创的曲子。

白楚年也不由自主地屏住了呼吸，手中的烛台松动，一支蜡烛掉落在桌布上，桌布瞬间被一股蓝色火焰引燃了，蓝色火焰冲天而起，整个房间都被炫目的蓝火照亮，火焰吞噬了整面墙壁，且燃烧的路径组成了几个飘舞的字：

"欢迎到访，我的朋友。"

看来墙壁上涂抹了燃料。

短暂燃烧过后，火焰逐渐收缩，桌布已经燃尽，唯有桌面上324这三个数字仍然熊熊燃烧着蓝色火焰。

钢琴声止。

地板上那道凹陷的门已经不知不觉打开了，可以看到楼梯台阶，看起来通往地下室。

刚刚所有人的注意力都被莫名开始弹奏的诡异钢琴和冲天燃烧的蓝火吸引了，没有人知道这道门是以什么方式开启的。

"我以为马上就能回家吃夜宵了呢。"白楚年叹了口气，抱起兰波，往地板上那道门走去，"没想到才刚开始，早知道我带饭来了。"

"你少说几句废话我们就能早出去几分钟。"何所谓打着手电筒在前面探路，低声嘀咕，"324，少校就是被编号324的实验体伤到的。"

这白楚年倒不清楚，只听说那位美洲狮少校分化等级已达M2，实力极强，风暴特种部队的精锐队员们在实战时完全听从他的指挥，能给他造成严重创伤的实验体想必是处在成熟期以上。

"你见过324了？"

"324号特种作战实验体？"何所谓摇了摇头，"没人见过他，参加过那次围剿的兄弟都说没看见，连少校本人也闭口不言。"

"啊，我知道。"白楚年仰起头，"ATWL考试里，你们那个Accelerant致幻剂是从医院化验室拿的吗？"

"对。"

白楚年："你们有没有从化验室的书架上拿走化验报告？"

何所谓："没，我们没这个任务，就没拿。不过后来我们到处找人杀的时候，从一个小队的装备里搜到一本，写着'特种作战武器613魍魉沙漏'，我那时候还翻了几眼。"

白楚年："我们到那儿的时候书架上就剩下两本化验报告了，当时有 A 吗队拿的是蛇女目的报告，我们队拿的就是 324 号，无象潜行者。"

"上面写啥了。"

白楚年："写的是：特种作战武器 324 已进入成熟期，具有与研究员正常交流的能力，但 324 的想法总是天马行空，研究员根本跟不上他跳跃的思维。

"324 在艺术上非常有天分，他的攻击欲望并不强烈，相反地，他的性格更像佛罗伦萨街头喜爱涂鸦和音乐的幻想少年。"

"对了，还有一条备注：成熟期实验体外形正常，表达和理解能力已达完美，可以控制进食欲望，但一些成熟期实验体会继续吞食有机体，进而使自己的成长阶段进入恶化期。

"最后配了一张 CT 影像图，是个尾椎骨很长的大眼睛亚体。"

何所谓诧异地抬眼："你全背下来了？"

白楚年轻松笑笑："有脑就行。不过我也只知道这些，那本化验报告只写了这么点字。我猜整个 ATWL 考试里还有其他考生拿到了关于这个无象潜行者的详细文件，不过现在再想去找也来不及了。"白楚年完全没对此抱任何希望，"你们进去考 ATWL，是为了保那个二哈吗？"

何所谓："不完全是，以无虑的实力应付考试也算足够。其实是少校在 ATWL 考试前夜收到了一封黑客邮件，说他已经破解了 109 研究所的数据库，要在 ATWL 考试里把 109 研究所的罪行全部披露到大众面前，少校派我们进去确定情况。"

白楚年："看来黑客不止给一个势力发过邮件。"

何所谓："你也收到了？"

白楚年："没有，有 A 吗队的那个乌鸦亚体收到了，他是国际监狱的警察。我猜剩下那三个亚体——沫蝉、海蜘蛛、铃铛鸟也都是警察，不然不可能临时组出一个队来。"

闲聊戛然而止。

当他们顺着楼梯走下来时，兰波东张西望，发现有盏水晶吊灯立在墙上，于是扬起尾巴尖通电点亮了它。

房间顿时被水晶吊灯照得金碧辉煌。

这是一间欧式装潢的卧室，床和梳妆台奇怪地钉在墙上，衣柜也立在墙上，墙纸很怪，是木质的地板砖造型。

水晶吊灯则挂在与之相对的墙面上，这边的墙纸就更奇怪了，做得和天花板差不多。四个边缘还做了欧式波浪装饰，而且水晶垂吊的方向平行于白楚年他们所踩的地面。

"啊，什么鬼东西？"白楚年随意走了几步，突然灯灭了，房间立刻变为一片恐怖漆黑。

挤在房间里的其余三人骤然沉寂下来，掏出枪械警惕地指向各个预判方位，激光红点在黑暗中游走移动。

"噢，别紧张，我刚刚踩到灯门了。"白楚年蹲下身，摸索着找到脚下的开关，按了一下，灯又亮了起来。

他低头研究了一下这个开关，照理说，灯的开关一般都会安装在墙上才对。

白楚年摸了摸下巴，若有所思："牛×，我们现在好像站在这屋子的墙上。"

房间的天花板、地板和其中三面墙都各有一个和上个房间相同的凹陷的门轮廓，但第一个房间只有四扇门，这个房间却有五个。如果按照房间的布置来看，他们来时的第一个房间是餐厅，现在这个房间是卧室。

"只是故意把房间做成这样的吧。"白楚年抱着兰波走到挂在墙壁上的床前，轻轻推了推，"这些东西是用钉子钉在墙上的。"

"至于这个水晶吊灯……肯定是用硬铁丝做的，看起来就是支棱在墙面上。"白楚年走到墙根底下，双手托着兰波腋下，轻而易举地把人鱼举到靠近水晶吊灯的位置，"你摸摸看是不是。"

兰波抬起手，轻轻拨了一下灯上作为装饰的水晶吊坠。

吊坠轻轻摇晃，带着其他的水晶坠子一起晃动。由于吊灯安装的方向平行于白楚年他们所站立的墙面，吊坠晃动起来就像浮在空中的波浪一样。

与此同时，几个灰狼亚体在钉在墙面上的梳妆台上发现了一个鱼缸，一条鲜艳的红色斗鱼在鱼缸里游动。

"鱼缸不能钉在桌面上吧？"何所谓伸手指进去搅了搅，"这水怎么不洒出来呢？"

鱼缸安然放置在竖直的桌面上，不滑动，水面也没有任何倾斜。何所谓用手从缸里舀出一点水，水滴横着经过面前，落回了竖直放置的鱼缸里。

这间屋子并不违和，唯一违和的物体就是他们五个闯进来的人，仿佛与整间屋子的受引力方向不一样。

白楚年好奇地走过去，也跟着搅了搅鱼缸里的水，缸中色泽鲜丽的斗鱼并不像刚才一样惊慌失措，反而将头部挨到缸底，以一种驯服的姿态紧贴着白楚年的手指。

"它好亲人啊。"白楚年问怀里抱的兰波，"你能听懂它说话吗？能不能问出点线索来？"

"他忘了。"兰波面无表情地注视着缸中的斗鱼。

白楚年伸着食指指尖碰了碰斗鱼的鳍，漫不经心地问："它还说什么？"

"王后。"

"什么意思？在称呼你吗？"

"不。"兰波对翻译一条微不足道的小鱼的语言这件事非常不耐烦。

不知道是不是进食量攀升的缘故，兰波的表现与考试中进化至成熟期的样子越来越接近了，霸道冷漠，而且有种唯我独尊的意味在里面。

过了许久，他们才发觉这间屋子比来时更加寂静了。

"何队长？"白楚年转头张望，卧室里除了他和兰波之外，空无一人。

"他们回上一个房间了吗？"白楚年自言自语，到他们刚刚下来的阶梯边瞧了瞧，打开的大门已经不见了，墙上留下了和其他相同的凹陷门形轮廓。

"哎，姓贺那两小狼也没影了。"白楚年观察着封死的门上所贴的皮纹墙纸的划痕，把掌心平按在原来的门的位置上，仔细感受温度的细微变化，似乎要比正常的温度高出些许。

白楚年敲了敲门和墙壁，无法确定是空心还是实心。因为墙壁的材质很奇特，白楚年手贱抠开了一小块墙纸，里面是一种密度超高的金属，仅靠敲击的声音根本判断不出墙壁另一面是否还有空间。

兰波坐在房间正中心，鱼尾像人类的膝关节那样弯曲，双手抱住尾巴，把头搭在上面。

白楚年走过来单膝蹲在他面前，轻笑安慰："害怕了？"

"直接、拆掉。"兰波翘起尾巴，鱼尾末端闪动着强电流。

白楚年相信兰波的确有这个能力直接把整个密室化为一团焦炭。

"我们还不确定这里面有多少活人，如果你随便出手毁掉整座屋子，人质死了的话，会算在你的头上。等你被关进国际监狱里，我再想救你就麻烦了。"

兰波淡淡地问："我，为什么，要做……这些？"

"一开始是为了三千块奖金……不过归根究底还是为了向会长他们证明你对人类没有威胁，而且很能干很乖，这样会长就会允许我一直把你养在我家里。"

"我不需要，别人允许。"兰波依靠尾巴的力量支撑起身体，"我会带你……

回……洪都拉斯。"

"哼……"白楚年眯起眼睛，故意顺着兰波的意思。

当白楚年表现出依赖时，兰波的态度肉眼可见地从冷淡变得柔和愉悦。

在自然界中某些物种会以母系为尊，比如蜂群中的蜂后、蚁穴中的蚁后，它们掌握着族群中的绝对权威。

白楚年顿悟，终于理解了兰波忽冷忽热的态度转变的原因——当兰波认为他的所作所为冒犯到了自己"权威"的地位，就会有意识地冷落他，变得严厉疏离，以此来巩固自己的地位；当白楚年故意表现出示弱和依赖的时候，兰波会觉得白楚年臣服于他，于是就会很开心地以上位者的姿态保护他。

想起他们第一次在同一个繁殖箱里的那天，白楚年还记得自己训练一整天后，遍体鳞伤，筋疲力尽，看见箱里多了一个漂亮的小鱼亚体，任谁都会觉得心里无比温暖安慰的，但兰波一直背对着他。

白楚年在背后蜷缩着。现在想来，这在兰波的视角根本就是在表示顺从和臣服。

大概从那天起，兰波就把他彻底视作了属于自己的东西。而现在，这样的种族本性随着兰波的进食量接近满足而越发凸显出来。

"原来是这样吗？"白楚年终于摸清了这个缥缈的生物的套路，仰头弯起唇角露出一个很乖的表情，半眯眼睛淡笑。

一枚红色激光瞄准点突然落在了白楚年脸上，白楚年敏锐地察觉到危险，他左手摘下背后的 HK417，枪口指向对方。

"别动，哥们儿，老子的枪可不长眼，把手举起来。"卧室床边的一扇门不知不觉打开了，一个雇佣兵打扮的亚体举着冲锋枪缓缓走进来。

白楚年还没来得及思考这道门是如何打开的，兰波已经变成了愤怒的红尾，背鳍竖起血红的尖刺，盯着雇佣兵的眼神尽是愤恨怒意。

"等等，兰波，先别——"

一道闪电从鱼尾末端释放，转瞬间那位莫名出现的雇佣兵，连着他手中的枪同时化作一缕刺鼻的黑烟。

很快，雇佣兵的同伙也从这道不知不觉出现的门中走了出来，用枪指着白楚年和兰波。

领队的是个吉拉啄木鸟亚体，白楚年还清楚地记得他。在 ATWL 考试里，他们在图书馆遭遇的无人生还队，当时无人生还队准备直接开车撞过来，他用 M25 一枪狙掉了车上的司机，也是无人生还队的主力，一个名叫恩可的吉拉啄木鸟亚体。

但由于白楚年甩狙速度太快，恩可还没有看清他的脸就直接被爆头淘汰了，所以这时没能认出白楚年。

恩可抱着微冲打量着这两个人，看见兰波身上的警服时眉梢挑了挑："警察？"

"我们是来搜救人质的，不冲突。"白楚年面带微笑，手底下尽量按住兰波不让他暴起伤人。

"哼。"恩可见他们只有两个人，并没把他们放在眼里，冷声盘问，"刚刚是不是有个人进到这个房间里了？他去哪儿了？"

白楚年真诚地回答："啊？没看见。哪儿有人啊，没注意。"

第十章

无象潜行者

六个雇佣兵从莫名出现在床边的门口走了进来，手中的微冲枪口全部对准了白楚年和兰波。

恩可冷笑着命令："把枪放在地上，踢过来。"

白楚年照做了，把 HK417 往脚下一扔，踢给恩可，这个动作中难度最大的环节在于，还要分出一只手按住兰波防止他暴起伤人。

兰波收敛起身上的血红尖刺，恢复成蓝色，尾巴尖卷到不远处的水晶吊灯上，静静盯着这些人。

恩可扛着微冲，挥了挥手，从他身后过来两个雇佣兵，掏出金属手铐，把白楚年双腕铐在身前。

另外两个雇佣兵正准备去铐兰波，白楚年靠着墙角吹了声口哨："我劝你们最好不要铐这位警察。"

上一个试图这样做的雇佣兵已经在超高压电流的作用下成了一撮焦土，连骨灰都没剩下。

恩可侧目打量卷在水晶吊灯上的人鱼，看起来是个娇弱柔软的亚体，虽然穿着警服，但从肩章上来看警衔是最低级的调查警员。这行业普遍欺生，新人入职，被顶过来调查情况是最正常不过的事情。因此恩可并没有对兰波抱有太高的警惕，反而觉得靠在墙角悠闲地东张西望的白狮亚体，更可能是警署派来执行营救任务的便衣。

几个雇佣兵都把注意力放在看起来更有威胁的白楚年身上，恩可更是完全没把兰波放在眼里，甚至背对着他。

近在咫尺的地方有一具活生生的肉体踱来踱去，兰波目不转睛地盯着他，蓝色眼瞳细成一条竖线，不知不觉张大了嘴，起初只是矜持地露出尖利的犬齿，随后便露出了锯齿状尖锐的后槽牙。

培育期实验体可以单纯通过进食无机物使自己进化，但进食有机物会显著提高培育期实验体的进化效率。兰波是有限的几个能够控制自己进食欲望的培育期实验体之一，但他毕竟还没有完全发育成熟，对进食欲望的控制力还没有达到非常完美的程度。

在兰波一口咬没恩可的脑袋之前，白楚年及时咳嗽了一声，用眼神告诫兰波"不要吃人"——这是实验体想要生活在人类都市的底线。

兰波闭上了嘴，愤愤地缩回水晶吊灯底座上，拽下几个水晶装饰挂件当零食吃。

恩可回头看了兰波一眼，没有觉察出异样，但注意到了兰波胸前的联盟警署徽章，纳闷地用枪口挑起那枚徽章观察："你们是 IOA 联盟警署的警察，不是国际重刑监狱的警察？"

白楚年在他的话里听出了不一样的意思："我们联盟警署只是负责救人的，这次也完全没有与国际监狱合作。"

国际重刑监狱并不隶属于任何一个国家，由各国联合建立，入职人员国籍各异，并保证立场绝对中立，国际监狱仅收押已经对人类社会造成重大损害的或者具有极大社会破坏力的潜在危险分子。

恩可踱着步面向白楚年，掂了掂手中的枪，半真半假地商量："既然你们只想营救人质，我们也不是进来杀人的，不如我们互相交换一下线索，早点走出这鬼地方，你看如何，警官？"

白楚年当然乐意。己方的线索实在太过有限，在游戏小屋里被一个实验体耍得团团转实在难受。

"看样子你是个聪明人，我们可以先表示诚意。"恩可索性蹲了下来，边休息边与白楚年攀谈，"我们手里有一些关于 324 号实验体的资料。你可以在你知道的线索里挑出些有分量的跟我换，至于你的线索值不值得交换，得由我决定。"

听他提起实验体资料，白楚年忽然回忆起了 ATWL 考试的一些细节。

他们是在图书馆遭遇无人生还队的，当他们赶到时，无人生还队已经灭了图书馆里的其余两支小队。

当时他们选择前往图书馆不仅是为了抢大物资点的固定弹药箱，还因为毕揽星、陆言和兰波的任务都在图书馆档案室，涉及许多文件。

文件 A 记录了 17 世纪初的飓风病毒，也就是人类亚化细胞团出现的历程。

文件 B 记录了 1513 号实验体蛇女目的繁殖过程。

而渡墨的队伍在图书馆阅读的文件 C，记录了蛇女目的亚化能力和特征。

最后搜鬼团在科研院十四层保险箱里找到的文件 D 记录的是蛇女目的详细能力说明。

照此推算，无人生还队不可能无缘无故地出现在图书馆，很大可能也是为了完成图书馆档案室的任务。刚刚恩可胸有成竹地说他们手里有 324 号实验体的资料，那么很可能他们在考试中拿到的文件，就是记载 324 号实验体无象潜行者的特征和详细能力说明。

这是白楚年现在最需要的东西，因为 324 是一个他从没了解过的陌生实验体，并且他的能力大概率与这座诡异小屋息息相关。

想起在考试中检查无人生还队的尸体时，在恩可胸前看见的"红喉鸟"刺青，白楚年大致也能猜到这帮雇佣兵会对什么感兴趣。

"国际监狱的警察昨天去过我们联盟警署。"白楚年挂着手铐掰手指细数，"是来交接档案的，向我们要了六份'红喉鸟'成员的档案带走了。"

"那是什么时候的档案？"

"五年前的。"

这当然算机密，不过只能算国际监狱的机密，白楚年完全没有为别的势力保守秘密的义务，所以泄露起来毫无心理压力。

幸好跟着兰波去联盟警署当了一天混子，不然这条鱼肯定记不住这些细节。他觉得兰波和普通的鱼相比在记忆力上也没太大优势，除了记仇什么都记不住，或者说他压根就不屑记。

听到"红喉鸟"三个字，恩可身体微微前倾，眼神从无聊游移变得集中，这是对话题感兴趣时人本能会做出的反应。

白楚年很擅长观察这些小细节，于是以退为进，不留痕迹地问："你们应该也知道那群多管闲事的国际监狱警察吧？哪儿哪儿都有他们的事。"

"呵，当然。"提起国际监狱警察，恩可一副不堪其扰的烦闷样子，"几天前见过那群缠人的家伙，就在这座小屋附近，他们也是奔着 324 号实验体来的。"

白楚年顺势席地而坐，拉近与恩可的距离："是不是来了个年纪轻轻的小警察？"

"何止，两个。"恩可冷笑，"最烦的要数海蜘蛛。我们兄弟里好几个 M2 级高手，碰上海蜘蛛的恶心能力，全被拉低到和对面警察一个级别。对面人又多得要命，根本打不动。"

海蜘蛛的 J1 亚化能力"压制抵消"，可以把敌人的等级拉低到自己的水平，的确是一个看似无用但细想相当恐怖的辅助能力。

"我还知道不少。"白楚年说，"不过我现在说得再多也没用，我俩已经被困在这小屋里一个多小时了，要是出不去，我们的命就搭在这儿了。反正警署欺负新人嘛，拿我们当蹚地雷的倒霉蛋，让我们来送死。我们什么都不知道，一点希望都没有。"

恩可看得出来白楚年其实很懂谈判，看似落在下风，只能使用这样留有余地的说话方式，却处处透着一种等价交换的隐形固执。

但即使如此，他还是想从白楚年嘴里撬出更多有用的情报，这样就不得不稍微透露一点自己的情报给白楚年，当作一点钓鱼的诱饵。

"我从雇主那儿知道这座三棱锥小屋是 324 号实验体的杰作。"恩可抱着枪，将半空的弹匣重新装填子弹，"324 号实验体，无象潜行者，原型是变色龙亚体，至于被命名为无象潜行者的原因你应该也能理解，无形无相，是个有隐身能力的实验体，但不止这么简单。

"研究员的观察日记上写着：324 在音乐和美术上展现出了优异的天分，我们让他听一首曲子，只需听一遍，324 就能哼出曲子完整的旋律；让他看一幅画，再给他一张白纸，他就可以在纸上分毫不差地重现画上的内容。

"更神奇的是，我们给他放映了一段没有声音的钢琴演奏表演，画面只录到了钢琴家的双手，结果 324 就在我们准备的钢琴上弹奏出了钢琴家演奏的那首曲子，我们尝试着倒放同一个无声视频，324 仍然能在钢琴上演奏出倒放的旋律，他真是个天才。"

白楚年听着听着就出了神。

恩可抬起枪口顶住他的脑袋："哥们儿，你在听吗？"

"在听。"白楚年回过神来，用戴着手铐的手挠了一下头发。

"我刚刚在想，上一个房间角落里有架钢琴，我费了很大的劲掀开琴凳盖想找线索来着。所以 324 本来一直坐在琴凳上，我把他掀飞了？"

恩可看了一眼手表，对身后的几个人低声说："时间不早了，你们继续找出口。"

白楚年望了望这些雇佣兵走进来的那个门口，现在果然已经消失了。这房间的门口总是在人们的注意力都集中在别的地方时出现或者消失。

现在这间卧室又变成了一间没有出口的死屋，但这几个雇佣兵看起来毫不惊讶，像是已经习惯了这种套路。

"大哥，找到了！"一个雇佣兵找到了白楚年背后的阶梯，向上探索后发现门口是开着的。

白楚年有些疑惑地跟着向阶梯上望了望，这是他们刚刚从餐厅下来的门口，几分钟前他还查看过，明明门已经变成墙壁了，怎么现在又出来了。

"劳驾，"白楚年问恩可，"现在几点了？"

"晚上8点。"恩可用枪口推了白楚年一把，"你走最前面。"

"晚上8点？"白楚年反问。他们从三棱锥小屋进来时才刚出太阳，从进来到现在也不过一个多小时而已，现在最多早上7点。

恩可愣了一下，盯着自己的表想了想，不耐烦地骂了句脏话，和旁边的雇佣兵耳语："我的表坏了，把你的表给我。"他接过兄弟递过来的表，把自己的表随便揣回兜里。

白楚年皱了皱眉，兰波从水晶吊灯上下来，蜷到白楚年背上。

白楚年被迫走在最前面开路，走上阶梯时，脚底莫名踩到了一个小零件。

"兰波，捡起来。"白楚年与兰波低语，随后稍微松开踩着的那个东西的脚。

兰波不动声色地用尾巴尖把白楚年脚底下的小玩意卷住，悄悄提起来，发现是个微型入耳式通信器。

看这件东西的精密程度应该是属于军方的装备，兰波用尾巴把微型通信器塞进了白楚年耳朵里，开关是打开的，但通信器里没有声音。

"快点走，别磨蹭。"恩可又用枪口顶了两下白楚年的后脑勺催促。

白楚年长腿跨了几步就走上了门口，等出了这个门口就是刚刚进来的餐厅了，也不知道从两个房间里走来走去有什么意义。

但当他跨出门口时，眼前的景象让他心头一震。

明明走入的是同一扇门，这房间里却与他们来时放置长桌和钢琴的餐厅截然不同，变成了一间拥有四个温泉水池的奢华浴室，墙壁上贴满了蓝白相间的马赛克，整个温泉浴室的配色呈蓝色系，看上去十分清凉。

一个雇佣兵对恩可说："大哥，这房间也是蓝色的。"

这句话被白楚年灵敏地捕捉到。

地上有一些沾有泥水的湿脚印，通往西墙的门，但那扇门现在是关闭状态。很难通过这些水痕脚印判断脚印主人经过这里的时间，因为浴室中水汽很旺盛，脚印不易干。

白楚年绕着水池和毛巾架溜达了一圈，在浴巾柜台面上发现了一张字条。

纸张是从普通记事本上撕下来的横格纸页，上面有一行清秀的字迹，写着：

"我已经太累了，这座小屋里唯一的食物竟然只有浴池里的水，好在水没有毒，我还可以多撑几个小时。好了，现在已经早上7点了，我已经在这个鬼地方待了超过30个小时。如果警方能看到我的字条，请走西面的门来救我，我不得不离开这儿了，因为水里有东西老是盯着我看。"

根据字条上的信息，白楚年初步判断这张字条是昨天警署会议中提到的游戏参与者之一，一个来找刺激的作家。毕竟能够随身带着纸笔的人并不多，从他提到的被困30个小时来看，也符合警署收到的失踪报告。

他把字条悄悄塞进了裤兜里。

这时候兰波也有些渴了，伸出尾巴尖试了试池水的温度，卷起尾巴尖舀起一点水喂到自己嘴里。

墙上挂着防水电子表，显示当前时间是早上7点。恩可看了一眼刚跟兄弟要过来的手表，跟墙上的时间对了一下，兄弟的表是完好的，时间没问题，也显示的是早上7点。

几个雇佣兵已经在这座诡异的小屋里待了数小时，身上仅有的水喝完了，其中一个雇佣兵趴到温泉浴池边，想喝点水解渴。

恩可忙于寻找其他出口，没有制止他，没想到当趴在池边的雇佣兵双手接触到水面时，突然全身抽搐张口大叫。

恩可被吓了一跳，命令身边另一个雇佣兵将那人拉回来，更令人诧异的是，第二个雇佣兵的手接触到那人时，也跟着全身抽搐大叫起来。

一时没人再敢擅自行动，白楚年略微观察了一下这两个人古怪的行为，由于双手被铐住，只能用脚把立在墙角的木杆拖把踢给那群雇佣兵："水池漏电，他们触电了。"

他说完，回头看了一眼兰波，兰波茫然地眨了眨眼："不是我。"

其余几个雇佣兵手忙脚乱地举起拖把杆，把两个全身抽搐的雇佣兵用力拨开，两人身上发出焦煳臭味，抽搐了几下就两眼翻白休克了。

白楚年凑近看了看，试了试两人的呼吸，遗憾地从兜里抽出一张纸巾，节俭地分成两张，依次盖在了两个雇佣兵尸体的脸上。

"妈的，这趟亏了，不加钱可不能干。"恩可攥紧拳头，额头渗出了冷汗，强作镇定地叼了根烟，恶狠狠地盯着白楚年低骂道，"一张纸还分两层用，我真是服了你，你们警员就这么穷啊？"

白楚年慢腾腾地收起剩下的半包纸巾："得节省着用，不然哪够啊。"

说罢，在恩可完全没料到的时候，伸脚把站在池边离自己最近的一个雇佣兵踹下了水池。

雇佣兵大叫着在漏电的池水中疯狂地挣扎抽搐，恩可瞪大眼睛，抬起枪口指着白楚年的咽喉，目眦欲裂，眼球爬满了血丝："你他妈的信不信老子直接毙了你？"

白楚年淡笑着扬了扬下巴颏，恩可警惕地看了一眼身后，最后两个雇佣兵正躺在地上抽搐痉挛，四肢流动着蓝色电光。

兰波坐在水池边的兽首喷泉上，单手握微冲，枪口顶住恩可的后脑勺，食指轻搭在扳机上敲了敲，冷淡地道："别动。"

恩可咬牙转回头，狠狠盯着白楚年。当他想索性直接开枪一命换一命时，白楚年抬起手，食指和中指轻轻夹住了他的枪口，枪口便像陶泥一样被捏合在了一起。

白楚年拍了拍手，双腕的手铐便化作碎渣落地。他漫不经心地从兜里摸出刚刚的纸巾包，悠哉地抽出一张，分成两层揭开，分别盖在雇佣兵尸体的脸上，又抽出一张，仍然分成两份去盖尸体的脸，到最后纸巾包里只剩下最后一张。

整个房间都被一股浓烈的人肉焦臭味充斥着，令人作呕，难以忍受。

白楚年浑然不觉，夹着纸巾包轻轻拍了拍恩可的脸："最后一张我是帮你擦擦汗呢，还是帮你盖脸呢？放心，你这张要比他们的厚一点，会显得很体面。"

恩可紧咬牙关，认命地闭上眼睛。

"我发现你这几个同伴有点蠢，不光不知道多少机密，还喜欢乱动东西给认真找线索的人捣乱，所以我决定还是先处理掉。"白楚年舒服地蹲了下来，仰头调笑，"别哆嗦啊，你想想，我俩都没露过亚化能力，也没透给你多少秘密，所以没有灭口的理由嘛。"

恩可睁开眼睛："你想怎么样？"

白楚年说："你现在露出了一副心不甘情不愿的表情，我不太喜欢。"

恩可用力顺了口气才没让血气上涌撞开天灵盖。

"第一个问题，"白楚年边用木杆扒拉雇佣兵的尸体边随口问，"你们是从有一个长桌和一架钢琴的餐厅进来的吗？"

"是。"

"走了哪个门口，是什么样的房间？"

恩可起初不愿多说，被兰波用枪敲了敲后脑勺才肯开口："西墙上的门，是一个有沙发和数字电子钟的会客室，我们进去之后，门口就消失了，等门口再出现，我们就走到了你们所在的房间。"

白楚年："电子钟上显示几点？"

恩可："早上6点。"

白楚年："墙纸是什么颜色？"

恩可努力回忆了一下："蓝色花纹。"

白楚年之前没有注意到墙纸的颜色有区别，因为从进来的第一个房间餐厅到第二个房间卧室，墙纸都是红色花纹，因此惯性思维让他默认整个小屋的背景全是红色墙纸。

"第二个问题，"白楚年直起身子，拿着从雇佣兵尸体的背包里搜出的文件资料复印件，拍了拍恩可的胸口，"你在ATWL考试里做帮考的时候从图书馆里拿到了几份文件？"

恩可诧异地瞪大了眼睛。

"现在轮到我们和你做个交易了，兄弟。"白楚年粗略翻阅着手里的复印件，"在图书馆里拿到的文件内容，应该还能回忆起来一部分吧？"

"记不住了？"白楚年瞥了一眼漂着一具雇佣兵尸体的池水，"看看这池子能帮助你回忆吗？"

恩可挣扎了两下，终于低下头："我们拿到了文件E和文件F，文件E就是研究员的观察日记，我已经如实告诉过你了。

"文件F记录了324号实验体的亚化能力，是……"

白楚年收起复印件，卷成一个纸筒在掌心敲了敲："一种模仿别人能力的能力，对吗？"

在卧室中，兰波将一位冒失闯入的雇佣兵电成了灰烬，而这间浴室的水池中又莫名漏电，白楚年不相信有这种巧合，刚刚他从浴巾柜上找到的字条里的内容也值得思考。

失踪作家留下的字条上写着："这座小屋里唯一的食物竟然只有浴池里的水，好在水没有毒，我还可以多撑几个小时。"这说明失踪作家喝了浴池里的水，但他仍然能留下字条，并没有触电，说明那个时候池子里的水还不带电，因为那个时候324还没有见过兰波的放电能力。

而且，三年前324与风暴特种部队的少校干过一架，少校受伤至今未愈。白楚年身为联盟特工，对军方势力做过详细调查，他清楚每一位军方长官的亚化能力——何所谓提到的PBBw风暴特种部队的少校美洲狮亚体，J1亚化能力是重力操纵。

"你说得对。"恩可如实交代文件F的具体内容。

特种作战武器编号 324

无象潜行者

状态：成熟期亚体。

外形：体态娇小，身高只有一米六，长有一条变色龙的卷状长尾，眼睛很大，并且眼球可以 360 度无死角转动。

亚化能力："镜中人"，模仿型能力，324 可以迅速模仿任何在他面前展示过的亚化能力，但威力会减半。

研究发现：无象潜行者是个极度自我的实验体，甚至沉迷于自己的名字。

无象潜行者是为了筛选逻辑性强的智慧人类而培育出来的实验体，但并没有达到预期的效果。他会创造各种蹊跷的密室和谜题，能够解出答案的人会得到他的赞赏和奖励，无法解出答案的人会直接成为他的食物，以这种方法来过滤低智商人类。

但显然这个实验体的过滤效率实在太慢了，而且解他的谜题需要用到太多歪脑筋，人类社会不需要这种没用的残次品实验体。

最后一次观测位置：109 研究所焚化炉。

"只有这些?"

"我只拿了这两份文件。"

"临处死之前逃跑了吗……怪不得没见过。"白楚年自言自语，捡起地上刚刚用来救那两个触电雇佣兵的木质拖把杆，拖把杆变得十分沉重，仔细看它的材质，已经从木杆变成了铁杆。

恩可讽刺地笑了一声："这是你的能力吧，被他学到了。在你捏扁我枪口的时候就已经被他捉到了，看来 324 就在这个房间里看着我们呢。"

白楚年不以为意："我的 J1 亚化能力再削弱一半就没什么模仿的意义了。"

"哼!"恩可冷冷地提了提嘴角，"但我的有。"

白楚年敏锐地察觉到从恩可后颈释放出一股亚化因子，就在恩可发动 J1 亚化能力时，一枚子弹从他后脑穿透而出，血液喷溅，恩可双眼圆睁，身体僵直了一下之后，瘫软倒地没了呼吸。

兰波收回微冲，吹了一下滚烫的枪口。

白楚年拍了拍手中的复印件："啧，这下就不好办了。刚刚他的亚化能力虽然被打断，但也启动了。"

复印资料是从雇佣兵尸体上搜出来的，粗略翻下来是一份"红喉鸟"组织的雇佣兵名单，简单地记录了每个人的亚化能力。

名单上标注这个名叫恩可的吉拉啄木鸟亚体，J1 亚化能力"振动穿刺"，虽然没有具体的能力解释，但不管是振动还是穿刺，被能够隐身的实验体模仿到，后果都不堪设想。

不知道为什么这群雇佣兵身上会带这种明显盗印的资料，一般来说，只有叛徒才会偷自己组织内的名单给雇主，可惜没能趁这个机会问出雇主的身份。

不过既然截和了"红喉鸟"的成员名单，这一趟也算大有收获。

白楚年蹲下来，把最后一张纸巾抽出来盖到恩可尸体的脸上，轻笑着露出虎牙尖："我真想按碎你的脑袋。"

白楚年从容地蹲在恩可的尸体前搜东西，慢悠悠地复刻指纹装进塑封袋，从他口袋里摸出一块绿水鬼在衣襟上擦了擦："雇佣兵戴这么好的表啊。没坏啊，和墙上的表一样是 7 点。"

恩可兜里还有几支限量版的高希霸雪茄，白楚年不客气地一根一根拿出来装进裤兜里，最后把尸体拇指上戴的蓝宝石戒指抠下来，对着光看了看成色，确定全部搜干净之后站起来踢了尸体一脚："下次出门记得带现金。"

等他搜完，人鱼已经坐在兽首喷泉上等待多时，尾巴垂下池沿，长鳍在水中飘舞。

人鱼弯下腰，用上膛的微冲枪口拍了拍白楚年的脸，嗓音柔润低沉："我、下不来。"

"你坐会儿，这个给你。"白楚年顺手从兜里摸出刚从尸体上扒的蓝宝石戒指，捏起透蓝尾梢，让戒指卡在鱼尾最下方的两片小鳍上。

兰波翘起尾巴，稍微欣赏了一眼新首饰："破东西。"

"下次给你弄个更贵的。"

来时从阶梯上捡的微型通信器有了动静，耳麦里窸窸窣窣跑过电流音，电流音逐渐清晰，何所谓的声音传进白楚年的耳朵：

"收到请回复，收到请回复。"

白楚年："收到了收到了。何队长的声音在耳机里听着特性感，帅大叔的感觉，跟脸不太相符。"

何所谓："喊，要不是人鱼听不懂人话，我一句都不想跟你说。"

白楚年："你们在哪儿呢？"

何所谓："在刚进来的餐厅里。刚刚你们在卧室的时候，我们上了楼梯，就想看看门还在不在，门是在的，但我们刚跨出去这门就开始变窄了，速度还挺快，门一窄我们就回不去了，我手快摘了一个通信器扔给你们，这门就彻底关上了。"

白楚年："你应该戴表了吧。现在几点？"

通信器中短暂沉默："我们的表一进来就失灵了，一直显示的是下午2点。"

白楚年蹲在地上看着手里那块绿水鬼的表盘："你们仨的表都是下午2点？"

何所谓："嗯……其实我们进来的时候才凌晨，不知不觉已经消磨这么长时间了吗？"

白楚年："刚见你的时候，你不是说下楼梯下了半个小时嘛，你怎么知道是半个小时？"

何所谓："因为我们进来的时候正对的墙面上挂了个钟表，我看上面的分针走了半圈。"

白楚年："不是一幅画吗？画的变色龙。"

何所谓："就是表啊。表盘有28个数字刻度，从1点钟到28点钟，这种外星设计我还是第一次见。"

白楚年："为什么不早说？"

何所谓："那么大一个表，正对着门口，你看不见？用我说？"

白楚年："你这么凶干吗？"

何所谓顺了顺气，贺家兄弟一左一右帮队长掐人中揉太阳穴。

"好，我现在说一下我的推测。"白楚年说，"一，每个房间的规格都是相同的，并且我所在的房间是长宽高相同的正方体，我已经用兰波的尾巴量过了，目测我经过的几个房间都是如此。

"二，房间可以平移，速度是很快的，但我们受到了324模仿出的重力操纵能力的影响，感受不到失重感。这是根据你和我们遭遇的那群雇佣兵的说法推测出来的，刚刚我们所在的卧室向某个方向平移了，所以你们才会被关在餐厅，然后卧室的另一个门口与雇佣兵所在的会客室的门口对接在一起，他们才能进来。"

何所谓："你们遭遇雇佣兵了？"

白楚年："三，不同房间的墙纸有不同颜色，餐厅、卧室是红色，浴室、会客室是蓝色。"

何所谓："我现在只见过红色的。"

白楚年："四，我们身上的表所显示的时间会根据进入的不同房间自动调整。我们现在在浴室里，这里面所有的表，包括墙上的电子表，还有雇佣兵戴的手表，都显示的是早上7点，但在上一个卧室里都显示的是晚上8点，也就是20点。"

"雇佣兵头子交代，说他们在会客室里看到的表显示的是早上6点。"

何所谓看了眼自己腕上的表："那我在餐厅，手表显示的是下午2点，就是14点呗。"

"嗯。"

何所谓想了想："按你这么说，房间都是正方体，能来回动，还带颜色，那不就是魔方吗？拧一下转一个屋。"

白楚年："我知道你这么想，大家都会这么想。但有三个问题，正常的魔方按三乘三的计算，转动的时候需要的空间是个直径比魔方本身要大的球体空间，红枫山的占地面积、土质、地形都不符合造球体地下空间的要求。

"第二个问题就是任何旋转都需要一个轴，所以你看到的门一定是先变成扇形，或者不规则形状，再变成缝隙消失，不是慢慢变窄，慢慢变窄一定是平移。

"第三个问题是，如果每个房间对应一个钟表显示的数字，为什么你进门看见的表有二十八个刻度，我们都知道三乘三的正方体堆只有二十七块。"

何所谓："多一块怎么了，我就乐意多一块。所以你发现这么多线索，得出什么结论了？"

白楚年："324的脑回路不能按常理解释，他肯定有点毛病。"

何所谓："谢谢你，你不说我还真不知道。"

白楚年摸着温泉浴室的墙壁走了一圈，排查没被发现的线索，刚走完一圈，北面墙壁上的门逐渐出现了一个缝隙，但当整个门都出现之后，紧接着门的宽度开始变窄，速度很快，如果不抓紧这个机会，这道门大概会一闪而逝。

白楚年迅速捡起被雇佣兵收缴的HK417背到身上，飞快带着兰波，朝即将消失的门跑过去，临近缝隙时灵活地就地一滚，滚进了下一个房间，门即刻消失，两人被重新困在了新的房间中。

白楚年首先看了一眼表。为保险起见，白楚年把雇佣兵尸体上所有的表都收了过来，有机械表也有电子表，在他们两人进入这个房间的一瞬间，所有表的时间全部跳到了下午1点钟。

这个房间的墙纸也是红色花纹，同样是个长宽高相同的正方体房间。

房间正中央摆放着五六个金属货架，围绕货架的是水池、灶台、抽油烟机、篮子、保鲜柜，桌上摆放着刀具架、精致的碗盘，墙上也挂满擦拭干净的镜子。

这是一间后厨。白楚年在心里给这间后厨标号为13，因为这个房间内的时间都是下午1点。

"都是按照某一栋别墅的规格建造的吗？"白楚年猜测。

白楚年检查了一遍货架和橱柜，从地上捡起了一张字条。字条的纸张和笔迹都与在浴室捡到的一样，都是那位失踪的作家留下的，并且在页码的位置标注了"第二页"，但并不像上一张字条一样码放在整齐的位置，倒像是慌乱间丢在地上的。

"我懂了，这其实是个迷宫，我完全不能预测我下一秒会走进什么样的房间，我快走不动了。我现在所在的房间是一个黄色的玩具屋，布置得很温馨（如果忽视墙上随处可见的镜子的话），地毯上摆放着毛绒泰迪熊和粉红兔子，中间有一个用来搭积木的小茶几，桌面上摆着一堆方块积木，积木摆放的方式很特别，好在我大学期间学过画法几何，可以轻松画出其三视图和立体图。如果警方能够看到，希望能帮助你们找到线索。"

查看建筑图纸是联盟特工的必修课，白楚年很轻松地从潦草的图示中看懂了作家想表达的意思：

这是一个由 28 块正方体积木搭建而成的异形建筑，形状并不是常见的任何一种立方体。整个立方体从外形看来是一个底面三乘三，高五的镂空长方体。

这就与钟表上的数字相吻合了，可以初步推断这就是整座密室的立体设计图。

立方体积木的摆放方式其实很蹊跷，它的最底层有七块，第二层三块，第三层八块，第四层三块，第五层七块，这种摆放方式就造成整个立方体建筑中间有许多镂空的空间。

作家在画的示意图上画了三个圈，把立方体竖着分成了三份：最左面一层标注了蓝色，夹在中间的一层标注红色，最右面一层标注黄色。

白楚年坐在地上对着这张潦草的示意图闭上眼睛思考。

当一座立方体建筑有了三视图和立体图后，可以完全确定整座建筑的具体形状和摆放方式，但 324 给出的干扰线索实在太多了，颜色、数字时间、摆放形状、房间功能的规律无法联系到一起。

白楚年终于明白恩可所说的文件 F 的内容对 324 的描述有多贴切。这是个极度自我的实验体，他给出的全是基于自身的奇葩想法衍生出的谜题，从不考虑解题者的阅历和处境，怪不得会被当成失败的残次品焚化处理掉，他根本就起不到过滤低智商人类的作用。

白楚年闭着眼睛坐在地上沉思，兰波没有去打扰他，坐在碗柜边欣赏白楚年戴在自己尾尖上的蓝宝石戒指，边欣赏边拿起一个碟子当饼干吃。

"这个，"兰波拿着最后一口咬剩的瓷片端详，歪头读道，"一元人广。"

白楚年回头看他，兰波拿起手里的碎瓷片朝他晃了晃。

"你是只读自己认识的部分吗？"白楚年接过瓷片，又拿起另外一个完整的碟子察看，发现碟子上印有"正远食府"的定制花纹。

这是现实中存在的一家口碑很好的饭店，名声和全聚德差不多，在通口市丰城南路和弘雅道交会口，国内人人都知道。

109研究所也建造在这座城市的郊区，两地距离大概不到一个小时车程。

通信器又响了起来。

何所谓："刚刚餐厅开了个门，我们现在到下一个房间了。这房间我看不懂是干什么用的，最中间有四个车座子，左前的车座前有个方向盘，右边手动挡，前面有一个烟灰缸和一个空车示意灯，示意灯压下去了，意思是车上有人。这是辆大众桑塔纳出租车啊。"

白楚年："墙纸颜色？时间几点？"

何所谓："红色，中午12点。你那儿呢？"

白楚年："我现在对无象潜行者有一个基本的侧写，但我还不确定。"

何所谓："你还会这个呢？"

侧写指的是通过被观察者的行为方式推断他的心理。

"等我确定了再跟你说。"白楚年还在思考另一个问题，他举着失踪作家留下的图示，在房间里绕了几圈，突然跳起来，重重地落在地上。

兰波怔住，手里的碎瓷片都忘了吃，光顾看傻子了。

白楚年跳了几下之后，房间中三面墙的门一起开始从下方出现了一个缝隙，缝隙越来越大，门口逐渐完整。

白楚年所在的房间受到向下的冲击，于是向下滑动了。

"果然是地图。"

通过对字条上画的三视图和立体图的分析，白楚年所在的13号房间下方是空的，现在就证明所有房间的移动方式都是垂直或者水平平移。

白楚年选了一个门口向外张望，三个门口外面都不是房间，只是黑洞洞的一个大的贯通空间。这也侧面印证了失踪作家留下的图纸的准确性。

"房间是可以推动的。"白楚年把这个消息告诉给何所谓。

兰波则一直注视着最后一扇没有打开的门，饥饿地舔了舔嘴唇。

白楚年回头叫他："你在看什么呢？"

兰波迷惑地想了想："一幅画，路过了。"

白楚年没有理解他的意思，走到唯一没有打开的门边细细研究了一番："什么画？"

兰波淡淡地描述："红色的，破碎的，扁扁的，大片片，不可以吃。"

"……"白楚年无法推测这幅画的样子，只好暂时作罢，带着兰波，"我们出去看看。"

走出后厨，两人进入了一个空旷黑暗的大空间，没有其他设计，但横竖架满了轨道，有点像盖楼时架在外边铺着绿网的那种脚手架，可以看出这些方形房间都是依靠轨道移动的，只要对房间某一侧施加一个力，就会造成房间的移动。

白楚年单手抱着兰波，另一只手举着从雇佣兵身上搜出的强光手电筒，围绕自己刚刚走出来的那个房间细细搜索了一圈。

紧贴墙壁的地上有一些干涸的血迹和残渣，白楚年蹲下来，用手电筒照着在地上摸了一下，血渣沾在了指尖上。

顺着血迹淌下的方向，白楚年向墙壁上方瞄了一眼，正与一张血肉模糊的脸对视。

"我 ×。"

白楚年受惊退了两步，才看清他的全貌。这是一具被活活碾碎的尸体，连骨骼带血肉一起粘在了墙壁上，已经被挤压破碎了。

"一个饼子。"兰波伸出指甲轻轻抠了抠墙壁上的肉渣，轻声问，"死的，也不该，吃吗？"

"过期肉，吃了闹肚子，咱不吃这个。"白楚年说，"先撤了，这地方待久了容易把自己送走。"

话音未落，刚被白楚年踩下来的房间开始上浮，同时，两人头顶的房间正在飞速下降，躲慢一步就会和墙上那具挤扁的尸体落得同一个下场。

慌忙间白楚年带着兰波朝右边跳跃滚翻，上方出现了一个门口，白楚年顺势把兰波抛了出去，兰波双手指尖伸出利爪，结实地攀抓在上方门口的地面上，甩下鱼尾卷住白楚年的手，带着白楚年一起滚进了房间里。

门口闭合消失，只需晚一秒，两人就有可能被落下的房间直接碾死，或者在相邻的两个房间平移的过程中被切割成两半。

这是一个明亮的蓝色房间。白楚年看了一眼表，显示上午 11 点。

房间中没有过多的摆设，只有中间放着一个巨大的横放的圆柱形钢铁机器，机器正前方有一个带有拉手的方形铁门。

白楚年拉开铁门看了一眼，确定是个焚化炉。

"何队长，"白楚年敲了敲通信器，"我现在很确定这些房间和时间的关联了。这是无象潜行者从 109 研究所逃出来的一路上所有路过的地方，他给完全复制出来变成房间了，房间里的时间就是他到达每个地方的时间。

"324 在进入研究所焚化炉之前逃跑了，房间显示上午 11 点，走了一个小时之后看见了出租车，因为他会隐身，所以他上车就不会被发觉，跟着出租车上的乘客从正远食府下了车，钻进后厨躲起来，后厨的时间是下午 1 点，这一段关键行程刚好对得上。"

"何队长？"

第十一章

磁力积木

白楚年靠在焚化炉边休息，取下耳朵里的微型通信器敲了敲，再塞回耳朵里，通信器的开关一直是开启状态，但对面完全没有动静。

焚化炉里窸窣作响。

白楚年退开两步，左手抬起枪口指向焚化炉抽屉。进来时明明查看过，焚化炉里是空的。

忽然，抽屉拉环动了一下，焚化炉的箱门缓缓拉开，就像有一个看不见的人在操纵这个机器一样。

转眼间，面前的地面上多了两瓶矿泉水。

白楚年还在琢磨这两瓶水是否有毒或者是其他陷阱时，兰波已经连水带瓶吞了一瓶，并且安然无恙。

白楚年捡起另一瓶，拧开瓶盖，把水浇在兰波上半身的保湿绷带上，给人鱼添水降温，最后剩下一小口，才倒进自己嘴里润了润嗓子。

"这算什么……阶段性奖励吗？"

这或许代表着无象潜行者肯定了他的思路。白楚年扫视四周，可能324就在离他们很近的角落偷偷窥视，又或许就面对着站在他们面前，此时此刻正与他们对视，而他们却浑然不觉。

通信器终于有了动静，但杂音很大，隐约能听到何所谓粗重的喘息声。

"我们受到了袭击……"何所谓的声音十分虚弱，"我中弹了，血差不多止住了，但现在我们被压在废墟里，我的胳膊被钢筋贯穿，一时动不了了。"

"哇，你还活着真好。"白楚年大半注意力都放在了作家留下的图纸上，顺便分出一点心思问他们，"你们走到房间外了？别这样，我不想看见你变成饼子，会显得脸很大。"

"我们从那个古怪的出租车房间进入了更古怪的房间。"何所谓艰难地描述，"里面的布置看起来是个还没有建造完的住宅楼毛坯房，只有光秃秃的承重柱和水泥地，但墙上突兀地贴了红色墙纸，我们的手表显示下午 5 点。

"我们刚踏入这个房间，突然四面八方都开始向我们发射子弹，我用 J1 亚化能力'月全食'挡住了一部分。这些子弹根本没有源头，它们是凭空出现的……而且打进我身体里的弹头上刻有 PBBw 标志。"

"你用了 J1 亚化能力？"白楚年眉梢一挑，"太棒了，我们本就困难的处境现在雪上加霜。"

何所谓嘶吼："不用能力我们都得死在那个房间里，蠢货！"

"好的。"白楚年又问，"你们还在那个会发射子弹的房间吗？"

"我们撞动了房间，当时慌不择路实在记不清进了哪一扇门，我们现在待的这个房间看起来是上一个毛坯房的二层。"何所谓喘气很急促，听起来伤势有些严重，但军人都不习惯把伤痛挂在嘴上。

"我也看了表，显示下午 6 点，原本还好好的，墙壁和一楼是相同的红色，地面是粗糙的水泥地，承重梁柱已经在掉碎片了，这应该是个被叫停的豆腐渣工程……我们经过承重梁下面时，大梁塌了，把我们砸在底下，梁里折断的钢筋插在我的左臂上，呃……"

白楚年边听边默记："17：00，红色房间，建筑一层，散射子弹；18：00，红色房间，建筑二层，承重梁坍塌。"

"不用担心。"白楚年体贴地安慰道，"等我们出去了会告诉外边的兄弟们来救你们的，我估计现在三棱锥小屋外边已经里三层外三层堵满了联盟警署和 PBB 军队的人。"

何所谓咬了咬牙："快点，别磨蹭。"

"我刚刚数了一下，"白楚年举起画着密室立体图的字条，"被作家圈起来标注'蓝色'的正方体一共有 11 个，刚好我们这间焚化炉的时间是上午 11 点，我把它标号为 11。合理猜测所有蓝色房间都是 109 研究所的场景，并且时间序号都在 11 之前。"

"你在说什么玩意！"何所谓纳闷。

白楚年简单概括了一下情况，何所谓停顿了一下，艰难地从兜里掏出一张字条："我也捡到一个东西……在出租车那间屋子找到的……咳咳，一张婚礼邀请函。"

白楚年眼前一亮："写了什么？"

何所谓读文字时因为疼痛口齿已经不大清晰，白楚年仍然在其中捕捉到了一些关键信息：

沉浸于甜蜜幸福中的我们，谨定于 K030 年公历 6 月 20 日，举行结婚典礼，时间是中午 12 点 18 分，设席正远食府，敬备婚宴，敬请光临。

今年是 K033 年，这张婚礼邀请函是三年前的，被前往正远食府参加婚宴的乘客匆忙中落在了车上，因此连着出租车整个内部的场景一起被复制过来。

白楚年察觉到了一些细节，反问："三年前，风暴特种部队少校领人围剿无象潜行者是什么时候？"

何所谓沉思了几秒，诧异地回答："档案上记录的是 6 月 20 日派遣剿杀 324 号实验体，和这场婚礼是同一天。"

"地点呢？"

何所谓恍然："通口市丽人广场附近的一幢烂尾楼。"

"那就完全能对得上了。让我来复盘一下这段情况。"白楚年边举着图纸端详边分心叙述猜测的情况，"研究所发现 324 没有被焚化处决而是逃跑后，请求 PBBw 部队援助抓捕，这是固定流程，没什么好说的。随后美洲狮少校带领风暴特种部队围剿 324，324 被迫从餐厅逃出来，一路逃亡。在 17：00 时部队将他逼进烂尾楼一层，并且对他开枪扫射。

"这就是你进入的房间有子弹散射的原因，324 可以完全复制当时的场景，那些乱飞的子弹当然也包括在内。弹头上刻有 PBBw 的标志就是证明。

"324 反抗不过，上二楼逃跑，并且利用模仿能力学会了美洲狮少校的 J1 亚化能力重力操纵，让整栋楼坍塌。你们少校的手臂大概就是因此受伤的，被钢筋贯穿。"

白楚年看向焚化炉，盯着一团空气问："这次有没有奖励？不要矿泉水，来瓶可乐。"

没有得到回答，但焚化炉的抽屉慢慢关了起来。

白楚年也没当回事，继续道："我们现在经过的时间最晚的一个房间就是卧室，卧室里的时间是 20：00，那卧室的序号就是 20。我推测出口就在最后一个房间里。你们尽量自救，然后找出口，我和兰波从1号房间开始排查失踪人质。"

等人质全救出来，就让外边的PBB军队直接轰平这座吃人的诡异小屋，堵住出口爆破，让324和他这座自以为是的小屋一起灰飞烟灭是最好不过了。

按作家留下的立体图来看，蓝色房间都位于西边，白楚年从上至下给每个蓝色正方体标号，从1一直标到11。

"我们先找到所有蓝色房间，把房间往左手边撞，每个房间都进去一次，看表上的数字，确定每个房间对应的序号，再按顺序排起来，懂吗？"

兰波点头。

白楚年拣出一块表扣在兰波手腕上："分头做，快点。我粗略计算了一下腹部枪伤和手臂贯通伤的严重程度，应该还能挺三五个小时。"

兰波点头，释放电磁力吸附到焚化炉上方，重重撞在南面墙壁上。

房间开始向受到冲击的方向平移，平移的过程中，西墙门逐渐出现，兰波双手攀住门框，灵活荡进下一个房间中，电火花点亮了整个房间。

白楚年再次用同样的方法重重踩踏地板，将房间沉了下去，进入与门口对接的房间中。

房间的墙纸是蓝色，手表显示的时间是凌晨01：00，意味着这里是无象潜行者经过的第一个场景。

一个巨大的玻璃器皿占满了半个房间，玻璃仪器外连接了数十条颜色各异的导管，仪器内注满了淡绿色液体。

仪器外连接着一个触摸屏控制面板，显示屏是亮的，显示了一些数据：

特种作战武器编号324：无象潜行者

营养液浓度正常。

实验体胚胎加速成长中。

培育方向：帮助减少低质量人口，减轻地球负担。

这是一座实验体胚胎培养舱，白楚年注视着这座巨大的玻璃仪器，心中升起一种莫名的熟悉感，有的人生在牢笼里，毕生心愿就是逃出去。

白楚年尝试着操作控制面板，但屏幕显示需要研究员的指纹，只好暂时作罢，先去查看仪器旁边的资料架。

资料架被各种文件堆得很满，不得不感叹324的恐怖复制能力，居然能把放置在屋子里的文件内容也一起重现出来。

白楚年拿起放在最上面的一份文件翻了翻。

324号实验体观察日记：

一、324比起我照顾的其他实验体幼崽而言实在是太内向了，今天我抱他去测试室做检查，检查结果显示324患有自闭症。

二、今天我买来积木和他一起玩，他很感兴趣，对我说了自从我见他以来的第一句话，我应该录下来纪念一下的，他的声音又乖又软，说"我想要一个玩具屋"。

三、他终于成长到培育期了，今天是我们告别的日子，今后他就要接受许多残酷的训练了。他小心翼翼地把自己种在阳台的蒲公英送给我，但那天窗户没有关，风把他的蒲公英吹跑了。

"全是可有可无的废话，有没有干货……"白楚年在文件架上翻找起来。

终于在角落里拣出了本看似有用的资料，白楚年坐在地上翻阅，脸色逐渐从轻松变得凝重。

324号实验体无象潜行者的详细能力说明：

1. 无象潜行者使用J1亚化能力"镜中人"时，将重现曾经展示在他面前的亚化能力，但威力削弱二分之一。

2. 无象潜行者M2亚化能力"镜中领域增强"，可将被模仿亚化能力增强200%，持续时间由亚化细胞团能量决定，失效后，隐身状态解除。

坍塌的房间中弥漫着一股血腥气味，何所谓的左臂被折断的钢筋牢牢钉在地上，脊背承受着断裂房梁的压力，给身下的两个队员撑出一个勉强可以活动手脚的空间。

贺家兄弟一同释放安抚因子，帮队长止血缓解伤痛。贺文潇率先爬出废墟，用力搬动紧压在何所谓身上的砖石块；贺文意露出锯齿状的尖牙啃咬钉在地上的钢筋，北美灰狼的咬合力同样在亚化细胞团基因中得到了继承和强化，表面已经严重锈蚀的钢筋被咬至变形，最终断开。

但何所谓的手臂还插在上面，两个人都不敢轻举妄动，现在的情况下，没有麻醉药也没有专业工具，谁也没勇气生生把队长的胳膊从钢条上拿下来。

"我自己来，让开。"何所谓的脸色已称得上灰败，失血和疼痛让他身体变得僵硬和迟钝，他艰难地摸出一根细雪茄点燃叼着，闭眼存了些体力，咬紧牙关，缓慢地将手臂顺着钢筋断裂的方向向上拔。

污血和腐肉挂在了钢筋上，何所谓低声嘶吼，用力一挣，把手从钢筋上拽了出来，额头的冷汗顺着脸颊流，身体被破损的防弹衣闷湿透了。

旁边看着的两人急匆匆地扑到何所谓身边，一左一右疯狂释放安抚因子，虽然亚体对亚体的安抚能力相比之下作用会弱一些，但聊胜于无。

贺文潇低头舔舐何所谓手臂上汩汩流血的伤口，贺文意则趴在地上舔净他中弹腹侧的血迹，如果这两只小狼长了尾巴，此时一定全夹在两腿之间瑟瑟发抖。

狼是阶级极其分明的种族，崇尚首领的本能的基因继承到了北美灰狼亚化细胞团中。他们的举动不是在消毒也不是在止痛，而是因没有守住首领而惧怕，拼命向首领展示自己的顺从和愧疚，以免被驱逐。

"好了，够了。"何所谓抓住贺文意的头发向后拽起，命令他抬头，"不是你们的错，起来找出口。"

贺文意被迫仰起头，他的唇角被钢筋断口刮破，血珠一颗颗往外渗，被他无所谓地用舌尖卷了回去，好在舔过后血就不再渗出来。

"回去记着打破伤风针。"何所谓右手按住防弹衣以免腹侧的伤口崩裂出血，艰难地站起来，"走，按白狮说的，找第 28 个房间，应该就是出口了吧。"

"我自己去吧。"贺文潇站起来，"文意留下保护队长，我带 PBB 部队进来。"

何所谓摇头："你们两个分开太危险。我还能走，都跟上。"

"是。"

白楚年在第一个房间"培养舱"多停留了一会儿，因为文件架上放了不少 109 研究所的秘密文件。虽然被 324 复制过来的这一部分干货不多，但仔细筛选还是能得到一些有用的东西。

他搜出来一本"特种作战武器编码规则"。

文件记录的是实验体的编号方式，每个实验体的编号由三组数字组成，第一组数字代表亚化细胞团类型，第二组数字代表外形拟态程度，第三组数字代表基础能力。

以 1513 号实验体蛇女目举例，1 代表蛇型亚化细胞团，5 代表 50%，即二分之一拟态，因为他下半身是蛇尾，13 则代表他的基础能力为目标状态转换，石化就包括在其中。

按已知的实验体推测，兰波的特种作战武器编号为 857，那么 8 代表水鱼型亚化细胞团，5 代表二分之一拟态，因为他下半身是鱼尾，7 可能代表一种放电能力。

无象潜行者的特种作战武器编号为 324，3 或许代表蜥龙型亚化细胞团，2 代表 20%，即五分之一拟态，因此无象潜行者有一条尾巴，4 代表潜行类能力。

这是一个很重要的情报，在抓捕未知实验体的过程中，依靠编号去推测实验体的外形和基础能力能够起到至关重要的作用。

白楚年默记下这些编号规则，翻遍文件架，将大多数有价值的资料快速浏览了一遍才离开。

经过徘徊搜寻，终于找到了时间为02：00的房间——109研究所的手术改造室，和普通医院的手术室格局相差无几，但多了一些铁链和半人高的铁笼，以及手铐和项圈。

白楚年从地上捡起一个沾血的电子项圈，按下按钮，项圈打开，再将开口扣合，红灯亮起，就再也打不开了。

他摸了摸自己的脖颈，隐约还留有一圈比其他处皮肤色泽稍深的痕迹。

两个小时过去了，白楚年逐次找到了03：00房间"实验体训练室"。透明的生态箱，加固玻璃壁内侧溅落大片血迹，沾血的手印印在玻璃角落，手印很小，像小孩子拼命拍打玻璃想要逃出去时留下的。

这没什么，实验体的自愈力非常惊人。将两个实验体放进生态箱中相互残杀是最基本的训练方式，是实验体们每天的必修课，输了的回去要被注射浓度更高的催化药剂。

白楚年无动于衷。

04：00房间"病房"：白色的病床和床单，窗外是影像放映的小鸟和树林，窗台上放了一幅儿童画，用蜡笔在上面歪歪扭扭地写了"玩具屋"三个字。画上是几块积木，堆放形状与作家留下的图样一模一样，11个蓝色方块，11个红色方块，6个黄色方块。

05：00房间"测试室"：桌上只有一张通知单，底下是一行简单的描述"324号实验体未达到培育预期目标，予以销毁"。文字上方盖着醒目的红色印戳"不合格"三个字，签字人一栏笔迹潦草，勉强能辨认出这个名字"艾莲"。

06：00研究所会客室。

07：00研究所浴室。

08：00研究所影像室。

09：00研究员办公室。

10：00注射室：无菌盘里放着一支氯胺酮麻醉剂。

每经过一个房间，白楚年的脸色就会僵硬苍白一些。当他与兰波会合，重新回到焚化炉房间时，11个蓝色房间已经全部推到一起，并且按顺序摆布成图纸上示意的样子。此时所有房间的门口都贯通在一起，可以任意走动，并且这些按顺序排列后的蓝色房间像被插销固定住了一样，没有再变动位置。

但白楚年也有些疲乏了，靠在焚化炉边闭上眼睛。兰波偏过头注视他，抬起尾巴缠绕在他肩头，尾巴尖轻轻拍打摩挲白楚年的头发，释放出安抚因子，像曾经在繁殖箱里那样。

"不舒服？"兰波问。

"没。"白楚年枕手靠在焚化炉边，"想起了小时候的事，有点反胃。你在109研究所待了三年，觉得怎么样？"

兰波淡淡地回忆："吃得很饱，都很新鲜。"

白楚年合眼笑笑："亏我还稍微担心了你一下。"

很快，白楚年感觉到了身边的异样，懒懒地睁开眼睛，手边多了一个被咬了一口的新鲜苹果。

"又是阶段性奖励。"白楚年拿起苹果，对身边的空气说，"再给一个，我们俩人呢，不好分。"

很快，又一个咬过一口的苹果凭空出现在白楚年手边。兰波咬走一个吞掉，给白楚年手里剩了半个核和一摊口水。

白楚年转头问空气："还有吗？"

第三个咬过一口的苹果掉进了白楚年手里。

三个苹果的颜色、大小、形状完全相同，连被咬了一口的位置和牙印形状也一模一样，看来是以同一个苹果为模板复制出来的产物。

白楚年悠闲地啃着苹果，对着面前的空气打了个响指，说道："商量一下，你把人质都放了，我让外边的军队警察都撤走。然后我借你点钱你出去开个厂子，做做盗版手办模型什么的，一本万利。咱们都别互相为难了，我不想玩推箱子游戏了，我好累，我想回家看电视。"

房间里依旧寂静，324 没有回答他。

白楚年只好站起来，估算了一下时间，按照图纸上标明的红色立方体去寻找房间顺序。

按照失踪作家留下的图纸，红色房间也一共有 11 个——

12：00 大众桑塔纳出租车内部；

13：00 正远食府后厨；

14：00 正远食府长桌婚宴餐厅；

15：00 丽人广场；

16：00 建筑工地；

17：00 烂尾楼一层；

18：00 烂尾楼二层；

19：00 馨园小区；

20：00 馨园小区住宅楼卧室；

21：00 卧室的衣柜；

22：00 一个黑暗的几乎没有光线的空旷房间。

11个房间全部按顺序推动排列到一起后，房间滑轨被插销自动卡死，不能再移动了。

白楚年和兰波仔细查看过每个房间的内部和外部，在外部总共发现了三具被移动房间挤扁的尸体。

在推动每个房间按顺序移动排列的过程中，白楚年发现这11个红色房间的摆布方式和另外11个蓝色房间有一些区别，但由于无法直观地看见这些房间的罗列情况，白楚年也无法断定具体情况。

白楚年意外地从22：00房间找到了作家留下的第三张字条，纸张和之前的两页一样，右上角写着"第三页"。

字条的主人写道："我已经明白了这座小屋的秘密，小屋的主人气焰极其嚣张，他像在对什么人示威，又或者他正在寻找什么人，但他没有名字，他只有一个数字代号。我猜测，他在寻找的那个人知道他的代号。我现在被困在了玩具屋里，一时半会儿找不到出口。"

字迹直到这里时还很正常，但后边多了一行非常潦草的文字："雇佣兵，挟持，有枪，七人。"

无端提到雇佣兵，白楚年首先想到的是恩可那几个人。

兰波却说："来时，听到，说有两队。"

最初兰波在小屋外遭遇的那伙雇佣兵，当时雇佣兵头子黑蝎亚体正在和雇主联络，谈话间提到已经有两支小队进入了小屋，也就是说，除了恩可带领的一队，小屋里还存在另外一队，现在劫持了人质，位置不明。

白楚年噎了一下："你怎么不早说？"

兰波无聊地磨了磨指甲："没当回事。"

白楚年耐心地蹲在兰波面前："以后听到什么情报第一时间告诉我。"在一个队伍中，队员隐藏已知情报很可能会使整个小队全军覆没，兰波没有参与过团队协作，对团队常识一无所知很正常，但白楚年的战术安排常常细致到每一个队员的每一个动作，失误是以队员的牺牲为代价的。

兰波皱眉，但瞧着白楚年态度很认真，于是点了点头，尾巴拍拍白楚年的头："不气。"

白楚年一下子就没了脾气，蹲在地上无可奈何地笑起来，露出半颗虎牙。

离开红色房间区域，就进入了最右端的黄色房间区域。从图纸上看，黄色房间一共有6个，序号由23：00一直到28：00。不知道无象潜行者的时间观念是怎样的，理论上正常的一天只有24个小时。

当通过相接的门进入序号23：00的房间时，整个环境的气氛都不一样了。

墙纸是明亮的黄色，天花板挂着柔和的星星灯，地板铺着长毛地毯，角落里还摆放着粉红兔子和泰迪熊。房间中间的小茶几上放着已经搭建完成的积木，颜色、数量、摆放方式都和作家描述的相同。

白楚年用力撞了一下墙壁，把这个房间推动到黄色区域的第一个位置。随后两人进入下一个房间，却遇到了之前从没出现过的情况——24：00的房间与上一个房间几乎完全相同，唯一不同的只有一些微小的细节，它的照明并不是由星星灯发出的，而是由其中两面墙壁发出的，而且它的天花板看起来是木板做的。

白楚年打开通信器联络何所谓："何队长，还活着没？"

几秒钟后，何所谓回答："你再多说两句我人就没了。"

白楚年："出去了没啊？"

何所谓："还没，但是我们的装备已经能收到信号了。我刚刚联络到地面部队，风暴特种部队在外边安装了足够的炸药，准备救出人质后立即爆破小屋，就地处决324。"

"别炸。"白楚年盯着木纹天花板出神，若有所思地说，"派一队人去通口市馨园小区。"

何所谓："理由？"

白楚年："以防万一，快。"

突然，隔壁传来开枪的闷响。

白楚年贴耳到墙壁上聆听，墙壁隔音效果很强，除了枪声，几乎听不到说话声。他不能贸然撞动房间，恐怕会惊动雇佣兵，威胁人质安全。

但就在白楚年束手无策时，相邻的房间突然发出撞墙的声响，两个房间发生了错位，门口没有完全对接，而是露出了一个细小的缝隙。

有了缝隙，对面房间的说话声听起来就很清楚了。

雇佣兵粗粝的嗓音高声警告道："是哪个不要命的在撞墙！"

一个青年嗓音嬉笑着回答："对不起，对不起，我被绊了一跤……"

"你还敢找事，老实点！"

听起来雇佣兵用力踢了那人一脚，把人踢翻在地，撞在离白楚年很近的地方，半天都没爬起来。

令白楚年意外的是，门缝里忽然飞进来一张字条，潦草地写着："他们在墙上装了炸弹。"

纸张和字迹都与作家留下的字条相同。

"兰波，准备突袭。别让他们炸掉小屋，不然就玩脱了。不到迫不得已不要用亚化能力。"

兰波匍匐吸附在房间墙壁上，双手利爪在墙壁上抠出些孔洞，鱼尾左右摆动保持平衡，蓝眸细成凌厉的线，紧盯着门口的缝隙。

白楚年撤开两步，肩膀用力撞在墙壁上，门的缝隙一下子被撞大了，兰波双手抓住门框，化成一缕蓝光闪电游走进对面房间里。

十七个人质均双手抱头在墙根蹲成一排，三个雇佣兵手持微冲看管着人质，门口猝不及防地出现一个浑身包裹着蓝色闪电的人形怪物，顺着墙壁游走进来，最靠近门口的一个雇佣兵根本来不及反应，利爪闪过，雇佣兵整个脊椎被截断，当即毙命。

剩余两个雇佣兵立即警惕地释放压迫因子，兰波却对他们的低级压迫力无动于衷，在他们发动 J1 亚化能力之前用利爪剔断了两人的喉管。

明亮温馨的黄色墙纸溅落血迹，白楚年走进房间，先望了一圈屋内的摆设，和上一个房间一模一样，然后挨个抬起人质的头核对身份和人数。

白楚年抬起最后一个人质的脸，是个亚体，眼角很翘，戴着一顶帽子，压住满头乱蓬蓬的半长黑发，他被雇佣兵揍了一顿，嘴角多了块淤青，对白楚年弯弯地眯起眼睛嬉笑："看来这届警官也不都是笨蛋嘛，也有两个有点头脑的。"

"兰波去停掉炸弹。"白楚年交代完兰波，扔下作家，拍了拍手上的土，"你就是那作家啊，可以。这届人质得亏有一个有脑子的，伤亡才没那么惨重，免得兰波被扣工资。"

在白楚年交代之前，兰波已经开始向周围房间发出强电流以短路炸弹引爆器，但他们来得太晚了，距离最远的一个房间的炸弹没来得及被停掉，电流到达炸弹的前一秒，炸弹被引爆了。

一声巨响，带动着整个大地都在颤抖。

"啧，"白楚年捻了捻指尖，"这群蠢货。"

整个密室建筑都在地下，按图纸来看，这 28 个正方体房间并不是紧密排列的，而是留有许多意义不明的空隙。

爆炸的威力不可小觑，即使只有其中一个房间被炸毁，其产生的震动也足以让整个地下建筑的所有空隙坍塌封死。

趁着地基还未完全塌陷，白楚年撞开门口，把人质往外赶："快出去，见钱眼开找刺激的精神小伙们，命都没了我看你们下次还敢玩，快滚出去。"

作家神秘兮兮地凑过来还想和白楚年说句什么，刚说了一个"9"，就被白楚年不耐烦地一脚踹出了门口，连滚带爬地跟着逃跑的人质们一窝蜂跑了。

兰波与人质随行，将安装炸弹的四个雇佣兵挨个剿杀，发现他们炸开的是一个保险箱，里面放了一个银色手提箱。兰波没多想，提起手提箱折返回去找白楚年。

何所谓带领 PBBw 风暴特种部队在出口接应，人质一窝蜂冲出来后，整个出口完全塌陷了。

出口建造在红枫山地铁隧道内，人员非常密集，当出口塌陷后，地铁紧急叫停，不知所以的乘客们大批拥出车厢，场面混乱至极。

人质冲出出口时，同时从出口喷出成千上万的百元钞票，粉红钞票漫天飞舞如同一阵暴雨——无象潜行者承诺的一千万奖金兑现了，看热闹的乘客、路人哄抢，警员和军队忙乱地维持秩序。

军医和护士急着把何所谓扶到担架上包扎，何所谓却冲着其他队员嘶吼："文潇、文意还没出来！别爆破！先救人！"

出口被封死，三棱锥小屋也被爆炸的震动摇晃塌陷，密室成了一座封闭的死屋。

密室内部仍在不断坍塌，白楚年扶着墙壁才能勉强站稳。兰波从挤压变形的门缝中挤了回来，手里提着一个银色手提箱。

"怎么回来了？"白楚年的本意是让兰波先出去。

兰波把手提箱递给白楚年："炸开的，保险箱里，拿的。雇佣兵，想要这个。"

白楚年坐下来，谨慎地观察手提箱，手提箱上了锁，在正面安装了一个扫描器。

无象潜行者在规则中说，第一个逃出出口的玩家可以获得一千万奖金，而在24小时内逃脱的玩家会得到一件礼物。

"我已经不记得我们在里面待多久了。最初那个上不完的楼梯不是恶作剧，是为了打乱我们对时间的概念，他在遭遇国际监狱警察时模仿了海蜘蛛的能力。彭罗斯阶梯是一个几何悖论，实际上是一个仅存在二维和多维世界的阶梯，我们生活的世界是三维世界，而海蜘蛛的能力刚好就是降维。"

兰波不管那么多，把手放在了扫描器上。

扫描器显示：恭喜您在12小时35分钟07秒找到出口，请收下我的心意。

手提箱自动开启，里面有两个凹槽，其中一个凹槽里放着一支绿色针剂注射枪，另一个凹槽是空的。

绿色针剂上贴了一个标签："HD药剂"。

箱子里还留了一页注释，写着："注射HD药剂后将随机产生一种与自身亚化细胞团相关的伴生能力。"

白楚年眉头不自觉拧紧，合上手提箱锁住，提起来准备带走。当他挪动脚步时，忽然感到有人拽住了自己的衣服。

"兰波，别闹。"白楚年的注意力都放在了箱子上，他边说边抬起头，发觉兰波走在他前面。白楚年意识到了什么，回过头，一根尖锐的长刺已经刺到面前。

这是恩可的J1亚化能力"振动穿刺"，无象潜行者现在就在这个房间里。

白楚年条件反射般使用J1亚化能力"骨骼钢化"，他的J1亚化能力可以促进亚化细胞团细胞大量分裂，使骨骼硬度高于一切金属及合金，抵挡一个属于啄木鸟的穿刺技能绰绰有余。

当他抬起左臂格挡在面前时，尖锐的长刺却如同削肉一般轻易洞穿了他的小臂，尖端深深刺进了他的肩膀，血迹喷溅。

"……嘶……"白楚年急退五六步，后背狠狠地撞在了墙壁上，血浸透了他的黑背心，把黄色墙纸蹭得斑驳血红。

兰波立刻折返回去，无数锐利的尖刺落雨一般飞去，兰波匆忙闪躲，被密集的尖刺形成牢笼阻隔在白楚年五米之外。兰波弓起背鳍，全身鳞片都变成了愤怒的血红色，向无象潜行者咆哮示威。

这并非无象潜行者模仿恩可用出的普通尖刺，而是使用过M2亚化能力"镜中领域增强"的白楚年的亚化能力"骨骼钢化"，并且将钢化程度强化至200%，即使白楚年也不可能防得住强度翻倍的攻击。

一个忧郁空灵的声音不知从房间的哪一个角落出现，质问他们："为什么拆我的玩具屋？"

"不是我拆的。干啥啥不行，背锅第一名。"白楚年不耐烦地拔出尖刺，任由血液流淌。但很快血自动止住，肌肉开始以肉眼可见的速度愈合，不到一分钟，穿透手臂的两个血淋淋的窟窿便已愈合如初，只在冷白色皮肤上留下了一层风干的血垢。

无象潜行者仍在重复这一句问话。天花板电流积蓄，能量高达两倍的高压闪电凌空劈下，房间内如同生起一场雷暴，无数闪电毫无征兆地将地面炸得一片焦黑，兰波在闪电缝隙中游走，躲闪得十分狼狈。

培育期实验体对上成熟期实验体的胜算很小，况且白楚年不允许他展露更高的亚化能力。

又一道闪电劈下，兰波被迫扑出房间，在地上摔了两圈，重重撞在墙上蜷缩成一团鱼球滚走了。

白楚年皱了皱眉："324，被我杀死是留不下任何痕迹的，你想清楚。"

房间中的雷暴骤停，无象潜行者感受到了这股强大的压迫力，暂时停了手。

与此同时，房间的另一个角落也散发出了一股陌生的压迫因子。

白楚年收敛气息，好奇地望过去，居然看见之前跟在何所谓屁股后边的那一对姓贺的小跟班走了进来。两个北美灰狼亚体同时散发着压迫因子，但空气中的气息却只有一股。

"哟，双子亚化细胞团。"白楚年讶异挑眉。

双子亚化细胞团属于畸形亚化细胞团的一种，极少数同卵双胞胎在母体孕育过程中会分享同一个亚化细胞团，各继承一半，当两人分开时亚化细胞团毫无用处，但当两人在一定距离内同时启用J1亚化能力时，他们的J1亚化能力将会比肩正常人的M2亚化能力。

贺文意搭着贺文潇的肩膀，舔了舔唇角的血，两人的眼睛同时爬满血色，血色掩盖了瞳仁。

北美灰狼双子亚化细胞团，合成为加尔姆亚化细胞团，J1亚化能力"坑中火焰"。

房间中倏地腾起火焰，紫色外焰包裹着金色内焰，从地底开始燃烧，与普通明火不同，它没有带来任何热度。雷暴劈碎的地面爆出裂纹，冷焰从蛛网似的裂纹中涌起，坍塌的房间脚下逐渐化为黏稠岩浆。

地毯被冷焰吞噬，茶几、积木和角落堆放的玩具顷刻化为灰烬，熔进翻腾的岩浆中。虽然他们看不见324的具体位置，但可以确定，324无路可退，正在房间中仓皇逃窜。

加尔姆是看守地狱的魔犬，两只北美灰狼亚化细胞团合成后的加尔姆亚化细胞团威力的确配得上魔犬的名字。

以普通人的能力将一个成熟期实验体逼到这种程度，足以称得上实力惊艳。如果在考试中这对兄弟就发挥出现在的实力，恐怕搜鬼团仍能坐稳第一的名次。

白楚年把滚到墙角的鱼球抱在怀里，抬头对着空气说了两句风凉话："人家两人拼一个亚化细胞团，有本事你也学过来。"

无象潜行者不能同时模仿两个人的能力，必须分出先后顺序，这也就意味着他无法模仿双子亚化细胞团，因为双子亚化细胞团中任何一半单拿出来都没有任何能力。

空荡的房间中响起古怪的笑声："你们，能撑多久？"

白楚年看向贺家兄弟，他们身上散发出的压迫因子已不如来时强烈。

双子亚化细胞团合成后虽然强大，却有致命的局限性，因为两个人各自的亚化细胞团都仅有普通人的一半大小，储存能量的空间也相对变小了，强度有余，耐力不足，这也是所有爆发型能力的通病。

贺家兄弟同时望向白楚年："快想想办法把他揪出来，我们没多长时间了。"

如果能明确敌人的位置，贺家兄弟只需将所有火焰汇聚于一点就能将324熔为灰烬，但偌大的房间中每一个角落都可能成为324的藏身之处，地毯式碾压攻击对亚化细胞团的消耗实在太大了。

白楚年翘起唇角，向看不见的对方轻佻笑道："你呢，你又能撑多久？"

这话显然提醒了无象潜行者，他再次积蓄力量，雷暴云从房间天花板汇聚，复制了兰波200%放电能力的雷暴云几乎成了一朵黑色的雷团，闪电密集劈下，每一次攻击都蕴藏着杀意，看来是打算速战速决了。

地面燃烧着熊熊紫火，而天花板又不断劈下高压闪电，整个房间几乎被密集的能量填满，还能供人站稳的空间锐减。

白楚年放出一缕安抚因子，拍了拍怀里的鱼球，低声说："把空隙填满。"

兰波并不理解白楚年下达这个命令的意义，但他仍旧照做了，身体舒展，从球状展开，飞快吸附在墙壁上，透明鱼尾积蓄电光。

白楚年倚靠墙壁，指尖轻轻敲打指节，等待一个破绽。

无象潜行者虽然能模仿其他人的能力，却不能免疫他所模仿的能力。也就是说，无象潜行者既不能抗电，也不能抵挡尖刺，更不能防火，那么他所放出的密集攻击终究是要避开他自己的站位的。

那么他必然站在闪电和火焰的空隙中。

兰波双爪牢牢攀住墙壁，弓起脊背尖刺，强烈炫目的蓝光顺着每一根鱼骨和背鳍接连爆发，高压电流将雷暴闪电未曾击中的地方全部笼罩。

一面浮空月盘毫无预兆地出现在房间东北角。

这是何所谓的 J1 亚化能力"月全食"，防护型能力，月盘能够抵挡笼罩范围内的攻击。

但月盘大小有限，当月盘出现时，保护对象的位置就彻底暴露了。

白楚年等的就是现在。

他纵身一跃，左手微抬，尖锐的猛兽指甲伸出，整条左臂覆盖了一层雪白莹润的毛发，肌肉青筋暴突，一拳击碎浮在空中的月盘，月盘破碎，金色碎屑四溅纷飞，迅猛强劲的兽爪将躲在月盘后的隐形实验体牢牢按在地上。

这一动作仅在电光石火之间，瞬息过后，白楚年的手臂恢复原样，左手钳制住的实验体逐渐显现轮廓——一个身材娇小的亚体显出实体，双手拼命扒着扣在自己脖颈上的那只修长有力的手。

亚体的眼睛的确挺大的，不过没有超过正常范畴，忽闪忽闪的长睫毛上挂着眼泪，屁股后边长了一条和变色龙一样的绿色卷曲长尾，无力地卷在白楚年手腕上。

324 身上穿着一件幼稚的小鸡 T 恤，号码很小，紧勒着很不合身，一看就不是他自己的衣服。

"你抓不到我……" 324 凶狠地瞪着眼睛，伸出小细胳膊打白楚年，但够不着。

"那是你以为。"白楚年蹲了下来，用力捏捏 324 脸上的婴儿肥，"从研究所偷出来两支 HD 药剂，自己打了一支，出了一个自我复制的伴生能力，对吗？"

324 愣住，眼神立刻害怕起来。

白楚年耳朵上戴的通信器响了一声，他打开接收频道，听见何所谓略显急躁的声音："我那两队员呢？"

白楚年轻松道："好着呢。"

何所谓松了口气，把逮捕结果告诉了他："我分派两个特种小组去了你说的馨园小区，地毯式搜索后从一家住户的卧室床底下搜出了隐身状态解除的无象潜行者本体，已经安全逮捕了。"

"嗯，好的。"白楚年回头看向在自己手中挣扎的实验体，324 露出忧郁无奈的表情，在白楚年手中化成了一摊粉末。

白楚年拍了拍手上的灰尘，抱起兰波："走吧，任务完成了。"

他们依次穿过六个坍塌的黄色房间，六个房间都是一模一样的玩具屋，除了第一个房间天花板上挂了一盏星星灯，其余五个房间都只有两面墙壁发光。

贺文潇搭着弟弟的肩膀，脚步虚浮摇摇晃晃跟着白楚年，喋喋不休地追问他刚刚用了什么亚化能力，现在这是怎么回事。

白楚年只拣着无关紧要的部分解释："第一个黄色房间是 324 最后逃进的儿童卧室，其余房间都是卧室床底。我们看到那两面发光的墙壁，其实是摆放在房间角落的床从床脚透进来的光，天花板就是那张小床的床板。所以无象潜行者根本就不在这儿，本体一直藏在床底下没再出来过，刚刚那个是他用伴生能力复制出来的自己。不过好在二者共用同一个亚化细胞团，打废一个，另一个也废了。"

贺家兄弟听完汗毛倒竖，小声嘟囔着今晚要不还是睡一起吧，把白楚年的亚化能力忘在了脑后。

白楚年凑到他俩中间："嘿，来 IOA 联盟工作吗？待遇超棒，工资奖金福利没的说，很缺苦力。"

两只小狼嘀咕商量："我们跟着队长，队长去哪儿我们去哪儿。"

白楚年又开始打腹稿策划着怎么把何所谓那个大直佬挖过来。

出口被警方挖掘开，几人安全脱离。两只小狼被 PBB 军医带走检查，警署派来的高级警官拿着记事本向兰波问话。

警官："我们顺利接收了十七位人质，还有三位现在在哪儿？"

兰波："墙上。"

警官疑惑。

兰波："饼子。"

"好了不要再乱说话了。"白楚年捂着兰波的嘴把不省心的鱼带走了，"我们去馨园小区看看。"

大部分 PBB 军方已经撤走，因为接到了上级通知，说 324 号实验体无象潜行者本体已在通口市馨园小区落网。

无象潜行者双手戴着手铐，低头默默跟着两个防暴人员上了武装押运车。他个子很小，在人高马大的亚体防暴人员面前显得更瘦弱。他浑身布满子弹留下的弹疤，由于实验体的自愈力比普通人强，弹头还没来得及取出，就被重新生长的肌肉包裹在了身体里，三年就这样过去了。

"少校不来抓我吗？"上车前，他抬起眼眸轻声问，"我每个房间都用了他的重力操纵，我到处写我的名字，他为什么不来抓我呢？"

其中一个防暴人员催促他上车："你还有脸提少校？他至今手臂都没痊愈，还不是你害的。"

他捧起双手，一套磁力积木出现在他双手掌心中："这个，送给少校……"

防暴人员以为这是什么危险物品，一下子按住324，将他手中的磁力积木打翻了，不同颜色的小正方体零落一地。

当白楚年开车赶到馨园小区时，军队已经撤走，围观看热闹的人群也散了。

白楚年下了车，蹲到地上，把满地的小积木收到一起，数了数，刚好28块，有蓝色、红色和黄色。他按照脑海中密室小屋的摆放方式将磁力积木还原，变成了作家图纸上画的底面三乘三，高五的镂空长方体。

"啊，是这样。"

他将每一种颜色分开，推倒积木，立方体相互连接吸引，赫然拼成了3、2、4。

后记（一）

324号实验体被抓获后按流程受到审讯，但他一言不发，唯一的要求是见少校一面。审讯员认为324或许怀恨在心会对少校不利，经过上报获批，少校答应见他。

何所谓带人来领324，324稚嫩的脸经受长时间的审讯后变得十分憔悴。

路过洗手池时，324朝镜子里望了望自己，然后认真地洗了洗脸，才继续跟着何所谓走。

到了少校的休息室门口，何所谓停下来，叩了两下门打了声报告。

"进来吧。"里面的少校说。

何所谓用枪口推了324一下："去吧，别动什么歪脑筋，不然你就死定了。"

324戴着手铐，默默地走进了少校的休息室。何所谓在门外专心看守，侧耳聆听里面的动静，一旦324有攻击意图，何所谓会第一时间将他击毙。

他听到324进入休息室的第一句话说："像您这样善良的人是不会有好报的。"

少校的声音波澜不惊："不一定。"

后记（二）

PBB档案室作战镜头回放：K030年6月20日。

第一段录像：风暴特种部队将无象潜行者逼入烂尾楼一层，由于无法断定敌方位置，于是决定开枪扫射，无象潜行者中弹过多，濒临死亡，情急之下模仿美洲狮少校 J1 亚化能力重力操纵，并加强 200%，使烂尾楼坍塌，趁机逃上二楼。

第二段录像：少校独自追上二楼，此时 324 的 M2 亚化能力已经失效，进入虚弱期，隐身状态解除。

少校看见他是一个小孩子，于是收了枪，从背包里拿出一个没来得及吃完的苹果，放在地上吸引他过来。

第三段录像：324 小心地走过去，捡起苹果抱在怀里，但头顶的承重梁突然坍塌，少校纵身扑过去，用身体挡住了 324 头顶的坠物，左臂被钢筋贯穿。

324 惊魂未定，落荒而逃。

第三卷

丧病医院：小丑而已

第十二章

蚜虫岛

───◇───

临近中午，公寓楼家家户户的厨房飘出饭菜香味。白楚年吹着口哨，一身黑色背心裤衩，踩着人字拖溜达上电梯，左手拎菜右手拎肉，左手分出两根手指拿大葱，右手夹着手机、钥匙，哼着歌踹开门，再用脚带上门，悠悠达达走进厨房，洗菜切菜，倒进肉馅里加淀粉调料搅拌，起锅烧水，戴上一次性塑料手套攥丸子下锅，最后撒波菜叶入锅。

肉丸在锅里上下漂浮，白楚年围着蓝色波点围裙站在锅边时不时用勺子搅一搅，香气飘出窗外。

放在碗架上的手机响了，备注显示"老大"。

白楚年随便在围裙上蹭了蹭手上的水，哼着歌接起来。

言逸："在家反省得怎么样了？"

"不错啊不错啊。"白楚年舀起一勺汤低头尝了尝，"特别棒，我在新西方报了个班，找到了人生的意义。"

言逸："上个月你协助联盟警署参与三棱锥小屋救援，算立功表现，你可以回来了。"

白楚年："我报的课还没上完呢，都学到冬瓜雕花了。我在课上雕了一兔子蹬鹰，半米来高特漂亮，下午给您送家去。"

言逸揉着太阳穴："不必。下午你去新特工训练营，有人等你。"

"噢。"

电话挂断，美好的假期要没了。

后面突然出现一双指尖长蹼的手。

经过一个月安抚因子的灌溉，人鱼已经进入培育期末期，能够完整地理解语言表达情感，但由于他自幼使用的语言体系与人类不同，在口语上仍存在较大缺陷。

联盟医学会的老教授对人鱼语有研究，但不同海域人鱼、不同鱼类人形体语言截然不同，至今人类也无法完全破译人鱼的语言，只有一些共通的词汇可以确定：

比如，"randi"是指猫咪，但特指拥有粉色爪垫的猫咪；其他猫咪通用"rando"。"kadin"有等待、稍后的意思。

白楚年把兰波匆匆带回卧室，放进鱼缸里。

兰波钻进水底，鱼尾摆动带起一串蓝光水母，半晌才浮上来，双手扶着鱼缸沿，面无表情地抬头望着白楚年，眼睛里啪嗒啪嗒掉那种带着蓝色偏光的黑珍珠。

白楚年蹲到鱼缸边，抚摸着兰波的头发哄慰："哎呀，都能攒一条项链了，我也不能靠欺负你发家致富啊。你乖，给你看好玩的，过来。"

兰波朝他吐了几个鄙夷的泡泡，游到远离白楚年的角落，蜷成一个球不动了。

白楚年把手掌按在鱼缸外壁，轻轻敲了敲玻璃："看这个。"

兰波分出半个眼神看了他一眼，忽然眼睛一亮，游到水下观察白楚年按在鱼缸外壁上的掌心。

"randi。"兰波喜悦地伸出指尖隔着玻璃触碰白楚年的掌心，尾巴翘出水面。

IOA联盟总部大厦位于蚜虫市中心，联盟新特工训练基地建设在距海岸线五十公里左右的蚜虫岛，四面环海，除了能见到每月末过来运送物资的货轮外，几乎与世隔绝。

亚体反猎杀联盟成立于十五年前，由PBB原首席特工言逸联合各国高阶亚体协会成立，现称"IOA联盟"。其初衷在于守卫全世界亚体人身安全和人格权利完整，随着时间推移，越来越多的超高阶亚体加入其中，其惊人的凝聚力是让这个组织在短暂的十五年间迅速占据世界发言权的基础。

同时，随着联盟势力急速扩张，弱亚体地位飙升，脱离了从前"花瓶""柔弱小宠"的标签。K017年联盟医学会钟裁冰教授领导研发的第一批L型屏障疫苗问世，彻底消除了弱亚体对强亚体的高阶依赖，成为弱亚体走向独立的里程碑。

近六年来，联盟成员不再局限于弱亚体，更多强亚体投身其中，甚至身居要职。比如言会长手下最得力的特工兼新特工教官。

白楚年走下渡轮时戴着蛤蟆镜，身穿黑色特训背心，皮质马甲收紧双肩，胸前扣铜质皮扣，迷彩长裤外穿中筒作战靴，显得身材更加挺拔高挑。

他轻轻弹起黑色鸭舌帽檐，朝夹道列队等待检阅的两排穿迷彩特训服的青年轻笑着打招呼。

每个特训生都立得笔管条直，双肩绷紧，目视前方，在白楚年路过自己时将右手掌心向上，贴于左侧锁骨下，高声问候："教官好！"

这个动作延伸了PBB军礼，意为手中无武器，对上级绝对服从。

白楚年和蔼地弯起眼睛扫视两列特训生，时不时过去拍拍这个孩子的肩那个孩子的手臂："比上次我来的时候结实多了，看来我不在的时候训练很刻苦嘛。"

被拍肩的特训生肩膀发抖，睫毛哆嗦，甚至腿都开始发软。

白楚年松开手，悠哉路过，继续问候其他的孩子。

刚被白楚年拍了肩的亚体少年腿下一软，被身边的两个特训生扶住才重新站稳。奇怪的是并没有人嘲笑这个特训生的胆量和见识，而是纷纷绝望地悄声嘀咕："老涅回来了，完了！"

特训生们不约而同地给白楚年起了个外号——食人魔狮涅墨亚。

唯有站在队尾的两个新来的特训生傻站着，对周围人的恐惧茫然不知所以。

白楚年溜达到队尾，摘下蛤蟆镜从头到脚打量了两个新生一番，回头朝列队的新生们挥了挥手："散了吧，都吃饭去。"

"谢谢教官！"特训生们如鸟兽散。

陆言也想去吃饭，被迷彩帽压住的兔耳朵听见食堂开饭的铃音，不由自主地竖起来，把帽子顶飞了出去。

白楚年插着裤兜，靴尖无聊地踢着海滩上的沙子，漫不经心地问："干吗来的？"

毕揽星目视前方立正："报告教官，我们来参加联盟新特工训练。"

陆言�’着嘴，不情愿地说："我也是。"

白楚年乐出声："你俩的亲爹能舍得把宝贝少爷送训练基地来？"

其实毕揽星还好，父亲本就是PBB部队退役特种兵，父母是军人的孩子一般性格相对坚韧些，但旁边这只垂耳兔就不一样了，陆上锦的掌上明珠，锦叔对这只小兔真算得上是含在嘴里怕化了，捧在手里怕掉了，宠成命根子。

毕揽星回答："我在ATWL考试里暴露了等级，回家以后父亲严厉批评了我，然后就把我送到这儿来，说除非我在这里训练到足够保护自己，不然不准我进家门。"

白楚年点头，转而问陆言："你呢？"

陆言表情沮丧："我爸爸骂我给揽星拖后腿了，要我自己反省，我离家出走了，听说揽星来这儿，那我也来了。"

白楚年朝停在海岸的渡轮扬了扬下巴："这船一个月才来一次，现在走还来得及。你们两个的爸都待我不薄，我肯定不能糟蹋他们的宝贝儿子。"

陆言望着渡轮犹豫，看起来的确是有些动摇了，咬着嘴唇想了半天，试探着问道："能有多苦？"

"没电视看，没手机玩，没游戏打，没小蛋糕吃，也没周末，早睡早起，起床叠被，饭后刷碗，自己洗衣服。"

陆言："那能活吗？"

白楚年笑盈盈地推推陆言："快走吧，保持你的可爱。"

陆言望了望毕揽星，毕揽星也劝他："回去给伯父道个歉，然后继续上学吧。"

"我……"

"心动不如行动。"白楚年不由分说拎起小兔子的后脖领，提溜到渡轮边，往甲板上一扔，"走你。"

随后交代轮渡司机："我让人在码头接他，你看着点，给他送上车再走。"

司机点头。

白楚年掸了掸土，插兜往食堂去了，回头叫毕揽星跟上，去食堂的一路上顺便参观了些基础设施。

路上经常遇到其他特训生，凡是见到白楚年的特训生都战战兢兢停下来敬个礼，再落荒而逃。

毕揽星有些纳闷，但并没有表现出来。

白楚年随便问了几个问题，当作抽查他在校时的课业："知道为什么联盟特工只有亚体，没有普通人吗？"

毕揽星点头："可以看作一种类杂种优势，普通人的亚化细胞团会觉醒为人类，由于亚化细胞团普通和性格安稳，才得以大量繁衍。但他们没有特殊亚化能力，所以几乎不从事战斗行业。

"我们学校课本的观点称分化现象是进化使然，因磁场和生存环境影响了基因突变。

"但我在其他一些文献里也读到，课本所持的观点属于起源派的观点，近些年人类学出现了另一个反叛的学派，改造派认为分化是人为故意引起，正致力于寻找原因。"

白楚年拍了拍毕揽星的肩膀："不错，会质疑课本是好的。"

训练基地的伙食着实不错，全天免费自助不限量，荤菜素菜汤品水果和果汁一应俱全。吃罢晚饭，白楚年带毕揽星沿着海岛环绕参观，起初还不觉得有什么，但眼见着夜空盖上一层繁星，毕揽星的腿开始发酸。

在沙滩上行走要比在平地上行走累得多，灌进鞋子里的沙粒也没有机会倒出来，毕揽星真实地感觉到皮肤被一点一点磨破，逐渐变为难忍的刺痛。

凌晨的海面依旧宁静，白楚年迎着海风坐在沙滩上，任腥咸的海风扬起发丝，惬意地享受黎明第一缕阳光带来的温暖。

毕揽星就不那么惬意了，他的小腿在打战，并且很冷，通宵行走使他眼睛爬上几缕血丝，几乎到了昏昏欲睡的状态，潜意识里极度期盼白楚年说"好了可以回去休息了"。

等到清晨的日光笼罩沙滩，白楚年打了个呵欠："好了。"

毕揽星暗松了一口气。

没想到白楚年下一句是："可以去练枪了。"

毕揽星闭了闭眼，咬牙坚持说："是。"

白楚年带毕揽星去了训练基地打靶场。这是一个密闭场所，从外部看来排风系统很发达，区域功能分得很细致——手枪区、冲锋枪区、步枪区、射手步枪区、高精狙区，每个区域以隔音墙分隔开。

清晨 6 点，打靶场已经人满为患了。

白楚年摸出证件在入口刷了一下，到警卫亭小窗口边托腮闲聊："帮我找个步枪区空位。哎，孩子们都这么努力吗，大清早就把靶场挤满了？"

警卫笑着给白楚年递了门禁卡："平时不这样，这不是您回来了嘛，猴孩子们哪敢多睡一分钟。"——大家都怕死。

白楚年叼了根烟点火："是吗？"

他带毕揽星往步枪区走，路过的每个打靶区都在噼啪作响，特训生们挥汗如雨，余光瞥见白楚年走到身边，不由自主地挺直了身板，热汗变冷汗。

几个眼尖的特训生看见一个生面孔跟在白教官后边，小声唏嘘，纷纷回到自己的位置继续练枪去了。

进入步枪区，白楚年拽了把椅子坐下，跷起腿："去挑一把习惯用的枪。"

步枪区每个空位都立有一面枪械墙，不同口径不同型号的枪械可以在武器墙右手边的触摸屏前搜索。

毕揽星在触摸屏上输入"ACR，口径任意"。

枪械墙中心抽屉缓缓拉开，一把 ACR 突击步枪放置在抽屉中，旁边配备 5.56 毫米子弹。

平时毕揽星在学校的射击成绩不错，但射击很需要手感，这个时候他异常疲惫，精神和体力都不在全盛状态。但白楚年就坐在身边，他硬着头皮举起 ACR，瞄准行动轨迹不定的移动靶。

一声枪响，子弹击穿移动靶左肩。

同时，毕揽星只觉腹部一凉，紧接着剧痛席卷全身，他紧攥着枪缓缓跪到地上，捂着腹部躺了下来，剧痛使眼前发黑，脑袋里晕眩空白。

这是中弹的感觉，毕揽星本能地想，当他把紧捂着伤口的手拿开时，却发现并没有像想象中那样沾一手血。

白楚年仍安稳地坐在椅子上跷着腿，淡笑着望着他："别害怕，这是我的一种伴生能力——疼痛欺骗。"

白狮伴生能力"疼痛欺骗"：幻觉型能力，模拟痛感用以欺骗目标感觉中枢。

"如果你的子弹没有打到移动靶的要害，使其一击毙命的话，我的伴生能力就会打在你的要害上。你可以继续了，我会陪你一整天。"

周围的特训生纷纷向毕揽星投来同情的目光。

毕揽星躺在地上缓了好一会儿才有力气爬起来，白楚年伴生能力所模拟的疼痛实在太过真实了，让毕揽星打心底生出一种畏惧来。

白楚年见他半天没爬起来，起身离开椅子走到他身边蹲下，抬起毕揽星的下巴打量他的气色，再翻起眼皮检查瞳孔情况。

毕揽星深呼吸过后难堪地笑了笑，仰面躺在地上问："被子弹打中真的是这种感觉吗？太可怕了。"

白楚年蹲在他头顶边，倒着低头看他："是啊，只有我经受过的伤才能用这个伴生能力模拟出来，我只是把当时我的感受原封不动传递给你的大脑而已。"

毕揽星愣了一下，在脑海中回味白楚年的这番话，沉默地爬起来，捡起步枪重新装弹。腹部中弹的疼痛已经完全消退，但那种恐惧仍在脑海中持续着，毕揽星端起 ACR，瞄准移动靶头部，食指挨在扳机上犹豫着，迟迟不敢扣下，一秒、两秒、十秒过去了，子弹入体的剧痛又突如其来击中了他。

这一次中弹部位在小腿。

毕揽星抱腿蜷缩在地上，紧咬牙关才没有叫出声来，眉头紧皱无声地嘶吼，身体再一次被冷汗浸湿。

"太慢了，花十秒瞄准，你头都被敌人打爆了。记好自己的优势和作用，像箭毒木这种攻防兼备的亚化细胞团在团队中的定位必然处在架枪位，你的一个犹豫可能会让冲锋在最前方的突击手被团灭。突击手没了，敌人下一个灭的就是你，你学校的老师是怎么教的？"白楚年拿起休息圆桌边的平板电脑，在屏幕上划了几下，点了两份早餐，一杯运动饮料和一杯冰拿铁。

到餐品送来之前，毕揽星已经接连倒地七次，共打移动靶十二次，爆头击杀五次，未中要害六次，脱靶一次。

脱靶的那次惩罚最重，白楚年让他体验了被一枪爆头的感觉。

白楚年从送餐机器人里端出热腾腾的早餐，招手叫他："7点半了，来吃饭。"

毕揽星挣扎半天没能站起来，白楚年走过去把毕揽星提溜起来，放到自己对面的椅子上，掌心按住他的后颈，将一股安抚因子注入他的亚化细胞团。

"教官，等我缓一会儿。"毕揽星无力地趴在圆桌前，头埋进臂弯里，身体微微痉挛。

"啊，不用这么客气，其实岛上这些孩子我也没要求过他们叫我教官，是他们自己非要这么叫，搞得好像我很严厉一样。"白楚年拿起餐刀往三明治上抹花生酱，"植物亚化细胞团一般喜欢吃什么？来点氮磷钾不？"

"不用……我正常吃就可以。"毕揽星艰难地直起身子，拿起消毒餐巾擦手，其实他痛得脑袋都蒙了，吃什么都尝不出味道。

白楚年把运动饮料推给他："多吃点。"

毕揽星拿起玻璃杯灌了一口，继续趴回桌上，仿佛没有支撑他就会立刻化成一捆蔫草死在地上。

"你真的体验过这些疼痛吗？"毕揽星闷声问，"那你是怎么活下来的？"

"自愈力强，只要不是大面积感染的伤口都可以自行愈合。"白楚年如实说，"子弹是杀不了我的。"

"这是你的伴生能力吗？"

"不是。"白楚年端起冰拿铁喝了一口，"小时候受的训练比较特殊。"

"听起来很冒昧……我可以知道您的年纪吗？"毕揽星犹疑地问。

"啊，别'您'。"白楚年笑得露出两颗尖牙，"对我们来说年龄只是一个培育时间而已，可能和你们对年纪的定义不大一样。话说回来，在这个仰仗实力的世界，年龄不能代表任何东西。"

"你……们？"

"嗯啊，以后我会告诉你的，不过得看你争不争气。"

吃罢早饭，白楚年依旧坐在椅子上观察毕揽星练枪，但并没有在他失误时再用伴生能力刺激他，因为毕揽星的身体已经暂时记住了这一系列的疼痛反射。

打空的弹匣在毕揽星脚下越积越多，到中午时，毕揽星已经能够做到每组移动靶爆头率达到90%，即12个移动靶平均每轮能爆头命中10.8个。

他的射击能力本就不差，唯一的缺陷是不够专注，难以抵抗周围干扰，并且依赖手感，当然这也是大部分特训生的通病，需要强制改变。

因为危险不会选在人们状态最好的时候降临，真枪实弹时敌人也不会给他培养手感的机会。联盟特工组的门槛可不是随随便便就能达到的，在射击上非做到摸枪即击杀的地步不可，因为联盟特工组所遇到的敌人，枪法都不是普通的抢劫犯能比拟的。毕揽星这个成绩只能算作达到了特训生的及格线。

临近食堂打铃，白楚年拿出证件在圆桌上的扬声器边刷了一下，提起麦克风贴到唇边："靶场的同学们到射击考查区集合，今天我要抽查十个小倒霉蛋的移动靶爆头率。"

轻佻悠然的声线被靶场各个角落的扬声器放大播放，靶场的枪声逐渐停止，特训生们纷纷聚拢到射击考查区，考查区四周装有透明防弹板和阶梯观摩台。

三五成群围拢过来的特训生脸色铁青，有的默默祈祷不要抽到自己，有的直接对着墙上挂的言逸军装头像拜起来："会长大人保佑，显灵收走白教官吧！"

但是说什么都没用。白楚年拿起警卫大叔送来的名单，点到第一个："望风。"

一个獴亚体浑身一颤，僵硬地走出观摩队列，旁边几个小亚体勾肩搭背挤眉弄眼祝他一路走好。

"教官好！"獴亚体走到白楚年身边鞠了一躬，拿起考核台上放的 ACR 突击步枪，装填子弹，推弹上膛。

白楚年拍了拍站在身边的毕揽星："这是昨晚新来的毕揽星同学，练了一上午，平均爆头命中率90%，谁要是打不出这个成绩，挨罚还是卷铺盖走人，任选一个。"

獴亚体用力咽了口唾沫，托起步枪瞄准移动靶，单发点射，连续的十二发子弹爆了十二个移动靶的头部，移动靶接连倒地。

"不错，继续保持。"白楚年在名册上记下獴亚体的成绩，随机挑选下一个特训生的名字，"萤。"

萤火虫亚体噌地从座位上蹦起来，吓得屁股发光，匆匆跑到白楚年身边鞠了一躬："酱瓜好、不是，将官好、不是，教……"

"别废话了，去拿枪，大伙儿都等着吃饭呢。"白楚年抬头。

萤火虫亚体举枪点射，十二个移动靶全倒。

毕揽星暗暗吃惊，他就学的学校已经是全国数一数二的重点，他的射击成绩在校内名列前茅，偶尔拿一次考核第一也不是什么稀奇事，但这里的移动靶显然运动轨迹完全没有规律，速度更快也更加仿真，然而这里随意一个特训生就能打出百分之百的爆头率，简直有些恐怖了。

"挺好。"白楚年记下他的成绩，叫到下一个特训生的名字。每次白楚年翻看名册，所有特训生都会不由自主地屏住呼吸，仿佛在等待死神的宣判。

第三个被点到的是个斑马亚体，战战兢兢地上场，但由于太紧张了，第一枪脱靶。

白楚年哼笑："妈的，5.56 口径的 ACR 压不住？你升国旗呢？房顶给我打漏了。"

虽然后边斑马亚体找回了一点感觉，但只击倒八个移动靶，爆头率仅 66%。

"饭别吃了，什么时候练过了什么时候走。"白楚年打了个响指，斑马亚体身体僵直了一下，立刻滚到地上抱头哀嚎。既然有四个靶子未击倒，那么就有四枚子弹会打在特训生自己的身体上，这就是白楚年立下的考核规则。

大约二十分钟过去，白楚年抽查了九个特训生，其中六人考核通过，其余三人痛得在地上抽搐打滚。

白楚年随便翻了翻名册，正打算叫第十个特训生时，放在圆桌上的手机响了一下，听起来是特别关心的提示音。

他拿起手机看了一眼，兰波发来了一张图片，但靶场信号不太好，图片只能一点一点加载。

紧随其后的是一条语音，白楚年旁若无人地点了一下播放。

兰波："randi mebolu jeo？（小猫咪想我了吗？）"

即便外放也没人能听懂，白楚年摸了摸自己颈侧的两条创可贴，低声回复："训练呢，等会儿我给你回电话。"

放下手机，白楚年低头对着扬声器说："好了今天就抽查到这儿，都吃饭去吧。再接再厉哟，水平都太次了，我自己洗洗眼睛。"

特训生们得到特赦，一窝蜂地冲出靶场，恐怕白教官反悔，一个跑得比一个快。白楚年瞥了一眼地上痛到抽筋的三个倒霉蛋："你们也去吧，晚上找我重考。"

三个可怜人连滚带爬地跑走了。

等到人走得差不多了，白楚年拿起手机拨了一个号码，抬手示意毕揽星也可以去吃饭了。

毕揽星只好离开靶场，走到食堂门口的时候，发现一帮特训生扎堆在一块儿，激烈地议论着什么，有的亚体脸都争红了。

"肯定只是同事！而且像个霸道总裁。"

毕揽星凑过去听了一耳朵，发现人堆最中间站了一个小丑鱼亚体，神秘地和大家说："那条语音说的是，小猫咪……真的，骗你们我晚上没有海葵睡。哎呀，我家就住海边我听过的！你们怎么都不信！"

待靶场的特训生们三三两两地走了，白楚年顺着旋梯走上天台，找了个信号强的位置，倚在栏杆边给兰波回电话。

兰波那边很安静，这个时间应该已经下班回家休息了。

电话接通，低沉好听的嗓音通过听筒传入白楚年耳朵里："jiji mua jeo？（你吃饭了吗？）"

白楚年一手插在裤兜里，低头用靴尖蹭地面上还未干透的黄线油漆，哼笑着回答："还没吃，你呢？"

兰波语调慵懒，看来已经躺进鱼缸里了："jiji mua ei。（我吃了。）"

jeo 表示疑问语气，相当于"吗"，ei 表示陈述语气的过去时，相当于"了"。

"会长，找我。"兰波悠闲地用尾巴尖轻敲鱼缸玻璃，"给我，109 研究所盖章的，购买发票和证本。"

109 研究所原本是被世界承认的医药科研机构，但近些年来他们却以创造"延长全人类寿命、从根本上减少疾病和残疾、提高新生儿质量"的药物作为噱头培育活体武器。这些实验体名义上都是药物试验的原材料。

虽然因此激怒了一部分诸如 IOA 联盟的庞大势力，但同时也有一大部分其他势力因实验体交易和使用而受益，对研究所保护有加，所以 109 研究所一直没有被取缔，特种作战武器研究依然如日中天。

由于亚体的亚化细胞团潜力高、易培养等特质，相比之下更容易成为实验目标。109 研究所日渐成为言逸的眼中钉肉中刺，无奈受其他国际势力的制约，碾灭一个小小的研究所并不难，难的是动了别人的利益，免不了被其他势力针对，因此 IOA 联盟面上并未与 109 研究所撕破脸，而是保持着一种微妙的平衡。

经过会长的接洽和锦叔亲自商谈，109 研究所愿意无条件将兰波折价出售给

IOA 联盟，现在兰波已经不再是 109 研究所的财产，但他身份上无法成为自由人，因为实验体在国际公约上被划分为可交易物品，必须隶属某一个组织名下。

一张发票就相当于一个实验体的卖身契，其被看作一件东西、一把枪，在自由权利上甚至不如宠物市场售卖的小狗。

"其实如果你想的话，你可以回家了。"白楚年扶着栏杆眺望一望无际的海面，"你受联盟保护，回到海里也很安全。如果遇到麻烦，就向联盟求助，会长会派我去帮你。"

兰波思考了一会儿："我离开，109 研究所，落了东西。拿回来，再走。"

莫名焦虑的心情让白楚年丧失了敏感信息的捕捉能力，他低下头，发梢遮住眼睛，似笑非笑地回答："好啊。"

听筒里突然发出一些小的噪声，兰波贴在听筒边轻声问："mebolu jeo?（你想我了吗？）"

"想了。"白楚年回答时嗓音温柔，垂下睫毛。

电话那边传来兰波的笑声。

白楚年问："你午睡吗？"

兰波回答："不睡。"

白楚年："那你想干什么啊？"

兰波："听你，训练。"

白楚年："行，我戴耳机，不挂。"

午饭后会有半个小时的午休时间。

午休时间过后，白楚年带毕揽星去观摩格斗课。

格斗课教官是一个袋鼠亚体，虽然身材并没有别的亚体那样高大，肌肉并不夸张，但紧实帅气，充满了爆发力。

戴教官看见白楚年，放下格斗式，捡起毛巾擦擦脸上的汗，走过来打了声招呼："嘿，终于有空回来看看熊孩子们了？"

"嗯，我不回来怕他们玩翻天了。"白楚年搭着毕揽星肩膀，把小亚体推到戴教官面前，"新来的小孩，不错的，你看看。"

得到了白楚年隐晦的夸奖，毕揽星心里是有些高兴的。

袋鼠亚体上下打量了毕揽星一番，豪爽地攘攘他的胳膊拍拍他的腿："以前练过吗？"

毕揽星点头："学校也安排格斗课，我爸爸也教过我。"

"试试吧，我看看。"戴教官退开几步，拉开一段距离，朝毕揽星勾了勾手，"全力以赴。"

毕揽星犹豫地望了望白楚年，他的格斗课成绩全校第二，这个成绩可以说已经很强了，而且对方是个弱亚体。

白楚年正在喝水，看见毕揽星担忧的眼神，咳得水从鼻子里喷出来："打吧，打坏了我赔。"

毕揽星只好动手，但不过三招就被戴教官踹翻，紧接着被锁喉压倒在地，几乎没有任何还手的机会。

白楚年坐在一旁的吧台高脚凳上，端着水杯笑，问戴教官："他行吗？"

戴教官点点头，朝白楚年比了个拇指："不错，就是反应慢了点，植物亚化细胞团能到这个程度真的不错。"

"毕竟 M2 分化。"白楚年跷腿闲聊，"十七岁就 M2 分化了，太难得，以后格斗课你带他吧。"

"M2？"戴教官略微惊讶了一下，"练到什么程度了？"

白楚年："我让他打控制，不当突击手，近战要求不高，看得过去就行。"

"那这算你学生还是我学生啊？"戴教官拍了拍毕揽星的肩膀，"教成了怎么说？"

"肯定还是我学生呗。"白楚年喝了口水，"你就一工具人，别想太多，M2 分化我能让给你，除非我长一袋鼠脑袋。"

"给我滚，别喝我水。"戴教官啐了一口，回头拍拍毕揽星的后背，"多吃点，这么瘦，风大点都给你吹跑了。"

毕揽星还没从被三招 KO 的局面里回过神来，要知道即使学校格斗课的老师也不可能打得他毫无还手之力，当他倒地的一瞬间，便有种预感，在这里是真的能学到东西的。

他站正身体向戴教官鞠了一躬："谢谢您指教。"

整个下午都在格斗教室度过，戴教官手把手帮毕揽星纠正错误习惯，白楚年在格斗场里溜达，随机挑几个倒霉蛋检查训练成果。

他点了一个尼罗鳄亚体过来对练，尼罗鳄亚体不停地深呼吸，紧张地看着白楚年悠闲坐在地上缠护手带。

白楚年边缠边抬眼瞧他："看我干吗？活动一下，别抽筋了。"

大约一分钟后，尼罗鳄亚体抱着剧痛的肋骨满地打滚。

其实白楚年并没有让他受伤，只不过用伴生能力模拟了三根肋骨骨折的疼痛而已。他蹲在尼罗鳄身边，翻开名册记成绩："程驰对吧？很不错。但要记得我们今后要面对的不是比赛，而是生死搏杀，进攻不是目的，在保证自己安全的情况下去击杀敌人才是，所以要沉稳，不要给对方露出一击必杀的破绽。"

尼罗鳄痛到说不出话，涎水从口角淌出来："是……是……"

当白楚年想要站起来时，耳机里有个声音问："什么时候，和我对练？"

兰波居然一直在听。

白楚年索性蹲在地上按着耳机笑笑："我打不过你啊。"

兰波吐了个泡："菜鸡。"

"好好，我是菜鸡我是菜鸡。"白楚年起身端起水杯，聊着天溜达到另一个区域检查其他学员。

尼罗鳄亚体惊愕地看着白教官把他打趴下之后，嘴里念叨着"我是菜鸡我是菜鸡"走了。

差不多到了兰波工作的时间，两个人的通话才挂断。

白楚年给在联盟的同事打了个电话。

电话接通，他首先说："你有空去陆言的学校看看，我把他赶回去了，不知道有没有闹情绪。"

同事纳闷："这不像你的作风啊！你是不是有别的事，跟我少来迂回战术，有话直说。"

白楚年："你有我家钥匙对吧？"

同事："对啊。"

白楚年："明天上午趁警署上班，你去我家，找一份 109 研究所的购买发票和证本，月底让渡轮给我捎过来。"

同事："你有病吧？会长的意思是放兰波自由，你拿着那东西他怎么走？再说了这属于档案内容，放个人手里本来就违规。禁闭室好受吗？还想二进宫？"

第十三章

金色自由鸟

旅鸽亚体撂下白楚年的电话，心里有点犯嘀咕，再怎么说兰波也只是一个实验体，为了一个实验体伤了俩人三年的搭档情谊不值得，反正只是拿个文件就走的事，对他来说举手之劳罢了，顺水推舟送白楚年个人情也不错。

一周后，他计算着兰波去联盟警署上班的时间，找了个机会进了白楚年的公寓。

他没什么心理负担，若无其事地打开公寓门，到各个房间翻了翻，却完全没想到会被倒挂在卧室阳台晾衣杆上的兰波抓个正着。

冰冷湿润的手紧抓着他的上臂，旅鸽亚体隐隐担心自己的骨头会被他攥碎。

兰波从隐蔽的阳台晾衣杆上下来，站在旅鸽面前。他用鱼尾支撑着身体，要比旅鸽高出一个头，居高临下垂眸审视着他。

旅鸽也是联盟特工的一员，和白楚年搭档了三年也算见过不少世面，但被这双幽蓝深邃的眼睛注视着还是有些发毛。他的眼睛并没有明亮的光泽，以至于很难判断他的目光汇聚在自身哪个地方。

兰波长蹼的手抬起旅鸽的下巴，面无表情地问："你想找什么？"

旅鸽镇定自若："楚哥让我帮他拿个文件，过两天给他寄回去。"

兰波挑眉："为什么，不让我寄？"

旅鸽疯狂地在脑子里寻找理由，总不能直说楚哥想私自扣下你的卖身契，断了你回家的念想吧？

但他还没来得及回答，兰波就被他身上的其他东西吸引了。

兰波贴近他脖颈，轻轻嗅了嗅，指尖锐利的指甲轻轻划动他的亚化细胞团，一股令他灵魂战栗的压迫因子席卷全身。

旅鸽被极具攻击性的压迫因子冲击着亚化细胞团，兰波随之压低身子，低声问："你和小白，走得很近？"

"小白？"虽然楚哥年纪小，但联盟里除了会长，会称呼他小白的人实在不多，旅鸽在脑子里反应了一会儿才明白兰波在称呼谁。

"我们是同事，经常搭档做事的。"旅鸽闻了闻自己的衣服，"我身上有他的味？不会吧？我天天都洗衣服啊。"除了制服经常放在一起洗之外，他们实在没什么肢体接触，况且他已经结婚了。

"搭档。"兰波不能理解这个词语，皱眉问，"一个，观察箱里吗？"

旅鸽也理解不了观察箱是什么东西，又不好糊弄过去，于是如实说："出任务条件不允许的话可能会睡同一个帐篷。"

兰波愣住。

"嘿嘿，给你看这个。"旅鸽拿出手机翻开小婴儿的照片给兰波看，"你看，很可爱吧？"

兰波伸出手指轻轻碰了碰屏幕，然后一声不响地松开鱼尾爬进床边鱼缸里不动了。

"啊？这……"旅鸽挠头。

发票和证本今天肯定是带不走了，从公寓出来，旅鸽回味了一遍兰波的脸，亚体居然可以长这么帅。

他忽然记起白楚年提起把会长儿子赶走的事，觉得确实有必要去学校看看，那只娇气跋扈的小兔子回去了还不知道怎么闹翻天呢，况且拍会长马屁这件事大家都乐意做，先去学校看看吧。

安菲亚军校属于国内第一批重点战斗学校，是向各组织输送特工和特种兵的预科班，课程紧凑，难度大，从理论知识到各项体能训练均有严格安排，并且实行末位淘汰制，每学年的期末竞赛排名最后一百名的学员将被留级，留级两次即劝退，学籍将调剂到普通学校。

安菲亚军校共划分高、中、低三个年级，9月份正是升级考试的时间，升级考试分数会按加权形式计入期末总分。

下午正在进行手枪近战考核项目，陆言和其他学生分别站在各自掩体后的方桌边，听到考试开始的广播信号之后，立即拿起桌上的手枪零件迅速组装。

陆言率先组装完毕，推上弹匣，将空包弹上膛，就近翻越掩体，连发五枪打亮了最近一位考生防弹衣上的红光警示灯。

防弹衣上装有感应装置，当红光亮起时代表该考生被淘汰。

陆言没有急于换弹，他抽到的伯莱塔92F弹匣容量有十五发，现在弹匣里尚留有十发。

此时大部分考生的枪械都已组装完毕，十米外有一位亚体考生对陆言身后的另一个亚体使了个眼色，两人同时包夹陆言。

考试分配场次时都由系统随机抽取决定，但年级人数有限，熟人被分到同一考场内也不稀奇。这两人拉开了180度枪线围攻陆言，明显有针对的意图，但陆言率先瞄准身前亚体的心口，两枪爆了他的心脏，随后立即转身趴下，躲过身后亚体的一梭子弹，同时将枪口对准另一人的心口开枪。

两人的防弹衣亮起红光，被淘汰了。

防弹衣不同位置的击打次数是不同的，心脏位置只需两枪即可毙命。

陆言竖起耳朵听着周围掩体后的动静，垂耳兔亚体的亚化细胞团特性使然，他的听力本就超越其他亚化细胞团，在这个基础上继承了兔子灵敏的反应速度，将陆言的近战优势无限放大。

这一场结束得很快，陆言以十二次击杀的成绩存活到最后，得到满分。

陆言吹了吹枪口，轻松退场。

近战对他而言不在话下，他最担心的是等会儿的狙击考试，这项目他老是不及格，一点也没继承老爸的基因。

"也不知道揽星在训练基地怎么样了……算了，反正他今年毕业，不参加升级考试。"陆言走到水池边洗脸，从口袋里摸出一枚胡萝卜夹子把两只兔耳朵夹在头顶，免得绒毛被打湿，顺便看了一眼手机的消息界面，全都是自己发过去的消息，毕揽星一条都没回，可能手机被没收了。

突然，左边有人故意掐住了水龙头，凉水滋了陆言一身。

陆言耳朵上的绒毛全湿透了，可怜巴巴地耷拉下来。他扫净脸上的水瞪大眼睛看向左手边，看见刚刚从场上被他淘汰的那个人站在水池边幸灾乐祸地看着他，另一人站在一边看戏。

"你是不是欠揍？"陆言甩了甩脑袋，撸掉耳朵上的水，轻蔑地嘲讽输的人，"什么意思？不服气？刚刚脑袋都给你打没了吧？"

输的人抱臂调笑："我那是让着你，谁不知道陆大少爷的亲爹多大本事，我们谁敢惹啊。"

陆言气笑了："跟我爸爸有关系吗？我怎没看出来你哪儿让我了，再说刚刚那场我不单单杀了你俩吧，全场都让着我？"

输的人冷哼："你陆少爷的名字在全学校有人不知道吗？不就靠爹进来的吗？哎，我们能怎么样，万一打赢了你，你跑回家找爸爸哭，我们谁家受得了？怪我们没那个命，没摊上个好爹哦。"

"你说这话你自己信吗？好，我没实力，我全靠你们让。"陆言渐渐咬紧牙关，从背包里翻出笔纸，唰唰写了两行字，往水池上一拍，"我给你写免责声明可以吧？咱俩单挑，你给我打骨折没人怨，敢进格斗室干一场吗？"

那人脸色僵了一下，匆忙退了两步，嘲笑道："你写这也没用啊，你爸想搞谁，还在乎一张纸吗？"

"跟我爸没关系！"陆言气得脑袋里嗡嗡响，骂人都叫破了音，"照你这么说考第一还成我的错了？承认自己菜有那么难？我级别比你高这总是真的吧？"

"呵，那不也是靠亲爸遗传的基因吗？"

"你……"他骂着骂着嗓子就哽了起来，其实陆言一点也不想哭，就是无法控制生理性的哽咽，看上去气势一下子就弱了下来。

和陆言同班的几个人看见了，跑过来边安慰边把陆言拉走，水池边的亚体还在后边喋喋不休："巴结陆言有好处，快好好哄他吧你们！"

陆言沉默地走了，兔耳朵耷拉着。

"他们真的没有人让我。"陆言哑着嗓子自言自语，"我每天早上5点就起来练枪，上课打瞌睡被老师骂，晚上熬夜练翻障碍，半夜翻个身腿就会抽筋。我爸爸才骂过我拖揽星后腿，他才不会因为我考不好就报复其他考生呢……"

路过学校大门时，陆言抬头看见旅鸽亚体在门外招手。

旅鸽摇了摇手里的小蛋糕："刚刚还想给你班主任打电话呢，来，接着。"

陆言看见小蛋糕都没心情，沮丧地走过去把蛋糕盒子接到手里："我挺好的。"

旅鸽："看出来了，满脸写着高兴。"

陆言疲惫地蹲到地上，脸埋进臂弯里："我活着好没意思，大家都觉得我靠我爸，然而我爸觉得我是笨蛋。"

旅鸽："怎么会，会长和陆先生都很疼你。"

陆言声音闷闷的："唉，烦死了，我宁愿他们没那么厉害。"

旅鸽安慰了陆言一会儿，给白楚年回了个电话报告今天一天的成果。

白楚年正在战术演练厅教毕揽星大局观，接电话时有些心不在焉。

旅鸽："发票没拿到，被兰波抓包了，好在我机灵，没把你供出去。"

白楚年懒洋洋地趴在桌前，支着头笑了笑："我忘了，他很警觉的，想在他眼皮底下拿走东西挺不容易。算了，我……找个机会直接跟他开口要吧。"

旅鸽："我也去学校看陆言了，他最近心情不好，估计是从小到大没跟揽星分开这么久过，有点不习惯。"

白楚年对陆言的印象一般，虽然陆言的天分也不错，但和毕揽星相比就逊色多了。白楚年喜欢把精力花在更有希望的人身上。

"好了，休息会儿吧。"白楚年扔开手机，叫毕揽星过来补充水分。

毕揽星摘掉隐形 VR 眼镜，拿起毛巾擦了擦汗，坐到白楚年身边喝了口水。

白楚年低头看着屏幕上的照片，怎么都看不腻。毕揽星叫了他好几声，他才回过神。

"教官，我能借你手机给阿言打个电话吗？"

"干吗？"白楚年敷衍道，"他挺好的，最近正在参加升级考试，你还是别影响他了。"

毕揽星有点失望，想了想又问："对了，你当时为什么要陆言走？"

白楚年懒懒地抬眼看着他："知道我为什么留下你吗？"

毕揽星："不知道。"

"这么长时间以来，我一直想为会长组一支好用的队伍，就像 PBB 的风暴特种部队那样，人数少，但每一位都是杀器，并且配合默契，足够忠诚。那样会长会轻松很多。"白楚年说得很直白，"十七岁就能达到 M2 分化，很难得。所以我想要你。"

毕揽星："啊，可是，阿言也 M2 分化。他刚十五岁。"

几秒钟的沉默。

白楚年坐直身子："就他？"

"啧……大意了。"白楚年回忆了一下 ATWL 考试中的细节，他先入为主地把陆言当成保护对象，让他坐等收割人头，实际上一开始就没怎么给他表现的机会。

每个人的分化等级不如亚化细胞团的生物特性表现直观，只有当使用等级对应的亚化能力，或者有意以亚化因子形式展示自身等级时才能被看出来，一个人如果打算隐藏等级，普通人是无论如何也看不出来的。

亚化细胞团可以离体保存和配型移植，虽然亚化细胞团猎人在联盟的严厉打击下几乎绝迹，但重赏之下必有勇夫，谁也不敢拿自己孩子的性命当赌注。

他们的父母想必已经反复嘱咐过他们，不要在 ATWL 考试这种鱼龙混杂的地方显露分化级别，因为一旦被盯上，即使敌人同样为 M2 分化，但是双方年龄阅历、战斗经验、心理素质和对亚化能力掌控的熟练度的差异等，都是能够决定胜负的非天赋因素。

冷静下来想想，即使陆言现在 M2 分化又能如何，训练基地里达到 M2 分化的特训生虽少却也不是没有。虽然陆言年龄小可塑性强，但他的身份摆在那儿，锦叔就不可能同意宝贝儿子参加这种既艰苦又危险的训练。

白楚年权衡了很久，终于还是放弃了陆言，继续教毕揽星大局观，拉下电子屏，在屏幕上画了一个团队站位示意图。

毕揽星拿出笔和本子趴在桌上记。

白楚年指着屏幕上自己画的图说："你的 J1 亚化能力毒藤甲属于防护型能力，在启动方式上属于顺序瞬发型，这就要求你必须清晰判断哪一个队友处在距离危险最近的位置，你可以看我给你的不同类型团队的站位图纸。"

他语速很快，毕揽星盯着他点头、点头、点头。

白楚年："看我干什么，看你的图纸啊。"

毕揽星匆匆低头看图纸，把重点记到笔记本上。

白楚年："同样是防护型能力，何所谓的 J1 亚化能力月全食是范围防护，他的月盘大小只够挡住自己和一两个队员，所以当你的队友面对这样的敌人时，你不应该首先保护最靠近月盘的队友，因为月盘保护队友的同时也遮挡了他们的攻击路径，这时候你应该给没有被月盘挡住进攻路线的队友装护甲。"

毕揽星埋头手忙脚乱地边翻图纸边记。

白楚年敲屏幕："看什么图纸啊，看我啊，那上面也没写何所谓啊。"

毕揽星晕头转向，满眼冒金星。

傍晚时分，白楚年关掉画满意义不明的钩圈叉符号的屏幕喝了口水，毕揽星自从低头换了一支新笔芯，就再也没听懂过后边的课。

白楚年合上手里的一沓图纸："今天我给你讲了十六种团队组合形式和四十五种防护型亚化能力的应对方式，明天跟着师兄们实战。"

毕揽星诧异："可一晚上我背不下来……"

"背下来也会被你小脑袋瓜里的水冲走的，"白楚年趴在桌上拍他的头，"所以要理解，对每一场战斗都要做出自己的分析和理解。对抗蛇女目那次如果你先把毒藤甲放给兰波，我们和搜鬼团、有 A 吗队完全拉开枪线，根本就用不着那支Accelerant 促进剂和快速恢复针剂。不是说赢了就万事大吉，当你把每一个细节完善到极致，就不会有输的可能。"

放在桌上的手机亮了一下，白楚年拿起来看了一眼，是旅鸽亚体发来的一段短视频。岛上的网络一直很差，短视频需要加载很久，但模模糊糊地能从定格画面上看到一条蓝尾巴人鱼。

"你回去吧，晚上的格斗课不用上了。"白楚年朝毕揽星扫扫手。

毕揽星收拾起笔记走了，剩下白楚年坐在桌前抓耳挠腮等加载。

终于，视频可以播放了，点开就是旅鸽家的卧室，兰波坐在婴儿床前抱着旅鸽的宝宝轻轻晃着抚慰。

视频背景里旅鸽的声音很慌张："完了，完了呀，现在整个家里都是安抚因子，不光我家宝宝睡着了，整栋楼家里有宝宝的都睡着了。单元群里都在讨论是不是圣母亚体降临解救被孩子折磨的父母们了。"

视频有些摇晃，兰波侧坐在婴儿床前，金发遮住了侧脸，只露出挺翘的鼻梁和微卷的睫毛，透过床前纱帘的柔光映在他雪白的皮肤上，小婴儿噙着手指安详地睡在他怀中。

半晌，他给兰波发了一条消息："你在我同事家干吗呢？"

过了一会儿，兰波不紧不慢地回复一条语音："buligi aino berta。（哺育你的孩子。）"

白楚年皱起脸看手机，然后，立即给旅鸽拨了过去。

白楚年："你是不是跟他扯什么没用的废话了？"

旅鸽痴呆："没有啊，他问我是不是跟你睡一个繁殖箱，我说没有啊，只睡过一个帐篷，他就跟来我家帮我照顾宝宝了。高阶安抚因子真的强，连我都困了。"

白楚年疲惫地搓着脸。

旅鸽："怎么啦？"

白楚年："没事，你干好你的检验科吧，别想着往我搜查科调了，你脑容量不适合。"

兰波一直留在旅鸽家里，旅鸽家人写生回来发现家里多了一个人鱼，惊讶地绕了几圈打量他。

晚上 9 点半，天已经全黑了，旅鸽委婉地表示他和家人要休息了，但兰波不管那么多，只顾抱着宝宝释放安抚因子。

旅鸽被他执着的眼神惊吓到了，有点不放心地把宝宝从他怀里夺回来抱在怀里："兰波，今天太晚了，我让我家人送你回家吧。"

兰波冷淡地侧坐在床边，漠然望着他，随后起身化作一道闪电离开了这栋房子，临走之前抛给旅鸽一个不识抬举的眼神。

兰波走后，旅鸽让家里人追出去送送他，自己则留下来给宝宝换尿不湿，意外地发现宝宝身上出的过敏小疹子都消失了，皮肤肉眼可见地变得更加嫩滑白皙。

"这是……怎么回事？"

旅鸽安顿好孩子追出去想一起送兰波的时候，门外却已经不见他人影了。

兰波一个人坐在天台，此时夜空像座笼罩大地的囚笼，阴云遮蔽了星月，他落寞扫动的鱼尾在黑暗中熠熠发亮，每一段骨骼都清晰可见。

他望着东南方向，透过阴霾注视着东南方向岿然不动的大厦轮廓，仿佛看见了109研究所高层若隐若现的飞机提示灯。

"你落了什么东西在那儿？"

亚体的声音忽然出现在耳边，兰波惊讶地仰起头，身边不知不觉站了一个人。白楚年身上还穿着训练基地的教官服，插兜站在天台边缘，脚下是百米高楼和在路灯下涌动的车流。

"没什么。其实已经、没有用了，我只是、想拿回来，做纪念。"兰波无聊地甩了甩尾巴，在黑暗中打出一弯电弧，"顺便、杀死他们。"

"我帮你。"白楚年蹲下来，垂眸望着地上往来川流不息的车辆，"但是有条件。"

"凭我、你，不够的。"兰波眼神冷漠，"实验体，太多了。"

白楚年笑了一声，指尖在掌心悠哉地点着拍子，也在往东南方向眺望。

"先聊点别的。"白楚年忽然转头问，"你来我同事家干吗？"

兰波不以为意，随意看了看指甲："你说呢？"

白楚年气笑了："你以为那孩子跟我有关系？"

兰波挑眉。

"什么乱七八糟的。"白楚年冷下脸。

兰波说："为族群、哺育，是王的职责。"

"王？想当王是吧？"白楚年向天台外纵身一跃，带着兰波急速下坠，脚尖轻点对面建筑的遮雨棚便矫健地将身体弹出十几米远，在两栋楼间跳跃几个来回，最后在疾驰的车辆顶棚借了个力安然落地，朝自家方向飞奔而去。

进了公寓楼，白楚年踹开门，折纸一般轻易地掰弯床头的铁艺装饰栅栏，将兰波双手紧扣到头顶，用坚固的铁栏锁住。

兰波挣了两下没挣脱，莫名其妙地皱眉注视着白楚年。

他们认识的时间不能算短了，但其实白楚年在他面前表现出的更多是驯服和依赖，以至于经常让人忘记他是个猛兽亚体。

白楚年尽量平静地问："你的发票和证本呢？给我。"

兰波对他的要求很意外："为什么？"

"我帮你保管。"白楚年翻了翻床头柜抽屉，"在哪儿，给我！"

"凭什么？"兰波歪头。

"给我！"白楚年稍不留神就吼了出来，兰波冷不防打了个哆嗦，皱眉凝视他，"你，命令我？"

兰波虽然双手被锁住，但最灵活的尾巴没有被控制，横亘在两人之间，电光积蓄，炫目的蓝光汇聚于尾尖，指向白楚年的喉咙，如同一把高压电击枪在亚体脖颈前摇动威胁。

白楚年直接用手握住了他电光强盛的尾巴，但高压电流并未将他劈成一缕焦炭，而是在他掌心中熄灭，连着兰波整条鱼尾都丧失了光亮。

兰波一向毫无波澜的眼睛里闪过一丝恐慌。

"你是什么王啊？"白楚年弯起眼睛逗弄猎物，"像故事书里画的那种吗？你有珊瑚和珍珠镶在一起的宝座吗？"

"有……"

"那我能坐那上面吗？"

兰波听到这话时身体战栗起来，有种被亵渎的怒意和恐慌。

白楚年头痛得厉害，太阳穴像要裂开了似的，梦里突然有种坠落的感觉，他猛地惊醒。

"兰波？"白楚年缓慢地爬起来，搓掉睫毛上的干涸水渍，蒙蒙地在床上坐了一会儿。

床头的铁艺栏杆已经被电流产生的高温熔化，床边的鱼缸里也仅仅剩下几只半死不活的蓝光水母，兰波不在卧室。

白楚年昨晚睡前没脱衣服，头发也乱蓬蓬地岔着，趿拉上拖鞋走出卧室，去客厅、书房、健身室都转了一圈也没找到人影，家里静悄悄的。

他开始翻箱倒柜找兰波的发票和证本。

家里所有抽屉全被他抽了出来，翻了个底朝天，掀了地毯、床单，把每一个可能藏匿文件的角落都找遍了。

房间里充满了抑制不住从亚化细胞团中溢出的慌张情绪因子，白楚年眼睛充血，即使空调温度很低，依旧出了一层淋漓的汗。

"带走了？"白楚年瘫坐在散乱的地毯上走神，手在身边胡乱地摸到手机，给兰波打电话。

手机拨通音在寂静的房间里显得很刺耳，当另一个手机的铃声从乱七八糟的床单里闷闷响起时，白楚年的眼睑慢慢红了起来。

"你在，找这个？"

兰波从阳台天花板倒挂下来，尾巴卷在晾衣杆上，冷漠地翻阅手里的文件夹，里面夹着发票和证本。

白楚年猛地坐直了，循声往阳台望去，兰波松开尾巴落在地上，尾骨支撑身体站在阳台门口。

白楚年站起来，拖着疲惫的脚步走过去，垂手站在兰波面前，面容憔悴地看着他。

兰波不客气地扬起文件夹扇过白楚年的脸，把他扇得趔趄两步险些没站稳，兰波则坐到阳台的咖啡桌边，淡然支着头注视着白楚年的窘态，尾尖在椅边的地面上拍了拍。

有那么一瞬间，即使白楚年也被这股莫名威严的气势震慑住了，他抬手抹了把嘴角，看一眼是否出血："什么意思，真当自己是王啊，我是不是还得跪下？"

说完，一截鱼尾便缠上了脖颈，用力一拽，白楚年被钩着脖颈扯了过去，被迫跪在地板上。

兰波完全不能理解，他只觉得白楚年实在太想要这张发票了。

但即使他对人类社会了解不多，也能从会长的严肃语气中听出来发票和证本与他的自由联系在一起。会长将文件夹交到他手上时，郑重嘱咐"自己珍重保管，不要交给任何人，自由的权利放在自己手里才是最可靠的"。

黑发里顶出两个雪白的、毛茸茸的、可怜耷拉着的耳朵。

敏感的狮子耳朵被冰凉的指尖触碰，仓皇地甩了甩就消失了。

白楚年抬起头，眼角泛红，有点难堪地轻声嘀咕："你什么都没看见。"

兰波严肃冷淡的脸孔忽然绷不住，咯咯笑了起来："nalaei mo。（小可爱、小坏蛋。）"

白楚年爬起来，背对着人鱼坐在一片狼藉中，困扰地抓了抓头发："啧。"

文件夹在两人争执的过程中散落在地上，白楚年注意到飘到手边的发票，捡起来看了一眼。

"……复印件……？"

白楚年迷惑了，从地上捡起证本翻看，也是复印件。

文件夹里掉出来一枚金色自由鸟勋章，勋章下镌刻着兰波的名字。

与联盟医学会的红十字羽毛和联盟防暴组的交叉冲锋枪一样，金色自由鸟是联盟特工组的象征。

白楚年捡起勋章端详，睁大眼睛："什么意思？"

"我懒得讲。"兰波翻回鱼缸里，懒洋洋地沉底补觉。他昨晚根本没睡好，直到半夜才挂到阳台晾衣杆上吹风睡觉。

白楚年趴在鱼缸边，伸手进去搅水捞他："我担心你不高兴才特意跑回来，你别睡。"

兰波放出两只蓝光水母敷衍他。

白楚年在鱼缸边趴了一会儿，赌气站起来去厨房做饭。为了惩罚人鱼，做了一桌素菜，一片肉都没放。

等他端菜出来，兰波趴在鱼缸沿托腮看他，鱼尾悠悠哉哉地翘出水面摇晃。

白楚年："出来啊，等我喂你？"

兰波捻了捻脖颈间湿漉漉的发丝："你长大了，理应喂我。"

"好！"白楚年深吸一口气，端起饭碗拨了点菜，坐到鱼缸边，挑起一筷塞到衣来伸手饭来张口的人鱼嘴里。

"旅鸽的孩子和我没关系啊。"白楚年说。

"我只是，去确认。"兰波懒懒地回答。

兰波说："我赐给他，容貌、健康、天赋。他没有，你的气味，所以，没有给，天赋。"

"你在说什么呢？"白楚年挑起一筷饭塞进他嘴里，"算了。"

等哄兰波睡下后，白楚年找了个借口回了一趟联盟大厦，到会长的办公室敲门，问起兰波的勋章是怎么回事。

言逸坐在转椅上，从背对办公桌的方向转回来，摘掉按摩眼罩："从岛上跑回来就为了问这个？"

言逸将事情原委告诉了他。

在将发票和证本原件交给兰波那天，兰波又把文件原封不动交还回来，并愿意代表加勒比海域人鱼族群加入联盟，这沓文件算作他的诚意。

经过多天的高层会议投票决定，联盟同意他的申请，言逸在授予他金色自由鸟勋章后，向他鞠了一躬。

白楚年不敢相信，双手撑住桌面："他不走了吗？"

"至少他愿意加入一个组织。"言逸也没有为兰波下定论，"也不全是。今后当我们进入加勒比海域将会有强大的人鱼族群护航，同时当他们遭受袭击，我们也必须毫无保留地派出援助，这是一场互利共赢的合作。"

"他凭什么代表族群……"白楚年怔住，"他真是王？"

言逸："他向高层证明了他的首领身份，但涉及会议机密，我不能把证明方式告诉你，你应该理解吧。"

会议机密除当天参与会议者外不许外传一直是联盟会议的规矩，白楚年也无法再追问。

其实这样已经够了。

白楚年无法形容现在的心情，是喜悦，还是松了口气，或二者都有。

"你来得正好。"言逸拿起手边的文件夹递到他面前，"昨晚恩希市遭到了生化袭击，伤亡惨重，市长向我们和军方求救，PBB 军方已经派出先遣部队调查情况，但现在留守联盟的特工不够，你从训练基地挑几个能力强的特训生，随防暴组一起护送医学会成员前往营救。"

白楚年随手翻阅文件："有头绪吗？"

言逸摇头："目前 PBB 部队发来的调查报告只说，袭击源头在于一位编号 408 的特种作战实验体。"

408，按之前从三棱锥小屋中找到的实验体编码规则推测，4 代表病毒型亚化细胞团，0 代表无拟态，8 代表他的一种基础能力——传染病。

"需要我去吗？"

"暂时不用，PBB 已经派风暴特种部队去了，我现在派你去有抢功嫌疑，先避嫌吧。"

"喊，真复杂。"白楚年想了想，"最近的确有几个不错的特训生，回去我通知他们。奖励得先说好了，回来就转正，进我搜查科。"

言逸笑道："看来都是很强的孩子啊。"

"没事我先走了。"白楚年收起文件，"我去学校看看陆言，听旅鸽说，最近被欺负了。"

言逸皱眉："遇到麻烦他应该学会自己解决。"

白楚年走出门口，摆摆手："代沟啊，代沟。"

白楚年特意没开车，坐地铁去了安菲亚军校，今天是升级考试的第二天，他到的时候格斗科目正好考完，考生们鼻青脸肿三五成群地走出考场。

因为他长得很年轻，混在三三两两进出校门的学生中间浑水摸鱼进来也没人发觉，倒是吸引了不少亚体的目光，聚在一起悄声嘀咕："那个人是谁班的呀？有对象了吗？是不是平常不来上课的，这么帅怎么会没人眼熟？"

他溜达到陆言的考场，陆言正在门口和一个亚体吵架，周围围了一圈看热闹的学生。

白楚年挤进去，首先看见了考场电子屏幕上的格斗考试成绩，第一名赫然写着陆言的名字，分数是329，与第二名拉开了100多分的差距，第二名之后的分数倒是咬得比较紧。

要知道这考试满分只有330，连胜次数、获胜秒数、格斗技巧各占110分，陆言仅扣的1分扣在了获胜秒数上，因为其中一局他花了11秒才KO对方。之前在训练基地白楚年问过毕揽星的成绩，毕揽星说自己的最高成绩是248。

刺耳的嘲讽打断了白楚年的思路，正与陆言吵架的亚体轻蔑地说："考个第一就扬扬得意的，昨天狙击考试及格没啊？"

陆言哪忍得了这话："你哪只眼看出我得意了，狙击我是不擅长，我承认，怎么你狙击考第一了？你考第一你也得意啊！"

白楚年也听出来了，这亚体本来就不是想说服陆言，是想气死陆言，脑子里想都不想就往陆言的痛处上戳："你看看你，整场考试下来身上一处伤都没有，别人都知道你亲爹不好惹，根本就不往你身上挨。考这分，你假不假？谁知道监考老师收了你爸多少礼呢。"

陆言眼睛都气红了，刚想还嘴，视野就被一个亚体倒三角形的后背挡住了。白楚年插着裤兜，欠揍地微微弓身，对那亚体说："人家亲爹有头有脸的，你谁呀，谁认识你呀，谁认识你爹呀，自己胎投得不好，还不赶紧从房顶跳下去重新投。"

"又来一陆言舔狗。"亚体不屑地冷笑。

白楚年："哇，你不会是想舔不够格吧？"

"你……"

白楚年："一小破格斗考试也能争起来，就你们这水平，身上没伤算及格知道吗？你觉着格斗考试打完了鼻青脸肿叫正常啊，太垃圾了吧，我也不针对你，我觉着在场各位都是垃圾。"

亚体气得浑身哆嗦，兜里掉出一张纸。

白楚年捡起来看了看，是亚体的准考证，上面写着姓名、年龄，还有最近一次ATWL考试星级。

"二十三岁，学长啊，留了两年级，回头嘲讽人家跳级上来的，不合适吧？"白楚年惊讶，"ATWL考试没及格啊，不会吧？不会吧？不会这么简单的考试都考不过吧？"

亚体一把夺回准考证，气急败坏地指着他的鼻子："你牛 × 你考几星？"

白楚年嬉笑着露出虎牙："不好意思，我十星。而且我没爹。"

他从口袋里摸出一张卡片，扔到地上，然后捡起来："咦，这是什么，哦，是我的身份证。"

白楚年夹着身份证在亚体眼前晃了晃："天哪，为何这样，我居然是十九岁呢！"

亚体气得脸都憋红了，色厉内荏地指着白楚年："吹牛谁不会啊，你说十星就十星？我还说我一百星呢。"

"我丢，十星也值得怀疑一下子，你是不是觉得十星特不可思议啊，快别上学了吧，省点教育资源给上不起学的孩子吧，你给国家做的贡献真不如别人少放两个屁对缓解温室效应的贡献大。"

白楚年掂量着掌心里的身份证："要证据是吧，先说好，我要是拿得出来，你是跪下叫爸爸还是去广播室当着全校同学的面道歉？总得拿出点赌注来，你说什么我就干什么，那我多没面子。"

亚体犹豫了，虽然十星考生非常稀少，可看他胸有成竹的架势不像胡诌，心里也没底，不敢贸然答应打这个赌。

"厌得你，光长岁数不长脑子，我的学员要都像你这个德行，我天天收拾得他们满地爬。"白楚年收起身份证揣进裤兜里，与那亚体擦肩而过，顺手从这毫无防备的家伙衣兜里顺出一串钥匙，随便抛起接住抛起再接住，"还想让老子拿证据给你看，你配吗？"

钥匙落入掌心时被轻轻捏成了一团铁泥，白楚年抬手，懒洋洋地向后把废铁抛回目瞪口呆的亚体手里。

"快去配钥匙吧，人家会问你配几把的。"

陆言全程张嘴呆站着观战，直到白楚年回头叫他"别跟傻帽站一起，掉价儿，到我这儿来"，才回过神颠颠跑过去跟到白楚年后边。

格斗项目是升级考试的最后一科，剩下的时间允许学生们自由活动。陆言一路小跑追上白楚年："那个、那个……"

白楚年边走他边追，兔耳朵一蹦一蹦："楚、楚哥……我请你吃甜点……"

"还叫我楚哥呢，吵架都吵不赢，能指望你做什么。"

"我、我下次肯定能吵赢！我学会了！"

"跟你说，别老想着怎么证明自己清白，人家要是信你，根本就不会来找碴儿，没必要。吵架就一个目的，把对方气死。"

"嗯，知道了。"

咖啡店里，陆言抱着草莓蛋糕耷拉着耳朵，小声问："揽星在你那儿怎么样了？"

白楚年："还行，现在把他放回来能吊打整个安菲亚军校。"

陆言诧异："这么厉害的嘛……我……"

白楚年："你觉得这所学校怎么样？"

陆言摇头："我不知道。我爸爸说这是国内最好的军校，所以我才考到这儿，来了以后我也没觉得它有多好，虽然管理严格，在考试上基本没有作弊贿赂的机会，但因为学校里面贵族子弟很多，经常拉帮结派，攀比豪车别墅什么的。校外大家族欺压小家族，校内大家族的孩子欺压小家族的孩子，老师是不会管的，因为他们惹不起。"

"唉，"陆言托着脸沮丧道，"其实我比他们想的惨多了，我爸爸每个月只给我把饭卡充满，衣服帮我买齐，然后除了学校餐厅的饭和学校商场的东西，我想换新手机新电脑新相机，都只能自己赚钱买，因为这个就总有人说我装。"

白楚年对此倒是很意外："老大这么严格我倒是能理解，锦叔不给你钱吗？"

"会偷偷给，不过要是被发现了，我俩就一起倒霉。随便买跑车就更不用说了。"陆言用叉子搅和蛋糕上的奶油，"学校那些人阴阳怪气就算了，反正都没我们家有钱。但是说我考试作弊，说我没实力全靠别人让，我忍不了。"

"当然也有很多上赶着巴结的，实际上也不比那些人好到哪里去。"

"我前几天拜托堂哥查过你了。"陆言叹了口气，"我爸爸给你买房子、给你买跑车，还给你好多零花钱，其实你才是他亲儿子吧。"

白楚年："别瞎说啊，除了车库里那几辆限量款跑车是锦叔送的，其他都是我拿工资买的。"

陆言："你又不是总裁，什么工作工资那么高啊？"

白楚年："我在联盟特工组工作，你有兴趣吗？"

陆言："……怎么才能进去？"

白楚年："先去蚜虫岛训练基地，通过考核转正，从搜查科、检验科、军备科、心理科四个方向自选加入。"

陆言疑惑："训练基地？你不是才把我赶走吗？"

白楚年："咳，随便你。其实我也觉得那里不怎么适合你，但至少我能保证，在那里实力证明一切，说闲话的人，只需要打到他们闭嘴就够了。"

陆言眼底亮起微光。

"不跟你说了，我晚上还得赶回海岛。"白楚年去柜台打包了一份牛奶布丁。

兰波从警署回到家，桌上放着一份牛奶布丁，点心盒上插了一团紫色的满天星，花梗用细丝带系了一枚蝴蝶结。

晚上 10 点，快艇到达蚜虫岛，白楚年在特训生们的一片哀嚎中登陆。

人人都以为教官今晚肯定不会回来了，那么战术考试又要推后一天，就又能摸一天鱼。这个老涅，是一天好日子都不想给他们过。

在训练基地，每个月中旬都会进行一次战术考试，考查特训生们各项目是否达标，但白楚年回来之后就会变成一周一测，考查成绩不理想的特训生在当月下旬会被拉去进行魔鬼加练。

每次考查为期 12 小时，九十六名特训生将被随机排列成六人队伍，届时整个蚜虫岛都会成为考场。教官们在安放在海岛各个角落的监视器中观察特训生们的表现，最后根据击杀人数、战术思维、团队协作、存活时间、辅助表现、山道车技等多种项目进行综合评分。

12 小时过去了，教官们已经将特训生们的表现评估完毕，把成绩单和剪辑录像交给白楚年。

接下来就是昏天黑地的考后分析会。

特训生们正整齐地坐在露天海滩上，海滩上撑起一面硕大的幕布，将十六个队伍的录像依次投影到幕布上。录像是经过监控剪辑的，每位特训生的镜头都有给到，这也就意味着谁在队伍里划水当混子将会被公开处罚。

白楚年点到一位队长的名字，一个山魈亚体战战兢兢起立，不敢抬头。

白楚年的中筒皮靴踩在旁边的椅沿上，发出噌的一声响："你怎么当的指挥？占了这么好的地势，能被反杀团灭，我怎么教的？"

山魈站直身体大声回答："您说，占据高地势后要检查高地边缘埋伏，从高向低推进，永远占据比敌人高的视角！"

白楚年哼笑："你怎么做的？"

山魈："我带队员无掩体突袭！"

白楚年气得捡起地上的废纸给自己扇风降温："那么大一平原，人家在岩石后边架着，枪口就差顶你们嘴里了，你们好歹开辆车啊？脑袋里有水？四百米大平原帝王干拉[1]，看看，看屏幕，穿个吉利服憨跑憨跑的，冲过去给人家说相声去了？"

眼皮底下一个亚体队长捂嘴偷笑。白楚年轻踹一脚他的膝头："傻乐个什么，我骂他没骂你？那一群傻子都从高点拉下来了，你们在掩体后边扔鸡毛烟幕弹啊？榴弹太贵了舍不得用？战术是把敌人活活呛死，兵不血刃是吧？"

挨个把十六支队伍骂了一顿，白楚年揉着太阳穴说："下周考查再打成这样，都给你们送安菲亚军校去。我看你们没比他们强多少。"

底下的特训生唏嘘，在他们眼里，国内最顶尖的安菲亚军校不过是幼儿园水平罢了。

不过白楚年一向赏罚分明，批评完该批评的，又依次翻出每个队伍值得学习的一些剪辑镜头，挨个播放让每一位特训生观摩。

"好好看好好学，说不定下次考试你的队友就换成了这些人，怎么临阵磨合战术，最快进入状态，自己好好想一想。

"萤的这发闪光弹放的时机就非常妙，刚好敌人被逼进双向通道，让敌人短暂失去视觉的同时给队友创造无伤围堵的机会，这手辅助无可挑剔。"

他又打开尼罗鳄亚体的镜头："这段沙中偷袭挺精彩的，对手长点记性，反抗他得争分夺秒抢在最前面挣脱，他J1亚化能力不是瞬发型是蓄力型，你等他死亡翻滚转速上来了，头都给你拧飞了，M2级也遭不住他这一通无脑猛转。"

"毕揽星这段可以。"白楚年仔细看了几遍回放，毕揽星的几次毒藤甲释放时机把握得十分精准，他的感官似乎要比普通人敏锐得多，以至于可以观察到每一个队友的处境。白楚年仔细数过，他身边的五个队员因毒藤甲的保护至少躲过了二十六

1.帝王干拉：拉枪线的一种操作方式，己方没有掩体，而敌人有掩体（比如敌人藏在了树后、石头后），是玩家在敌方眼皮底下进行拉枪线的操作。

次要害必杀。虽然毕揽星所在的队伍名次不够靠前，但毕揽星在整个考试中的表现绝对称得上惊艳。

白楚年权衡许久，挑选了萤火虫亚体、尼罗鳄亚体、獴亚体和小丑鱼亚体随联盟防暴组一同护送医学会成员前往恩希市，营救被困市民。毕揽星虽然表现不错，但训练时间太短，还不适合这时候派出去。

送四位特训生上渡轮时，白楚年站在岸边目送他们。

他反复嘱咐："你们的任务仅仅是营救被困市民，不要越过这个任务，跟紧带队的前辈。你们只是特训生，不是超人，最终目的不是在那儿扬名立万，而是安全回来，听到了没？"

"听到啦！教官放心。"

第十四章

爬虫交易

————◇————

月中考试前一晚，白楚年对着笔记本电脑检查特训生们的快反射击和突入识别射击录像。训练基地的特训生们通过最终考核后不一定都会选择加入联盟特工组，也有的特训生希望加入联盟防暴组和联盟医学会，因此突入识别射击就变成了一项极为重要的科目。在城市反恐战斗中，突入狭窄封闭空间迅速识别作战目标是必修课。

当他查到第三十几位特训生的录像时，笔记本电脑突然蓝屏了，屏幕左方出现了一行行白色乱码。

"这帮狗崽子，趁我不在拿我电脑下游戏玩，中毒了吧。"白楚年随便按了几下Esc 键，没反应，按回车键，没反应，强制关机再开机还是没反应。

他合上电脑，拍了拍，再打开，果然蓝屏消失了。取而代之的是变为一片纯白的电脑桌面，屏幕最中心逐渐出现了一个动态的黑色标志。

图案形状很像一只爬动的蠕虫。

白楚年无聊地托腮看着屏幕的变化，当屏幕上出现了一行文字时，他一点也不意外。

桌面上的蠕虫标志并未消失，而是在左上角出现了一个文字光标，随着光标移动，一行黑色文字快速出现：

"9100，我想与你做个交易。"

白楚年打了个呵欠，对着电脑的麦克风说："嘿，兄弟，有麦吗？我懒得打字。"

电脑光标停顿了一下，继续打字："没有。"

白楚年说："没关系，你听得到我说话就行。"

桌面上的文字又多了一行："如果你想让你的四位年轻学员活着回来，奉劝你听听我的交易。"

白楚年拿了支红笔，从书架上拽出一沓理论课试卷，开始低头批改，随口回答："第一，不要叫我的编号；第二，你拿几个人类的生命威胁我，我一点也不在乎。"

文字继续出现："我以为融入人类社会三年，你的态度会有所转变，至少会被人类感染得虚伪一些。没关系，我们的最终目的是一样的。"

"你就是会长说的爬虫亚体吧，黑进 ATWL 考试审改题目，给各方势力发通知邮件，都是你做的吧？"

爬虫亚体："是。现在我手里有 109 研究所所有未公开实验体的详细资料，你现在可以随机挑选一个实验体来验证我的话是否完全属实。"

白楚年批改试卷的速度并没有变快或变慢："条件？"

爬虫亚体："前往恩希市，将恩希医院的林灯医生护送到我指定的地点。"

"哇，"白楚年面无表情地感叹，"那想必林灯医生对你和你的同伙很重要，这个委托的价格我要定高一些。"

爬虫亚体："你想要什么？"

白楚年："给我留个联系方式，今后我需要什么情报就给我什么情报。"

爬虫亚体："你的胃口未免太大了。"

"当然了，如果你还能找到其他有能力帮你的人，我肯定不会出这么高的价格。"白楚年竖起批改完的试卷在桌面上戳了戳，"我从来不强买强卖，但你有自信今后都不会再求助到我吗？"

爬虫亚体："我答应。但请你信守承诺。"

白楚年趴在桌上合眼养神："先给我讲讲实验体 408 是怎么回事。"

爬虫亚体发来了一页简短的资料。

特种作战武器编号 408：萨麦尔

状态：培育期亚体。

外形：与人类无异，但没有瞳孔，整个眼球都是红色。

亚化能力："循环病毒"，目标受到感染后在 24 小时内进入感染早期。当感染者意识到自己已经发病后，会立即进入感染晚期。

感染晚期表现为：神经系统紊乱，视力、智力、活动能力降低，内脏和皮肤逐渐破裂渗血，无差别撕咬未感染者，通过体液传播循环病毒。

培育方向：传染病类生化武器。

"啊，听起来像狂犬病和埃博拉出血热的结合。"白楚年起了兴趣，"感染早期的表现是什么？"

爬虫亚体："我要确认你已经动身前往恩希市，才会给你更详细的情报。"

白楚年："就这？"

爬虫亚体："……"

爬虫亚体："虽然你不在乎那些人类小孩的安全，但我依然有个情报要免费告诉你。他们已经被困在恩希医院了，无法与外界联络，我只能通过医院的一个座机联络到他们。下面给你听一段电话录音。"

录音有些嘈杂，但依稀能辨认出是萤火虫亚体的声音，带着隐忍的哭腔："这里是联盟防暴组，我们被困在了恩希医院大楼里，现在到处都是发疯的感染病人，防暴组的前辈们全都牺牲了，现在只有我们四个特训生在保护医生们，如果有人能听到，请帮我们联络 IOA 联盟总部，请求支援。"

白楚年无动于衷。

爬虫亚体："你到达恩希市后，我会主动与你联络。"

屏幕上的动态蠕虫标志笨拙地爬走，笔记本电脑桌面恢复成原本的样子，特训生们的考核录像还在播放。

白楚年没有心情再审查录像，关掉了视频。这台笔记本电脑是给教官配备的，平时只用来播放录像或者剪辑讲课需要的视频，一般不作私用，因此桌面壁纸用的是一张训练基地大合照，傻萌傻萌的特训生们簇拥着几位教官对着镜头比耶。

他合上电脑，向会长发送了单人支援请求，顺便给兰波发了一条消息。

这时候兰波正泡在鱼缸里看电视，电视上正在播放《泰坦尼克号》。兰波抱着一个小盆，盆里装满了蓝光水母，目不转睛地盯着屏幕，时不时往嘴里扔一个嚼。露丝和杰克马上要掉水里的时候，兰波把盆伸到电视底下接着，面无表情地满脸滚珍珠。

手机忽然响了一声，显示白楚年发来的语音："我要去恩希市出差几天，可能信号不好会失联。"

兰波听完这段语音，把手机向后一扔，继续看电视。

白楚年坐在嘈杂震耳的直升机上，上身穿着干练的黑色皮质铜扣马甲，下身则是扣着枪弹带的工装裤和中筒作战靴，戴着黑色露指护手的双手捧着手机等着，没有等到回复，于是把手机静音塞进了口袋。

直升机在恩希市上空悬停，缓缓放下绳梯，白楚年挂在绳索上飞速下落，落在整个恩希市区最高的建筑物——观星台塔顶。

夜空如同倒置的深渊，白楚年蹲在高耸的塔顶，慵懒地俯瞰沉没在寂静深渊中的城市。

单人病房四周的白墙溅落刺目的污血，病床几乎已经被肮脏的血迹从白色染成了红色，墙角的垃圾桶倒了，里面废弃的安瓿瓶和药盒散落出来，一具尸体扭曲地和垃圾窝在一起。

一切都昭示着这个上锁的房间刚刚发生一场激烈的争斗，尸体的致命伤乍一看在于太阳穴的弹孔，但他身上穿的白蓝相间的病号服已经被血污染得面目全非，这并不完全是头部枪伤造成的出血。

仔细观察，他浑身的皮肤全部溃烂，血是从皮肤下渗漏出来的，他的脸也已经完全溃烂，看不出原貌，一双眼睛仍圆睁着，死不瞑目的双眼此时已经全部变为红色，瞳孔消失。最可怕的是他的嘴，嘴角不正常地上扬，几乎咧到耳朵根，配合溃烂出血的嘴唇，就像马戏团小丑化的笑脸妆一样。

这样高度腐烂的状态令人难以相信这具尸体刚刚死去三分钟。

萤火虫亚体剧烈地喘着气，靠坐在病床前，手中拿着一把手枪，他浑身都在哆嗦，嘴唇也有些发白，用床单把手枪上的污血擦干净。

他们原本护送联盟医学会的医生进来营救恩希医院的医护人员，但中途遭到大量疯狂的感染病人的攻击，四散奔逃中走散了，唯一能暂时躲藏的就只有这四个没有锁住的病房。

"韩医生……别害怕，我会保护你的。"萤拼尽浑身解数让自己冷静下来，回头问那位穿着白大褂的医生，"您受伤了吗？"

房间里除了萤以外只有唯一一个活人，那就是单手插在白大褂兜里，提着一个小型银色密码箱站在病房中央的医生。

医生将手里的密码箱轻放在地上，他戴着一副金丝眼镜，垂下的细链随着他的动作轻微晃动。这位医生脸孔轮廓稍显瘦削，亚麻色的短发微卷，骨相矜严耐看。

韩行谦没答话，而是径直走到尸体边，戴上手套检查尸体的状态，再将结果记录到口袋里的记事本上。

他虽然没回应，萤还是感觉到空气中多了一股温和的安抚因子，身体顿时舒服了许多。

趁韩医生沉迷检查尸体的时间，萤检了一下自己的背包，里面还有一天量的水和食物；除了手枪，他身上还背了一把微冲，备弹仅剩一百发。

他谨慎地抱起微冲，悄无声息地靠到门边，透过病房门上方的玻璃窗窥探外面的情况。

走廊深处的灯忽明忽暗，一个影子拖着僵硬的脚步缓缓走过来。

萤抱着微冲的手都在抖，却连咽一口唾沫都不敢用力，屏住呼吸盯着那个人。

那个人脸色灰败，浮着一层死白，身上也穿着和病房内的尸体相同的蓝白色病号服。他右手攥着一根输液架，输液架上挂了一个摇晃的空吊瓶，输液针还扎在他左手手背上。

那个病人走到了萤所在的病房门前，停了下来。

萤拼命捂住嘴，屏住呼吸，努力让自己的心跳平静下来，却不敢闭上眼睛，害怕病人突然暴起袭击。

病人的眼睛爬满红色，但黑色瞳仁还未完全消失。他缓缓停住脚步，看了一眼自己的空吊瓶，调整了一下吊瓶的位置，慢慢转身，又往他来时的路回去了。

等到病人消失在视线中，萤才敢大口呼吸起来。

检查完毕的韩医生摘掉手套，回头看着浑身发抖的萤，唇角翘起一个奚落的弧度："别勉强，休息一会儿吧。"

"我们的水和食物都不够了。"萤焦虑地尝试用战术匕首打开锁闭的病房门，"我们必须尽快从这里出去，逃进来时我记了路线，在医院最东边有一部手术专用电梯，我们可以试着上楼顶。现在PBB部队的直升机应该会在恩希市上空地毯式搜索，只要能上到楼顶我们就能离开。等我联络到总部，就请求他们派人救援其他人。"

但病房锁是需要门禁卡的，锁上除了一个插卡凹槽外基本没有能撬开的地方。

韩行谦不置可否，绕着病房检查里面的东西，发现桌上的电脑处在自动黑屏状态，轻轻动一下鼠标，屏幕就亮了起来。

这是一台监视器，共有四个画面。

"过来看看这个。"韩行谦双手撑着桌面，叫了萤一声。

每个画面的左上角都有编号：1号病房、2号病房、3号病房、4号病房。

1号病房的画面里有个坐在病床上发呆的病人，手里攥着输液架，正在脱鞋。他病床边也有一台电脑，可以看出电脑上显示的也是四个画面，但完全看不清画面上有什么。

萤惊了惊，悄声说：“他就是刚刚我看见的那个病人。”

2号病房里关着同为特训生的獴和尼罗鳄，他们保护的是恩希医院的医生们。其实这个摄像头的安装位置很怪，看起来安装在床底下。因为同在训练基地吃住相处，互相很熟悉，所以萤可以通过脚和裤腿辨认出他们。

韩行谦眯起眼睛：“等下，床底板看起来粘着一幅画。”

因为摄像头安装在床底，所以画面有些昏暗，仔细辨认后，两人确定那是一张放大的扑克牌，并且是JOKER中的小鬼牌。

3号病房的画面就是围在电脑前的萤和韩行谦两人。

萤想了想：“原来我们在3号病房。”

4号病房的视角比较高，里面关着小丑鱼和几位联盟医学会的医生。病床前同样有一台电脑，由于视角不同，隐约可以辨认出他们的第2和第3画面都是病房床底的画，但画上是什么完全看不清。

萤想了想，趴到地上努力想看看自己房间的病床底下有没有粘着什么东西。

韩医生问：“有吗？”

萤回答：“有有有！但里面太黑了，我看不清画的是什么东西，床腿中间焊着铁杠，我爬不进去。”

韩行谦宁静地注视着四个监控画面，忽然看到4号病房的医生们一起聚集到了自己房间的电脑前。

紧接着，2号病房的两个特训生显然也注意到了电脑上的监控，可以透过床缝看到他们的脚聚集到了电脑桌前。

“看来大家都注意到电脑监控了。”韩行谦想了想，“你别动。”

萤愣了愣，翻找抽屉的手停了下来。

韩行谦盯着4号病房的监控画面，围着病床来回走了一圈。

从监控画面中可以隐约看到，4号病房电脑上的第3个画面虽然显示的是非常模糊的床底，但床边有人的脚走动是可以辨认出来的。于是韩行谦推测每个病房的四个画面都是按照1、2、3、4四个病房排列的，也就是说，4号病房的人可以看清2号和3号床底的图案。

合理推测，每个病房都可以看到序号排在自己前面病房的床底图案，但除了1号病房的床底，因为他们自己所在的3号病房和监控里显示的4号病房都看不到1号病房的床底。

不过这个推测作用不大。

萤小心地问：“韩医生，我能说话了吗？”

韩行谦看向他，萤手里拿着从电脑桌抽屉里翻出来的一盒扑克牌。

“里面好像是空的。”萤自言自语，拆开扑克牌盒子，里面只有两张 JOKER 小丑——一张大鬼牌和一张小鬼牌。

两张牌并不像普通扑克牌一样薄，它们的厚度和身份证差不多。

“啊，是门禁卡。”萤拿着扑克牌去门锁的卡槽上比了比，大小刚好合适，只是不知道插哪张，“插大鬼还是小鬼呢？”

“别乱插。”韩行谦拿起扑克牌盒子端详，盒子的装饰很朴素，一面是微笑的小丑，另一面则是眼睛变成两个叉号的死亡小丑，小丑被一枚菱形框骷髅头标志遮挡。

作为医生，韩行谦非常熟悉这个标志，它代表“毒气”。

韩行谦放下扑克牌盒，忽然注意到了鼠标垫。

鼠标垫也分为四个格子，交叉错位画了两张大鬼牌和两张小鬼牌，其中小鬼牌和监控中看到的 2 号病房床底的图案一模一样。

韩行谦翻开记事本用笔写了两行字：“合理推测，我们所在的 3 号病房床底的图案就是门禁卡的图案，并且在四个病房里，有两个病房的床底图案是大鬼，另外两个是小鬼。如果插错了卡，房间里会释放毒气把我们毒死。”

萤弱弱地说：“那不是还有 50% 的正确机会吗……万一蒙对了呢……”

韩行谦气笑了：“这话我要录下来给你们白教官听。”

由于不知道摄像头的具体位置，他拿起鼠标垫和扑克牌盒子，举起来在房间中乱走，然后把东西伸进床底晃了晃。

可以从监控中看到，其余房间的人都被他的举动吸引了注意力，4 号病房的几个人开始翻找抽屉，2 号病房也能从床缝里看出来脚步动了起来，开始寻找东西。

很快其他病房的人也都发现了这些东西，想办法通过摄像头示意自己已经找到。

萤满脸疑惑：“韩医生干吗呢？”

韩行谦：“我得确定每个人都已经知道了规则。”

萤：“禁止套娃。”

韩行谦并不着急，坐在病床上闭目养神，大约等待了十五分钟，他忽然睁开眼睛，看了眼监控，画面几乎没什么变化，于是轻声说：“我们是大鬼牌。”

萤愣住，拿着大鬼牌门禁卡，犹豫着不敢插。

"真的吗……您确定吗……我……"

耳中的微型通信器忽然发出了微弱的电流音。通信器自从进来后就失效了，终于有信号恢复的迹象，萤高兴地跳起来，然后安静下来调整频道。

"喂？有哪个傻孩子小废物能听见我说话的？"

白楚年悠闲慵懒的声线传进耳中，萤一下子眼睛就湿了，哽咽着回答："教官，我，我能听到，我是萤……"

白楚年啧啧安慰："别哭，我都来了。我加强了信号，但目前只能联络上你，现在情况怎么样？"

萤拖着哭腔给白楚年讲了现在的处境，包括监控和鬼牌门禁卡的细节。

白楚年哼笑："都等了十五分钟了，当然插大鬼牌啊，笨蛋。"

萤愣住，不可思议地看向韩医生。韩行谦轻轻耸肩，提起放在地上的密码箱："准备走了。"

教官的话萤是无条件信任的，拿起大鬼牌插进了门锁中。门锁亮起绿灯，自动开启。

"为、为什么？"萤怔怔地问。

"等会儿再给你解释，先带韩哥去手术专用电梯，到楼顶和我会合。快点，外边有点下雨，我衣服穿少了。"白楚年懒洋洋地打趣，"长点心吧，我韩哥那双手可金贵着呢，给我好好护着。"

"韩医生，跟紧我，如果有危险就躲在我后边。"萤深吸了一口气，端起微冲打开门，把腰带上的手枪交给韩医生，回头嘱咐，"我已经帮您上好膛了，不要走火儿，遇到危险对着要害开枪就好了。"

韩行谦挑眉："好的。"

他们刚走出门口，身后的门就自动锁闭了，萤试着推了一下，已经无法再推开了。

如果想去手术专用电梯，就不得不经过2号和1号病房，两人都知道1号病房里还坐着一个定时炸弹般的感染病人。

正当萤想换一个迂回路线时，1号病房里那位手拿输液架的病人从门口走了出来，缓慢地向他们走过来。

"他咋又来了？"萤紧张地立即抬起枪口对准了那个病人。

"稍等，我要观察一下样品。"韩行谦按住萤的肩膀，"他和其他感染病人不一样，为什么他看起来攻击性不强，而且表情也没有变成像小丑一样的夸张笑脸呢？"

两人向后退开一段安全距离，那个拖着输液架的病人缓缓走到他们刚走出来的3号病房门前，停住了，然后慢慢抬起头，看了一眼自己的空吊瓶，调整了一下吊瓶的位置，呆呆转身，又往他来时的路回去了。

但这次天花板有点渗水，水滴在地板上积了一小摊。

病人回去时，一脚踩在积水上，摔了个屁股蹲儿。

萤人都傻了。

那个病人坐在地上，忽然回过头，注视着萤和韩行谦，他的嘴诡异地咧到耳朵根，露出了像马戏团小丑的夸张笑容。他的皮肤肉眼可见地开始溃烂，浑身都在向外渗血，通红的眼球中最后一点黑眼仁消失了。紧接着病人松开输液架，张开血盆大口朝两人扑了过来。

"韩医生危险！"萤第一反应是将韩行谦向远处推，自己则一个人迎上血淋淋的感染病人，病人疯狂地一口咬在萤的枪口上，即使被子弹射击也不松口。

一声手枪的震响，感染病人头颅中弹，身体僵直地倒了下去。

韩行谦淡然地扶着萤的肩膀，收回手枪，插回了萤腰间的枪带中。

萤走边揉搓自己通红的脸。通信器又响了，韩行谦把他的通信器摘下来戴在自己耳朵上："喂，是我。"

白楚年："哦，帅哥，害怕吗？想死我了吧。"

韩行谦："关于这次传染病，你都了解什么？"

白楚年："循环病毒，408号实验体萨麦尔的J1亚化能力，分为两个阶段：感染早期和感染晚期。

"感染早期的感染者将会重复自己生前某一段时间做过的事，如果没有人打断他，他就会一直循环做这件事，当他意识到自己做的事情和刚才不一样了的一瞬间，就会进入感染晚期。

"感染晚期你们也看见了，就是那个样子。"

天色阴得看不出时间，乌黑的云层裹挟着低气压逼近低空，忽大忽小的雨滴落在恩希医院的花园天台，白楚年举着一片滴水观音的叶子遮雨，悠哉地蹲在天台围栏上。

他旁边有个穿病号服的老人，闭目躺在竹编的躺椅上，躺椅边插了一把阳伞，雨滴顺着阳伞的伞骨滴到老人脚边。

老人躺在椅上轻摇，拿起手边的铁烟盒，里面还剩下最后一支手卷烟，苍老的手颤巍巍地将它取出来，用老式打火机点火，舒舒服服地吐了口烟气。

他吸完了一支烟，踩灭烟蒂，继续闭目养神，过了一会儿，又拿起铁烟盒，但这个时候烟盒里已经没有手卷烟了。

老人愣住了，他的皮肤随即肉眼可见地开始溃烂渗血，双眼猛地睁开，露出一双没有瞳仁的红色眼球，嘴角由于微笑的幅度太过夸张而溃烂撕裂。

他狰狞地微笑着朝身边唯一的活人白楚年冲过去，张开巨大血口朝他的喉管咬去。

就在发狂的感染病人冲到面前时，额头突然被一个冰冷的枪口顶住。循环病毒发病后会强化感染者的力量，但如此巨大的力量冲击却没有让蹲在细窄栏杆上的白楚年有丝毫摇晃。

白楚年不过转过半个身子，仍旧一手举着遮雨的绿叶，左手扣动扳机，一声震耳的枪响过后，感染病人头颅中弹，直直地仰面倒了下去，彻底成了一具尸体。

白楚年将遮雨的绿叶塞进尸体手里，堪堪遮住淌血的脑袋，自己则躺进了有阳伞遮挡的躺椅里，对那尸体说："等你半天了，占着椅子不挪窝。"

通信器又闪动起信号，萤在通信器中说："我已经去1号病房看过了，1号病房的监控里有他自己的床底标志，是大鬼牌，那2号和4号就都只能是小鬼牌了，我现在就去玻璃窗前告诉他们。"

"让他们走另外的逃生通道。"白楚年用鞋尖翻了翻死在身边的尸体，将尸体面朝地翻过去后，发现尸体后颈插着一枚奇怪的注射装置，注射装置上有个小的电子屏，看起来这装置是要通过某种终端设备去操纵注射的。整个装置是不透明的，无法窥探内部的针剂状态。

白楚年抽出紧贴大腿外侧枪带的战术匕首，从尸体身上把注射器挖了下来，顺便从尸体身上割了一块病号服的布料，将注射器擦干净，呵了口气对着光擦亮，然后包起来揣进兜里。

萤从韩医生的记事本上撕下一页，写上"用小鬼牌"四个字，面对玻璃贴在了4号病房的窗户上，然后急匆匆地带着韩医生向手术专用电梯跑过去。

手术专用电梯要比其他客梯宽敞一些，并且是双向开门的设计。两人迅速走进去，电梯门缓缓关闭，这时才发现电梯内部全部被用喷漆喷满了涂鸦。

所用的喷漆饱和度很高，导致色彩鲜艳刺眼，涂鸦内容基本上围绕着黑、红、花、片四种图形，似是而非的小丑画像诡异地微笑着，表情和那些感染晚期的病人一模一样。

韩行谦在按电梯按键没有反应之后，抬起指尖摸了一下四壁的喷漆，捻了捻："还没干，我们有麻烦了。"

萤发现在电梯最黑暗的角落放着一些零碎的东西，蹲过去仔细察看，回头叫韩行谦："韩医生快看，这里有个金色天平。"

一个长约三十厘米的金色小天平被螺丝钉钉在地上，两边的托盘都是空的，刻度指针指着正中心的"0"。

天平底下放着共十二张一字排开的扑克牌——红桃3、梅花3、方片3、红桃4、梅花4、方片4、红桃5、梅花5、方片5、红桃6、梅花6、方片6。

萤蹲在地上想把这些牌拿起来，但每个数字只有一张可以拿起来，其他都是贴在地上不能动的。

"好重的牌。"萤嘀咕着，想用通信器联络白楚年，但自从进了电梯，信号更弱了，呼叫了很久对方都没有回应。

萤拿着手里的红桃3、4、5、6，尝试着往天平上放，先将四张牌随便分成两堆，用两只手掂了掂重量，估摸着差不多，然后把3和5、4和6分别放到天平的两个托盘上。

清脆的一声响，天平猛地向右倾斜。

"啊啊！弄错了吗？"萤立刻补救，把天平上的牌拿了下来，但为时已晚，电梯开始向下降。

韩行谦皱眉："下面都是感染病人，我们就是从楼下上来的。"

电梯停在了四楼，尚未停稳时已经能够听见循声而来聚集在电梯口的感染病人的嘶吼声。韩行谦尽量按住关门键，阻止电梯门打开。

但关门键是有时效的，每过一段时间门就会自动打开，必须松手再按才能将门关闭。

大约十秒钟后，电梯门打开了一道缝，韩行谦迅速再按关门键，但那些感染病人的手已经快要伸进来了，电梯有感应装置，如果门夹到了什么东西，那么为安全起见，电梯门会立刻打开。

萤喊了一声："韩医生转过来把眼睛挡住！"

韩行谦原本已经熟练地将萤的手枪上膛了，听到小家伙这么说，于是背过身来，抬袖遮住了眼睛。

只听两声砰砰的闷响，电梯缝隙中丢出了两枚圆形炸弹，炸弹在感染病人群中爆炸，强烈的闪光辅以轻微爆破力一下子将感染病人驱离了电梯。

萤火虫亚化细胞团 J1 亚化能力"闪光弹"：能够暂时屏蔽对方的感官（包括无视力者），并带有一定爆破冲击力。

电梯门暂时重新关闭，感染病人再一次疯狂地围拢到电梯门前，恐怖的力道在电梯门上猛烈地拍，巨大的拍门声和啃咬嘶吼声与两人仅有一门之隔。

萤满头冷汗，拿着牌尽量冷静下来思考："不是重量吗？那，按数字？3 加 6 等于 4 加 5……"他试探着将四张牌再次放回天平托盘上。

这一次，天平又猛地向左边倾斜了。

电梯迅速上升，不知道会停在什么楼层，韩行谦叫萤过来守门，自己蹲到角落里，拿起扑克牌掂量。

这四张牌虽然外观相同，但密度差异非常大，可以直观地感觉到红桃 6 最重，然后依次变轻，红桃 3 是最轻的。

他看了粘在地上的其余牌一眼，然后将红桃 3、4、5 放在天平左侧，红桃 6 放在天平右侧。天平左右摇晃，摇晃幅度逐渐变小，中间的指针逐渐停在了"0"的位置。

电梯按键终于解锁，韩行谦站起身，按亮了顶层的按键。

萤抱着微冲，枪口谨慎地对着电梯门缝，胸口剧烈起伏，颤声问："好了？"

"嗯，是立方相加的等式，你可以把这四个数字想成四个同密度正方体的棱长。"韩行谦重新提起放在脚下的银色密码箱，忽然分出一缕视线落在萤吓到发亮的屁股上，哼笑出声，"如果我不和小白讲，你也许能少挨些骂。"

萤羞愧地捂住屁股，亚化细胞团里散发出一股打蔫的亚化因子。

电梯停在了顶层，距离天台还有一段楼梯要走，萤带着韩医生谨慎地摸到楼梯安全门前，透过门镜窥探门外的情况。

门镜似乎被堵住了，他只能看到一片暗红色。

"门是锁的，我试试把它打开，韩医生您退后。"萤利落地从背包里摸出工具，卡在锁上用力撬。

咔嗒一声，锁扣开了，安全门缓缓地向内打开。

萤僵了一下，一股冷冽的寒意从头浇到脚。

一个感染病人保持着闭着一只眼窥视门镜的动作，在安全门打开后，脸部即刻溃烂，嘴角恐怖撕裂咧到耳朵根微笑。

他身后还拥挤地站着无数感染病人，在看见萤的一瞬间，整齐地扯裂嘴角，露出一个诡异夸张的微笑来。

停顿几秒后，大批感染病人咆哮着挤进安全门，沾染血污的双手扒住萤的身体，贪婪且疯狂地张开嘴迎接新鲜的食物。

萤迅速把背包脱下来扔给还未靠近安全门的韩医生，自己拼命抵住安全门，用微冲扫射韩医生周围的感染病人，朝他大喊："进电梯，韩医生快躲进去！"

微冲的子弹所剩无几，萤在心里计算着，如果留一发用来自杀，还够不够保护韩医生逃脱。

忽然有一股力量在反向拉安全门，萤顾不上多想，只顾着用力抵住门不让感染病人出来。安全门突然锁闭了，那股沉重的力量带着萤跟跄地向前摔去，突然闭合的安全门将还挤在门边的感染病人切割成了两半。

短暂的沉默后，厚重的安全门逐渐鼓起了一个包，随即突起破裂，一只戴着黑色露指护手的手伸了进来，从内侧轻轻掰断液压锁，将门推开。

白楚年身上紧扣弹带，拎着一把红焰涂装的 M98B 跨进门口，冷白脸颊上溅了一道血迹，身后则是大片躺倒的零碎尸体。

他抓住惊魂未定的萤，把人拽到身边，像拖一只哺乳小兽那样随意，向韩行谦抬了抬下巴："支援还没到，先跟我走。"

"再来晚些你的学员就要被吃干净了。"韩行谦松了口气，推了推鼻梁上的金丝眼镜，发丝掩盖住紧急之下额发间隐约生长出的白色角质。

"见笑。险些让文人动手了。"白楚年搭住韩医生的肩膀，回头看了萤一眼，戴着手套的粗糙手掌在他满是泪痕的脸上胡乱抹了一把，翘着唇角威胁，"再哭就把你扔下去，净给老子丢人。"

萤止住哽咽，脸被粗糙的手抹得通红。

韩行谦把白楚年的手从自己肩头挪下去："离我远点，你身上一股公狮子发情的味。"

医院高层的病房大多是为 VIP 准备的高级病房，走廊上游走着几个僵硬呆滞的病人和护士。

白楚年拎着 M98B 走在前面，遛弯似的闲散。清理走廊的病人轻而易举，他走过的大理石地板被流淌的血污浸泡，留下一排不屑一顾的红色脚印。

"PBB军队还在疏散最后一批市民，确认市民全部疏散完毕就会派直升机过来。"白楚年搓净步枪上的血污，"现在整个恩希市都空了，PBBw风暴特种部队正在清理游走在城市里的感染者，现在感染者最集中的地方就是这座医院。"

萤小心地问："其他人怎么办？"

"我已经把安全通道的病人清完了，他们走安全通道的话应该不会有什么问题。"白楚年试了试通信器信号，尝试能否联络上其他三位特训生，"给我说说联盟防暴组是怎么团灭的。"

回忆起跟着防暴组的前辈们进来的画面，萤仍清楚地记得当时的绝望。在这次恩希市的营救行动中，PBB军方负责市民和高层的疏散，由夏少校带领的风暴特种部队负责清除城市各角落的感染者，由钟教授带领的联盟医学会分散救治在这次暴动中受伤的人员，联盟防暴组则负责进入感染最集中的恩希医院调查传染源和营救被困医护人员。

他们走进恩希医院时，大厅一片冷寂，一个活人都见不到。当他们推门进入候诊大厅时，密密麻麻的感染病人蜂拥而来，防暴组的前辈们在前面掩护，让特训生们保护医学会的几位医生撤走。

但那时候想撤出去已经来不及了，门窗顿时锁闭，四面八方拥出许多感染病人，无差别狂暴地乱咬乱抓。四个特训生首次实战就遇到这样的情况，任谁也不知道该怎么办，拼了命才护着医生们躲进安全的地方，一路避开感染者，几乎有三天三夜没合过眼了。弹尽粮绝的情况下能让医生们没有伤亡已经是他们全力以赴的结果。

"防暴组的长官最近很懈怠，组员们参加内部演习也不够积极。"白楚年扫了扫袖上的灰，"会长一定又会发火，希望别波及咱们。"

萤对于之前鬼牌门禁卡的问题还耿耿于怀，想问又不敢问。白楚年看得出来，简单解释了两句："四个病房，两个大两个小，4号病房能看见2号和3号病房床底的图案，如果你们的图案和2号病房的图案是一样的，都是小鬼牌，4号病房当然会知道自己是大鬼牌，人家又不傻。

"十五分钟过去，4号病房还没人出去，不就是因为你们和2号病房的牌不一样，所以他们没法判断吗？"

说到这儿，白楚年想起来："对了，月初的理论考试卷子我判完了，逻辑部分你全错，回去单独找我一趟。"

萤后悔得直扇自己的嘴。

高级病房中间有一条长连廊，连廊外侧是玻璃窗，内侧则是封闭的立墙，立墙中央有一道密码门，这个通道只供医院内部人员使用，患者是不能进入的。

"我要去找在恩希医院工作的一位名叫林灯的医生，不过我也只知道大致位置，他被困住了。"

白楚年把改装过芯片的手机接在密码器上，手机锁屏亮起，显示正在解码，进度1%。

韩行谦偏头看了他一眼："我记得你对电子产品都不怎么在行。"

白楚年盯着屏幕轻笑，露出半颗虎牙："新找着了一个好用的工具人，超级黑客，电脑高手。"

韩行谦："谁？"

白楚年："爬虫亚体。"

解码进度条达到100%，密码门缓缓向两侧开启。一股由于长时间密闭导致的腐烂臭味扑面而来，大约宽五米的走道中游荡着十多个穿白大褂的感染者，有的手里拿着病历本，有的则脖颈挂着听诊器，有的拿着一张CT影像边走边看。当密码门开启时，那十多个医生感染者同时看向门口三人，同时露出一模一样的狰狞笑容，然后发狂咆哮着冲过来。

白楚年回头问萤："你还有备弹吗？"

萤摇头。

"我申请的是单人支援，获批的武器装备都不多。"白楚年把自己的M98B扔给萤，"拿我的，我清完人你们再进来。"

萤抱着沉重的步枪点头，谨慎地贴近韩医生，努力用自己娇小的身体把韩医生保护在身后。

白楚年从腿侧枪带中抽出战术匕首，抛起反握在左手，迎着咆哮的感染者走去。

跑在最前方的感染病人率先抓住了白楚年的右臂，张开溃烂滴血的嘴狠狠咬来，白楚年抬起匕刃架住那张嘴，手腕翻转，迅速将刀刃向下，锋利寒光闪过，感染者的下巴被削掉掉落在地上，在他被砍削的力道带得向前扑时，白楚年利落地切断了他的脊椎和后脑。

另一个浑身腐烂的感染病人从白楚年侧身扑过来，白楚年微侧目光，反手将匕尖贯入他脖颈，轻易避开动脉以免喷血，手肘猛击那人肩头，松懈的腐肉发出扑哧的声响，肩胛顿时以一个难以置信的角度折断，白楚年手起刀落，脊椎断裂后感染病人便失去了行动能力。

萤的射击技术已算炉火纯青，枪枪爆头，却依然赶不上白楚年用战术匕首的击杀速度。在他眼里白楚年的击杀动作速度快得惊人，并且招招狠辣致命，就算对方不是感染者，而是一位训练有素的散打冠军，或许也无法在教官手下撑过一分钟。

走廊中的咆哮声逐渐消失，白楚年甩下短刃上的污血，抬脚踩碎了最后一个倒地的感染者的头颅。

萤换了弹匣，护着韩医生准备快速通过走廊。韩行谦看了看四周的墙壁，在墙砖的拼接花纹中发现了一些缝隙。每个缝隙的长度大约十厘米，宽度只有一毫米左右，隐隐透出一些红光。

"小白，有热感探测。"

韩行谦话音刚落，墙壁的缝隙突然亮起红光，两面墙壁突然布满了长约十厘米的红光细缝，片刻后，从缝隙中爆射出锋利的铁片。

薄铁片的弹射速度很快，地上的尸体顿时被密集飞射的铁片切割得七零八落。

一枚 JOKER 大鬼牌插在尸体的头颅上。

这些全都是金属扑克牌，并且四边开刃，被它触碰便会轻易从皮肤上割裂出伤口，骨骼甚至会被直接切断。

更令人头皮发麻的是，飞出的金属扑克牌并非落地就算结束。此时萤才发现，地面上也布满了方向各异的红光缝隙。从墙壁上飞出的金属扑克刀将会以精准计算的路线落入地面的缝隙中被回收，并无穷无尽地循环发射，直到走廊中再也检测不出任何设定外的热感为止。

回收的扑克刀上可是沾有感染者血迹的，一旦被它割伤，即使一时不死，最终也会感染循环病毒，成为一具凶猛的行尸走肉。

萤大叫着"教官小心"，然后用 M98B 射击空中乱飞的扑克刀刃，但这些刀刃的飞行速度已经快到了肉眼难以分辨的地步，根本不可能击落。

如同飓风的扑克风暴将白楚年锁在了走廊中，白楚年灵活侧身躲过一张扑克牌，随即向后翻身一跃，将两枚险些插进双眼的扑克牌夹在指间，收进手里。

他的反应速度已经达到了人类不可能做到的地步，在他躲避的同时，浓郁的白兰地亚化因子随着能量消耗而自然溢出，萤被这股高阶亚化因子压迫得跪了下来，双手撑地，冷汗从额头滴到地上。

韩行谦则平淡地提着自己的密码箱，单手插在白大褂兜里，注视着走廊中的动向。

白楚年并不是单纯地在躲避那些牌，而是有规律地在其中游走，将一张又一张的扑克牌收进手中。

虽然看不清白楚年的动作，但能直观地发觉墙壁中发射的扑克牌数量在变少，而白楚年手中的牌则越来越多。

很快，墙壁中的扑克牌耗尽了，白楚年停了下来。

"早就知道不是无限发射的。"白楚年手中攒了一摞金属扑克，在手中花式切牌，最后捻开，是从 A 到 K 的一整副扑克牌，数字依次排开，"第一波飞完就数清楚了，没有重复的花色。"

白楚年弯腰将插在尸体头颅上的最后一张彩色 JOKER 大鬼牌抽出，掀起衣角细心擦干净放在手中，与其他牌放在一起拉牌再合拢，对着走廊斜角的监控摄像头弯起眼睛："萨麦尔，现在出来自首和等会儿被我揪出来的处决可不一样。而且你充其量只能算小鬼，麻烦认清自己的身份。"

白楚年从手中整副牌中捻出灰色的 JOKER 小鬼牌，贴在唇边一吻，用手指的劲道将金属扑克弹出，小鬼牌飞速旋转着砍碎摄像头玻璃，牌角结实地钉在墙壁上。

第十五章

萨麦尔

———○———

兰波躺在鱼缸里，把一个靠枕放在缸壁靠着免得硌腰，泡在水里用裹着防水保鲜膜的遥控器换台找电影看，脸上敷着几只蓝光水母用于保湿。

放映着电影的电视忽然蓝屏，出现一行行白色乱码，屏幕最中心逐渐出现了一个动态的黑色蠕虫标志。

随后蠕虫标志向左上角爬动，屏幕中间出现了一个自动播放的视频录像。录像中的背景是阴森的恩希医院，镜头一转，开始放映白楚年躲避扑克牌的一幕。

兰波诧异地从鱼缸里爬出来，坐在电视边认真盯着白楚年看，伸出手指戳他。

但视频经过了剪辑，最后一帧镜头停在了一张扑克牌即将切割到白楚年的喉管，就不再播放后续了。

视频到此消失，整个屏幕只剩下一个爬动的蠕虫标志。

蠕虫缓慢地爬走退场，兰波的视线跟着虫子标志走，一口咬穿电视，虫子爬到哪儿他咬到哪儿，最后虫子爬到屏幕边缘消失了，电视被啃了五个牙印，兰波爬到电视后面找了半天。

白楚年此时已经通过走廊进入了医院的技术研发区，恩希医院不仅是凭借几位元老级的专家跻身国内一流医院，更多的是靠它的药物工程和技术研发。恩希医院拥有独栋封闭式技术楼，而爬虫亚体要求白楚年找的正是研发部主任林灯医生。

研发区的独栋大楼寂静得连呼吸的回音都听得清，但并非没有人，透过门上的窗户可以看到，他们所经过的一排排研究室里都坐着或是站着各种穿白衣的医生，他们明显已经感染了循环病毒，双目血红，机械地循环做着同一件事。

有的空研究室里整面墙都是培养箱，但箱门都是打开的，里面空无一物，只有一大摊干涸的血迹。

白楚年以手势示意身后两人放轻脚步，尽量不要打扰这些仍在感染早期、攻击意图不明显的感染者。

但研究室的门并不全都关闭着，有的门是开的，里面已经感染的医生看见路过的三人后立即进入感染晚期，冲出来撕咬。

白楚年有力的手掌从下方卡住感染者的下颌令他闭嘴，然后用力一拧，将他的颈椎完全破坏。感染者无声地瘫倒在地，成为一具高度腐烂的尸体。

韩行谦看了一眼溅落在自己白大褂一角的血迹，掸了掸。

"我听过林灯教授的讲座。"韩行谦说，"他长期从事感染病专业，发表的五十七篇 SCI 论文我都做了摘抄。教授本人也很和蔼，他还不到四十岁，在我们这一行算是非常年轻有为的。"

"我也想不通，这么年轻有为的教授为什么想不开去为 109 研究所做事。"白楚年轻蔑地笑道，"你也知道吧，109 研究所下边还有无数培育基地，把培养出来的实验体胚胎养至幼体，然后选出最有价值的幼体卖给 109 研究所，或者直接抓合适的类人生物改造成培育期实验体。"

"这个林灯，就是培育基地的培育员之一，他在恩希医院的研发区公器私用，利用医院的资源偷偷培育实验体胚胎。实验体 408 萨麦尔就出自他之手。"白楚年话音带着嘲弄和奚落，"自从 109 研究所数据库被盗之后趁机跑出来了不少实验体，408 就是其中之一，看来是跑回来报仇了吧。"

"做这种事能得到什么呢？"萤小心地插嘴，"林灯教授那么德高望重，一点都不缺钱啊。"

白楚年哼笑："你懂什么，谁嫌钱多？"

韩行谦不做争论，只平静道："听说他的家人五年前移居德国了，但很蹊跷，林灯医生是推了德国顶尖医院的挽留执意回国的，他怎么会把自己的家人送到远离身边的地方？"

"我不知道，我只负责带走他。"白楚年淡淡地说，"我烦所有培育员，但不针对林灯。"

"我知道。"韩行谦感应到了什么，抬眼环顾四周，看见走廊天花板上每隔一段距离就装有一个针孔摄像头。

白楚年也察觉到了这些隐蔽的摄像头，但并没有放在眼里。

当他们挨个研究室搜索到走廊最深处时，楼梯间发出窸窸窣窣的响声，听起来像有什么东西在叫。

一个白色的、两个拳头大的小动物从楼梯上快速跑下来，发出吱吱的叫声。

白楚年皱眉退开两步。

"老鼠？"萤抱着步枪歪头瞧它，看见那只小白鼠的眼睛红得很不正常，眼角有不少脓液，并且嘴角诡异地咧着，露出像人类一样的笑容来。

突然，那只小白鼠发出刺耳的尖叫，楼梯间随之传来大片尖锐的回应，地面小幅度震颤起来，一股浓郁的骚臭和腐烂的味道涌入鼻腔。

大片密集的红眼小白鼠从楼梯间尖叫着跑下来，老鼠的奔跑速度也很快，并且数量极多，看得让人当场犯密集恐惧症。

萤怔怔回头："教、教官，做实验的小白鼠都跑出来了，怎、怎么办？"

白楚年已经跑出十来米。

"你们先冲，我先撤。"白楚年灵活地攀上天花板，手指钩住散流器用力一荡，轻踏墙壁，翻身跃出数米，在走廊堆放的木箱上借力再跳，总之脚不沾地。

"走。"韩行谦抓住萤的胳膊扯着他快步离开，手枪上膛击落扒住自己衣摆的发狂乱咬的小白鼠，衣摆留下了被啮出的沾血的孔洞。

大批小白鼠蜂拥而来，密集得几乎将地板全部掩盖住了。就在三人将要原路离开研发区时，墙壁突然亮了起来，白楚年这才意识到天花板上的并非针孔摄像头，而是微型投影仪。

四周所有光滑的墙面全部被投影，顿时地板、墙壁、玻璃和天花板全是混乱斑驳的画面。

一个穿着夸张的金红相间塑料演出服的小丑蹦到画面中，他戴着一张微笑的面具，面具上涂红的大嘴高高上扬，鼻尖则扣着一枚滑稽的红色圆球。

"萨麦尔……"白楚年注视着投影中跳舞的小丑。

小丑起初在表演拉牌，手中的扑克牌行云流水地在两只手中张张叠落。很快，他收起扑克牌，从身后拿出一个缠绕着红色螺旋纹的呼啦圈，兴奋地在呼啦圈中翻跟头。

一段滑稽诡异的表演结束后，小丑将呼啦圈向他们抛了过来。

没想到那呼啦圈竟然化为了实体，在狭窄的走廊中飞速旋转，从一个变成两个，两个变成四个，顿时满天圆圈乱飞，其中三个圆圈像公园摆摊的套环游戏一样朝三人头顶飞来。

"躲起来。"白楚年将萤拨到韩行谦身边，"快点。"

408 号实验体 M2 亚化能力"幸福糖圈"：被圆圈套中的人必感染循环病毒，被套中的感染者将立刻进入晚期癫狂状态。

也就是说，一个健康的人只要被圆环套中两次就必死无疑。

白楚年在墙角堆放的木箱上灵活地攀爬跳跃，但这些看似无规则飞出的圆环实则具有追踪能力，不论白楚年向何处躲避，圆圈永远穷追不舍，将白楚年向鼠群赶。

眼看就要与大群老鼠迎面撞上，白楚年急停起跳，双手攀住天花板散流器，手臂肌肉突然拉紧，将衬衣袖口撑起筋脉暴起的肌肉纹路，完全用手臂的力量将整个身体贴在了天花板上，两个追踪的圆圈相撞，发出一声巨响，然后四分五裂，掉落在地。

白楚年跳下来，紧张地胡乱拍掉趁乱爬到自己手臂上的一只老鼠："走，离开这儿。"他推了萤和韩行谦一把，"是陷阱，萨麦尔在阻止我们找到林灯。"

外观红白相间的塑料圆圈事实上坚硬无比，轻易撞碎每个研究室的门，随意选择一个感染者然后套在他头上。

被圆环套中的感染者突然咧开渗血的微笑的嘴，瞳仁消失，双目血红，带着研究室里其他由于打断循环而进入晚期的感染者咆哮着冲了出来。

成百上千的感染者在大楼中跑动和吼叫的动静极其具有精神压迫力，几乎精疲力竭的萤听到这种声音顿时心头升起一股绝望感。他奋力向走廊内扔闪光弹，闪光弹的强光带着爆炸波掀翻了大批感染者和感染老鼠，争取到了短暂的逃离时间，他抓着韩行谦一路狂奔。

白楚年负责断后，他习惯了指挥位，随时留意队员状态是他的本能。他培养萤时就是看中了萤对时机的把握，很合适在队伍中做辅助，这次却被迫与队伍脱节，从辅助战斗的位置直接变成了主力突击手。白楚年看得出萤的消耗已经达到了他亚化细胞团所能承受的极限，再继续透支下去恐怕会对亚化细胞团本身造成不可逆的损伤。

初次任务就遇到这么棘手的情况，白楚年还颇怜爱这几个倒霉蛋学员。

脱离研发区，逃入医院的安全通道附近时，隐约的咆哮声却又从另一个方向靠近了，而这次听起来数量更多。

白楚年走到了最前面，听见安全门对面有用力拍门呼救和砸门的声响，于是将手搭在沉重的液压锁上，结实的安全锁像豆腐一样被他轻易掰开，安全门一下子打开，安全通道对面的人们一窝蜂似的迎面拥了进来。

小丑鱼亚体背着枪口过热的 NOVA 霰弹枪，双手各拿一把霰弹所剩无几的KS-23，将他所保护的医生们推到最靠近安全门的位置，自己则一人挡住几十个狂追不舍的感染者，两把枪交替开火。霰弹爆破时的杀伤面积要比步枪大得多，感染者的碎块炸开，甚至沾满了墙壁。

"快出去，把门关上！"小丑鱼头也不回地朝那些医生大吼，"把门关上，等我解决一半再帮我开门，不然这扇门也扛不了多久！"

霰弹枪的发射速度毕竟有限，趁着小丑鱼换弹的间歇，感染者们扑过来撕咬他的防弹衣，小丑鱼踹掉一个，转身撤开两步，重新面对那些感染者时，身后浮起一团金色微光，微光化为实体，无数富有生命的金橙色圆钝触手将小丑鱼紧紧护在中心，并且从顶端射出紫色毒丝。毒丝触碰过的感染病人浑身僵硬抽搐，逐渐从指甲中渗出黑血，口吐白沫倒地。

小丑鱼亚化细胞团 J1 亚化能力 "触丝海葵"：罕见的共生召唤型能力，使共生生物实体化，以神经毒素攻击对方的形式保护自己。

小丑鱼换弹时已经感觉到亚化细胞团深处突突的隐痛，他压榨能量反复召出海葵的次数已经达到了极限。他有预感，只要再召一次海葵出来，他的亚化细胞团就会立刻四分五裂。

霰弹还有，但身上的几把枪都已经过热变形，马上就要报废了。现在这种情况，手中一旦没有了武器，和坐以待毙没什么区别。此时连体力也所剩无几，小丑鱼脑子里一片空白，只记得要把医生们安全送出去。

在背后的海葵逐渐消失时，小丑鱼深吸一口气，闭了闭眼，将最后一丝亚化细胞团能量挤了出来。

但他的海葵还没有出现，一只戴着粗糙护手的手轻轻按在了他后颈的亚化细胞团上，一缕强势的安抚因子注了进来，带着白兰地的酒味。亚化因子入体的刹那，亚化细胞团透支的疼痛弱了许多。

"够了。"白楚年将他扯到身后，手中的 M98B 枪口轻抬点射爆头，回头叫了韩行谦一声，"看在我的学员为了保护你下属这么尽心的分上，好歹也稍微帮个忙吧。"

韩行谦仍旧保持着单手插兜站立的姿势，轻轻推了推鼻梁上的金丝眼镜，细链轻微摆动："我以为不至于用上我。"

他的额发间生出一层白色角质，角质层螺旋生长，逐渐成为洁白莹润的一只尖角。

他并没有动，但每个人都感受到了一股异样的暖流灌入亚化细胞团，尤其以消耗最大的萤和小丑鱼感受最深刻。

能量倒流，亚化细胞团重新灌满，甚至腹中的饥饿和身体的疲惫感都一扫而空。

不仅如此，枪口过热即将损坏的武器迅速降温，划痕消失，成为崭新的状态。小丑鱼破烂的防弹衣恢复成一如未穿过的样子，白楚年腿侧的战术匕首用钝的刀刃霎时锋利如初。

天马亚化细胞团J1亚化能力"耐力重置"：范围恢复型能力，范围内目标体力、能量、装备完整度即刻还原，每次还原后耐久上限会变为原来的一半。

同属畸形亚化细胞团，韩行谦则与贺家兄弟各自继承一半的双子亚化细胞团截然相反，结合父母双方优势，同时遗传父亲白马亚体与母亲天鹅亚体特征并完成基因突变后的"融合亚化细胞团"，威力成倍增强。

枪械焕然一新，小丑鱼立刻重新装弹，枪口对准蜂拥至面前的感染病人。萤的闪光弹时机正好，在感染病人渗血的指甲即将触碰到小丑鱼手腕时在侧后方炸开，感染病人被爆炸的冲击撞出五六米，后背狠狠撞在墙壁上，再慢慢滑落。即使这些感染病人生命力再顽强，想要重新爬起来并冲过来撕咬也是需要时间的。

当有了突击位的队员同时作战，萤的辅助能力才最大限度地发挥出来，在他的闪光弹精准的投掷和爆破下，没有任何一个感染病人可以近小丑鱼的身，这也就使擅长中距离战斗的小丑鱼得到了施展的空间。

趁这个机会，感染病人一个个被霰弹炸成碎块。忽然，两人腰间一紧，被亚体的手臂圈住，白楚年一左一右把两个杀红了眼的人拖了回来，关上了门，手指拨动破碎的液压锁，将合金揉捏在一起，重新封住安全门。

在安全门重新关闭后，海葵化作漂浮的泡沫蒸发消失，两个人背靠背瘫坐在地上喘气。

小丑鱼抱着枪把头埋进臂弯里休息，即使滚烫的枪口将他脖颈皮肤烫出一个红印也不放开。

白楚年伸手去拨开他烫到皮肤的枪口，但小丑鱼猛地哆嗦了一下，把枪更紧地抱住，惊惶抬眼盯着白楚年。他几乎出现了应激反应，手里没枪就满心发慌。

联盟医学会的医生们劫后余生，利索地打开药箱给萤和小丑鱼检查身体。

气氛有些沉闷，空气中飘浮着两个高阶亚体的安抚因子。

白楚年蹲在地上将身上挂的弹带拆散，数出够数的子弹推给两人，露出虎牙尖："省着点用，子弹不要钱啊？"

韩行谦缓缓坐下来，屈起一条腿靠在墙边休息，他使用恢复能力也是要消耗自己亚化细胞团的。

萤悄悄从韩医生身边挪走，面对墙角抱膝坐着，脑门抵在墙上。没有什么比自己的保护对象是高阶亚体更丢人的了，如果有，那就是自己还在他面前装作很厉害的样子。

"居然变成新的了。但是子弹没增加……"小丑鱼终于缓过神来，看了看自己的枪，自言自语道，"好厉害的 J1 亚化能力，不过也可惜只是 J1 亚化能力……"

每个人的亚化细胞团在一次分化后是有机会再次分化的，即从 J1 分化后进行 M2 分化，甚至 A3 分化，每一次亚化细胞团分化都必定带来一个亚化能力，并且随着级别增加，威力呈几何倍数增长。

天马亚化细胞团的 J1 亚化能力"耐力重置"虽然可以将范围内目标的体力、能量、装备完整度还原成全盛状态，但因为它仅仅是 J1 亚化能力，局限性很大。每次还原后耐久上限将变为原来的一半，也就是说，如果一把霰弹枪的使用寿命是 1000 发霰弹（即打 1000 发霰弹后此枪报废），在经过天马亚化细胞团的还原后，虽然枪械的性能完全恢复了崭新状态，但此时它的使用寿命会变为 500 发（即打 500 发霰弹后枪械报废），再次还原成崭新状态后，枪械寿命变为 250 发，以此类推。尽管耐力重置可以无限使用，但对一把使用寿命为 1000 发的霰弹枪而言，只需要连续还原九次就会使枪械彻底失去使用价值。并且还原时不限制枪械当时的状态，一把崭新的霰弹枪，即使只打过一发霰弹，经过天马的重置还原后，这把枪的使用寿命仍会变为原来的一半。

对生物的恢复也一样，如果一个人跑步三十分钟会感觉累到不行，通过一次还原，他将立刻精力充沛。但接下来同样强度的跑步仅做十五分钟就会精疲力竭，这种状态将会持续到此人得到充分休息之后解除。

这正是可惜之处，如果耐力重置在 M2 级分化时出现，想必可以无副作用地还原装备和体力吧。

"你懂什么呀！"白楚年对小丑鱼投去嘲笑的目光。

萨麦尔的圆圈套环从走廊追了过来，白楚年拽下小丑鱼身后背的 NOVA 霰弹枪，迎着飞来的圆环爆出一枪，圆环被霰弹打满细孔，转瞬间四分五裂。

这里不能久留，白楚年站了起来，手拿 NOVA 走在最前方开路，毕竟身边跟着不少手无缚鸡之力的医生，当务之急是送医生们撤离恩希医院，找林灯的事暂时先放放。

一阵螺旋桨的轰鸣由远及近，借着大楼内封闭的玻璃窗可以看见远方驶来两架武装直升机，外壳涂装醒目的橙色 PBBw 风暴特种部队编号，直升机逐渐靠近恩希医院，并扔下两道悬梯。

两架救援飞机在目标位置悬停，何所谓身穿风暴特种部队防暴武装服，戴着墨镜单手攀抓直升机内沿，手拿对讲机："所有人注意，恩希医院十九层大楼内感染者数量逾千，并可能设伏，银狼占领制高点锁定目标实验体 408 准确方位，雪狼加强建筑内信号，联络 IOA 联盟特工，收到回复，完毕。"

贺文潇："银狼收到，已占领研发区高楼天台制高点，完毕。"

贺文意："雪狼收到，正在加强通信信号，完毕。"

他们用军方机载精密仪器破除了屏蔽装置，白楚年的通信器有了反应。

通信接通后，白楚年边带领其他人上天台，边问何所谓："好帅哦，你是什么狼啊，何队长？"

何所谓严肃道："报告位置、人质数量。"

白楚年："我身边有十个联盟医学会成员，楼里还有我另外两个学员，保护的是恩希医院的医护人员，现在联络不上，你站得高，快帮我找找。"

通信器中声音有些嘈杂，何所谓发布搜寻命令，并带一组风暴特种部队队员以滑索迅速降落，一支全副武装戴防毒面具的小队迅速降落在天台。

白楚年抬起枪口一枪崩飞一个圆形套环，警告何所谓："萨麦尔的 M2 亚化能力是套圈，被套中就感染，再套中就发疯似的无差别乱咬，小心点。"

何所谓了解情况后以手势警示后方队员。

他们所在的第十九层与天台相距很近，白楚年让韩行谦带医生们走安全门上天台与 PBB 会合撤离，自己则带着萤和小丑鱼走楼梯下楼，按通信器中收到的位置寻找另外两位特训生所保护的恩希医院的医护们。

白楚年提着 NOVA 霰弹枪走在前方，萤和小丑鱼一左一右跟在后方，组成一个三角队形，随时注意各方动向。

他们逐层排查，在大楼第七层发现了新鲜的血迹，血液滴了一路。

转过走廊转角，便一眼看见了道路尽头的医生们，他们古怪地捂着自己的嘴，全部紧张地坐在角落里，有的在无声地流泪，用力捂住嘴巴不敢发出一丝声音。

獴亚体挡在医生们前面，手中抱着一把几乎报废的 AK-47，由于连续使用，膛线都被磨没了。

他脸色凝重，即使见到了白楚年，眼神中也仅仅露出了一瞬间的安慰。

他不敢动。

所有人都不敢动。

在他们面前，尼罗鳄亚体手臂上绑着从衣服上撕的布条用于伤口止血，伤口的血迹浸透了他的上衣。他正若无其事地斜靠在墙边给 AK 装填子弹，一发、两发、三发……

他的眼睛严重充血，红得很不正常，瞳仁也变得很小。

萤和小丑鱼顿时明白，尼罗鳄被咬伤了，已经感染了循环病毒，并且潜伏期结束，出现了感染早期的症状。

白楚年悄无声息地向尼罗鳄靠近。

循环病毒的感染早期会重复自己生前在做的某件事，当他意识到自己做的事情与刚才不一样的一瞬间就会进入感染晚期，感染晚期必死无疑。

但如果不让他意识到呢？

白楚年悄声从他的视野死角靠近，从他背后缓慢地抬起手，只要能打晕他，他就永远意识不到自己刚刚做的事情与之前不一样，那么就有机会想办法抢救。

白楚年的动作极其轻缓，不会带起一丁点气流。就在他即将切中尼罗鳄亚体后颈时，一个彩色套环从空中飞来，直袭白楚年后心，白楚年本能侧身躲避，但那圆环突然改变了目标，拐出一个直角，径直套在了尼罗鳄身上。

尼罗鳄眼中最后一丝瞳仁消失，被血红布满，嘴角撕裂上扬，露出一副小丑的微笑。

"砰"一声决绝的枪响，尼罗鳄眉心多了一枚烧焦的孔洞，子弹从他头颅中穿过，在墙壁上溅落大片血迹。

白楚年左手握手枪，枪口点他的眉心，没有丝毫晃动和犹豫，眼中的笑意消失了，浑身散发着冷意。

萤捂住了嘴，缓缓瘫坐在地上。

"你们带医生们撤走。"白楚年收起手枪。

萤和獴想把同学的尸体带走，白楚年低声制止："他感染了，带不出去的。"

三位特训生拖着沉重的脚步带着恩希医院的医护们向天台撤离，地上只留下一具孤单腐烂的尸体，身上穿着 IOA 特训基地的防弹衣。

医院变得空荡又安静，脚步落在地板上也会响起悠长的回声，白楚年坐在快速腐烂直到看不清面貌的尸体身边，点了支烟休息。

一支烟罢，白楚年将手按在了尼罗鳄腐烂的笑脸上，忽然，尸体消失了。连着他身上淌出的脓液和血斑一起，无声无息地蒸发了，地面光洁只剩下一些尘土和脚印，尼罗鳄的尸体就像从未存在过。

白楚年躬身从尸体消失的地方捡起一枚玻璃球，放进衣兜里。

恩希医院大楼内充斥了一股浓郁辛辣的高阶亚化因子，但活人都撤走了，没有人受到这股猛烈的压迫。

白楚年从口袋里抽出手机，按照约定的联系方式向爬虫亚体问："萨麦尔在哪儿？"

爬虫："我的监控显示他带着林灯医生进入了地下车库，很可能打算挟持人质开车离开。"

爬虫："我为你准备了一辆跑车，就在地下车库。"

爬虫："我远程解码了这栋大楼所有的密码门，按我说的路线可以在一分钟内到达地下车库。"

白楚年站起身，双手插在裤兜里，慢腾腾地走到窗边，抬脚轻轻一踹。墙体顿时出现裂纹倒塌，发出轰然巨响，厚实的砌块和扭曲断裂的钢筋裸露在外。

大楼外壁塌出一个巨大的缺口，白楚年缓步跳下来，脚尖轻轻在几个防雨棚和小阳台卸力，花了十秒就落在了车库门口。

医院中的大批感染病人从突破的缺口拥出，如同追逐食物的蜂群，密集地向城市中狂奔，直升机承载的四架重机枪向感染病人扫射，腐臭和血腥冲天而起。

爬虫准备的一辆崭新的装甲轿车旋开车门等待着他。

方向盘边的屏幕上显示爬虫传过来的路线导航，导航中显示两个红点，一个代表萨麦尔的车，另一个则代表白楚年这辆车，两车已经拉开一段不小的差距。

白楚年上车关门，打火启动，轿车拖起低沉长鸣的声浪冲出车库，他拿起通信器："何队长，408 已经进入城市车道，帮我开道，我在追。"

何所谓在直升机附近声音显得十分嘈杂刺耳："你自己？你有武器吗？"

"别啰唆。"白楚年翘起唇角，"我不抢功，抓到 408 是死是活都算你们的。"

黑色轿车冲出车库，猛地撞开密集狂乱撕咬的感染病人，车窗外的血色一闪而逝，因车速极快而变为斑驳的污浊色块。时速表接近极限，黑色轿车如同一道疾驰在公路上的闪电。

恩希市市民已经疏散完毕，公路上停着不少市民的车辆，白楚年直线撞出一条路，跟随导航上的定位，前方飞驰的红车影子进入视线。

PBB军方的装甲车接到命令开始在各个路口清除障碍，在确定前方飞驰的红车里坐的是萨麦尔后，白楚年在急速行驶的车内探出半个身子，左手开枪，朝红车后轮点射，两发子弹爆了他的胎，然后立即将身体缩回驾驶位让车体保持速度和平衡。

那辆红车后胎爆炸，险些被掀翻，在道路中央急甩了两个弯，继续向跨江大桥冲过去。

大桥对面距离邻市的分界线很近了，军方的支援没有得到跨市批准是不能随意进入邻市范围的。此时再向上级申请根本来不及，务必要将萨麦尔扣押在恩希市内。

萨麦尔也从车窗内探出半个身子，他和投影上的穿着相同，穿着夸张的金红相间塑料小丑服，戴着一张嘴角夸张咧开的微笑面具，鼻尖的红色圆球滑稽又古怪。

他挑衅地朝白楚年招了招手，从他所在的红车顶上逐渐出现了一枚红白相间的套环，套环由一变二，由二变四，数量越来越多，全部向白楚年的轿车飞来。

白楚年冷静地打满方向盘，轮胎与地面摩擦发出尖锐的噪声，S形飘移躲过向自己套来的圆环，按下天窗的按钮，拿起车内的步枪从天窗内站起来向前方的红车扫射。

PBB率先得到收起跨江大桥的权限，不惜一切代价将萨麦尔困在恩希市内，跨江大桥从中央截断，分头吊起，两车所在的桥面坡度越来越大。

但即使桥面中间断开，萨麦尔也没有丝毫打算减速的意思，甚至将速度踩至最高，在分开的大桥边缘飞了出去，想靠速度惯性冲到桥对面。

白楚年把着方向盘皱了皱眉："老天，赐我一个能把这狗畜生打下来的东西，老子回去吃三天素。"

江水涌动，天空迅速积起浊云，昏黑的云层中雷电蜿蜒攒动，一股电流从远处骤然游至近处。一条鱼形生物从江水中若隐若现，海中巨兽妖冶的鸣音悠长空灵。

突然，江水被一条鱼尾蓄满电光的人鱼顶破，人鱼纵身一跃冲出江面，在高空中停顿，与飞跃大桥的红车高度持平。

江水在兰波双手中聚集，水凝固成无比坚硬的水化钢，形成一架口径阔大的透明火箭筒扛在肩头。狂风席卷江面，滔天涌起的巨浪在兰波肩头的火箭筒中压缩为两枚圆形水弹，水弹相继发射，锁定命中萨麦尔所在的红车。

两发圆形水弹相继击中车体，蓄在水弹中强制压缩过的水重新爆破开来，相当于将整个江面被风暴旋起的巨浪中的能量全部爆在了一辆轿车上。

轿车如同被海中恶魔的巨手攥在掌心，并不可抗拒地拽进了江底，深深插在泥沙中，陷入地底数米。江面再次激起巨浪，江边码头房屋直接被冲掉了一大圈。

魔鬼鱼 M2 亚化能力"高爆水弹"，不造成任何直接伤害，但无视等级全部击飞。

人鱼扛一火箭筒飞跃高空，以低空云层释放的雷电吸引身体避免坠落。白楚年人都傻了，这时候顾不上多想别的，他双手一撑天窗，从车里翻了出来，蹲在车前盖上："兰波，别让他跑了。"

兰波歪头看着白楚年，大量江水向他手中汇聚，他肩头扛的火箭筒形状压缩，与引来的江水合成一架透明四联火箭筒，对准红车被击沉的漩涡。

白楚年站在桥头摆手："车上有人质！"

兰波于是扔掉四联火箭筒，透明火箭筒落水时即刻与江水合为一体，化身涌动的江流，江水上引，在兰波手中形成一架水化钢重机枪。这种型号的速射机枪射速可达到每分钟 6000 发，一百米内的任何非重装甲物体都会被打穿。

仅有以水化钢形成的炮筒导弹类可以承载兰波的 M2 亚化能力"高爆水弹"，其余枪类武器是不行的，看起来兰波在武器威力上做出了很大的让步。

白楚年继续制止："普通人！"

听到人质是个普通人，兰波有点不耐烦，抬手将水化钢重机枪打散，双手轻轻从碎裂的水滴中捞了一部分，重新水化成手枪，下坠时经过白楚年身边，低语道："在岸上等。"

白楚年迅速翻回装甲轿车内，急速打方向掉头，从升起的大桥中心掉转方向离开。

兰波俯冲入水，强劲有力的半透明鱼尾搅动水流，以他为中心的浑浊江水肉眼可见地变得清澈，他身体所经过的地方，污浊物质迅速被净化，汹涌的江水变得澄澈见底，深扎在水底泥沙中的红色轿车位置轻易地暴露在眼前。

萨麦尔已经打碎了车窗，怀里紧紧抱着一位穿白色工作服的医生，马戏团小丑抱着医生的样子非常滑稽。

如果没有实验体倾尽全力的保护，兰波那两发高爆水弹造成的冲击力大概会直接将医生挤成肉末。

但即使是实验体，在水中也不会有比兰波再强大的优势了。兰波在水中的速度几乎能与闪电冲下云霄的速度比肩，并且兰波在水中不需要呼吸，就算不动手，光是在水底耗着，萨麦尔也会被活活耗到窒息而死。

萨麦尔脸上的面具带着嘲讽的微笑，他周身出现了两圈红白相间的圆环，圆环迅速扩大，两枚圆环内所笼罩的水中生物突然眼球爆血，向兰波发起凶猛的攻击。

被感染的鱼群露出尖锐的利齿，依靠数量优势形成一座尸鱼墙将兰波挡在数米之外，萨麦尔则抱着林灯医生向岸边游去。

被鱼群忤逆这件事彻底触怒了兰波，他从喉咙中发出暴躁的长鸣，令灵魂震颤的鸣音在水中传出数公里。

此时赶到岸边的 PBB 军队一同目睹了这千年难遇的江中奇观。

何所谓站在直升机上看得最为清晰，阔大的江面远处涌来巨大的黑影，起初是无数江豚跃出水面，紧随而来的是大批性情凶猛的食肉鱼，在江中游动形成一个深暗的漩涡。

奇异的鸣音从水下传至水上，小丑鱼坐在直升机里休息，听到声音时突然双眼失神，虹膜亮起与兰波尾色相同的蓝光，不受控制地爬起来，若不是萤拼命拉着，他险些就跳下直升机落进寒冷的江水中了。

萤焦急地把小丑鱼按住，拍拍他的脸："阿橙醒醒，你要干什么！"

小丑鱼似乎已经失去了神志，呆呆地回答："王在唤我。"

食肉鱼群的咬合力和凝聚力都要远远超过萨麦尔感染的尸化鱼群，鱼群疯狂撕咬冲撞江水中除兰波以外的活物。

萨麦尔身上的小丑服装被食肉鱼的利齿咬烂，流出的血却吸引了鱼群的撕咬，也有鱼在撕扯林灯医生的身体，萨麦尔将溺水的医生用身体包住，扯下自己身上的小丑服把林灯医生裹起来。

兰波冷眼注视他在水中苟延残喘，抬手一枪，萨麦尔手臂中弹痛叫，江水趁机灌进了他的鼻腔。

兰波从他手中夺下林灯，吐出一个气泡，气泡逐渐变大，将医生的身体笼罩其中，气泡内充满氧气，将水和医生的身体隔离开来。

萨麦尔在水中无法呼吸，抚着中弹的手臂向岸上游去，鱼群尾随其后穷追不舍。

兰波冷漠地凝视萨麦尔逃走的方向，推着包裹林灯医生的气泡浮上了水面，气泡浮出水面时破裂，兰波像提着一件垃圾那样拎着溺水的林灯医生用电磁力吸附攀上高耸的大桥。

PBB 军队的装甲车将江岸全部包围，穿武装服戴防毒面具的 PBB 士兵在岸上守株待兔，待萨麦尔上岸将立刻制服他并带走审讯。

PBB 的包围圈虽然严密，但江岸宽阔，岸线极长，未免会有疏漏之处，最西方的废弃码头停着一片禁渔期无法出海的渔船，随着江面的微风而上下起伏。

一只伤痕累累的手攀上渔船边缘，停顿休息了几秒，萨麦尔努力爬上渔船，精疲力竭地倒在里面，他浑身都是伤口，即使实验体的恢复力强，但这么多撕咬伤口想要全部恢复也需要时间。

他休息了好一会儿，艰难地从渔船中爬出来，翻身躺在岸上，胸口疲惫地起伏。

突然，他发觉有一股比刚刚那条人鱼散发的亚化因子更加危险的气息在附近徘徊。他睁开眼睛，透过面具寻找这个人的位置。

码头上多了一个落寞的影子，白楚年盘腿坐在木梁上，手里拿着一颗纯净透明的玻璃球对着夕阳看。

萨麦尔警惕地注视着那个看似悠闲盘坐的年轻男人，他并未有意释放压迫因子，但他身上有一股印在骨头深处的恶意，这种恶意来自从出生以来循环无尽的厮杀和看不见未来的绝望，萨麦尔很清楚，因为自己也是如此。

玻璃球将落日余晖映在自己清澈无垢的球体内，白楚年端详着它自言自语："不可思议，有的孩子干净到死后的灵魂都是透明的。"

萨麦尔竭力站起来，抚着浑身的伤口，立得摇摇欲坠："你……不是、人类……我们是……同类……和我……一起……可以、自由……"

白楚年弯起眼睛，江水的影子在他眸里流动。

直到弯月高悬，他静静地离开码头，乌鸦在身后盘旋，落在野地里啃食尸体带血的肉。

萨麦尔躺在荒野中，身上插满四周开刃的金属扑克牌，最后一张 JOKER 大鬼牌锋利的牌角没入他面具眉心，牌上的小丑在微笑。

联盟的回程大巴停在集合点等待，白楚年在树下抽了根烟，迟迟懒得上去。

声音从颈后无声无息地传过来，冰冷的枪口抵住他的太阳穴。

"chitaha mil jeo？（你在为谁难过？）"兰波在他后面低声问。他的鱼尾卷在白楚年倚靠的树干上，将身体悬挂起来。

"我没有。"白楚年回过身。

他感到躁动和不安，骨头和血管都不舒服。

"别为人类伤怀。"兰波将尖锐的指甲伸出甲鞘，深深刺入白楚年小腹的皮肤，按住他因疼痛而挣扎的身体，一寸一寸割开他的皮肤，在他小腹上刻下自己的名字——"LANBO"。

白楚年没能得到安抚因子，被尖锐指甲划开的皮肉痛得厉害。他的伤口快速愈合，但兰波反复用尖锐的指甲在他的伤口处撕扯，让伤口无法愈合，不断增生形成一条条去不掉的疤痕。

"惩罚。"兰波冷淡地看着白楚年。

"ief bigi moya glarbo，boliea moya glarbo ye，chiy，farist giae boliea。（如果人类让你疼痛，我只会让你更痛，所以，首先记住我。）"

后记（一）

PBBw 风暴特种部队在打扫战场时从西部码头找到了实验体 408 萨麦尔的尸体，由两个穿防护服的队员掀开了他的面具拍照作为档案记录。

据当时那两个队员描述，萨麦尔的尸体闭着眼睛，可以看得出是个长相很清秀的亚体，只是表情很忧郁，与他滑稽的面具和打扮不符。

他们从萨麦尔贴身的衣兜里发现了一个破旧的娃娃钥匙扣，钥匙扣造型是一个转呼啦圈的马戏团小丑，在小丑鞋底歪歪扭扭但认真地刻着一些字：

生日快乐，爸爸爱你，到了研究所也要每天都开心。

林灯

后记（二）

林灯教授暂时被军方羁押，在审问中他交代，他的父母被 109 研究所高层挟持，现在德国境内，需要每个月汇报实验体的研究培育成果才能保证他父母的安全。

林灯交代，处在以实验体 408 为中心的某个环状范围内的人会感染循环病毒，但他研制出了抗体疫苗，因此可以不被感染。但疫苗尚未通过权威检验，因此不能大量投入使用。实验体 408 死亡后，所有潜伏期及感染早期病人自动痊愈，感染晚期病人自动死亡。

由于医院核心系统被黑客入侵，大量资料凭空消失，恩希警方在医院中并未找到林灯制造危险生化武器的证据，将会在一个月内将林灯无罪释放。

后记（三）

一个月后，林灯被无罪释放。

一位穿黄色卫衣叼糖棍的亚体少年开车来接他，少年戴着新潮的撞色兜帽，背后画着一个夸张的黑色蠕虫 logo（标志）。

少年从驾驶座把一个游戏机扔到林灯手中，游戏机自动开机，一个小丑在屏幕里大笑，点他一下他就会拿出呼啦圈滑稽地转。

"虽说他是为了去找你并带你走，但毕竟他的到来对整个医院来说是飞来横祸，落得这个下场没什么不公平的。

"别难过，我为他做了一个电子坟墓，你觉得怎么样，教授？"

后记（四）

联盟大厦外庄重的 IOA 旗帜前升起了一面哀悼的白色旗帜，每当有联盟特工在任务中牺牲，这面旗帜就会升起，尼罗鳄亚体名叫程驰，今年十七岁，在特训基地已经学习了五年，与萤他们是同期。

程驰的亚化因子是白玫瑰，他父母于是开车带来了两万朵白玫瑰，伤心欲绝的母亲捧着遗照发了疯，在花海中又哭又笑，父亲站在车边红着眼眶沉默。

白楚年穿着一身黑色西服正装，胸前别着一朵雪白的玫瑰，萤和其他特训生穿着黑色衣裤跟在后边，萤用力眨眼睛想阻止眼泪流出来。

白楚年走到程驰的父亲面前，戴白手套的手从兜里摸出一颗玻璃球："您务必想清楚，这是不可逆的。"

中年亚体声音颤抖："是的。"

白楚年："他是我非常优秀的学员，为保护医生们牺牲，不配被铭记吗？"

"但我要为活着的人负责，安岚有心脏病，还怀着宝宝。"他沉重地望向在花海中悲痛欲绝的爱人，"您太年轻，还没有成立家庭，您会懂吗？"

白楚年冷淡地将手里的东西交了出去，他转过身，玻璃球落地炸碎的声音随之传来。

雪白花海中抱着遗像的亚体突然停止了哭泣，茫然地站起来，发觉自己怀里抱着一张照片，陌生地举起来看了看。

追悼会的会场上鸦雀无声，人们停止了哭泣，纷纷奇怪地环顾四周，疑惑自己为什么站在这儿。

萤挽着小丑鱼的手，看见挽联上程驰的名字，呆呆地回忆："程驰是谁？这里好多花啊，好漂亮。"

小丑鱼摇头："没听过，中午吃啥？"

…………

小丑鱼的日记

我记得任务结束那天，回程大巴在江岸边停了很久，因为教官迟迟没有上来，所以一直没能启程。夜色已经很深了，江岸边的路灯一一熄灭，只剩下大巴里面亮着的两排幽暗的照明灯。

医生们在后排低声讨论萨麦尔的病毒，獠沉默地坐在后排，用眼罩挡住眼睛睡觉，但我见他的眼罩湿了两块，亚体总是不喜欢把自己的悲伤展示在大家面前。

萤累坏了，头枕着我的腿蜷缩在座椅里睡得很沉，他睫毛湿漉漉的，时不时就被噩梦吓得屁股发光。

我掀开车帘，看见远处树下有个抽烟的人影，身材高挑，英俊的轮廓在月光下若隐若现。

白教官是个笑里藏刀的魔鬼，但只要结束训练，他就是整个特训基地所有亚体的完美理想型。室友写了一篇《教官吻我 99 次》被我们传阅了个遍，最后被一个亚体抢走了，还嘲讽我们疯了。后来借某个契机我发现他们也在偷着看，脏兮兮地把本子都给弄卷了角。

到现在教官也没有向我们展示过他的分化级别，我想一定很高吧，因为每次看他的实战录像都觉得他游刃有余，像那种十分实力仅露一分的高手。

我喜欢白教官，这不是什么难以启齿的事情，萤也喜欢他，倾慕强者本身就是人类进化的本能。

白教官并不是一个心狠手辣的人，即使他的训练手段着实非人。他笑起来我不知道该怎么描述。教师节那天我们一起做了蛋糕送到他的休息室，打算趁他不注意往他脸上抹，我们把相机都准备好了，结果他早有准备，躲在门后等我们一进来就把奶油糊在我们脸上。

白教官是个很酷的亚体，他好像什么都会一点，教我们化学和经济，也教我们冲浪和滑板。当他不穿那套唬人的教官服，只穿一身大 T 恤短裤，再戴个棒球帽的时候，看上去像个高中生。我们发现他耳朵上有耳孔，于是送了他用贝壳磨的耳钉。

我们都知道教官喜欢蓝色的鱼，但蓝色的鱼的骨头是白色的，所以选了一片蓝色的贝壳，在沙子里淘了好久。

他一定是喜欢的，不然不会放任我们给他戴。他看起来更像个帅气的混蛋了，这里的混蛋是褒义词。

不过第二天教官把耳骨上的贝壳装饰摘了，我们问他为什么，他敷衍我们说会长不让戴。后来连那一排耳孔都长合了。

我们已经相处了三年，我们有的长大了，有的长高了、晒黑了，但教官没有丝毫变化，他的样子从未改变。

会长的日记

我亲自拜访了程驰的父母，将这个孩子殉职的消息告诉了他们，看见他们晴天霹雳的表情，我也很心酸。

程驰的父亲单独来找我，听他哽咽着诉求，我无法对一个一夜间苍老了十岁的父亲说任何重话。

回到办公室，我叫小白过来，委婉地向他表达了程驰父亲的意愿，但小白露出很诧异的眼神，迷茫地问我为什么。

小白也还太年轻了，甚至他所经历的世界要比其他同龄的少年更苍白和单纯，他手里攥着那颗玻璃球不肯交出来。

那是他的亚化能力"泯灭"，即使是我活了四十多年，也从未见过像这样几乎可以与造物神比肩的能力。当凝聚灵魂的玻璃球破碎时，那个人将彻底从这个世界上泯灭，不会留下任何存在过的痕迹。

小白并没有把玻璃球交给我，冷笑了一声就走了。和叛逆的青春期小孩一个样，但我不能将我的价值观硬灌给他，我们任何一个人都不能。

但最终在程驰的追悼会上，他亲手把玻璃球交给了程驰的父亲。每个少年都会残忍地成长，并且不知道结局好坏。

不过我提前将这件事从头到尾事无巨细地记在了纸上，压在了玻璃板下，即使在我脑海中抹去了程驰的名字，我依然记得一位少年的英灵是怎样牺牲的。

追悼会后，小白进来向我汇报结果，并且惊讶地发现我还记得，他稍微开心了些，临走前故作随意地问我，如果他死了，会不会有人愿意怀念。

我告诉他会的，他笑了笑走了。

因为确实会的，他成年前的监护权和抚养权在我这里，不过他应该不知道。

    会长难得给了两天假期，白楚年去商场买了一个知名品牌的水床垫，商家宣传说他们的水床垫里设计了水冷装置，可以在炎炎夏季带来舒爽清凉。可用过的顾客都给了差评，说睡了一个礼拜就得了风湿性关节炎、老寒腿。但白楚年对这个设计非常满意，选了一个表面材质软硬都合适的亲自开车运回家，刷洗了两遍晒干，然后注水封口，调整高度拼接在自己卧室床的左侧，打开水冷装置。

    "你躺躺。"白楚年拍拍鱼缸，兰波从水里爬出来，打了个呵欠。

    水床垫散着凉气，兰波躺在上面舒服地滚了两圈："好凉快。"

    夜晚聊天总容易昏昏欲睡，第二天早上白楚年醒来，发现兰波身上结了一层冰霜，都冻硬了。

    "哎呀。"他赶紧把人鱼从水冷床垫上抱起来放在鱼缸里解冻。

    两分钟后兰波重新在水里游起来，爬出鱼缸揍了白楚年一拳："我是、热带鱼，不是……极地鱼。"

    白楚年拿出手机，给了商家一个差评。

第四卷

深海王座：幽灵岸光

第十六章
蓝色闪电

————○————

联盟医学会大楼，检查室。

兰波躺在检查床上，腋下夹着一支特制温度计。

韩行谦穿着白大褂，单手插兜，摘下听诊器，从胸兜里拿出钢笔，回到办公桌前在病历本上写下两行清秀但看不出是什么的字。

"他感冒了吗？"白楚年坐在诊桌对面，"我以为温度越低越好的，就把水冷开到了三档。"

"没有感冒。他对低温的承受能力很强，即使冰冻起来，多年后融化了也依然能存活。"韩行谦说，"不过还是保持他常住的海域温度比较好。"

"话说回来，你打算什么时候放他回家？"韩行谦十指交叉托着下巴，眼镜细链垂到腕边，"倒不是说他会想念家乡之类的，从自然角度考虑，人鱼之所以诞生，正是因为海洋环境越来越差，催生出这样一个神秘物种去净化海域维护平衡。新闻报道加勒比海最近藻类暴长，鱼群大量死亡，深海生物上浮攻击船只，你也应该稍微关注一下。"

"那是海洋保护协会的事，他能干什么，他这么小一条鱼。"白楚年坐到检查床边，从兜里摸出一根真空火腿撕开包装，兰波的上下颌大幅度张开，露出生长了数排利齿的后槽牙，把火腿一口吞掉，然后把塑封包装扔进嘴里，并嚓了两下手指。

"他是标准的成年鱼类人形体，从鱼尾的长度来看，应该已经生存了二百年以上，由于某种原因被培育基地捕捉到，改造成了培育期实验体，表达能力、理解能力都退化到了初始阶段。至于具体原因，还是要等他成长到成熟期后才能问得出来。"

"……"

"说点正事。"韩行谦拿出一沓文件交给白楚年，"你从恩希医院拿回来的那个注射器我检验过了，里面残留的成分是循环病毒抗体疫苗。"

"但那是从一个感染早期的老大爷身上拆下来的。"

"没错，也就是说，林灯教授所说的循环病毒抗体疫苗其实并没有起作用，他也不是因为注射过这种疫苗才能免疫病毒，而是有别的办法。"

白楚年倒不觉得很意外："爬虫费尽心思想要把林灯救走，这医生肯定不简单。一个培育期实验体，我一个人足够对付了。爬虫却黑进了我家的电视，想办法把兰波也叫过去，就意味着爬虫想置萨麦尔于死地，并且还要做到万无一失吧。"

"现在还有林灯的线索吗？"

白楚年："不可能的，有爬虫在，什么追踪装置都能被他毁掉。不过我现在可以联系上爬虫，他后续大概还会有其他动作。"

韩行谦："好，静观其变。"

两天假期结束复工，白楚年走在联盟大厦的走廊中，往医学会的方向走去，偶尔会与几位医生或者来复查的特工擦肩而过，顺便打个招呼。

一位手臂打着石膏的亚体同事与他顺路，亲密地并排贴过来拍他的肩："昨晚你的迷弟们在酒吧开了个 party（聚会），我们都乐坏了。"

"看来你也去了啊。"白楚年嘴上调笑，并未放在心上。

"我肯定去了啊，段扬请客，全场消费我们扬哥包了。"

白楚年嘴角抽了抽："大少爷有钱没处花了。他从金斯敦回来才两天吧，看来还不够累，我得给他找点活干。特训基地空了一个学员位，让他给我物色个好的来。"

亚体同事捂住嘴："我不去，你自己跟他说。可别告诉他是我告的密，扬哥得整死我。"

"我没整死他就算不错了，一天天净会没事找事。"

到了韩医生的诊室，同事往楼上去了，白楚年推门而入。

韩行谦靠在椅背上正浏览一份化验报告。

"你来得正好。"韩行谦看向门口，推了一下眼镜，"你在与兰波的相处中是不是经常妥协，退让，然后对他过界的暴虐行为一度纵容？"

白楚年抿唇："我乐意，你管呢。"

"啊，这就是症结所在了。"韩行谦指出化验单上几种酶的不正常变化值，"他体内的亚体激素最近增加得很快，外在表现为控制欲增强、暴躁好斗等等。"

"根据我多年的研究，发现鱼类与相应的鱼类人形体仅有一部分基础特性相同，但实际上鱼类与鱼类人形体是两个不同的物种。以兰波为例，魔鬼鱼人形体与真正的魔鬼鱼习性是完全不同的。"

白楚年："？"

"据我了解，当鱼类人形体族群到达某一个时间时，最强大的一位会变成强亚体，承担繁衍重任。

"当然了，看兰波的状态可以分析出，在他原先的族群里并不缺少强者，只是因为脱离族群太久了，而你又实在太纵容他。

"如果你今后继续在他面前扮演一只无害的小猫，他就会彻底变成强者，然后统治你。"韩行谦笑起来，"喜闻乐见。"

白楚年的脸色肉眼可见地变绿了。

"哦，看错了，这是金黄突额隆头鱼的化验报告。"韩行谦突然弯起眼睛，"哈哈，不好笑吗？"

"我找你不是来听相声的。"白楚年从诊桌对面噌地站起来，抓住韩行谦的领口把他拽到面前，"你怎么不给你自己的脑袋拍个 CT 看看里面是不是长了结石呢？"

韩行谦任由他攥着自己的衣领，自信地缓缓举起手，手指一翻，指间多了一个注射器，透明注射器中的粉色药液有些眼熟。

"Accelerant 促进剂，"白楚年的注意力全被这支注射器吸引，他松开手，从韩行谦手中拿过注射器端详，"是 Accelerant 促进剂吗，能让培育期实验体立刻生长到成熟期的那个？"

"没错。"韩医生整了整被攥皱的领口，靠回座椅，双手搭在扶手上，"但这一支是我仿制的，我们还没有掌握 109 研究所的 Accelerant 药剂技术核心。"

"仿制的有效果吗？"

"有，不过只能坚持 24 小时。"

白楚年不客气地将注射器塞进兜里："你别只是想向我显摆一下，我不管，我要了。"

韩行谦在他即将把注射器揣走时拿了回来："帮我做完一件事后，这支药剂就送你了，你可以合法使用，而且没有副作用。"

白楚年冷笑："条件？"

韩行谦用指纹打开抽屉，从里面拿出一个小型银色密码箱，放在桌面上。

"噢，"白楚年拿起密码箱上下翻看，"你从恩希医院带出来的那个？"

"对，里面放了一支 109 研究所的原装 Accelerant 药剂。是从恩希医院的冷藏库搜出来的，那时候冷藏库断电，感染者破坏了所有药剂，没有人知道我从里面拿了东西。"

白楚年："你从头到尾拿着一个箱子，就没人怀疑？"

"灯下黑嘛，最危险的地方就是最安全的地方。"韩行谦指尖相交搭在小腹上，"我用了一些小技术，在药剂里加入了一些活性追踪细胞，只要有实验体使用了这一支药剂，我们的仪器就能识别并检验到他。"

有关追踪亚化标记和端粒之类的科学名词，白楚年并不熟悉，医学不属于他擅长的领域。

"看来我又有新任务了。"白楚年懒散地坐在诊桌上，从笔筒里拿了根笔在指间飞速地转，"你跟会长申请单人任务清单，然后把盖章原件给我。"

"我申请了双人任务，比较保险。"韩行谦从抽屉里拿出一张盖章文件，递到白楚年面前，"这周末，109 研究所的陈远研究员会借带女儿去海洋公园为由，与红喉鸟成员交易一支 Accelerant 药剂，你帮我把这支带有追踪细胞的 Accelerant 药剂和他那支调个包。"

"双人任务，我的搭档还是旅鸽吗？"白楚年扫视一遍任务文件，然后放进碎纸机里粉碎。

"这次用不着检验科，你的搭档是兰波。"韩行谦道，"你们还能顺便去海洋公园玩玩。"

"好想法。"白楚年拍了拍手上的纸屑，"你让我带一条鱼去海洋公园，是觉得他没见过吗？"

韩行谦推了一下眼镜，细链轻晃："至少你们放松了，在特工组里哪有那么多时间。"

白楚年悠闲地盘腿坐在诊桌上，伸出食指，指着韩行谦的头："干你这行容易秃，趁着还没到二十五岁，快找一个不嫌弃你每天泡在实验室里，毫无家庭观念，既不会做饭也不会做家务，还喜欢挑三拣四的老实亚体来接盘吧。"

韩行谦："……你把上次的诊费结一下，一共一百三十二块五毛六。"

临走出门口，白楚年折返回来，从门外探进半个头："哎，兰波不会真的变成强者吧？"

"……放心，鱼类人形体族群全部都是母系等级制，像鬣狗那样。"韩行谦还没说完，白楚年已经走了。

白楚年回家后查了那个海洋公园的所有资料，事无巨细地记在脑子里，心里迅速构思了一套行动方案。

不过现在有一个困难，就是这个海洋公园里有非封闭观赏区，所以明确要求不允许带大型箱包进入，以免出现偷盗之类的行为。

如果不能带行李箱，那怎么把兰波运进去就成了个大问题，他的鱼尾巴太惹眼了。

兰波趴在鱼缸边，抱着小盆吃水母，看白楚年在卧室密室中的白板上贴照片，画行动路线，标注一些位置。

白楚年叼着记号笔想了一会儿，回头看了一眼。

兰波依旧抱着水母小盆，坐在鱼缸沿上，鱼尾搅动水流，揉了揉脖子，竖起长蹼的拇指夸赞。

才二百岁而已，换算成人类的成长阶段明明还是宝宝嘛。

"嗯……"白楚年想到了一个不错的主意，扔下兰波去旅鸽家串了一趟门，带回来一辆可爱的小婴儿车。

他从婴儿车里面拿出一顶婴儿帽子，系在兰波头上，把奶嘴塞进兰波嘴里，再围上围嘴，然后把整条鱼抱出来塞进婴儿车里，盖上小被子。

或许能这样把兰波运进海洋公园，然后白楚年本人扮演一个带小婴儿参观公园的爸爸。

兰波乖乖地盖着小被子躺在里面，金发蓝眼的长相让他看起来像欧洲名画上的小天使。

光看上半身还是足够隐蔽的，但兰波翘起拖在地上的三米长的尾巴，眨眼询问放不进去怎么办。

白楚年蹲下来，给尾巴打了一个中国结挂在婴儿车上当装饰。

婴儿车塌了，掉了两个轮子。兰波把奶嘴吃了，把挂在前面的三个摇晃的小玩具吃了，顺便把掉下来的两个轮子也吃了。

白楚年后来找了一个轮椅，兰波下半身搭着薄毯，扮演福利院里可怜的残疾亚体，白楚年则穿着不显眼的护工志愿者的外套。

海洋公园的绿色通道中，安检人员要求出示残疾证明，白楚年从兜里摸出技术部伪造的残疾证明递出去，推了推脸上的黑框圆形眼镜，他打扮得像那种学习很好的高中生，单纯、热情并且呆。

安检人员检查后，伸手递还给兰波。

兰波微扬下巴，轻蔑地瞥了瞥安检人员递回来的证件，嗓音低沉："noliya bigi, tuo hanes.［失礼的人类，用双手（递过来）。］"

安检："Sorry? Can you speak English?（抱歉，你会说英语吗？）"

白楚年赶紧将证件拿回来揣进兜里，推着轮椅上的兰波进了海洋公园。

进入海洋公园的同时，白楚年在刷了技术部特制的身份证后，状似无意间摸了一把入口处的人脸识别屏幕，将一枚仅有手机膜厚度的透明圆片粘贴在了上面。

很快，白楚年戴的黑框眼镜内侧显示出了每一位通过人脸身份验证的游客的图像。

微型图像传导装置是联盟技术部段扬的专利，只要将微型读取片粘贴在屏幕上，就可以读取以读取片为中心、0.5平方米大小的图像内容，并传导到接收终端，比如白楚年戴的黑框学生眼镜镜片上。

这次的任务目标109研究所研究员陈远，他的妻子丧生于多年前的一场连环车祸中，孩子也因此下肢瘫痪。如果陈远带孩子参观海洋公园，一定会走这边的无障碍通道，白楚年需要先判断陈远进入公园的时间。

眼镜调试完毕，白楚年推着轮椅带兰波随着人流进入场馆。

接下来必须在陈远之前找到来与他交易的"红喉鸟"组织的成员。

恐怖组织"红喉鸟"的成员遍布全世界，据说"红喉鸟"不同于其他黑手党，其以纪律严明著称，并且拥有庞大的雇佣兵资源，他们的老大行踪成谜诡异莫测，外界流传"红喉鸟"的boss是位退役军人，具体出身哪一部队未曾有过定论。

"红喉鸟"的生意线也遍布各个行业，大多财路都游走在灰色边缘，小到贩毒、走私、人口买卖，大到军火、采矿均有涉猎，109研究所的特种作战武器实验体在黑市中讨论度逐年暴涨，"红喉鸟"看准了机会，趁着实验体制造和买卖还没被禁止，也想在这场生化混乱里分一杯羹。

每位"红喉鸟"成员身上都会文有一个红色脖颈的飞鸟刺青，比较容易辨别，但也很容易被遮挡，况且海洋公园人流密集，在茫茫人海中找人的确不容易。

"估计'红喉鸟'的人会很谨慎，我们先进去逛一圈免得让人怀疑。"白楚年推着兰波的轮椅随着游客走进了大门。

兰波舒服地坐在轮椅上扮演一个失去双腿的残疾亚体，用一条棕色的小毯子盖住下半身的鱼尾，上身则穿着一件白楚年给他买的猫爪卫衣。

兰波对商店挂的其他服装都嗤之以鼻，唯独看到模特身上穿的粉色猫爪卫衣就走不动道了，把塑料模特从店里拔起来放到柜台上结账。

猫爪卫衣的帽子两边各坠了一个粉色毛球，兰波很喜欢它们，一直拽在手里，直到卫衣帽子越来越紧把脑袋全包在里面。

"你乖，听话，按我说的做，别乱跑。"白楚年低头帮他把帽子整理好，推着他走进海底隧道，海底隧道由拱形玻璃组成，脚下也铺着透明玻璃，人走在其中，从头到脚被湛蓝的海洋环绕。

加厚的观赏玻璃内波光粼粼，五彩斑斓的海鱼成群结队地游过头顶，游客们啧啧感叹，时不时有小孩子趴在玻璃上惊讶新奇地左瞧右瞧。

白楚年回头接一份表演时间表的工夫，兰波连带轮椅就没影了。

"我鱼呢？"白楚年背着学生书包在里面东张西望，余光忽然瞥见兰波正趴在大扇贝前啃玻璃。

珊瑚底下的大扇贝张开口，柔软鲜嫩的乳白色扇贝肉在壳内翕动，兰波执着地扶着玻璃，目不转睛地注视着它。

白楚年走到他身侧，看见兰波的口水流成了一条线。

白楚年蹲下来，掀起毯子一角给兰波擦嘴角："至于吗？我在家里虐待你了吗？"

兰波指了指玻璃里的大扇贝："这个，要两只。"

白楚年："这是超市水产区？"

兰波皱眉："两只。"

白楚年："回家买二斤扇贝给你，买这个得小百万呢！这是看的，不能吃。"

兰波同情地凝望着白楚年："不会吧，你不会、没吃过吧？"

白楚年："不是，再土豪也吃不起海洋馆的贝啊。"

兰波看白楚年的眼神变得十分怜惜，仿佛迪拜王子看着贫民窟啃土饼的小孩，同情道："小可怜。"

白楚年："……"

兰波默默出神，轻声嘀咕："带你回家，每天吃十四个。"

白楚年俯身给他披了披毯子。不知道为什么，当兰波说出"带你回家"时，他心里还是有些受用的。"家"这个字眼离白楚年太遥远，以至于听到这个字的读音都觉得比其他汉字好听些。

兰波望向他，白楚年的表情看起来比来时深沉了些，一副心事重重的模样。

"randi。"他拽了一下白楚年的衣角，当白楚年回神看他时，他轻轻拍了拍玻璃，嘴里低声吐出一串类似命令的音节。

海底隧道中的热带鱼突然像受了惊吓一样乱游，可很快便恢复了秩序，向白楚年身边集中过来。

鳞片闪亮的小鱼头尾相衔游动，在贴近白楚年的玻璃上摆了一个形状。

白楚年怔了怔，手插在裤兜里冷酷地站在玻璃前，但掩不住眼里的淡笑。

游客们新奇地聚集过来。不过短暂的七秒过后，队形就散了，小鱼回归了刚刚该干什么干什么的状态。

但走到开放式观赏区就不一样了，兰波的气味可以通过水缓慢传导，以至于他所经过的地方，所有鱼都聚集过来，朝圣般地向兰波低头。

兰波试图从里面捞一条吃，白楚年迅速把兰波推走，避开所有开放式观赏区。还好提前有所准备，事先把兰波绑在了轮椅上，兰波的加入让这次任务的难度直线上升。

差不多逛完海底隧道时，白楚年灵敏地捕捉到眼镜中一闪而过的人脸影像，他轻敲眼镜框上的触摸按钮，调整回刚才的画面，陈远的脸出现在了镜头里。

"目标 get（捕捉到）。"白楚年推着兰波的轮椅从海底隧道出来，往表演馆走去，计划好的路线已经在白楚年脑海中复盘过多次。他在心中掐着时间，刚好在他推着轮椅走到最靠近无障碍通道的位置时，109 研究所的研究员陈远推着他孩子的轮椅有说有笑地走进来。

他们擦肩而过，白楚年碰掉了包里的钥匙，低头捡起来，趁机侧头观察陈远孩子轮椅下的空间，轮椅座位下方粘贴着一块比铅笔稍短稍粗的泡沫，看大小应该就是为这次交易准备的那支 Accelerant 促进剂。

兰波的细尾尖则从毯子下方悄悄伸出来，将追踪芯片粘贴在了轮椅的踏板下。

白楚年推着兰波走远了。

兰波非常不高兴，因为刚刚贴追踪器时尾巴尖被踩了一脚。

"踩着你了啊？"白楚年捡起他的尾巴尖，上面果然有个鞋印，擦了擦吹了吹，才哄着兰波把眼睛里的水倒回去，有点想笑。

他轻轻触摸眼镜框，一枚红色示踪点出现在了镜片上，代表着陈远和他孩子的位置，毕竟孩子坐在轮椅上，陈远不可能离孩子太远。

"走。"白楚年推着兰波往表演馆方向去了。

这次任务的要求很苛刻，必须要在交易双方都没有察觉的情况下将药剂调包，因此行事不能太莽撞。

根据公园工作人员分发的表演时间表来看，一小时后表演馆会有美人鱼表演"与鲨鱼共舞"，一般是由工作人员穿着仿真鱼尾裙子进入展示缸中，在玻璃后与训练有素的鲨鱼游泳嬉戏。

这里基本上每天都会有两位亚体工作人员一同扮演美人鱼，两位工作人员即将下水表演时，白楚年对其中一位使用了伴生能力"疼痛欺骗"。

那个亚体突然捂住肚子，痛得直不起腰来，与身边那位同事低语了两句就匆匆摘下泳镜和小型呼吸器往厕所跑。

另一个亚体只能硬着头皮自己下水单人表演。

白楚年把泳镜和呼吸器给兰波戴上，送他爬上入水口。

他事先观察过多次，唯一一个与其他展示缸具有贯通口的位置就是美人鱼表演区，这是送兰波进入展示缸仅有的入口。

白楚年立刻推着轮椅折返，他控制着疼痛欺骗的力度，那个亚体绝对不可能站着走到洗手间。在监控死角的位置，白楚年加大了疼痛力度，亚体痛得倒在地上。

他推着轮椅绕着监控死角，不慌不忙地踱到那个痛苦地蜷缩在地上的亚体身边，绅士地询问他："你看上去很痛苦的样子，需要我帮你做什么吗？"

不等回答，他体贴地把亚体扶上轮椅，盖上毯子，尽量避开能拍到亚体脸的所有监控方向，将他推到无障碍洗手间的隔间里，从内部锁上门，手掌猛地击在他后颈，亚体倒在了他怀里。

白楚年毫无心理压力地将准备好的金色发套从坐垫底下抽出来，套在晕倒的亚体头上，再给他穿上兰波脱下来的猫爪卫衣，戴上帽子，盖上毯子遮掩一番，若无其事地将人推出来，大摇大摆走在监控下继续闲逛。

就像仍旧推着兰波一样。

另一位扮演美人鱼的工作人员先跳进了入水口，几分钟后，咬着呼吸器戴着潜水镜的兰波也跳了进去。

海水里不比岸上视线清晰，视野非常狭窄，更何况两人都遮住了脸，那个亚体并没有在第一时间发现跳进来的不是自己的同事，还松了一口气，以为同事上完厕所回来了。

兰波并没有向下游，他的位置有一个横梁遮挡，再向下游半米才会将整个身体呈现在观众眼前。

亚体见搭档迟迟不下来，回头催促，但回头的一瞬间突然感到皮肤刺痛，眼前一黑，好像有一股弱电流袭击了他。

在他短暂失神的一两秒后，只见几只蓝光水母在水中缓慢漂浮，身边空无一人。

而在观众们看来，却只看见了一道蓝色闪电，蜿蜒迅疾地从水中消失了。

技术部截获的消息，"红喉鸟"非常重视这次药剂交易，派了不止一名成员保护交易，从技术部大牛段扬破译的一部分联络密码可以得知，海洋公园的监控室有"红喉鸟"成员实时盯梢，并且猜测他们大概率会采取水下交易的方式。

因此白楚年与兰波分开，兰波负责水下行动，白楚年负责陆地行动，即使交易方式临时改变，他们也有机会及时应对。

由于水下交易的可能性更大，白楚年将含有追踪细胞的 Accelerant 药剂事先交给了兰波。

他在给轮椅上这位扮演美人鱼的工作人员换衣服时查看了他全身的皮肤，没有发现"红喉鸟"刺青，于是像来时那样，直接推着轮椅带着这位工作人员从海洋公园的出口离开了。

绕到距离海洋公园五百米外的公路边，白楚年拦了一辆出租车，把痛到昏迷的亚体抱上后座，顺便把轮椅折叠起来扔到后备厢里，给了司机一百块现金，温声细语求司机把人送到最近的医院。

司机见白楚年一副学生打扮，没多想便答应了。

出租车走后，白楚年绕到公交站台后，边走边脱外套，白色运动服里层是黑色的，白楚年脱衣服时将里外翻转，把黑色外套系在腰间。他里面穿了一件黑色背心，脖颈戴着一枚耍酷的方形银坠子，从兜里掏出几枚夸张的戒指戴在食指和小指上，将额前的短发向后胡乱抹了抹，轻敲眼镜框，透明的镜片立刻变暗，成为一副墨镜。

经过公交站台不过短短几秒钟，白楚年走出来时完全成了另外一个人，到正常入口过安检，拿出另一张技术部特制的身份证，在闸机边刷了一下。

他看了眼腕表，现在距离美人鱼表演开始还有十分钟。

美人鱼表演展示缸是唯一一个能够从游客外部连通其他展示缸的地方，如果他们想进行水下交易，这里是嫌疑最大的地点。

追踪眼镜变为墨镜后并没有失去作用，标识陈远位置的红点停留在了某一个位置。

白楚年不动声色地往陈远所在的位置溜达，低声联络兰波："就位？"

兰波躲在展示缸底部的珊瑚礁后，听到防水通信器的声音后低声回复："看到，人鱼，后腰，飞鸟文身。"

　　白楚年："看来剩下的那位美人鱼是'红喉鸟'的接头人，他们一定有某个办法交易，可能通过与观众互动或者别的，你多留意。"

　　兰波皱眉："美人鱼？"

　　白楚年："丑人鱼，你是美人鱼。"

　　兰波透过缝隙看展示缸里那个穿着金红色鱼尾表演服的亚体，他的鱼尾末端带有阔大华丽的两片尾鳍，原型大概是火红斗鱼人形体，再看看自己卷在礁石上的尾巴，翘翘纤细的尾巴尖，兰波抿起嘴唇。

　　他没有末端的尾鳍，整个尾部呈柔软的流线型，直到末端逐渐变细，没有分叉，飘纱般的半透明鳍翼基本都集中在腰部和膝部。

　　兰波找了一个背对展示缸的珊瑚洞钻进去，刻意在水中将自己的气息隐藏起来，时不时会有热带小鱼游过洞口，兰波伸手把鱼拿进来扔进嘴里嚼。

　　时间到了，美人鱼表演开始，穿着金红色鱼尾表演服的亚体在水中妖娆地扭动身体，吐出一串气泡引得展示缸外的观众们鼓掌叫好。

　　兰波躲在珊瑚礁洞里，刚好有个缝隙能够观察到外部的情况，看着人类亚体打扮成人鱼在水中以媚态示人，兰波舒服地靠在珊瑚礁上欣赏起来，一连吃了二十多个蛤蜊。

　　白楚年的声音从通信器中响起："观众席有行为不寻常的人吗？"

　　兰波嘬着海螺："无。鱼和人都，分不清。"

　　白楚年："注意接下来的鲨鱼表演。"

　　此时白楚年并没有在表演馆内，而是进入了相邻的鲨鱼馆。他眼镜上的示踪点显示陈远带着孩子进入了鲨鱼馆。

　　白楚年装作无意间路过，被其他游客绊了一下，踉跄地蹲下来系鞋带，顺便看了一眼陈远孩子所坐的轮椅下方，确定轮椅座位底下的泡沫不见了，他顺便摘掉了粘贴在轮椅踏板上的定位器扔进兜里。

　　孩子对鲨鱼很感兴趣，陈远便叫来一位工作人员帮孩子讲解鲨鱼的习性，趁着工作人员在给孩子讲解时悄无声息地将手中的泡沫从观赏台的栏杆缝隙中塞进了鲨鱼池里。

　　包裹 Accelerant 促进剂的泡沫外壳采用了仿生吸盘鱼的技术，快速吸附到了最近的一头鲨鱼腹部。

　　鲨鱼们被工作人员通过入水口引入到表演馆美人鱼展示缸中。

白楚年目睹了这些细节，同时心里有个疑问越发想要知道答案。

首先，如果只是交易药剂，大可通过合同流程从明面上交易，他们线下私自交易就说明这次买卖药剂并不是 109 研究所明确允许的。

其次，即使是线下私自交易，双方各派一人在隐蔽地点交接即可，他们却采用了无接触不碰面的交货方式。"红喉鸟"负罪累累虱子多了不痒，那么就只能是这位陈远研究员，不想露面给对方留下把柄。

什么事情需要谨慎到这种地步呢？

那一定是他们要拿 Accelerant 药剂做的一件陈远承担不起后果的事。

白楚年低声联络兰波："过去了，在其中一头鲨鱼肚子下。"

兰波懒懒地倚靠着珊瑚，很快，大约六头鲨鱼从他身边游过，兰波伸出尾巴尖，缠住其中一头的尾巴拽拽："kivi。（你，表示一种轻蔑的、命令的语气。）"

鲨鱼凶猛回头，巨口中数排利齿血腥可怕，朝兰波快速游来，它显然被激怒了，隐隐摆出攻击架势。

兰波甩了它一巴掌，将鲨鱼的头按在水底的沙砾中，按了按，嗓音低沉冷漠："molanto kivi nuva jibi jeo？（你以为你在跟谁说话？）"

鲨鱼哆哆嗦嗦闭上嘴，惊恐地感知到了透过手掌进入身体的压迫感，动也不敢动。

兰波从它腹下取下泡沫吸盘，将里面的 Accelerant 药剂抽出来，换上自己手里这一支，再将东西重新吸回鲨鱼腹部，拍拍它的脑袋："goon。（去吧。）"

鲨鱼用脑袋将远处的扇贝、海参拱到兰波面前，然后战战兢兢地游走了。

白楚年在鲨鱼池放空后，尾随工作人员进了闸门控制室。

工作人员操纵着连通鲨鱼馆和表演馆的水道闸门关闭，白楚年看明白操作之后，默默使用伴生能力"疼痛欺骗"，让那位工作人员头痛欲裂，他趁机从背后打晕他，然后自己坐在闸门控制器前，将刚刚关闭的闸门打开。

兰波顺着水道游过来。

从鲨鱼馆的玻璃望去，一个通体散发冷蓝幽光的人鱼在水中由远而近，鱼尾优雅地摆动，腰部的幽蓝长鳍在水中如同飘舞的轻纱，肠道和内脏在他半透明的鱼尾中隐约鼓动，鱼尾搅动水流形成的蓝光水母跟随在他身边跳舞。

兰波纤细的双臂分开水流，细腰摇动带着鱼尾在水中摇摆前游。

这是人类再怎么模仿也模仿不出的神秘气息，人鱼天生带着一种高傲的脆弱感。

白楚年按顺序打开闸门和循环净化器，将海水抽水口的电机关闭，闸门打开，兰波从出口钻进了海洋馆所邻的最近的浅海中。

任务完成，白楚年离开海洋公园，开车去浅海接兰波。

车停在沙滩上，白楚年摘下墨镜，踩在柔软的沙滩上，兰波正坐在海岸边的圆形礁石上眺望远海。

阳光映照在兰波透明的鱼尾中，浅蓝色的光线折射到沙滩上，也映着兰波白色的皮肤，偶尔一股浪流涌来，拍在兰波身上，溅起一片雪白泡沫。

他好像确实不属于这儿。

白楚年的目光聚焦在兰波碧蓝的眼睛里，不知道为什么，他有种近乎恐惧的心态，怕在兰波眼里看到任何类似思乡的情绪。

他走过去，海风吹起他系在腰间的外套。

"你真的很想吃那种扇贝的话，我托人帮你运两个来。"白楚年说。

兰波回头望他："不用了，在烤了。"

他指了指岸上的一个巨大贝壳，贝壳开口里塞了不少海带，底下挖了个坑，里面用打火机点了火，扇贝正嗞嗞地响。

兰波抛着手里的打火机："本来，就是我的。"

白楚年："……"

吃饱上车，兰波躺在后座上，肚子撑圆了，从鱼尾透明的部分可以看到肠道里快速溶解的贝壳碎片。

下一个目标就是跟随拿到 Accelerant 药剂的那位美人鱼工作人员，看看他要把药剂送到什么地方去。美人鱼脱掉工作装后带着从鲨鱼腹下拿到的药剂开车离开海洋公园。

为了不打草惊蛇，白楚年没有在调换过的药剂上贴定位器，只能根据技术部传来的交通监控凭经验推测目标的行动路线。

他并不意外，那人开车并没有进入城区，而是往港口的海鲜进出口工厂去了。

白楚年双手握着方向盘从另一条路线跟随那辆车，时不时从后视镜里看看躺在后座的兰波，两只手搭在鼓起来的肚子上拍拍。

"我好像从来没见你上过厕所。"白楚年随口闲聊，"消化能力好强，像强酸一样。"

兰波爬起来，扶着后座头枕背对白楚年如实介绍："但我有，排泄孔。"

白楚年一脚刹车险些飞出公路。

第十七章

废弃厂房

　　白楚年将车停在了距离港口海鲜进出口工厂二百米远的一座废弃厂房边，他让兰波先下车，自己坐在驾驶座上闭了会儿眼睛。

　　他攥着口袋里调换过来的真 Accelerant 药剂，很想立刻给兰波扎上一针。但这个念头不过在脑海里挣扎了一瞬便被掐灭了，白楚年从抽屉里摸出一管控制剂，咬开注射器针帽，曲起小臂打进了静脉。

　　一阵从血液中腾起的刺痛让他格外清醒，他靠在头枕上稍微休息了一会儿才下车。

　　他推开车门，兰波无聊地坐在车前盖上等他，鱼尾像人类盘腿那样卷在一起。天色已完全暗了下来，周围没有路灯，兰波弓身坐着，手里玩弄着从自己兜里拿的打火机。打火机的造型是个闭上嘴的骷髅头，拇指将它闭合的下颌掰开，绿色防风冷焰从骷髅眼睛里钻出来，将兰波侧颜映得发亮。

　　向海鲜工厂靠近的路上，白楚年低声与技术部通信："确定目标进入港口海鲜工厂，任务已完成，是否撤离？"

　　技术部将白楚年从眼镜上传回的画面发给高层，韩行谦也参与其中。

　　播放部分录像后，高层征求韩行谦的意见，因为这次任务是由他发起的申请，他拥有后续行动的发言权。

　　韩行谦坐在靠椅中，他从实验室过来，身上的白色制服还没脱，指间转着钢笔，沉思了一会儿说："我的意见是直接进入工厂，检查海鲜冷库，确定他们打算注射 Accelerant 促进剂的实验体类型，这样我们才能估计他们的下一步目的。"

白楚年："目测工厂内红喉鸟成员众多，有可能暴露。"

韩行谦："没关系，既然已经把药剂调了包，后续不需要特别隐蔽，他们反而会认为遭到阻碍才是正常的。"

联盟高层接受了韩行谦的建议，向白楚年发送二期任务"检查工厂冷库"。

"收到。"白楚年关闭通信器，带着兰波爬上高架，从通风口进入了海鲜工厂。

这一家海鲜工厂长期经营出口生意，质量口碑都不错，白楚年站在高架上眺望码头的货船，员工们已经在装货，来往经过冷库，现在去查看货物必然被抓个现行。

"红喉鸟"对这次行动非常重视，除了工厂本身的员工之外，还在工厂内部各处安排了不少武装雇佣兵巡逻看守。

海鲜工厂共有三层，一层和二层中间打通成为一个开敞式大空间，中间隔断分出不同功能区域，从打捞接收区、清洗区、加工腌制区、罐头打包区，一直到装货区流水线作业，每一层距离地面三米处的边缘都安装了方便质检巡视的铁梯和铁架，人可以在上面行走。

这些铁架上每隔一段距离就会有一组雇佣兵在各个方位巡视，每个雇佣兵手中都有武器。

兰波趴在通风口的扇叶缝隙中安静地打量整个工厂，大致判断了一下雇佣兵的数量，轻声说："只有，七十多个，雇佣兵。"

"但我们只有两个啊。"白楚年咬了咬嘴唇，看了一眼兰波的鱼尾，"嗯，1.5个。"

"而且连把手枪都没有。"前置任务没有申请武器，现在回去拿也不赶趟了。

白楚年大致扫视了一遍工厂的地形，在心中默绘了几条路线，说道："按我说的做。"

兰波跟随白楚年从高架上爬了下来，挪到边缘，直接掉入等待进入工厂的海鲜卡车中，钻进盛满海鱼的大型塑料海鲜缸里。

白楚年灵活地攀爬到高架顶端，双手攀在离地十来米的通风窗外，通过通信器指挥兰波行动。

兰波落在海鲜筐里，迅速用活鱼把自己埋起来。

白楚年："情况怎么样？"

兰波："鱼不太新鲜了。"

白楚年："我问你的情况……"

兰波："饱。"

白楚年："……"

兰波藏在海鱼里进入清洗区，水流反复冲洗鱼群，随后把清洗过的海鲜送入加工腌制区。

海鲜随着倾倒的翻斗落在传送带上，兰波趴在里面，听到白楚年说："还有十秒进入切割加工区，准备。"

兰波心中默数，在临近时间时翘起尾巴尖，一缕强电流进入切割机器主板造成短路，切割器骤停报警，兰波趁机从缝隙中钻进刀片另一端，爬下传送带，恢复了机器的电路。

几个工厂员工听到机器报警，于是赶来查看，确定机器再次正常运转才放心离开。

兰波成功通过加工腌制区，在传送带下快速爬行，进入罐头打包区。

白楚年一直在观察打包区员工的行动轨迹，基本上确认了规律，于是指挥兰波："去第四排左边第二个集装箱，打包这一箱的员工换班了，来接班的员工应该不知道罐头装到了多少，你把多的罐头拿出来，然后进去用罐头把自己挡住。"

兰波照做，钻进罐头集装箱中，随后箱口封闭，兰波随集装箱一起被推上了码头货轮。

进入货轮的冷库中后，兰波用指甲划开集装箱爬出来，在每一个可疑的冷藏柜边探寻气味。

他停在一个堆满冰块的水筐边，这里面盛放的都是鲜章鱼。

兰波趴在水筐边翻了翻，但除了章鱼就是章鱼，讨人厌的吸盘蹭到兰波的手臂上，兰波不耐烦地将粗壮的章鱼腕足从身上拔下去。

白楚年避开巡逻的雇佣兵，从外窗轻轻翻越到工厂内部，他从窗口看到控制室里摆着几份发票，于是打算摸进来看看。

"有发现吗？"白楚年拿出眼镜戴上，将发票文件内容拍下来传给技术部，边分心关照兰波那一边的情况。

兰波回答："有气味。但只有，章鱼。"

"我知道了。"白楚年心里有数，把发票按原来的样子摆好，"出来与我会合，我们撤。"

"嗯。"

255

白楚年悄无声息地翻回来的通风窗，他走路不会发出声音，而且避障能力和攀爬能力极强，从高处跳下也不会受伤，拥有一切猫科亚化细胞团的天赋。

他轻声跳下高架，靠近码头接应兰波，突然，对危险的敏锐感知令他停下了脚步，迅速回过身。

一位拿着消声手枪的雇佣兵站在不远处，枪口指着他的脑袋，冷笑威胁："兄弟，把手举起来，我们谈谈。"

白楚年眯起眼睛，看到了他胸前别的名牌：里比西。

这个名字有那么点特别，白楚年记得在三棱锥小屋里，从恩可那一队雇佣兵身上搜出的名单里就有他。

好像是个僵尸山雀亚体。

"哎，这也能被逮，我太失败了。"白楚年没有枪，只好按那位雇佣兵头子说的，把手举起来，慢慢走过去。

里比西举着消声手枪走过来，枪口抵住白楚年的后脑，左手在他身上摸索搜身。

"你在我身上摸来摸去，我起了一身鸡皮疙瘩。"

"少废……"

白楚年微微偏头，猛地转身趴下，躲开一发险些打爆后脑的子弹，手掌撑地，力量强劲的长腿凌空横扫，一脚踹掉他手中的枪。

消声手枪在空中打着转飞起，里比西纵身一跃伸手欲接，白楚年翻身飞踹，将他扫出三四米远，轻松接下手枪。

白楚年接枪上膛瞄准开火的动作一气呵成，以至于脑子里快速闪过的细节没有跟上他的动作。

名单上记录了"红喉鸟"成员的技能名称，他隐约记得里比西那一行写的是"僵尸山雀亚体，J1 亚化能力损坏"。

损坏？

他还没来得及多想，手中开枪的动作已经早一步完成，枪口瞄准里比西的眉心，一声爆裂的枪响。

白楚年知道这不是安装消声器的枪声。

是炸膛。

僵尸山雀亚化细胞团 J1 亚化能力"损坏"：使触摸过的器械快速消耗至使用寿命极限。

白楚年看见里比西脸上露出残忍的冷笑，疼痛随之从左手蔓延至全身。

他踉跄两步才站稳因剧痛而摇晃的身体，血和碎末溅落在脚下。

白楚年垂着左臂，手腕以下的部分被炸碎了，烧焦的碎肉挂在碎裂的手骨上晃来晃去。

听到枪声，工厂里冲出大量雇佣兵，将白楚年团团围住，枪口指向他的脑袋。

"……好疼！"白楚年抚着残破的左臂，缓缓直起身子，胸口急促起伏抽动，颤颤地笑了起来。

普通人被炸碎一只手早就痛得昏厥过去了，看着面前露出阴恻微笑的白楚年，里比西不打算冒险活捉，下命令立刻开枪击毙。

他做出开枪手势的那一刻，雇佣兵的枪口对准白楚年，扣动扳机。

数发子弹飞射而来，一旦命中，白楚年的颅骨将会爆裂成碎片。

码头忽然无故起浪，一缕蜿蜒的电光冲出水面，转瞬间已飞至眼前，一颗半透明的蓝色带电球挡在白楚年面前，子弹撞击在透明球上擦出耀眼的火花，却无法击碎它。

兰波的伴生能力"鲁珀特之泪"，进入自我保护的球体状态时，任何外力都无法击破球体外壁。

子弹被尽数弹开，带电光球舒展身体，兰波落在白楚年身边，尾尖卷住铁架支撑身体，冷淡地注视着周围的雇佣兵，鱼尾疯狂充血，变为愤怒的血红色。

"人鱼！"里比西愣住，"你们是从哪儿来的？"

白楚年动了动脖颈，漆黑的双眸逐渐透出灰蓝底色，瞳孔缩小，一双狮子的凌厉眼睛凝视前方。

"告诉你有用吗？反正你又惹不起。"他笑起来，尖牙可爱地露出上唇，将左臂抬到面前，众目睽睽之下，骨骼快速生长，血肉筋脉紧贴白骨爬动，皮肤增长愈合。

白楚年在众人震惊恐怖的眼神中攥了攥恢复如初的左手，拍了一下那个僵尸山雀的肩膀。

"你最倒霉的事情，就是让我知道了你的名字。"白楚年亲昵地搭着他的肩膀，"里比西。"

话音落时，僵尸山雀亚体突然消失了。

白楚年手心里多了一颗玻璃球。

在枪林弹雨中摸爬滚打过来的雇佣兵，基础反应能力还是足够的，毫不犹豫地向白楚年和兰波开枪扫射。

白楚年灵活翻身，在乱射的子弹中间轻盈穿梭，回到兰波身边。

即使躲过了大部分子弹，但仍有流弹命中身体的非要害位置，白楚年的手臂和腹侧被子弹击中，血花飞溅，兰波也未能幸免，胸前钉入一枚子弹，痛得收紧鱼尾，将缠绕的铁架拉扯变形。

一阵扫射过后，空气中硝烟弥漫，雇佣兵们放松了警惕，等待刺鼻的烟雾散去后检查两具尸体。

烟雾散去，白楚年仍旧站在原位，轻松抠掉钉入身体的弹头，焦黑的血坑快速愈合。

兰波用指甲抠掉胸前的弹头，脸颊被流弹刮了一道，但也随着胸前的弹孔一同愈合了。

雇佣兵们看着两人的眼神突然变得异常惊恐，不知哪个角落的一个人恐惧地高喊了一声："是两个实验体！"

但凡稍微了解过特种实验体的人都会知道，特种作战实验体的亚化能力完全为战争而生，普通人在分化升级的过程中最多能获得一种伴生能力，而实验体的伴生能力却是由其亚化细胞团对药物的承受能力决定的，他们的身体强韧度远超普通人，而且自愈速度极快，因此被称为最高级人形兵器。

这话立即引起了骚动，有的雇佣兵临阵掉头就跑，有的人硬着头皮换弹扫射，然后缓慢后退伺机撤离。一个雇佣兵捡起头子里比西掉落在地上的通信器，哆嗦的手指试图输入密码联络上头报告情况。

白楚年身上的黑背心被子弹烧出了两枚孔洞，悠哉地掂着手中浑浊的玻璃球，抛起来接住，再抛起来接住，目光在众多雇佣兵中徘徊："谁啊，知道得那么多。"

他回头看了兰波一眼，这里临近海岸，少量海水以水化钢的形态在兰波手中凝聚成一把微冲。白楚年舔了舔新长出来的左手手背，回头问兰波："你看到了吗？他们刚刚把我的手炸碎了。"

兰波皱眉，松开手，水化钢凝聚而成的透明冲锋枪立刻消散，重新化为无形的海水，与再次引来的一股水流合二为一，重塑形状，在双手掌心各形成一把透明的KS-23霰弹枪。

冲锋枪射速快，弹道散射小，子弹集中，近战单挑优势很大，霰弹枪就不同了，每一发霰弹发射后会迸发出无数碎片，杀伤范围极大。

兰波的冷蓝眼眸闪过电光，双手霰弹爆射，每一发透明霰弹爆炸时都伴随着成片的惨叫和横飞的血肉。

白楚年带着兰波，脚下踩过满地横流的污血走出工厂，从口袋里摸出那个骷髅打火机，叼了根烟点燃，将眼冒绿火的骷髅头扔进了工厂外的机油库房。

爆炸产生的浓烟和碎片掩盖住战斗痕迹，硝烟弥漫，工厂中的员工听到爆炸抱头鼠窜，吓昏了头像被冲了窝的蚂蚁似的成群地从门口挤出来四处逃窜。

混乱中，白楚年抱着兰波缓缓离开了海鲜工厂。

兰波手里捏着那颗浑浊的玻璃球，对着爆炸的火光端详："好厉害，M2 亚化能力，好强。"

"没那么强。只能在触摸的同时使用，前提是我知道他的名字，而且只对比我等级低的人有效。

"当然，这个名字可以是真名也可以是代号，但只要他自我认可这个名字属于他就可以。"

白狮亚化细胞团 M2 亚化能力"泯灭"：可以将生命体瞬间挤压成球状非晶体，并且在损坏球体后，球体主人会从世界记忆中泯灭，除了白狮本人外，人们会失去对那个人的记忆，同时失去探寻他存在的兴趣。

技术部发来联络申请，白楚年接通回答："二期任务完成，是否撤离？"

韩行谦在里面说："你回来后趁早到我这儿打安抚剂。"

白楚年哼笑："我没事。"

韩行谦不以为然："我这里检测到你大脑里的情绪曲线波动很大，刚刚险些失控了。"

白楚年摸了摸脖子："哦，是吗？但我真的很痛，回头我要让你也体验一下，你就会理解我了。"

"你别开车，你现在开不了。"韩行谦直白地揭穿他，"你打了控制剂吗？分化级别越高，注射控制剂的痛感越剧烈，再加上刚刚一直在消耗亚化细胞团……"

最初亚化细胞团出现的原因正是一种病毒（飓风病毒）引发的感染风潮，而控制剂的原理正是抑制病毒的逆转录过程，从而压制亚化细胞团。但压制的过程中同样会压制亚化细胞团本身，亚化细胞团作为使用能力时为全身提供能量的器官，在注射控制剂期间会变得很脆弱。

"说了没事，回见。"白楚年不耐烦地关闭了通信器。

回到来时停车的破旧厂房，白楚年把兰波放在车前盖上，双手扶着前盖喘了口气：“等我休息一下。”

他的脸色有些苍白，腿也酸软起来，疲惫地坐到地上，屈起一条腿，把脸埋进臂弯里，声音发闷，能听得出来他在强撑着精神保持镇定。

“没事，一会儿就好。控制剂的副作用而已。”

一只冰凉的手抚在他不断向外渗冷汗的额头上，温和的安抚因子注入了他的身体。

兰波用尾巴将亚体圈住，为他搭建出一个狭小安全的小空间。

“别害怕。”兰波压低身体。

白楚年有点累，虽然没有从前在实验室训练那么辛苦，但疲惫感和每天训练结束时回到繁殖箱里差不多。

白楚年指尖打战地从口袋里钩出车钥匙，车灯亮起，门锁打开，然后把钥匙扔给兰波，不耐烦地催促：“开车，走。”

兰波皱起眉，抓住白楚年的领口把他拽到面前：“你有，毛病吗？”

白楚年一把抓住他纤细的缠着绷带的手腕，从自己领口拽下来：“对，我有，你离我远点还能让我好受一点。”

兰波诧异地呆望着他。

“你这表情什么意思？我对你向来有求必应，你是怎么对我的？”

“那次你说是为了送我出去才对我下的死手。”白楚年把重度感染后留下的伤疤露出来给兰波看，“你骗我，如果是那样的话，你看到这个怎么会躲开？你根本没说实话，到底为什么？”

白楚年很难控制住自己敏感的情绪，他反扣住兰波：“我知道你是你族群的王，那又怎么样，你以为你有多强？我不想伤害你，但不代表我不能。”

兰波被按在地上，双手折到背后，白楚年强劲有力的手将他骨头关节攥得铿铿作响，他的尾巴在地上扭动挣扎，带电的细尾尖抽打在附近的铁架和白楚年宽阔的脊背上，泛红的鞭痕横七竖八地印在白楚年泛白的肩胛皮肤上。

咔嗒一声，兰波的肩膀发出一声短促的脆响，关节被不知轻重的手劲拧得错了位。他尖锐地叫了一声，用力挣扎，把白楚年从身上掀翻，用鱼尾甩到三米来远的一面墙上。白楚年后背狠狠地撞在墙壁上，单手撑着墙壁，摸了一把脸。

错位脱臼的右手臂无力地垂在身侧，兰波不懂接骨，笨拙地抬起左手试图扭动右臂接回原位，但换来的只有剧痛，他蒙坐在地上，手足无措。

白楚年扶墙站着，咬牙注视着坐在地上走神的人鱼。

寂静的废弃厂房里呼吸可闻，掉落的声音便格外清晰。

随着微小的啪嗒一声，一枚圆的、带蓝色偏光的黑珍珠滚到白楚年脚边。

他明明不想动，但手就是比大脑先一步做出反应，把珍珠捡起来捧到手心里。然后就听到接连的啪嗒声。

白楚年抿唇走过去，蹲在兰波身边："你老是这样。"

他按住兰波脱臼的肩膀，熟练地用力一掰，骨节被按了回去，兰波的肩膀哆嗦了一下，把白楚年从身边推开，尾巴由蓝变红——他也在压抑着怒气。

白楚年低下头，蹲在地上一颗颗地捡起珍珠放进兜里。

忽然，他觉察到了什么，侧头聆听。

似乎有一些轻微细碎的声响，他的听觉很敏锐，确定这座废弃厂房内除他们以外还有别人存在。

废弃厂房和之前那座海鲜工厂的构造如出一辙，三层楼高，第一、二层中间开敞，四周安装有可以存放货物和供人行走的铁架。

白楚年放轻脚步从黑暗中摸上铁架，无声地在一片漆黑中搜寻。

在一片杂乱的空货箱子里，他找到了三具尸体。这三具尸体还很新鲜，但表面都烧焦了，发出一股煳味，看起来像死于雷击。

白楚年在他们身边翻找了一阵，找到了一个恒温冷藏箱、几个冰袋、一个手提照明设备、一些麻醉剂、止血纱布和手术刀。

他再一次听到了刚才那个微弱的呼吸声。

白楚年循着声音的来向谨慎地走过去，发现一个人躺在地上，浑身被捆得严严实实，嘴也被胶带封住。他被注射了麻醉剂，但眼睛还可以动，说明药效差不多快消失了。

白楚年蹲下来，撕掉那个人嘴上的胶带，露出一张熟悉的冷峻的脸——之前在ATWL考试中临死前还给了他们最后一击的灵猩亚体萧驯。

萧驯浑身瘫软，连手指都动不了，白楚年检查了一遍他的身体，发现他后颈亚化细胞团上有刀口。

在特工组工作这么久，对市面上的犯罪行为也了解得差不多了，看这架势也能猜得出来，亚化细胞团猎人绑了他，想把他的亚化细胞团弄下来去黑市卖。

虽然萧驯在考试中只露过J1亚化能力，但从他在考试中的表现和最终名次来看，他的亚化细胞团可能不会止步于J1级别。

这些准备了手术工具的亚化细胞团猎人更加印证了白楚年的猜测，只有 M2 以上的亚化细胞团才有意义冒险买卖。

大约过了两分钟，麻醉药效又消散了一些。

白楚年拍了拍他的脸企图唤醒他："能说话吗？"

萧驯的舌头麻木，含糊回答："谢谢。"

白楚年站起来，带着萧驯缓缓走下铁架梯。

白楚年坐到驾驶位，倒车驶出漆黑的厂房。兰波还气着，一直不说话，在副驾驶团成球一动不动。

萧驯缓了过来，坐在后座角落里。

白楚年边开车边说："你听着了这么多不该听的，是被我灭口还是跟我走，反正我肯定是不会放你回家了。"

萧驯冷淡的嗓音还有些虚弱："随便你，我没家了。"

白楚年："怎么回事？"

萧驯不怎么健谈，本身也不爱说话，但无奈白楚年刨根问底，最后大致把情况捋顺了。

在 ATWL 考试后，萧驯在家族中的地位稍高了一些，有长辈认可了他的能力，将一些简单的很小的家族生意交给他做。

虽然日子比从前潦倒时好过了些，但更加受人嫉妒。当家的大夫人急着商业联姻，萧驯理所应当地被拉出来当成讨价还价的筹码。

萧驯态度强硬地拒绝了。

他还没从学校毕业，他想进部队，不想被困在豪门贵院里。

灵猩世家看重强者的传统人人皆知，大哥二哥自幼看他不顺眼，自从 ATWL 考试之后更是把萧驯当成了头号大敌，背着家里人联合亚化细胞团猎人策划了这一手绑架。

只要萧驯的亚化细胞团一丢，他在灵猩世家的用处就没了，没人会为他抱不平，更不会因为他去追究家里人人视作掌上明珠的几位亚体少爷。

"刚刚那几个亚化细胞团猎人，是你杀的？"白楚年目不转睛地盯着前方，笑着问他。

萧驯摇头："他们把我带来，准备在那里取亚化细胞团，但那时候你们进来了，他们停了手，想先去干掉你们。"

"然后呢？"

"你们两个神仙打架，他……"萧驯看向兰波，"他突然放电，那几个人站在铁架上，立刻触电死了。他们把我放在绝缘板上动手术，所以我没事。"

"噢，你运气还不错。"白楚年打开了通信器，找韩行谦。

韩行谦："我刚刚检测到你的情绪波动又异常剧烈，你是去蹦极了吗？"

白楚年："这就回来，老妈子一样啰唆，打针打针，回去就打。"

韩行谦："好的。"

白楚年："对了韩哥，我刚捡了一只小流浪狗，在我车上，他的亚化细胞团受伤了，你给看看。"

"亚化细胞团受伤？程度？原因？"

"哎，我开车呢，我让他跟你说。"白楚年把通信器摘下来递给萧驯。

萧驯举着通信器不知道该说什么。

温和的声线从耳麦里传过来："你好，可以说话吗？"

萧驯："嗯……能。"

他听到通信器里面有钢笔写字的沙沙声，韩行谦问："怎么造成的伤？现在有什么反应？"

萧驯的声音越来越轻："刀口……可能有两厘米，取亚化细胞团的途中……在流血，很疼，嗯……不太疼。"

"好，听起来没有到特别严重的程度。"韩行谦在纸上记下一些情况，然后耐心交代，"用你能拿到的柔软的干净的布按住伤口止血，然后放松身体，不要使用亚化细胞团的能量刻意支撑精神。等一会儿让小白送你到我这儿来，我帮你处理，你保持伤口干净就可以，不用紧张，不是很严重的伤。"

"好……"萧驯认真听着，声线温润沉静。或许与职业有关，韩行谦天生带着一种安抚的力量。

汽车离开后，废弃厂房恢复了寂静。

海鲜工厂发生小型爆炸，引起了媒体的关注。清晨消息传开，记者纷纷来到事故现场，争相报道第一手消息。工厂内员工并未受到波及，但一些雇佣兵因爆炸而死亡，货物并未受损，早在爆炸发生前，满载海鲜和加工罐头的货船就驶离了码头。

警员在工厂周围拉起警戒线，不少看热闹的群众过来围观，好在这里并不属于闹市区，群众不多。

一个留着乱蓬蓬的黑色半长鬈发的亚体从人群中挤进来，他穿得有些臃肿，戴着大兜帽，手里拿着一个精致的小本子和一支录音笔。

他跑到一位指挥警员搜索取证的长官身边，眯起笑眼托着笔记本询问："先生，对引起爆炸的凶手您有什么推测吗？"

长官瞥了他一眼："你是记者？"

亚体眼角很翘，笑起来眼睛眯成一条弯弯的线："不不，我是作家，对这个案子很好奇。"

"闲人免近！"长官果断地把他赶走了。

作家也不恼，好脾气地躲开，四处溜达。他从地上捡起了一颗玻璃球，对着光看了看，玻璃球体内很浑浊，看起来质量很差。

"啊，发现了。"作家欢快地举着玻璃球转了一圈，背着手在人群中悠哉地闲逛，散步到废弃厂房里，绕着铁架走了一圈，发现了铁架上被高压电烧焦的尸体。

"呕。"他踢了踢那几具开始散发臭味的尸体，右手一撑轻松翻下铁架，缓缓地、平稳地落在地上，在每个角落仔细搜寻。

水泥地裂缝里卡着一颗富有光泽的圆形珠子，作家撅起屁股趴在地上用手指抠，抠了半天，把一颗带有蓝色偏光的黑珍珠从地缝里抠了出来。

耳中塞的微型通信器中传来一个平淡稳重的声音：

"多米诺，有什么发现吗？"

作家双手各捏着一颗珠子，举到阳光下眯眼观察："哎，你会喜欢的。"

一辆纯黑宾利缓缓停在路边，作家热情地招手跑过去，钻进副驾驶拉上安全带。

驾驶座有个穿黑色长风衣的亚体，骨节分明的手指搭在方向盘的真皮护套上，食指戴了一枚克什米尔蓝宝石戒指，浓艳的蓝色刚好衬他优越精致的气质。

作家摘下兜帽，蓬乱的鬓发里伸出两只细细的触角，触角轻碰手中的黑珍珠。

"是圈子里讨论度最高最火的857，电光幽灵。"作家闭着眼睛说，"857的价格已经炒到四十六亿美金了，不过也只能说有市无价。研究所为了不惹麻烦，把他转手给了IOA联盟，按那位会长的行事风格，大概率已经与857达成合作，不可能再出手了。"

黑风衣亚体的指尖轻轻敲击方向盘，目视前方："另一个是什么？"

"这个才是厉害的。不过圈子里知道的人寥寥无几，真正的好东西往往会被跟风降智的商人忽视。"作家的触角轻轻触碰在捡来的玻璃球上，闭目回答，"9100，神使。当初他最落魄的时候捡到他的为什么不是我们呢，先生，您反省一下您短浅的眼光，哈哈。"

"多米诺。"

作家笑起来："抱歉先生，我老是不小心说实话。"

亚体的视线落在车载显示器上，剪辑过的录像画面拼凑成一段完整的视频。

画面是一座大型生态箱，生态箱的玻璃被血迹遮挡，里面的生物在残忍撕斗，一个个接连倒在血泊中。

看得出来里面最强的两个实验体达成了合作，将背后交给对方，在这场你死我活犹如养蛊的厮杀中，有一个足够交付信任的队友无疑是最大的优势。

镜头拉近生态箱中伤痕累累的两位幸存者——白楚年和兰波。

已经进入成熟期的狮子显然一直都将培育期人鱼保护在身侧，以便实时照顾到亚体的情况。

白楚年身上的伤口密集到连逐个愈合都需要一段时间，但兰波身上几乎没有伤痕，他从头到尾都被保护得很好。

但就在即将走出生态箱时，兰波突然转身，利爪凌空落下，带起一道蓝光和残影。

白楚年已经疲惫地临近极限，而兰波由于被保护得很好，此时的体力远在狮子之上。白楚年那时几乎到了不堪一击的状态，猝不及防被一击要害，从胸口到侧腰划开了一道极深的伤口，当时内脏和肠管就从伤口中淌了出来，和满地脏污混合在一起。

录像没有声音，只能看见白楚年躺在地上奄奄一息，绝望地把手伸向兰波，但兰波头也不回地爬进了研究所的运输箱，研究员们为这次精彩的决斗鼓起掌来，祝贺研究所收获一个最强的实验体。

大家都以为白楚年也会像生态箱里的实验体一样死去，但并没有，尽管伤得很重，可他还有呼吸。

要知道培养一个能入眼的实验体需要的费用十分高昂，研究员们也不愿意轻易放弃他，加紧抢救缝合。

研究所原本最看好的就是白楚年，这个结局他们也没有想到，能救回来的话研究所肯定愿意高价收购，但无奈感染严重，甚至影响到了他未来的战斗评估，最终他被放弃了，低价抛售给有兴趣的商人自生自灭。

录像来源于研究所的监控。最后一个镜头是被铁链拴住脖子和四肢，无助地窝在铁笼里的白楚年，他的伤口还在化脓，由于研究员们放弃治疗任他自生自灭，伤口开始生虫，食腐的蛆虫在他缝合感染的皮肤上爬。

后来听说，一位到各处淘拳手的拳场商人花了不到两百美金把白楚年拖走了，因为最近有客人想看虐杀。这种项目只能找流浪汉之类死无对证的当目标，因为白楚年长得好看，客人更加爱看，爱看就舍得花钱，所以花个稍微高点的价钱收过来也不心疼。

但没想到那场虐杀表演的赢家成了白楚年。

尽管他伤得极重，却没有任何一个对手能杀得了他。

拳场老板乐坏了，拿白楚年当噱头，把他扔进各种各样的赛场，观众病态的审美就是喜欢看苍白虚弱的残破美少年反杀对手。一次次喝彩让白楚年身价倍增，老板为了不让他死得太早，十分舍得花钱给他消炎治伤，白楚年就靠着一点消炎药浑浑噩噩地活着。

飞鹰集团 boss 陆上锦应邀请参加宴会，合作伙伴好这一口，拉着他过来欣赏。陆上锦皱着眉看完一场，便开口把白楚年买了下来，家里有宝贝孩子的真看不得这个。

老板起初攥着摇钱树不想卖，陆上锦被他磨叨烦了，连着拳场一起买下来，把老板给开除了。

清晨窗外的枫树叶片摇摇欲坠，几只麻雀在树枝间吵嚷，潮湿的空气从窗户里漫进来，被面有点发潮。

白楚年睡醒了，天花板的吊灯不是他选的那个点缀水晶的蓝色胖鱼，而是朴素实用的长管灯。

他躺在病床上，输液架上挂了一瓶安抚剂，大概还剩三分之一了。

白楚年坐起来，见病房里空无一人，揉了揉闷痛的脑袋，把手背的输液针拔了，想去上个厕所。

他顺手摸了摸口袋，抿唇把裤兜翻出来看，里面除了手纸渣子就没别的了。

"……掉出去了？"白楚年回忆了一下昨晚的细节，不记得哪个环节把玻璃球弄丢了，昨晚他的亚体活跃态很差，犯下这种失误不应当。

还没走出门口，韩行谦拿着查房册进来，看见耷拉在床边滴水的针头，推了推眼镜："谁让你随便拔的，回来把那半瓶输完。"

"不输了，没事，我回家。"白楚年闷声敷衍，他刚拉开门，兰波忽然从天花板上倒吊下来。

医学会的走廊两边没有栏杆，兰波没有能攀爬的地方，只能靠电磁吸附着天花板里面的钢制管道爬过来。

兰波减弱电量，掉落在地上，用尾巴支撑着身体站在白楚年面前，手里提着保温袋。

白楚年眼睛亮了亮："你去哪儿了？"

兰波把保温袋举起来："做饭。"

他自然地靠白楚年带他进入病房，走到病床边，兰波抬头看了看剩下三分之一的安抚剂："还没滴完。"

白楚年拽住韩行谦："没眼力见呢，给我扎上啊。"

"呵。"韩行谦换了新的输液针，戴上手套扯过白楚年的手消毒绑皮筋扎针固定，然后拿起查房册走了。

白楚年叫住他："我弄回来的小狗呢？"

韩行谦："隔壁。没有大碍，我过去看看他。"

白楚年安稳下来："你把门锁上，别让他跑了，看住了。"

"别乱来。"韩行谦走时带上了门。

兰波坐在床上，从保温袋里面拿饭盒出来。

水母炒鸡蛋，水母瘦肉粥，凉拌水母，每道菜都冒着时隐时现的蓝光。

白楚年看着这三道赛博朋克菜，咽了口唾沫。

兰波把脸偏到一边，一副还没消气的样子。

白楚年弯起眼睛，端碗吃饭。

也不难吃，水母本身除了咸味也没有什么特殊的味道，口感脆脆的。

第十八章

致命温度

———○———

"因为我昨天做的伤害到你了？我没想弄疼你。"

"你，阴晴不定。"兰波费劲地摆布舌头说出这个成语，"不乖，我不要你了。"

兰波想表达的不过是孩子不听话时家长惯用的威胁，但在白楚年听来不是的，他说："你别这么说。"

白楚年可以清晰记得自己从小到大的事，因为从他拥有自我意识起还没过多长时间。他的童年记忆很简单，当他有意识后，遇到的第一个亚体就是兰波。

实验体改造技术分为两种：一种是由胚胎开始培养，实验体会从幼体生长到培育期，再进入成熟期；另一种则是从外界捕捉后加以改造，直接成为培育期实验体。白楚年属于前者，兰波属于后者。

"真的不要我了啊？"

"嗯。"兰波背对着他不说话。

输液架上的安抚剂滴完了，白楚年拽掉输液针，趿拉上鞋子拉开门走了。

兰波听到一声关门的轻响，愣了半天，气得把饭盒全吃了。

白楚年手背上贴着胶布，在走廊里徘徊了一阵，漫无目的地乱走，不由自主地下楼，回过神抬头一看，会长办公室的门虚掩着。

他本来想走了，但里面的人感觉到他在这儿，叫他进来。

会长端庄地坐在办公桌后，陆上锦坐在沙发上翻阅杂志，白楚年沮丧地窝进单人沙发里。

如果兰波不要他，这世界上还愿意要他的就只有会长和锦叔了，虽然他们只是上下级的关系，或许是因为被他们捡回来的关系，在他们身边总能感受到一种不明原因的微妙的归属感。

他喜欢完成任务回来以后会长投来的赞许的目光，也喜欢跟着锦叔去学和老奸巨猾的商人打交道，所以他一直在这里工作，从来没生出过离开的念头，他一直没发觉自己是个恋家的人，因为以前根本没有家。

陆上锦从杂志里抬起眼睛："干吗呢，大清早就一副死样。"

言逸手上整理着任务文件，替他回答："昨天和兰波吵架了。"

陆上锦使劲揉了一把他的脑袋："臭小子。晚上跟我喝酒去吧，有几位 PBB 老朋友也在，带你认识认识。做事没点人脉不行。"

"噢，行……那晚上我不开车了。"面对锦叔，白楚年有点心虚，他一直打算把人家亲儿子挖过来当特工来着，得找个机会旁敲侧击一下，听听他的口风。话说回来羊毛出在羊身上，也不能算对不起他们。

言逸收到了技术部的邮件，已经检测到调包过的 Accelerant 药剂已被注射到实验体中，正在调试分析设备，定位显示承载实验体的货船经过关卡出境，还没有显示下一步动作。

"需要的时候叫我，我没事了。"白楚年坐起来，搓了搓脸打起精神。

"你还是先休息吧，把自己的事处理完。"言逸发了两封加密邮件，派特工组其他人跟进货船里的实验体。

"哎，心肝宝贝马上过生日了，准备点什么礼物好。"陆上锦快把杂志翻烂了，停下来揉了揉眉心，"去年送了他一座宝石矿，他好像不太喜欢。"

言逸盯着电脑，手指飞快敲击键盘："你送的都是些什么鬼东西啊？"

"还是小白好，跑车手表都好选。"

白楚年低头看看自己腕上的表，他起初对人类的奢侈品不怎么了解，随着在这儿接触和熟悉才逐渐了解，他手上这块机械表也有小百万。

他不知道自己的生日是什么时候，所以就把生日定在了来到陆家的那一天，第一次吃到奶油蛋糕这种食物，没有营养，脂肪、热量、胆固醇都很高，不符合实验体的科学进食标准。但他很喜欢，这是一种温暖的食物。

傍晚在酒局上，白楚年懂事地给陆上锦挡酒，几个与陆上锦熟识的朋友私下夸奖说这个小伙子不错，看着就做事稳妥。陆上锦的朋友都是各界有头有脸的人物，有钱也不一定能结交得到，这回算真切地混了个脸熟。

他中途去了趟洗手间，有心事就容易喝多，尽管已经在努力控制脚步，却还是有点虚浮，靠在洗手间的墙边发起呆来。

酒店穹顶避雷针上蜷着一只不明生物。兰波顺着避雷针爬下来，挨个楼层寻找。

终于在七层找到了可怜地坐在洗手间门口睡着的白楚年。

兰波顺着天花板爬到他头顶，减弱电量让自己掉落到地面上，轻轻拍拍白楚年的脸想叫醒他。

一个亚体从拐角处走来，陆上锦见小白半天不回来，借去洗手间的工夫顺便出来看看。

拐过走廊，便看见兰波吃力地把比自己高大的亚体搬起来。

"这是干吗呢？"陆上锦看着他们。

兰波好不容易把白楚年搬起来，见陆上锦带白楚年出来喝酒还一副没事人的样子，不满地皱了皱眉"hbdhysbhacjtfhjfchjxbsadhhahloofifxf（无法翻译的句子）"，然后飞快地带着白楚年从窗户走了。

陆上锦喝得也不少，脑子有点慢，半晌才反应过来："嗯？他批评我？"

陆上锦回到席上，说小孩喝多了，他让人先送回去了，几位熟识的朋友便和陆上锦聊起白楚年的身世。

他们听说这孩子是从拳场捡回来的孤儿，毕锐竞卷起袖口，露出肌肉分明的小臂上的一串青蓝烙印——PBB-000026，端起酒杯喝了一口，戴婚戒的手轻轻搭在桌面上点了点。

"我儿子不知道中了什么邪，从 ATWL 考试结束就把白楚年挂在嘴边。我寻思着，这得是多牛的一小子啊，我儿子小闷骚，面上什么都不说，其实心里精着呢，表面上在安菲亚学校上得好好的，其实心里多少有点瞧不起那些个贵族同学，为这事我还跟他谈了一宿。"

这位正是毕揽星的父亲，PBB 特种部队前中尉，现已退役，同在国际商联占有一席之地，一言九鼎。

"有什么可谈的，小孩心气高傲点不是坏事。"陆上锦道。

邻座鸿叶夏氏现任的掌门人夏凭天与他闲聊："言逸也真信得过他，把特训基地都交给他带。"

身世肯定提早就查清楚了，但这话说出来不中听，陆上锦也不乐意。

"怎么说话呢？"陆上锦偏头瞧他，"可别当我二儿子面说这个，小孩自尊心最脆弱了。"

毕锐竞笑起来，端起酒杯与他碰了碰："让你二儿子多照顾我们揽星。"

"那还用说。"

聊了一会儿，陆上锦举起酒杯，状似无意间提起："这阵子不是一直在讨论109研究所那事吗，言逸的意思就是我的意思，怕老朋友们隐退的隐退，享福的享福，耳目就容易不清明，提早聚聚，我敬大家一杯。"

陆上锦轻松地靠在椅背上，与年轻时无异，宽肩窄腰的身材归功于平日的自律，整个宴席上分化等级达到A3的亚体只有他一个，不管论级别还是社会地位，席间的宾客对陆上锦皆是敬畏有加。

这话里提点的意思再明显不过，IOA联盟在国际会议上虽有发言权，却没有决定权，但如果国际商联在里面横插一脚，言逸说话的分量可就不一样了。

在座宾客纷纷起身回敬。

宴罢，司机开车送陆上锦回别墅。

言逸问："喝了多少？给你泡杯醒酒茶能舒服一点。"

"不用，没多少。"陆上锦闭着眼睛，"这么晚怎么还没睡？"

"我在想之后国际会议上要提出来的，禁止再研发实验体，承认现存活实验体的独立人格和合法性。这是我作为IOA总会会长的责任。"言逸疲惫地说，"但又一定要保证他们像小白一样没有杀戮和进食欲望。"

"嗯，是好事。"陆上锦说，"跟小白说过吗？他肯定高兴。"

"还没。"言逸叹了口气，"这不是一朝一夕间可以实现的，我怕他会失望。"

现在的白楚年身为公开联盟特工，人身权利受IOA联盟保护，一旦他脱离联盟，看中他亚化细胞团和能力的人不在少数，他再强也无法对抗众多装备精良的武装势力。

"没关系，我支持你，放手做。"

"嗯。"言逸转过身来，"给兔球的生日礼物呢？"

"我特意问他想要什么，恐怕买错了。"陆上锦说，"他想要一架直升机，你说一个小兔怎么成天想要这么硬的东西。"

言逸困倦地问："你买了吗？"

"买啊，买大个儿的，一架不够，我买了一组，顺便包了两位涂装设计师过来，宝贝想要什么外观就做什么外观。"

"你迟早把他惯坏了。"

"算了。"言逸闭眼打算睡了，忽然又问："你没带小白喝太多吧？他还小，在酒桌上又懂事。"

"还说呢，半道就让兰波劫走了，叽里呱啦跟我说一串外语，听语气像数落我，这小家伙，还挺凶。"

"他们俩……"言逸操心操不完，"兰波是天生的首领，小白又不爱和人交心。"

蚜虫市夜晚静谧，繁华的街道霓虹闪烁，马路上来往的车辆、行人川流不息。

高楼大厦耀眼的玻璃外壁上吸附着一条蓝光闪烁的人鱼。

兰波像壁虎那样倒贴在玻璃上快速游走爬行，双手放电吸附在大厦内部的钢材结构上，用嘴叼着白楚年的衣领，细长的鱼尾将亚体的身体固定在自己身上。

白楚年醉得厉害，在大厦外壁吹了一会儿冷风还觉得舒服了许多。

他头昏脑涨地睁开眼睛看了看距离自己近百米的地面，轻声哼哼："我恐高。"

兰波一脸冷漠，咬着白楚年衣领的嘴不好开口，含糊地说："以前，不恐高。"

白楚年无理取闹："从现在开始就恐高了。"

一辆搬家货车从大厦脚下经过，兰波减弱电量，叼着白楚年下落轻轻吸附在货车车厢上，一路搭车回到了公寓。

他把白楚年扔在门口，快速冲进鱼缸里降温。

"Cabean Se weyena quaun kadin kimo.（加勒比海王后尘封的宝座一直等待着你。）"

"boliea milaye.（我的小少年。）"

嗓音疲惫又低沉。

被改造成培育期实验体后，他失去思考能力的同时也忘记了一些事情，只会依靠本能做出判断和反应，但随着时间的推移，记忆碎片不停拼凑，兰波的思考能力在恢复。

过了十几分钟，白楚年看起来睡着了。

他的体温高得很不正常，已经快要超过他可以承受的限度，如果是别人或许不会发觉，但兰波对温度的感知很敏感，这样的温度不应该出现在他身上。

他身上隐约透出一种陌生的亚化因子的气味。

兰波翻箱倒柜找出体温计，对着光看了看，又不知道这个东西该怎么用。

白楚年翻身蹭过来，在睡梦中皱眉呻吟。坐在白楚年旁边，兰波都感到了一股炽热的气息扑面而来。

兰波发了一会儿呆，从地上捡起白楚年的手机，但他的手机通讯录是加密过的，兰波也不知道该怎么用，拍拍白楚年的脸，把他的手放在手机上："韩行谦、电话，打给他。"

"韩医生。"兰波把他的手按在屏幕上。

说服白楚年给韩行谦打电话就花了不少时间，韩行谦接起来，这个时间大家都在睡觉，他的声音也带着倦意。

"小白，热。"兰波低声描述。

韩行谦："他跟我说去喝酒了，体温是会高一点，没事，你离他远一点。"

"不，不，剧烈的。"兰波抿着唇，把手机放在白楚年滚烫的额头上，企图让韩行谦隔着网线感受到白楚年的体温。

韩行谦："……我现在过去，你可以先想办法给他降温，试着叫醒他。"

兰波扔下手机，把白楚年搬运回自己的鱼缸里，冰冷的水温让白楚年好受了许多，兰波一直趴在鱼缸沿上守着他，可怕的是，鱼缸里的蓝光水母游动速度越来越慢，一只一只接连死去了。

兰波摸了一下鱼缸里的冷水，水温正在上升。

他把水床边搁置的水冷设备搬过来，接在鱼缸外壁，开到三档。鱼缸外壁缓慢地结了一层冰霜，勉强可以维持鱼缸内的水是冷水，但白楚年的皮肤仍旧烫得惊人。

白楚年仰靠坐在鱼缸里，浑浑噩噩地说："你在煮我吗？我要熟了，好痛。"

兰波爬进鱼缸里用尚且冰凉的皮肤去给白楚年降温。

韩行谦进门时看见这番光景，淡定如他也不免受了惊。

萧驯替他提着药箱跟在后边，见韩行谦脚步停顿，他不自觉地就顺着韩行谦的视线看过去。

兰波背后覆盖着一片红色花纹，看上去像一张魔鬼的脸，但组成它的纹路并非文身师娴熟的线条，而像一条条粗暴地用利器刮开的伤疤，随着他薄瘦高耸的蝴蝶骨光影起伏，血红的鬼脸在他背上狞笑。

兰波见他们进来，捡起保湿绷带缠回上半身，爬出鱼缸端正地坐在床边，但面上难掩虚弱。

"你没事吧？"韩行谦从萧驯手里拿过药箱，拣出听诊器和体温计，关切地问兰波。

兰波摇头。

韩行谦给白楚年检查后，发现并不是酒精中毒。而他的体温已经快要高到爆表，如果不是他分化等级高，普通人早就因这样严重的自体高温烧死了。

"我认为这是某个亚化细胞团的亚化能力。"韩行谦凭经验判断，"小白清醒状态下很警觉，很难在他清醒时不知不觉在他身上做手脚，所以对方借酒醉体温本身就会升高这件事掩盖初期发热，等到发热到一定程度之后，小白昏迷，就无法抵抗了。"

"体温还在上升，即使是小白也撑不了太久，我先把他送到医学会，明天申请搜查嫌疑人。"

兰波直直地盯着他，眼神像要吃人。

韩行谦弓身安抚："我向你保证，医学会的前辈们不会让小白有事的。你在家里等着，别出去乱走。"

"你陪着他，"韩行谦交代身后跟着的萧驯，"回头给你发实习工资。"

萧驯不为钱，但听话地点了点头，留在了兰波身边。

房间里少了两个人，一下子安静下来，兰波抱着屈起的鱼尾坐着发呆，萧驯也不爱说话，保持着一种寂静的平衡。

因为人鱼的确漂亮得过火，萧驯也忍不住分出目光去看他，兰波浸湿的金发凌乱地搭在肩头，鱼尾掉了不少鳞片，他看上去憔悴忧郁，但依然美丽。

兰波并未看他，但知道有股视线落在自己身上，冷淡地问："好看吗？"

"对不起。"萧驯看向别处，轻声道歉。

过了一会儿，萧驯首先打破了宁静，主动解释："那天我是第二次见白楚年，我们真的不熟。"

"嗯。"兰波对这个话题不怎么感兴趣。

"那……你打他是不是太狠了？"萧驯知道自己不该多管闲事，但他从家暴的家庭中长大，主观反感粗暴的行为。

空气再次陷入尴尬。

有那么一瞬间，一股微弱的陌生亚化因子闯进了窗棂，两人同时警觉地抬起头。

兰波的反应很快，精确地捕捉到这股带着敌意的气味，和白楚年身上出现的异样气味相同。他迅速爬到窗台边，打开窗户想要跳下去追赶。

萧驯制止他："等等，万一是陷阱呢？"

"嗯，那又怎么样？"兰波把他的手从自己的手腕上移开，"杀死，使用能力的人，能力就消失，你知道。"

兰波灵活地爬下了窗口。

萧驯迟疑了一下，抓起手机追了出去，路上给韩行谦发了共享实时定位。

兰波的爬行速度很快，他可以利用电磁吸附在钢材结构上，基本没有障碍能够阻拦他。

但灵猩的速度也丝毫不慢，甚至要比陆地上的人鱼快得多。兰波快速爬过一堵高墙，萧驯则快步一跃，双手攀住上沿，依靠手臂和腿的力量飞速翻越，继续跟上兰波。

"我跟你。"萧驯说。

兰波看他一眼："你不行，站远点。"

"但韩医生让我和你待在一起。"萧驯固执地跟着他。

兰波目视前方："谁管你！"

"检测到了。"萧驯的 J1 亚化能力"万能仪表盘"可以检测多种数据，他使用能力预判那人的逃跑路线，共有两条路线，预判可能性大于 90%。

"左边和前边各有一条路，我们可以分头追。"萧驯说，"但我也和韩医生了解过，能不知不觉给白楚年使用能力下套的人机会不多，除了酒席上的客人就只能是联盟内部的叛徒……我这么说的确不合适，但这是我精确分析后的结果，这明显是个有预谋的计划，我们贸然去追可能会出事。"

"兰波，我劝你别去。"萧驯说，"我预判出事概率是 77%。你信我，先回去申请支援，明天再搜。"

兰波充耳不闻。

不是他固执，只是因为他很了解实验体的自愈能力，到什么程度就会发生严重感染，他知道。

萧驯停了下来。

能够自己一个人从 ATWL 考试中拿到存活第四的成绩，靠的是不容置疑的实力，但绝对不是莽撞。

他轻松爬上高墙，在黑夜中的高楼间跳跃奔跑，寻找所有监控摄像头的死角，并且随时利用敏锐的动态视力捕捉兰波的行动轨迹，在心里计算不同战术的成功率。

两人再一次碰头时，萧驯把自己做的两种战术路线告诉了他，兰波点头，萧驯即刻攀上高墙继续跟随。

在一个路灯闪烁的拐角，萧驯率先发现了对方的踪影，利用万能仪表盘检测空气数据，得到了对方的亚化细胞团类型——耶气步甲亚体，甲虫型亚化细胞团。

萧驯向紧贴铁丝网蜿蜒潜行的兰波传递消息："耶气步甲亚化细胞团，能力范围可能在毒气和高温两方面。"

兰波的速度有一瞬间的减慢。

大多数能力他都不会放在眼里，但高温对他而言是个致命弱点。

萧驯额头渗出冷汗，他非常不擅长近战，但此时又没有狙击枪带在身上，只能对兰波打手势："你能行吗？"

兰波看了一眼天色，接近黎明，时间不多了。

如果对方的能力对自己不利，那么只能抓住先发制人的机会，兰波的鱼尾蓄满电光，化作一道闪电急速向前游去。

与此同时白楚年躺在医学会的病房里，几位德高望重的教授围着他，韩行谦也在其中。

接在白楚年身上的仪器数字一直上升，他的身体局部细胞在高温下大量死亡，而自愈速度被高温抑制，再这样下去会危及生命。

钟教授说出了自己的观点："我认为这是耶气步甲亚化细胞团的 M2 亚化能力'定点高温'，目前最快的解决方式就是杀死使用能力的人，但以他现在的状态最多再过 4 个小时就会严重感染，我们来不及申请搜捕了。"

另一位医生提出："试试注射 Accelerant 药剂，强行提升他的生长阶段，以他的级别，只要清醒过来，一切都不成问题。"

Accelerant 药剂就攥在韩行谦手中，本来答应白楚年完成任务回来就把这支药剂送给他来着。

"我不建议这么做。"韩行谦从沉默中开口，"如果只是培育期实验体，注射后成长为成熟期还好控制。但他已经处在成熟期，注射 Accelerant 药剂后会加速生长到恶化期，我们不能预测会发生什么，即使我们仿制的药剂效果只有 24 小时，但这 24 小时内我不能保证他具有可控性。"

钟教授赞同韩行谦的意见，让人加紧向特工组申请搜捕，希望能赶在白楚年感染前处决那个耶气步甲亚化细胞团。

由于走得急，韩行谦的手机忘了静音，突然响了一声。

"不好意思。"韩行谦拿出手机按下静音，但消息显示萧驯发来一个共享实时定位，并且发来了一段录像：幽暗的路灯下，兰波在与一个 M2 级的耶气步甲亚体周旋，他在尝试放电击杀对方，但对方显然对他的能力有所了解，不断升高局部空气温度打断兰波蓄电。

"他找到了。"韩行谦把录像给钟教授看，钟教授神情深沉，"遇上高温能力，鱼类亚化细胞团太吃亏了。"

视频里的兰波被高达100摄氏度的高温空气燎到鱼尾，从铁丝网上摔下来，落地快速爬走躲避后续的攻击，鱼鳞迅速烧焦，露出焦红的一片肉。

隔着视频都能感觉到恐怖的疼痛，兰波痛苦尖锐的叫声从视频中传出来。

白楚年的手指动了动，仪器显示的数据混乱暴涨失控，他捂着快要裂开的头，胡乱摸到韩行谦手中的Accelerant促进剂。

"去给……兰波打……"

这确是当下唯一的办法了。

钟教授立即以医学会的名义临时指派韩行谦运送Accelerant促进剂前往现场，责任由他来承担。

韩行谦将注射器装入小型手提箱，快步离开病房，驱车往萧驯发来的位置赶去。

他临时联系萧驯，但没有得到回答。

因为他们现在的情况根本没有多余的精力发送消息。

萧驯蹲在高墙最顶端，他已经从战斗现场退开了数十米，但灼热的空气仍旧令他汗如雨下，更别说与耶气步甲亚体距离仅有十来米的兰波。

兰波愤怒地攀抓在铁丝网上，摇动火红的鱼尾，朝对方尖锐地咆哮。

对方并非孤军奋战，短时间内集结了十来个耶气步甲亚体，他们具有同样的亚化细胞团和高温能力，即使只有领头的亚体达到了M2分化，他们一起使用能力释放出的高温毒气对兰波造成了巨大的压力。

昔日光滑艳丽的鱼尾残破不堪，满地掉落闪烁蓝光的鱼鳞，兰波紧紧攀抓铁丝网的双手也被高温灼伤，这里没有任何水源，他得不到降温和补充，甚至无法使用伴生能力"水化钢"，他的M2亚化能力需要依靠水化钢形成武器才能发动。

兰波抬头凝望东方亮起的云层，时间在一分一秒地过去。他有属于自己的计算方式，等太阳跃出云层的时候，小白会开始感染。

其实他完全可以蜷成球利用伴生能力的保护机制顺利地全身而退，但对方似乎笃定他不会退缩，放肆地释放着高温，一次次逼近兰波，用炽热的空气灼烧他、折磨他。

在那些耶气步甲亚体再一次释放高温空气同时逼近自己时，兰波没有退缩，而是迎了上去，强劲有力的鱼尾凌空一甩，用力抽打在身边的铁丝网上，耀眼的电火花冲天而起，蓝色电光瞬间溢满铁丝网，铁丝网连通住户的外墙，迅速吸附周围高压电箱的电力，强大的高压电即刻以兰波为中心发散，一张巨大蛛网般的电网爆炸开来。

最靠近他的三人霎时灰飞烟灭，其余亚体见势不好立刻后退，与兰波保持着一段安全距离。

对方也没想到处于劣势的人鱼竟能将他们一次性减员三人，但兰波也被高温空气严严实实笼罩了一瞬间，他的皮肤翻起水泡，痛苦低鸣着退远，爬到高墙上，轻轻舔舐手背上灼痛的水泡。

萧驯一直在使用 J1 亚化能力"万能仪表盘"监测着双方的情况，在他的脑海中会形成一个数据面板，所有能够监测到的数据都显示在上面。

兰波的生命数据在不断降低，但始终没有跌破 60% 的安全值。

体力剩余 56%。

亚化细胞团能量剩余 65%。

情绪占比：喜悦 0%，愤怒 92%，悲伤 8%，贪欲 0%。

在监测过程中，萧驯发现兰波的数据与普通人类有所差别，其中有一项他从来没见过的数值——

进食量 97%。

萧驯来不及多想，转念监测那一群耶气步甲亚体，将他们之间在这场消耗战中被磨得状态最差的人的位置告诉给兰波。

兰波得到了精确情报，立即掉转方向向萧驯所指的位置发起猛烈且迅速的攻击，一个 J1 耶气步甲亚体当即被他咬住了喉管，利齿轻易咬断了他的脖子。

兰波叼着断了头的尸体爬上高墙，将瘫软的尸体挂在墙头，单手按在尸体胸口，污血狂野地挂在他唇边，无神的蓝宝石眼睛冷漠地睥睨余下的敌人。

领头的耶气步甲终于察觉了是谁一直在给人鱼精确地报位置，他的目光在近处的每一个角落搜寻，突然锁定了藏在墙头依靠树叶遮挡身形的萧驯。

萧驯知道自己的位置暴露，但这正是兰波突围的好机会，他没有转移，而是将下一个最适合攻击的位置计算出来报给兰波。

正是这短暂几秒的迟疑令萧驯自己陷入了危机，对方配合度很高，在领头人发出命令的那一刻纷纷改变攻击目标，集中火力击杀萧驯。

萧驯的速度很快，敏捷地翻越高墙，预判这些高温毒气的攻击轨道，但攻击非常密集，几乎形成了一张火力网，即使他速度再快，也不可能躲过所有攻击。

剧烈的灼痛从他的大腿外侧和背后袭来，萧驯抚着被灼烧翻皮的伤口撤离了刚才的位置。他离开敌人的视线后跌跌撞撞地逃跑，摸出手机颤抖着给韩行谦打电话。

突然，他猛地撞上了一个人，熟悉的白色长外套制服，胸前别着一枚带有IOA"红十字"标志的联盟医学会徽章。

韩行谦手里提着银色手提箱，扶住他的肩膀，一股素雅温暖的安抚因子注入他的亚化细胞团。他瞥见萧驯身上破损的衣服和烫伤，微微皱起了眉。

"带我过去。"

萧驯才渐渐安下心来："好，可他们人太多了。"

韩行谦将手提箱中的药剂交给他："把这支药剂注射到兰波身上，你可以吗？"

萧驯点头。

因为萧驯撤离时最后打开的突破口，兰波找到了攻击的机会，他的利爪闪现寒光，用力钩在身下尸体的每个动脉上。

尚未凝固的血液疯狂喷涌，兰波则借此启动了伴生能力"水化钢"。

黏稠的血液在他手中逐渐成型，一把由血水凝结而成的猩红Mini14射手步枪汇聚在他手中，血红枪身中仍能看清漂动的血流。

以污血构成的子弹接连点射，射手步枪在中远距离的表现精准而优良。兰波不再选择近战，而是背着血枪在高楼间爬行游走。

靠汲取尸体血液供养枪支总会有用尽的一刻，兰波压榨亚化细胞团能量以换取更高的速度，快速架上制高点，吸取尸体最后的血液形成一个四倍瞄准镜，熟练地安装在射手步枪上，两枪爆头狙掉一个人，然后立即换位，令敌人根本无法锁定他的位置。

他每射杀一个目标，就会有更多的血液吸附到自己身边，无限子弹供他使用。

合适的特种作战实验体在被改造时植入了大量战斗数据，他们作为武器诞生，战斗是一种本能。

韩行谦和萧驯快步赶回来，萧驯手里攥着注射器，但与他们一同赶到的还有执勤警员，数辆警车将现场团团围住。持枪警员纷纷下车，将枪口对准趴在地上疯狂撕咬尸体、已经失去理智的兰波。

"糟了。"韩行谦心中一凛。

如果来的是联盟警署倒也无妨，但执勤警员隶属国际监狱，被他们看见实验体当街厮杀，这事情就麻烦了。

萧驯站在他身边，沉默地思考了一会儿：

"这件事背后有人操作的概率是97%。

"我计算了一下，还有转机，给兰波注射Accelerant促进剂，事情向好的方向发展的概率有89%，不给兰波注射Accelerant促进剂，事情向好的方向发展的概率有24%。"

韩行谦讶异地看向身边专注推算的灵猩亚体。

萧驯拿着注射枪爬上高墙，在执勤警员趁兰波亚化细胞团能量消耗殆尽将他拖上警车的前一刻，从人群闪动的缝隙中将药剂打了出去。

带有簧片的注射针扎在了兰波颈间，药液自动推进他的动脉，然后脱落。

耗尽所有体力，伤痕累累的兰波陷入昏迷，被执勤警员带走了。

停在远处路边的纯黑宾利里坐着两个人。

戴着兜帽的亚体趴在车窗边巴望，帽子掉下来，蓬乱的鬓发间翘起两只触角，他目送着警车将兰波带走，小声感叹："噫，果然还是被算计了啊。国际监狱真下作，别人花钱都买不到的实验体，他们却按个罪名就能带走。"

黑风衣亚体沉默不语，戴着蓝宝石戒指的食指轻敲方向盘的真皮护套。

多米诺的触角轻轻敲打玻璃，他仍趴在车窗边喋喋不休："表面上的目标是神使，结果最终是想带走电光幽灵……好机会，趁这时候向神使示好，他会感激我们的。"

亚体点燃一支烟，轻轻呼了口气："国际监狱可没那么好说话。"

"那当然，交给我吧，先生。"亚体晃晃触角，"有句话说得好，'锦上添花不如雪中送炭'，人类的语言有时候很有道理呢。"

当兰波杀死最后一个耶气步甲亚体时，白楚年的体温立刻停止了上升。接在他身体上的监测仪器数值缓缓下降，他的身体指标开始回正。

当数值降到正常范围时，白楚年的身体组织开始重建，死去的细胞迅速被新增殖的细胞代替，自愈功能恢复了正常。

几位围在白楚年身边的医学会教授纷纷松了口气。白楚年不仅是联盟特工组的顶梁柱，更是医学会接触实验体、了解实验体的唯一活体观察对象，对这些致力于改变实验体杀戮本性的科学家而言，白楚年的存在价值无法以金钱衡量。一旦他出了意外，整个联盟医学会关于实验体的研究都会前功尽弃。

体内被灼伤的细胞纷纷被新生的代替，白楚年艰难地动了动，抚着涨痛的头爬起来。

"是……陷阱……"白楚年不顾自己尚且虚弱的身体，扯下身上的电线，踉跄地跑出病房，一瘸一拐下楼，往会长办公室跑去。

他的状态还没有完全恢复，扶着会长办公室的门喘了几口气，时间还太早，联盟大厦里几乎没什么人，门还锁着。

从他发觉自己被下套开始，就预料到了对方的目的。他们明知一个 M2 级亚体不可能置他于死地，却还是处心积虑地这样做了，这只能说明那些人一开始的目标就不是他。

他头晕目眩地联系会长，但电话还没拨出去，韩行谦的电话先打了进来。

"兰波被执勤警员带走了，现在在看守所。他们禁止我们探视，也不允许了解情况，说今天就会把他送到国际监狱审判，这根本不符合规定。

"抓捕理由是兰波滥杀平民。很难相信，那些耶气步甲亚体的身份居然会是平民，而且他们手里都没有武器。"

"他妈的，他们是一伙儿的，有人盯上我们了。"白楚年没忍住爆了粗口。

他抚着突突跳动的太阳穴背靠着门坐下来，沉默了一会儿，让自己冷静思考。

国际监狱戒备森严，审判严格，进去就不好再出来了。即使通过会长的关系把兰波弄出来，也至少需要半个月的时间，如果只是一位普通人类倒没什么，实验体的变数太大，他不能冒这个险。

现在唯一的挽救措施就是把兰波从看守所抢出来，然后强行销毁证据，这样联盟完全有权力拒绝国际监狱毫无理由的逮捕。

韩行谦："你的身体还没恢复，看守所也是有几位厉害警员的，现在就去吗？"

白楚年扶着墙尽快往电梯口走："再晚就被带走了。我没事，几个警员而已。"

"我会帮你进去。"

"嗯。"

他走出联盟大厦，拐角停着一辆黑色宾利。虽然他的精神还有些虚弱，但并不影响他敏锐的观察力，他注视着那辆宾利，直起后背，设法让自己的状态看起来更好一些。

宾利车门缓缓开启，从上面跳下来一个戴着兜帽的亚体。

亚体摘下遮住脸的帽子，露出一头蓬乱的鬈发，眯眼对白楚年招手："嘿，去看守所可以搭我们的车。"

白楚年的记性很好，见过一面的人都不会忘，在三棱锥小屋里他见过这个亚体，那个一直用字条留下线索的作家。

白楚年的目光落在驾驶位的黑风衣亚体脸上，淡然哼笑了一声，坐进了副驾驶。

看守所的安全等级着实与国际监狱和联盟监狱都差着一段档次。

白楚年穿着从打晕的警员身上扒的制服，压低帽檐，走进看守所最深处的一间冰池。

幽暗的冰池内传来铁链相互摩擦的声响，白楚年没有轻举妄动，慢慢地打开门，走了进去。

池水中漂浮着冰块，以此减弱池中生物的行动力，他的脖颈上戴着一条粗铁链，链条尽头一直连接到旁边斑驳的石柱上。

人鱼背靠池沿，金发垂在肩头，无聊地搅动水中的冰块，气泡化作蓝光水母，将监狱池水映照成幽灵栖息的海岸。

听到脚步声靠近，池中人鱼缓缓回头，一双蓝宝石眼睛朝他凝望。

白楚年一时忘了自己该做什么。

人鱼脸颊上多了一道尚未愈合的伤口，蓝尾鳞片残破，灼伤的血肉翻红，却更多了一分凋零似的美感。

兰波对着他甩了甩自己漂亮的尾巴，蓝色冷焰般的鱼尾从昏暗的池水中探出，尾尖挑起他的帽檐，白楚年轮廓俊美的脸露出惊愕的表情。

兰波认出了他，转身扶着池沿，钩住他身上警员制服的领扣："你看起来好年轻，干这行多久了？"

第十九章

限时归期

即使在 ATWL 考试中感受过一次成熟期兰波的模拟状态，真正从现实中听到他流畅的中文还是会觉得陌生。

白楚年直直地站立在那儿，喉结滚动，说不出话来。

"这个药剂能坚持多久？"兰波问。

"24 小时。"白楚年僵硬地回答。

"我会珍惜的。"兰波笑起来，修长的指尖挑起系在自己脖颈和手腕上的特制铁链，"人类的高科技产品挂在我身上让我一点力气都没有。"

"我来。"白楚年在池边单膝蹲下，拧断铐住兰波的抑制链，尽管白楚年的骨骼钢化可以使他轻易斩断合金，但他仍旧用手掌垫在手铐挨近兰波皮肤的一侧，以免手铐和项圈的断面划伤人鱼的皮肤。

铁链全部拧断。铁链脱落后，兰波脸上的伤口逐渐愈合，皮肤光洁如初。

之前在培育期不能说连贯句子的时候还不明显。

"randi。"兰波支着头和他对视。

"我让你先闭嘴，你知道这是哪儿吗？"白楚年说。

"走。"他把兰波从水里带出来。

现在他才能集中精神专心思考撤离路线。

转过几个拐角后，两个巡逻警员从走廊尽头与他们迎面相对，他们腰间都佩着枪，见到抱着兰波的白楚年时愣了愣，立刻从枪套里抽出手枪，然后联络上级报告情况。

拐角的洗手池水龙头关不严，兰波指尖放电操纵水龙头打开，喷涌的水流在兰波手中形成一把透明榴弹枪，对着那两个警员连发了六枚水弹。

尽管兰波没有将水分子压缩到标准水化钢的密度，因此没有达到真实榴弹的威力，但水弹爆炸时仍具有不小的冲击。爆炸波将两个警员冲了出去，水浇了他们一头一脸，对讲机也进水短路，无法再通信了。

"抓稳我。"白楚年说。

兰波闻言抓住他后背的衣服。白楚年敏捷的步伐轻踏墙面，每一个坑洼都可能成为他的落脚点，像一只迅猛猎食的大猫，无声地越过数道红色激光线，朝计划好的路线逃出去。

兰波的武器随着他们路过的水源而变化，时而是手枪，时而是火箭筒。

他的枪法很准，足够冲晕对方的高压水弹一发发精准发射，没有人能拦住他们的去路。兰波并没有让水制弹药压缩成水化钢弹药，爆炸后却只能留下满地水渍，积水蒸发，没有任何证据能表明他们受到过攻击。

纯黑宾利等在看守所外，突然听见看守所内警铃大作，白楚年和兰波大概被围攻追杀了。

多米诺托着下巴趴在车窗边："这下麻烦了，万一两个都被监控拍到证据，我们就白忙活了。我去帮他们一下。"

开车的亚体默许。

多米诺跳下车，摘下兜帽，触角从鬓发间翘起，随便捡起一块小石头，朝天上一抛。一双火红的鳞翼虚影在他背后若隐若现，蝴蝶翅翼轻微扇动，J1亚化能力不知不觉发生作用。

太阳闪蝶亚化细胞团J1亚化能力"连锁反应"：随便做点什么，就会彻底改变某件事情发展的方向。（方向不可控）

多米诺抛起的小石头砸到了生长在废旧矮墙砖缝里的一朵野花，野花中栖息的一只蜜蜂被惊醒，嗡鸣着飞离原地，落在了看守所的窗棂上，顺着缝隙爬了进去。

正在追捕白楚年和兰波的一位警员迎面撞上了这只蜜蜂，鼻子被蜇了一下，大叫着开了一枪，子弹打炸了一个监控摄像头，并且摔了一跤，打翻了放在窗台还未稀释的消毒酒精。

监控室里的监控员看到其中一个画面突然变成了雪花，于是联络报告给相邻位置的巡逻警员要他们去查看情况。

正准备换班的巡逻警员接到了监控员的消息，手里的烟灰落在了休息床枕上却

284

浑然不觉。他离开了房间，落在床枕上的烟灰被微风吹燃，将床单引燃，火焰在换班休息室内熊熊燃烧，从床枕烧到了窗帘，再烧到桌上的值班簿，将整个文件架上的值班簿引燃了。

大火烧出了房间，引燃了打翻在清洁工具上的酒精，抹布拖把和从清洁车上收来的准备洗的脏床单衣服一起烧了起来。消防装置检测到了烟雾和火焰，开始大量喷水灭火，整个走廊里异常混乱。

尚在走廊里的巡逻警员在一片混乱中彻底失去了目标。

白楚年带着兰波爬出通风道，从高楼一跃而下，脚尖无声点地缓冲，然后从老旧的热闹街巷中失去了踪影。

宾利启动，多米诺上了车，悄悄离开了看守所后门。

韩行谦和萧驯并不在附近，他们回到了兰波与那群耶气步甲亚体厮斗的位置，满地血迹的现场被警员们严加看守并拍照。

韩行谦在隐蔽处使用了J1亚化能力"耐力重置"，将布满血迹和厮杀划痕的地面墙面恢复到崭新的一尘不染的状态。然后重复对警员们使用的拍摄装备使用耐力重置，一次次将设备的使用寿命折半，直到警员再次按下按键，手里的相机就彻底冒烟报废了。

萧驯则趁着警员维持秩序的空当爬上了高楼，用从商店顺来的水弹枪将团成小球的薄片炸弹弹射到警车上，警车一辆辆被引爆，巨大的轰鸣引起了围观群众的骚乱，人们大声喊着恐怖袭击，一边跑开。唯恐天下不乱者，忙着拍视频发到公共平台上博眼球。

联盟技术部接到消息随后开始干活，黑入城市监控网对段扬来说不过举手之劳，轻松销毁了所有捕捉到兰波身影的镜头，并且成功把这场骚动推给了某个并不存在的恐怖组织。市民们都以为执勤警员逮捕了恐怖分子，热情地送来了数面锦旗，感谢警员们的付出。

昨晚的战斗仿佛从未存在过，白楚年强闯看守所抢人这件事就如同石沉水底，一切证据都消失了。

联盟技术部把情况如实汇报给了会长。

言会长听罢事情始末，沉默地攥碎了手里的咖啡杯，把身边的亚体小助理吓得两腿发软，跪在地毯上收拾。

"通知高层，下午1点开会。"平日里温柔和蔼的会长今日连声音都带着威严，他平静地盯着电脑，淡淡地说，"太久没关注那个流氓监狱，今天都算计到我的人头上了。"

"让小白回特训基地，这段时间都不用露面了。还有韩行谦。后面我来处理。"

"好，好的，会长。"

白楚年没有在市内停留，乘渡轮回到了蚜虫岛特训基地。

蚜虫岛与外界信息隔绝，没有人知道外面的腥风血雨，特训生们日复一日宁静有序地训练，这里的气氛反而让白楚年躁乱的心安稳下来。

渡轮靠岸时，特训生们依旧站成两路夹道迎接，右手贴近胸口敬礼。白楚年换上了教官服，黑色特训背心外套皮质马甲，迷彩长裤外穿中筒作战靴，戴黑色鸭舌帽。

细心的学员能看出教官今天有些憔悴，但没人敢说，白楚年还像从前那样问候学员们，萤和小丑鱼站在队伍末尾，见到教官时激动得拥抱了他。

从恩希医院实战归来，几位特训生都得到了会长亲自授予的特工组自由鸟勋章，今年毕业后就可以转正进白楚年的搜查科了。

"挺好。"白楚年戴着粗糙护手的手揉了揉他俩的脑袋，"到了我搜查科也不能飘，认真干活，特训生毕业考试也得拿出好成绩。"

"呜呜。"

"别哭了，我那儿不要哭哭啼啼的小鬼，给我哭烦了都给你们退货，赶回来。"

白楚年安慰了两个人几句，回头看毕揽星："这段时间训练得怎么样？"

毕揽星的身材比刚来时肌肉线条更刚硬了些，肤色也成了健康的小麦色，他长高了些，比之前看起来更高挑匀称了。

"一直在跟着进度。"毕揽星回答。

萤小声反驳："才不是呢！他这次周考拿了全科目第一，连理论课都是满分——根本不给我们活路。"

"说起理论课，"白楚年回头问萤，"你的逻辑科目及格了吗？"

萤亮着屁股跑了。

迎来魔鬼教官的蚜虫岛热闹起来。

兰波下半身泡在海水中，扶着渡轮外沿缓慢浮动，支着头静静观望，目光跟随着白楚年的一举一动。

"小 randi 很受欢迎啊。"他淡淡地托着腮玩水，指尖搅动海水，雕刻出一只会动的水化钢小猫来。

他捏起透明小猫的后颈皮，把四肢乱动的小猫提起来，然后放进嘴里咬碎。

白楚年脊背一凉，回头偷瞄渡轮边藏着的兰波。他们之间隔着几位亚体学员，学员的注意力都在白楚年身上，没发觉渡轮边还有个亚体。

几个亚体满眼崇拜地问起恩希医院的行动。

"教官？"

"啊，哦……这次行动很危险，回头我跟你们细说。"

兰波饶有兴致地泡在海水里，望着白楚年应付那些年幼的后辈，蚜虫岛周边的水域没有任何污染，清澈见底的海水令他心情愉悦，他很少会厌恶善待大海的人类。

特训生们终于散了，海岸边只剩下白楚年还站在那儿，让海风撩动他的发梢。

仅凭人类的基因和技术，很难创造出这样的相貌——亚体的骨相似乎被精雕细琢过，没有瑕疵的白调皮肤隐约透出几根纤细的血管，薄而锋利的眼皮在微微上翘的眼角堆叠了几层。他笑起来有时抿起薄唇，有时露出一颗虎牙，这样无瑕的相貌是那些人类小孩所不能比的。

人鱼欣赏着自己的杰作，亲自养大的孩子就如同一件令他爱不释手的艺术品。尽管人鱼族群里每个婴儿都会得到他的恩赐，但他还是第一次亲自养育小孩，看他长大，并且迫不及待带回去给大家看看。

海浪把人鱼冲到沙滩上搁浅，兰波仰起头，水顺着金色的发梢滴到肩头，身上披了一层暖色日光。

白楚年捡起挂在阳伞边的迷彩外套裹住他下身的鱼尾，带着兰波匆匆地往单人宿舍走。

"我的尾巴让你感到羞耻吗？"兰波语气有些受伤。

"没有，我……"白楚年低着头，帽檐遮住了眼睛，"不想让别人看见。"

清晨微咸的凉风从海岸吹来，现在时间还早，阳光还没有将海面照映温暖。不过大约还剩下四个小时，白楚年想和真正的兰波多待一会儿。

白楚年光脚踩着还未被阳光晒热的沙子，手里提着浮潜装备。

海浪涌到脚下，冰得白楚年缩回脚，蹲下来用手撩水，先蹭蹭胳膊："冷死了。"

兰波爬到海浪退去的沙滩上，舒服地等待被海浪抚摸身体。

"你那样没有用，海水不会因为你抹在胳膊上而变热。"兰波趴在浅滩上，身体蠕动着，把自己用沙子埋起来。

白楚年坐在岸上穿戴脚蹼，兰波趴在礁石边托着脸观察他："为什么要把自己打扮成有两条尾巴的鱼？我们都没有两条尾巴，你现在看起来还是很奇怪，你混不进来的，我们又不傻。"

　　"谁想混进去了，蹬水用的，你有尾巴我没有，我怎么跟上你？"

　　兰波忧虑地安慰他："真的不用介意我们的差别，有我在，没有鱼会歧视你。"

　　"我真的不是想混进鱼群……仿生学你懂吗？人类智慧。"白楚年穿上脚蹼、戴上面罩，缓缓从浅滩走向深处，轻轻一跃，冲向海水中。

　　兰波落下礁石，轻盈地游到白楚年身边。

　　三年前这里的水质也只能算普通，因为岛上有不少特训生，起初没有保护的意识，只把这里当作普通的度假岛看待，制造出的生活垃圾就随便扔到水里。后来白楚年上岛，正好赶上一场赤潮，恶心的藻类铺满海面，于是他每天都会安排一组学生清理海岸，保持特训基地周边的整洁。

　　现在蚜虫岛周围的海域环境称得上优秀，清澈见底的海水可以从水面上直接看到水底的游鱼和海草，如果不是整个岛被联盟买下来当作训练基地使用，这里大概率会被投机商人买下来包装成旅游胜地。

　　雪白的海底沙上浮动着水面投射下来的光斑，五彩斑斓的小鱼成群结队地在珊瑚中游弋。

　　不过即使白楚年很擅长游泳，在水里也不可能比一条鱼更灵活，兰波只需要轻轻摇动尾巴，飘舞的半透明鳍微微摆动，就可以快速游出一大段距离。

　　他游到珊瑚边，那些呆头呆脑的小鱼被他吸引，成群结队地跟着兰波，用嘴亲吻他的身体，热情地帮助兰波清洁身上的寄生虫和死皮。不过兰波身上干净又光滑，小鱼们有点失望。

　　兰波轻摇鱼尾，搅出的水泡化成大小不一的水母，散发着幽幽的蓝光在水中漂动，他修长的手指触碰到水母，水母便消散了，取而代之的是如细雨般簌簌降落的蓝色星尘。

　　游鱼争抢那些由水母化成的蓝色星光。

　　吞食了水母碎片的鱼肉眼可见地发生了变化，它们身上本就斑斓的颜色越发亮丽鲜艳，一些数量稀少的雌鱼肚子里渐渐揣满了卵。

　　白楚年怔怔地注视着眼前令人惊讶的景象，美丽神秘的海底生物共舞，蓝光水母在周身漂浮。

　　如果拍成纪录片大概会在国际上得奖。不过他一点也不想这么做。

仅仅蚜虫岛周围的海域就无法算清边际，兰波或许是上帝赐给整个蓝色星球的礼物，而不属于任何人。

兰波很快又游回来，带着白楚年向稍深处走。

白楚年朝他眨了眨眼睛。

"你不慢。"兰波牵着他，回头说，"是我太快了。"

白楚年需要浮上水面换气，他完全屏气的情况下最多能坚持五分钟。兰波朝他吐了一个水泡，水泡罩住了他的嘴，白楚年尝试呼吸，将水泡里蕴含的氧气全部吸入，和浮上水面换气没有区别，甚至能坚持更长时间，因为兰波释放的水泡是压缩过的氧气。

"其实你连这些装备都不需要戴。我的氧气足够供养你很长时间，也不会让你的眼睛和内脏被水压伤。"兰波的声音可以通过他释放的微小气泡进入白楚年的耳朵，所以即使他说话的音量和平时一样，白楚年也可以听得很清楚。

"其实大海是有声音的，因为水遮住了你们的耳朵，所以你们很难听清。"兰波游到白楚年背上轻轻趴下，摁着他的肩膀改变自己体内的氧气量，他变沉了些，把白楚年压到珊瑚边。

"大海很美，也不寂寞，是你们不知道的另一个世界。"兰波吹着他的耳朵，水泡将声音收集到白楚年的耳边，他听到了此起彼伏的奇异声响，构成他前所未闻的神秘鸣音。

"其实我也看过很多海洋的纪录片。"白楚年对他比画。

兰波听到后很高兴："那只是冰山的一个角，没有人类比我更了解大海，你喜欢海我太开心了，我迟早会带你去看你没见过的那些。"

兰波带他向更深处游去，的确，有兰波在身边，白楚年周身的海水压力永远保持着和陆地上差不多的强度，而且无须换气。

忽然，兰波停了下来，在一片稍显荒芜的礁岩前停住，礁岩中人工放置了不少四脚架，每个上面都用扎带绑着珊瑚碎块。

这里是一个不算大的珊瑚回播点，上面绑的都是保育挽救的珊瑚碎块。珊瑚这种东西十分脆弱，稍有水质变化就会死一大片。蚜虫岛周边偶尔会刮台风，这些脆弱美丽的小动物总会损失不少，但它们同样也会在照料下重新生长。

兰波惊讶地问："这是谁做的？"

白楚年指了指自己。他每年在蚜虫岛教学的时间不短，但又不是每天都有课，空闲多得很。做这些东西可以有效打发无聊时间，还能锻炼屏气。

"我们也有和人类共通的地方。如果有人珍惜我所珍爱的东西，我很难讨厌他。"兰波兴奋地说。

他的用词听起来有点滑稽，但兰波只能用他熟悉的词句表达情绪。

兰波鱼尾带出的蓝光水母在珊瑚上破碎，降下的星尘使其重生。小而碎的珊瑚快速生长形成大片，白化斑点恢复如初。

白楚年能感觉到他发自内心的愉悦。

兰波带着他浮上水面，被海浪推回沙滩。

白楚年摘下面镜、脱下蛙鞋扔到一边，坐在沙滩上休息，发梢在滴水，暖烘烘的阳光烤在身上，兰波趴在沙子边，鱼尾愉快地搅动沙滩。

兰波捡起一枚冲上岸的贝壳，放在嘴里咬成两半，用锋利的一角在手臂上刻字。

白楚年匆忙抓住他的手腕："你干吗？"

"时间快到了，重要的事情我要记下来，如果回到培育期，我可能会忘。"兰波在手臂上刻完了一行人鱼特有的文字，然后抓起一把沙子在伤口上搓，以免愈合，字迹消失。

"兰波！"白楚年不准他这么做，"你不疼吗？"

"疼啊，但这种事不能忘。"兰波眨眼问他，"你能教我写你的名字吗？"

白楚年抿着唇，用手指在湿沙滩上写下"白楚年"三个字。

兰波认真地跟着在沙子上描摹，他不会写字，笔画也歪歪扭扭。

他学了很多遍，确定自己记住了怎么写之后，抓起贝壳就往小臂上刻，刻完还要抓把沙子填进伤口。

"哎，疼，别这么弄。"白楚年赶紧抓住他，他就像个固执地要去摸灯泡的小朋友一样，不让做非要做。

兰波还是执着地刻下了他的名字，兰波小臂上留下了两行文字，但除了"白楚年"三个字，白楚年不认识别的。

"很重要的，所以刻下来？"白楚年问。

"嗯啊，没有人比 randi 再重要了。"

原本白楚年有许多问题想质问他，但现在，其实有这个答案就够了。

"我要离开一阵子。"兰波与他并排坐着，像人那样抱着自己鱼尾的膝弯。

内心里一直抗拒面对的事情还是发生了，白楚年轻轻喘了口气，仿佛惧怕一个海浪过来，兰波就消失了。

"等我处理完我的事，会回来，一定。"

"什么事？"白楚年声音发哽。

"你想过我是怎么被打捞上来的吗？"兰波翘翘尾尖从沙子里挖出一只小螃蟹，在水里涮干净然后扔进嘴里嚼一嚼吃掉。

白楚年从没想过，他知道人类的技术已经发展到了难以想象的地步，或许活捉一位人鱼首领也并不难。

"没有你想得那么简单，这是个很复杂的族群，管理起来并不容易。"兰波说，"而且我没有对你不好，一点都没有。你以为我在和你争抢出去的名额吗？其实我一点都不在乎这个。"

"没有你的话，我会一直留在研究所，不再出来。"兰波托着腮无聊地搅水，"我活得太久，有些事情早就受够了。"

白楚年的心思开始乱了，其实这么长时间过去，他知道自己没有办法真的恨他，说贱也好，说受虐也罢，兰波好像疯长的杂草，拔起来还会带起成片的血肉。他只是想知道上天让他遇到兰波是眷顾的好运，还是一场阴谋。

"你……为什么会被抓来？"白楚年没有注意到自己的声音有些沙哑。

"现在说出来让我十分耻辱。"兰波举起刻了字的手放在胸前，"人类发明了鲸落这个词，我觉得很贴切，我现在要回去制造一些人鱼落。只需要一段不长的时间。"

"那是多久？"

"一个月。"

"那下个月的这个时候我还在这儿等你。"

"好。"兰波说。

"遇到麻烦就向联盟求助，特工组搜查科全部待命，我会去帮你。"

兰波笑起来："希望不要。"

今天的值日生照常带着工具来清理海岸，每个特训生都很喜欢干打扫海岸的活，因为可以理所应当地逃课不用训练，而且海岸一点都不脏。

萤拿着从便利店买的冰淇淋边舔边走，和小丑鱼一起提着桶和垃圾钳经过这里。

突然，他俩顿住脚步。

萤的甜筒扣脚面上了。

小丑鱼反应很快，拉着萤躲到了礁石后。岸上的一块礁石很大，足够挡住两个人的身影。

萤还在可惜糊在脚面上的甜筒，小丑鱼悄悄探出头，打量着两人。

一时间小丑鱼头脑空白，忘了及时把头缩回去，那个人鱼忽然转过头来，在白楚年不知道的情况下与他对视，无神的蓝眼如同深不见底的大海。人鱼唇角上扬，冷冽的笑意让小丑鱼膝弯一软，等他回过神来，自己竟跪在了地上，沙粒掩埋了他的膝盖。

萤悄声爬过来，按着小丑鱼的脑袋探出头去瞧热闹，他只看见教官站了起来，单手带起那个美丽的人鱼，在风中伫立，然后将他扔进了大海。

人鱼游到离岸二十来米的地方，突然向上蹿跃，极长的鱼尾在空中划出一道幽灵般的蓝色弧线，如鲸长鸣从他的喉咙发出，随后人鱼入水，消失在海岸。

两个人缩回来坐在一起，萤小声惊讶："我只在纪录片里见到过人鱼！上次天太黑什么都看不清——他也太好看了吧。"

人鱼说话时语调温柔，举手投足间却带着一种久居高位的冷漠和习惯，回望他们时只余下那高高在上的冷绝寡淡，令偷看者生出种自惭形秽的惶恐来。

小丑鱼带着萤挪到垃圾桶边，想趁教官望着海面出神的工夫逃跑，然后装作无事发生。

他们正打算这么做的时候，白楚年走了过来。

两个人蹲在垃圾桶后默念："看不见我，看不见我，看不见我！"

等他们睁开眼睛，教官就站在他们面前，腹肌上沾了些金色沙粒，脖颈挂了一条细黑绳，坠着一颗珍珠，半干的短发全向后拢起来露出额头。

萤突然立正大声说："报告教官，我们没有偷看！"

小丑鱼悄悄踩他的脚："闭嘴吧你，笨蛋。"

两个小朋友仰头望着比他高出一个头的亚体教官瑟瑟发抖。

"下午照常上课。"白楚年把东西挂在肩上，绕过他们走了，回头嘱咐，"打扫干净，一片垃圾都不能留。"

两个人身体绷得笔直，等教官走了才松了口气，瘫在垃圾桶边。

小丑鱼打了一下萤的头："蠢死了，教官肯定觉得我们是傻蛋。我昨晚想了好久才敢给教官发好友申请，这下肯定通不过了，哎呀。"

白楚年回宿舍洗了个澡，换上教官服去食堂吃了个饭，边吃边看手机，有个小丑鱼发来的好友申请，想着过阵子毕业，小丑鱼他们就会成为搜查科的同事了，于是接受了申请。

不过这时候韩行谦的消息挤了进来："出来接下。"

白楚年放下碗筷，往轮渡口去了。

下午 2 点总是一天中阳光最盛的时间，白楚年戴着蛤蟆镜，手插在裤兜，等在码头。

渡轮靠岸，打开舱门，韩行谦从船舱里出来，与以往不同的是没有穿白大褂，而是一身和白楚年相同的教官服，只比白楚年在黑背心外多穿了一层短袖迷彩外套，纽扣端正系到最上方。

身为医生，他身材并不单薄，显然受过严格的体能训练，与白楚年相比也不逊色。

白楚年抬起下颌，插兜问："我要的人呢？"

船舱里又慢慢走出来一个亚体。

萧驯看起来很不习惯穿这套特训生制服，浅绿色的短袖背后绣有蒲公英和 IOA 标志，下身则是深色迷彩长裤。他有些不自在地遮住短袖挡不住的手臂，背着行李包，提着韩行谦的医疗箱，垂着眼走过来。

白楚年顺手接过萧驯背上那包沉重的行李，掂了掂，里面应该有不少小型的医疗仪器，回头瞥了一眼韩行谦："全是你的东西啊？"

韩行谦扫了扫肩上的灰："没错。"

"牛！"白楚年笑了出来，抬手托起萧驯的下巴，拇指按住他的下颌骨，迫使他张开嘴，露出一排整齐的小狗牙。

萧驯怒目瞪着他。

"我劝你别乱咬，怎么好坏人不分呢？"白楚年弓身打量他，抓着他的下颌令他只能看着自己，"灵猩世家狗眼看人低，总有一天会后悔的。"

"走吧。"白楚年掂掂手里的行李包，轻松挂到肩上在前面带路，"一个搞实验，一个打狙击，你俩的手都金贵，粗活我来干吧。"

路上白楚年揪住打扫完海岸的萤和小丑鱼，把行李包丢给他们，让他们把东西给韩行谦搬到教官宿舍，顺便给韩行谦带路，自己带着萧驯往狙击场走。

萧驯抿着唇沉默地跟着。

他现在无家可归，除了这里也没有别的去处了，韩医生也不可能一直允许他借住在自己家里。

他早就习惯了逆来顺受，对白楚年的安排也不会开口反对，一路无话。

海岛的峡谷密林区具有天然优势，被改造成了狙击训练场，擅长狙击的学员们每天都会在这里训练基本功和模拟实战。

阳伞下的躺椅里躺了一个蛇雕亚体，两条花臂看上去有点令人发怵，他的脑袋两边剃光，头皮文着青色图腾，中间黑发梳成背头，一样的教官服，黑背心下摆邋遢地一半塞在裤腰里面，另一半挂在裤腰外边。

他正跷腿玩手机，按住语音按钮嬉笑着对里面说："我赌一顿夜宵，楚哥明天上不了课。"

洛伦兹还没把语音发出去，就看见躺椅头顶伸过来一个脑袋。

白楚年搭在他躺椅靠背上沿，低头说："来厕所隔间。"

洛伦兹手一抖，语音条发进了教官群，教官群里爆发出一阵狂笑。

格斗教官戴柠："希望人有事。"

"起来，给你送学生来了。"白楚年把站在自己身后躲着的萧驯拽出来，推给洛伦兹，"十九岁灵猩亚体，狙击一绝，给我搅和得鸡飞狗跳，就是有点腼腆。"

洛伦兹站起来，把萧驯扯过去，搭着他肩膀捏了两下："练多少年了？"

他肯定是相信白楚年的眼光的，能得到白楚年不加掩饰的称赞，想必这少年来之前也在专业的狙击学校练了至少十五年。

萧驯抱着手臂看向别处："我没学过，也没练过。"

洛伦兹愣了下，疑惑地瞥了白楚年一眼："咱们特训基地也开始赚烂钱了？"

白楚年从武器墙提了一把 M25 狙击枪，安装上高倍镜，递给萧驯。

萧驯迟疑了一下，默默接过枪，站立瞄准，六百米外气球靶应声破碎。

洛伦兹被这位少年的狙击速度震惊了。他拿出遥控器，控制着狙击场上的风速和光源位置，改气球靶为移动靶。

"你再试试。"

萧驯安静地拉栓换弹，仍旧站立射击，几乎当目标出现在瞄准镜中的一瞬间，气球炸裂，弹壳落在脚下。

萧驯一连狙杀了六个六百米外的移动靶，没有任何偏差和失误。他好像根本不需要计算数据，只要他能找到猎物，就能一击必杀。

洛伦兹的脸色从起初的轻视变得严肃，转身向电梯走去。

萧驯有些不安，手心出了汗。

白楚年拉着萧驯进入另外一个电梯。电梯建立在密林山谷中，山谷两侧各建直梯，可以将学员分别送至不同位置进行目标搜寻和狙击。

走出电梯，白楚年拍拍他的肩："里面是空弹，照着他脑壳打，去吧。"

电梯打开后眼前完全是另一番景象，藤蔓缠绕湿气腾腾的密林山谷，他根本找不到目标，只能一点一点寻找对方可能所在的位置。

突然，他敏锐地捕捉到了一个移动的小点，于是立刻蹲下来，瞄准狙击。

就在洛伦兹的手指尖刚出现在他的瞄准镜里时，一枚空弹打中了萧驯的心脏。

心口急促地疼了一下，萧驯被冲击后仰，白楚年从背后扶住他，拿出对讲机："你太狗了吧，人说了没学过，你不会往肩上瞄啊。"

洛伦兹："他打中了我的手指。"

"啧。"白楚年没再说什么。

萧驯咬了咬嘴唇，轻声说："我……确实不行吧。"

回到狙击场中的阳伞躺椅边，洛伦兹的脸因为兴奋和惊奇涨成了猪肝色："我不相信你没系统训练过。"

萧驯垂着眼睫回答："家里人不让。"

"你太棒了。"

洛伦兹把萧驯扯到背后，像恐怕白楚年反悔似的急切地说："我收下了。"

白楚年摊手，歪着头看萧驯："现在有人教你了，你觉得怎么样？"

萧驯不太能相信，他脑子里全都是那句"你太棒了"。他觉得自己幼稚，但又确实从来没有听过有人这样对他说，从出生到现在一次也没有，除了韩医生对他说过"你做得很好"。

"我先走了。"白楚年转身双手垫着后脑溜达出了狙击训练场。

手机忽然响了一下，朋友圈新回复。

白楚年随手点开，看了一眼，一个叫作"无敌大海葵"的人评论了他几个月前发的一张图片。

那是兰波发给他的第一条短信。

朋友圈原文是这样的：出任务遇到一个高级密码，搞不定，求解码大佬破解：→→ u@%-% honglanbokadinlion~。@% jiji mua →←

底下评论都是技术大佬们乌烟瘴气在吵架。

无敌大海葵评论：他的意思是先等兰波吃完饭再说，@ 代表有长尾巴的人鱼，lion 是结束残局的意思。

白楚年点开对话框："你哪儿来的手机？还没到每月联系家长的日子。"

小丑鱼："糟了，忘了这件事，现在删好友还来得及吗？但又舍不得删，唉。"

白楚年："你懂人鱼语？"

小丑鱼："嗯嗯嗯嗯嗯，能听懂，但不会说。"

第二十章

洪都拉斯湾

晚课时间，临时广播所有特训生在战术演示厅集合。学员们吃罢晚饭，三三两两结队往大厅走。

小丑鱼和萤抱着笔记本跟着大部队往前混，萤拽着他一路快跑，抢最靠前的位置。

白教官到现在都没回复消息，小丑鱼心里惴惴，拉住萤："我们坐后排吧……"

萤不同意："好久才开一次全体会，我要坐离教官最近的地方，要是能坐他旁边就好了。"

小丑鱼拖着脚步往后挪，后背忽然撞在一个结实的胸膛上，他颤颤回头，白楚年插着裤兜站在他身后，朝他伸出手，掌心向上，摊开。

这时候大多数学员都还没落座，目光纷纷朝两人投过来，这场景也太像《霸道教官爱上我》的情节了。

小丑鱼耷拉着眼皮，把手机从兜里拿出来，放到白楚年手上。

白楚年把他手机没收，揣兜里若无其事地走了。

"……好惨，他怎么知道你夹带手机了？"萤躲在小丑鱼身后，悄悄望着白教官往前面走，"他居然没生气，也没罚你？教官今天肯定心情很好……"

每次全体会都是一场公开处刑，每个人平常训练时的细节都会被教官们放到大屏幕上循环讲解，不过这次开头插了个新鲜事——特训基地来了一位新教官。

白楚年懒洋洋地靠在自己的座位上，弹了两下扬声器试音，大厅立刻鸦雀无声。

"介绍一位新教官啊，韩行谦，以后课表上会多排一组生化课。"

本就紧凑辛苦的一周又要加一组新课，听起来还十分困难，底下一片嘘声，胆子大的问："为什么啊？"

"不为什么，这地儿我说了算。"白楚年指间悠哉转笔，"好了，复盘开始吧。"

每位教官都会把自己学生的高光时刻剪出来，和失误放在一起，用大屏幕放映出来进行对比。

毕揽星的实战进步神速，很多镜头都会分开讲解他的思路。

戴柠心情特别不好，原本毕揽星是他的学生，月考之后居然被红蟹强行截和，说什么箭毒木亚化细胞团本来就是为战术而生的，学格斗简直是浪费长处。两个教官大打出手，最后决定让毕揽星同时考核格斗和战术，哪科分数高就跟谁。

的确，毕揽星的亚化能力更适合照应全场，战术课对他的帮助更大，这也是白楚年的意思，先让他去学格斗不过是为了打下基础，拥有自保之力罢了。

提起毕揽星，红蟹教官简直到了爱不释手的地步，很少见到这么有战术天赋的学员，年龄小级别高，性格又谦逊，红蟹恨不得每顿饭都自己搭配好了喂给他。

他们都不知道学员们的出身，每一个学员都是由总部挑选筛查后送来的，确定祖上三代没有任何与其他势力联结或者利益往来的家庭才会被选中，有些学员连白楚年也不清楚来路，他们的身份都是严格保密的。英雄不问出处，这没什么。

这就很好地解决了外界贵族军校拉帮结派或者攀比嘲讽的风气，吃穿用度全由特训基地统一提供，在这里被欺负不会有家族撑腰，也无须担心得罪豪门子弟，因为特训基地的规矩就是实力代表一切。白楚年经常挂在嘴边的一句话就是"别人不会因为你的轻视而变弱，你也不会因为蔑视他人而变强"。

大部分学员早就习惯了毕揽星日常的天秀[1]操作，这些日子过去毕揽星也融入了这群孩子中间，崇拜的学员吹口哨对他挤眉弄眼，嫉妒的暗下决心在下次考试中狠揍他一顿。

狙击教官洛伦兹也放映了几段自己学员的录像，穿着吉利服的年轻狙击手们在山谷中游弋，训练出一位合格的狙击手所要付出的时间和开销极大，具有狙击天赋的学员也少之又少，大部分学员都是鹰隼亚体。

镜头里出现了一个灵猩亚体，只有短暂的十几秒。

洛伦兹顺便介绍了一下新学员。每个训练场的录像是长开的，这段精彩的快速狙击理所应当地被剪了进来。

---

1. 天秀：网络流行词，用于称赞某人很厉害。

萧驯从影像里看见自己时发了一下呆，感觉所有人的视线都聚集在自己身上，浑身都不自在起来，手臂上起了一层鸡皮疙瘩，恨不得找个缝钻进去躲着。

他忽然感到坐在右手边的陌生同学用手肘碰了碰他。

萧驯惊了惊，立即小声说："对不起。"

那人却说："你怎么瞄准这么快啊？太牛了吧！求求你了，教教我。"

萧驯才慢慢抬起眼睑，不习惯地和他对视，哑声回答："我……没练过，但是也有一点技巧……明天上课告诉你。"

"好好好。"那个燕隼亚体从笔记本上撕了张纸，写上自己的名字和电话号码递给他，然后让萧驯也写给他。

萧驯抿唇接过笔，在纸上写"萧驯"。

"哎，真好听。"燕隼亚体把字条撕开递给萧驯一半，相当于互相交换名字和号码了。

坐在周围的狙击学员们看见他俩的小动作，纷纷递字条过来，狙击学员全是强亚体，见到一个弱亚体本来就不容易，更何况还这么强。

萧驯收到了一捧写着名字的字条，燕隼亚体拿着写有萧驯名字和号码的字条炫耀，用口型说："一百块钱复印一张。"

其他人纷纷啐他不要脸。

萧驯安静地把每一张字条整齐地折叠起来，从笔记本上撕下一张纸用来包裹妥帖，放进了训练服的口袋里。

忽然觉得身上好像落了一道视线，萧驯抬头看向最前面的教官席，大概是巧合，他与韩行谦目光对在了一起。

萧驯立刻低下了头，过了两分钟才敢抬起来，他望向韩行谦，韩行谦正在专注地观看屏幕，时不时在记事本上记下一些东西。他穿着与从前截然不同的短袖迷彩外套，纽扣齐整地系到最上一颗，金丝眼镜上垂下的细链恬静地搭在肩头。

散会时差不多晚上9点，其余时间特训生们可以自由支配，想吃夜宵打台球有专门的娱乐厅，想健身也配备了专业的器材室，如果想要训练，每个训练场内都安排了夜班保安为他们服务。

萧驯随着人流向大厅外走，刚好韩行谦和白楚年也从教官席后起身，一边闲聊一边往他所在的出口走来。

萧驯犹豫着停下脚步，没等他细想，里面的学员就走完了，他现在想跑的话看起来会很明显。

白楚年从他身边路过，停下来问："怎么样，比在家里学得多吧？"

萧驯点头："洛伦兹老师教我做狙击手册，每次狙击记下武器种类、弹药口径、瞄准镜、气候环境、海拔气温、太阳位置、距离估算、目标移动速度、枪膛冷热和射击结果。"

每个优秀的狙击手都会有一本狙击手册，这是保存珍贵经验，形成精准肌肉记忆和思考方式的途径。萧驯从没接触过这些，仿佛打开了新世界。

"挺好，回去收拾收拾吧。"白楚年从兜里摸出烟盒。

"那个……"萧驯欲言又止，犹豫半天，轻声说，"谢谢！"

白楚年拢火点燃叼在嘴里的烟："嗯，不谢。"

萧驯不太敢看韩行谦，也不知道该说什么，抱着笔记本转身想走。

"把你手机给我。"韩行谦忽然开口。

萧驯脚步一顿，僵硬地转过身，听话地把兜里的手机交到韩行谦手上。

"还有别的吗？"

萧驯以为他说的是其他电子设备，于是摇头。

韩行谦看了一眼他揣着字条鼓鼓囊囊的口袋。

白楚年在没收东西上向来不废话："兜里东西拿出来。"

萧驯不舍地把那摞字条从兜里拿出来，慢吞吞地放到白楚年手上："什么都没有了。"

白楚年看见他可怜的小狗眼就想随便欺负两下，当着他的面拆开字条外边包裹的纸："嚯，一共上课没多长时间，字条倒传了不少，这是想造反啊。"

萧驯的睫毛低垂着，簌簌抖动，像小虫的薄翼。

韩行谦按住了白楚年拆字条的手，把东西拿过来，放进口袋里，对萧驯说："去吧，下次上课要专心。"

两个亚体站在面前的压迫感十足，萧驯没见过这阵势，从他们俩面前落荒而逃。

人都走完了，白楚年倚在栏杆上差点笑死。

"他的眼睛好圆啊。"白楚年指间夹着烟跟韩行谦比画，"胆子那么小，我一捏就能捏得他叽叽叫。我第一次见他的时候把他吓哭了，笑死我了。"

"再让我看见你吓他一次，我就回医学会。"韩行谦说。

"……"白楚年绕到他前面，插着兜瞧他，"嗯？"

韩行谦挑眉："你今天有点闲得慌，兰波走了你现在很猖狂。"

白楚年咬着吸尽的烟头。

"我最近收到医学会的报告,"韩行谦推了一下眼镜,"加勒比海域内环境急速恶化,恶化速度已经超出了挽救速度,而且出现了海底巨兽袭击商船的报道,这很反常。

"之前你和兰波在海洋公园调换的那支 Accelerant 促进剂还记得吗?我们追踪到了它的去向。

"被注射 Accelerant 促进剂的是一只巨型章鱼实验体,编号 809,研究所命名为'克拉肯',促进剂起效后,它进入成熟期,体形扩大了三千倍,轻易地吞噬了运送它的货船。然后在大西洋中游荡,按行动轨迹推测,它可能会经过加勒比海。

"你应该知道,109 研究所从胚胎培养而来的实验体也分成两种,一种是由人类胚胎发育而成,雏形是人类;另一种是由动物胚胎发育而成,雏形是动物本体,后者培育难度极大,而且实力要强得多。"

身份公开的 IOA 联盟特工不能私自出境,白楚年也不能轻易离开联盟的势力范围,他和兰波不一样。他为联盟工作,受联盟高度保护,之前国际监狱逮捕事件发生后,联盟技术部为白楚年消除了所有监控记录和进出痕迹,联盟高层亲自与国际监狱交涉,强势阻拦这次针对性很强的逮捕行动,使其不了了之,然后让白楚年回到完全封闭的蚜虫岛规避风险,只有 IOA 联盟可以做到为他提供如此周全的保护。

国际监狱把目标放在兰波身上,并不是他们认为兰波的价值高于白楚年,而是逮捕白楚年需要付出的代价过大,这是一场亏本的生意。

兰波就不一样了,他以族群首领身份加入 IOA,本质是一场两个势力之间的合作,联盟不会干涉兰波回到原生地的自由,况且兰波走海路会很安全,他可以潜入最深海并且光速游动,探测潜艇和鱼雷对他来说作用微乎其微,理论上安全性很高。

经过一番分析,白楚年稍放下心。

这两周来他一直密切关注着加勒比海的动静,技术部前一阵子分出几支小队秘密前往世界各地。段扬的任务地点在牙买加,在特工组成员的保护下在金斯敦秘密安装了一批新的微型信号设备,可以监测韩行谦研发的追踪细胞。如果那只章鱼实验体真的到达加勒比海,监测仪器会收到精确信号。

今日没有安排格斗课,偌大的格斗教室里只有零星几位学生主动加课训练,格斗课教官戴柠无聊地坐在吧台边喝鸡尾酒,盯着朋友圈里红蟹炫耀自己得意门生毕揽星的天秀操作视频，嘴里骂骂咧咧："把我的学生抢走还敢秀，气死我了，气死我了，我祝你出门卡脚。"

教官们偶尔也会来戴柠这儿找乐子。

白楚年靠在保护带护栏上缠打松了的护手带，撩起背心下摆擦了擦汗。边角训练的学员纷纷忍不住往他腹上瞥。他只穿一件无袖黑色背心。

韩行谦靠在他斜对角，眼镜闲置在手边。他仍旧把迷彩外套纽扣系到最上一颗，身上也没有出太多汗，但剧烈起伏的胸口和被逼顶出额发的白色独角昭示了这场对练的结果，高阶亚体被迫展露部分拟态时证明触发了自体保护机制。

白楚年从储物箱里拿出一瓶冰碴晃荡的矿泉水，边往嘴里灌边走到韩行谦身边，双手搭在护栏边，把冰水递给他。

韩行谦从边上拿过保温杯，拧开盖子喝了口温水。

两人对视了一眼，互相看不起。

"好无聊。最近外边有什么新鲜事吗？"白楚年喝完冰水，把瓶子捏扁用手指找平衡玩。

"有。"韩行谦拿着保温杯，转身靠在护栏边，"你从三棱锥小屋里拿回来的那支 HD 药剂，我们做了精密检验。"

324 号实验体无象潜行者为在 24 小时内走出三棱锥小屋的玩家准备了一份大奖，锁在密码箱里，里面放着一个银色恒温箱，被白楚年带了回来。恒温箱里有一支 HD 药剂，作用是注射后立即随机出现一种永久伴生能力。

"HD 横向发展药剂相比 Accelerant 促进剂稀少得多，因为其中的原材料提炼难度极大且耗时长，我们从原材料和技术角度估算，认为整个 109 研究所目前最多能造出两支。"

白楚年对研究所的印象要更深刻些，对他们的技术实力很了解，因此不是很相信医学会的估算。

"这事过去这么久了，研究所想继续造也来得及，毕竟那么多势力都给他们提供资金。"

"不一定。"韩行谦语调淡然，"我们在它的基础作用成分里检测出了你的 DNA。"

白楚年皱了一下眉，下意识地去兜里摸烟盒。

"小心一点，你可是原材料之一。"韩行谦说，"只要你还活着，研究所不会那么容易放弃你的，国际监狱暗地里的袭击也可能存在。"

"不过他们三年前肯放弃你，说不定已经保存了足够的克隆数据，也许你对他们已经没有价值了，但还是小心为上。

"而且联盟留在国际监狱的线人发了一份检验报告回来，说在324的体内没检测到HD药剂的成分。"

"可箱子里空了一支，324没打的话，另一支在哪儿？"白楚年回忆了一遍三棱锥小屋的细节，他当时认为324的自我复制是注射HD药剂后出现的伴生能力，现在看来，很可能连自我复制这个能力也是他模仿来的。

"他在模仿谁……"白楚年没有头绪。

头顶的多角度电视开始放映午间新闻，今天的头条要比以往不痛不痒的报道吸人眼球得多——

海洋保护协会在加勒比海洪都拉斯湾发现蓝色人鱼

白楚年精神一振，拿起遥控器调大音量，席地而坐认真观看。韩行谦喝了口水，倚在护栏边微微抬头注视着屏幕。

记者正在采访轮船上的协会成员，能看得出天气很差，海面上波涛汹涌，人们在甲板上想要站稳必须得抓住桅杆或者栏杆。

在镜头最远处，海面被海藻赤潮淹没，水面夹杂漂浮着鱼和动物腐烂的尸体，肮脏无比。脏污不堪的海中立着一块礁石，一条泛着深蓝暗光的金发人鱼坐在礁石上，寂寞地望着没有尽头的海面。

他的尾尖搭在海水里，随行的科学家们发现了神奇的一幕，以人鱼尾尖为中心半径三米的水域恢复了清澈见底的蓝绿色——简直不可思议。

白楚年目不转睛地盯着晃动镜头里的人鱼。

就是兰波。

镜头只能拍到兰波的侧脸，他独自坐在脏污尸海唯一的净土中，像降临污浊世间的神，阴沉云层遮挡的太阳在他脸上落了一层圣洁孤寂的光。

沉重的愧疚一下子溢满白楚年的脑海。兰波每次亲昵地称呼他"jideio"，他总是以暴怒和冷漠对待，就像兰波自己所说的，jideio是一种温馨的称呼，它的含义涵盖了家人。

兰波大概会以为自己不想成为他的亲人吧。明明是王，坐在那里却像个无家可归的流浪汉。

记者采访镜头里的俄罗斯科学家兴奋地说："七十年前我们的前辈曾在太平洋洋中脊观测到他，但那时设备落后加上环境恶劣，没能持续追踪观测。当时他带领人鱼族群迁徙，可以从其他人鱼对他的态度中看出，他是整个人鱼族群的王。

"但从那一次观测后他就消失了，后来我们观测到的人鱼族群中都没有他的影子，如今我们重新发现了他。我们中间的很多人都只在影像资料中见识过他的美貌，真没想到能够在现实里再见到他。

"在我们多年的研究中发现，这种神秘生物拥有净化海域的能力，但他已经在礁石上枯坐了 96 小时，迟迟没有准备下海的动作。

"明明只要他下海，一切海域恶化问题就全部迎刃而解了，可我们的王似乎有自己的想法，他并不想这么做，他在等待着什么？"科学家顶着海上的风大声说，"现在我们要试着用船去驱逐他，鼓励他走下礁石，拯救他的子民，看看会不会成功。"

"兰波在干什么？"白楚年没注意到自己的掌心在渗汗，他屏住呼吸，眼神越发专注。

海洋保护协会的成员们驱船小心地靠近兰波所在的礁石，用包裹了棉絮的木棍试着伸过去，尝试把兰波驱赶下水，同时避免伤害和惊吓到他。

兰波淡淡地回头，蓝宝石的眼中映出这些渺小又努力的人类，他轻轻抬手，一阵狂风席卷海浪，仿佛一只无形的手将他们的船只推远了。

另一位科学家在嘈杂的背景音中大喊："Amazing！（太奇妙了！）"

见那些科学家试着拿包裹了棉絮的木棍去轻轻驱赶兰波，白楚年忍不住站起来，不过又见他们根本碰不着兰波一根头发，白楚年又放下心坐回原位，拿出手机，很想现在听听兰波的声音，随后才想起来兰波把东西都留在他这儿了。

韩行谦捧着保温杯，双手搭在护栏上站着，笑了一声："幸好，不然兰波突然拿出一个手机接电话才叫 amazing。"

但白楚年还是拨了个电话。

他打给了电视台。

"喂，让你们台的记者转告船上那几个外国佬，别老拿个棍招惹兰波，不下水就是不下水！"

科学家并没有轻易放弃，为安全起见，他们不再尝试把船开到兰波身边，而是让背着氧气瓶和摄像机的潜水员从远处入水，然后潜游到礁石边。他们经常与海洋动物打交道，这不算困难，即使面对鲨鱼，专业的潜水员们也不会惧怕。

两位潜水员穿上保护自身安全的锁子甲，带着摄像机仰面入水，潜游靠近。

这片海域的赤潮要比想象的更加严重，由于浮藻布满上层，下层海水中得不到阳光，氧气稀少，大部分珊瑚白化死亡，鱼类尸体随处可见。

潜水员们在脏污恶臭的海水中摸索前行，船上的科学家们则聚在观测屏前聚精会神地观看做笔记，不过屏幕全被污水遮挡，视线一片黑暗，什么都看不见。

但脏污之中突然出现了一缕光，海水如同被一道看不见的结界隔断，外圈仍旧恶臭污浊，里圈的水却清澈透明到难见杂质。

潜水员知道自己进入了蓝色人鱼净化的区域，海水非常干净，他们距离礁石还有三米远，但已经能清楚地看见人鱼垂落在水中的一小截尾巴尖。

以蓝色人鱼为中心半径三米的海域彻底被净化，这种净化由海面直到水底，是个圆柱形区域，礁石所在的区域大约有十二米深，整个十二米高的圆柱体海域透明得如同一块蓝绿色玻璃。

科学家们屏息凝神，时不时惊奇地讨论："这太不可思议了，他的尾巴一直在发光，搅动水流出现的气泡变成了会游动的活的水母。"

天又阴了些，透出云层的最后一丝光线也被遮住，天色暗了下来。

围在观测屏前的科学家们再次爆发出震惊的欢呼："天哪，他周围的水面聚集着散发蓝光的水母，他所在的礁石像一座幽光岛屿，当他在海里游动时恐怕会像一条闪烁的银河。"

科学家回头对着记者的镜头说："前辈第一次观测到他时称呼他为'the deep sun（深海太阳）'，如今看来的确名不虚传。"

水面极其清澈，以至于水下与水上的生物可以清晰对视，潜水员尝试靠近人鱼时，忽然发觉岸上的人鱼正在注视着自己。

兰波无聊地坐在礁石上，发现有两个弱小的人类小心翼翼地靠近，于是看着他们在水里折腾给自己解闷。

潜水员与那双摄人心魄的蓝眼对视时失神了几秒，他大着胆子浮上水面，把摄像机推近兰波。

兰波看向他，兰波的眼睛没有瞳孔和聚光点，潜水员不能判断他是否真的在注视自己。

一股轻微的海浪将两位潜水员推远，但潜水员发现他没有攻击意图，于是把摄像机又推近了些，拍摄兰波鳞片的特写。

科学家们在岸上攥紧拳头观察这超乎寻常的外貌。

"很奇怪，他的上半身裹缠着医用绷带，这在七十年前的观测录像中是没有的，他拥有光洁纤瘦的脊背。或许他被人类丢弃的医疗垃圾缠住了？也可能是他捡到这条绷带后觉得很喜欢，所以裹在身上？再大胆猜测，人鱼族会不会拥有纺织技能，就像东方神话中会织绡的鲛人那样？

"我们不敢贸然解救他，但希望我们的潜水员可以从他身上的绷带上取下一部分样品供我们研究。"

潜水员拿出工具剪，小心地靠近兰波，想从他上半身缠绕的绷带上取下一小截样品用于观察。

与此同时，坐在电视前看直播的白楚年噌地站起来："绷带是我从医学会刷卡拿的，怎么还扒衣服啊！外国佬越来越过分了。"

兰波轻抬鱼尾，尾梢带起一阵波浪，空灵低语："goon, bigi。（走开，人类。）"

潜水员被涌来的浪花拍进水里，镜头混乱摇晃。但他们执着地没有离开，因为他们看见了一生中都未幻想过的情景。

另一条生有火红华丽鱼尾的人鱼亚体从远方的深海中游来，狼狈地闯进这一圈干净的水中，他来时游过的地方海水也稍微清澈了些，但他的净化能力显然与岸上的蓝色人鱼不可相提并论。

紧随其后的还有无数五彩斑斓的人鱼，他们从深海游来，浑浊腐烂的海水因他们的到来而稍变得清澈。成百上千的人鱼向岸上的蓝色人鱼汇聚，却驻足在清澈水域边界徘徊，望着岸上的王，如同一场悲哀的朝圣。

红尾人鱼亚体浮出水面，半个健美的裸体浮在海面上，但他身上满是尚未愈合的深红爪痕，被海水泡翻发白，身上的伤口组成了一个扭曲的鬼脸图案。

岸上一位对人鱼了解深入的科学家解释："这是人鱼族群中被放逐的标志。当一条人鱼引起众怒，就会受到族人们凶猛的攻击，人鱼的利爪和他们分泌出的特殊亚化因子会在被放逐者身上留下永久的疤痕，被放逐者只能离开族群自生自灭。离开族群的人鱼大多都会死。"

在身后成百上千的人鱼驱赶下，红尾人鱼狼狈地爬上礁石，身体紧贴石面趴下，极度恐慌地去亲吻兰波的尾尖。

"Siren, boliea kelak noliya niy。（塞壬，关于以前那些事，我真的很抱歉。）"

"kimo goon moya boliea glarbo。（你的离开让我们痛苦。）"

"ief non kimo buligi, boliea chang milayer。[如果没有你的哺育，我们无法活下去。（直译为：我们永远是婴儿。）]"

"Cabean Se mu ansi。（加勒比海已经彻底毁了。）"

"boliea nowa abanda kimo。（我们不该放逐你。）"

"fanlib kimo，boliea youyi。（背叛了你，我有罪。）"

船上的科学家们惊呆了，尽管他们其中有研究人鱼的语言学家，却还是只能理解一部分他的意思。

英国科学家感叹了一声："他在等他的臣民接他回去，高傲的王。"

兰波漫不经心地看了看指甲，轻声问："athie?（他们怎么说？）"

水下的人鱼听到王的问话，纷纷向浅海游来，围住兰波卧坐的礁石，每一条人鱼都拖着一道不同色彩闪烁的微光，会聚到兰波面前，虔诚地亲吻他的尾尖。

"Siren，"他们这样尊称他，"boliea fanloth（我们是被欺骗的）。"

这些人鱼里有一个抱着婴儿的亚体，婴儿裹在宽海带褓褓里，海带上用水母触手缝着装饰的贝壳，水母触手看起来像蕾丝边。

小婴儿透亮的棕色眼睛忽闪忽闪眨动，摇着又短又粗的灰色小鱼尾朝兰波伸出小手要抱抱。

兰波抬起一只手，掌心轻轻盖在小婴儿的眼睛上。

同时，他的鱼尾紧紧卷住了那条请罪的红尾人鱼脖颈，带电的尾尖无情地收紧，红尾人鱼抓着脖颈缠绕的鱼尾拼命挣扎，却一点都叫不出声。

兰波扬起有力的长尾，那条人鱼被他残忍地吊在空中，鱼尾乱甩，溅起大片水花。

兰波将他吊到自己面前，突然利爪伸出指尖，锋利如刃的手爪在他胸前撕开一条血红的伤口，森白的骨骼和血肉一同断裂。

但他还没有死，兰波没有伤及他的要害。

下一击，兰波割断了他的半截鱼尾。

礁石周围的海水被人鱼的血染成红色，红尾人鱼的尸体被撕成碎块抛进水中，缓缓沉入海床。

兰波身上裹缠的绷带被染红，鲜血混着海水顺着他指尖淌到礁石缝隙中。周围所有的人鱼只敢低头沉默。

兰波挪开遮住婴儿眼睛的手。

当他挪开掌心时，婴儿重新睁开的眼睛变成了璀璨的金橙色，瞳仁中仿佛灌满了碎星，他的小鱼尾比从前长了大约一尺，鳞片从普通的灰色变成了金色，垂下的鱼鳍如同薄雾金纱。

"goon。"兰波淡然地说——

带我去见你们现在的王，看看他是怎么把这个国家管理成这样的。

他纵身一跃，在空中划出一条蓝色光影，轻盈入水，大群人鱼跟随其后。

兰波经过的水域肉眼可见地变得清澈，水藻消失，漂浮的尸体沉入海床。

他的鱼尾快速搅动，气泡随着他游动而出现，成千上万的蓝光水母漂浮其中。水母蹭过跟随者的身体，那些人鱼暗淡的色泽逐渐变得艳丽无比，同时他们经过的海域也同样被净化一样整洁。

潜水员愣住，忘了自己还在水里，船上的科学家们完全忘了自己该做什么。

有位老科学家怔怔地跌坐在地上，老泪纵横，摘掉眼镜哭了起来："我一生从未见过这么壮丽的景象。"

新闻直播到这里就结束了，电视前的白楚年久久没能从那些画面中脱离出来。

"Siren，"白楚年伸出指尖在地上拼写，"这是他原本的名字吗？"

韩行谦在这期间也收获颇丰，他合上记事本和钢笔，说出自己的一些结论："看来不是所有人鱼都有强大的净化能力，这种能力很可能是兰波赋予他们的。

"我在推测他们的首领选举制度，是生来就有特殊赐予能力的人鱼会被推举成首领，还是推举出一位首领之后他才获得赐予的能力。"

"他很累吧。"白楚年手搭在膝盖上席地而坐，淡淡地说，"他和我在一块儿的时候表情不是这样的。"

"好的，你不用再强调了。"韩行谦挑眉。

"我跟会长申请一个境外任务，看看有没有需要我做的，南美也行，北美也行，不要工资，免费加班。"白楚年开始编辑申请书。

突然，白楚年接到了通信警报。

侦测台发来警报，报告说距离蚜虫岛三十公里外发现一架不明直升机靠近。

白楚年警惕起来，拿起通信器交代："三级警戒，防空导弹就位，保全人员就位，我马上就到。"

"收到。"

白楚年及时赶到侦测台，侦测人员给他放了实时防空侦测影像。

万里无云的天空中出现了一架白色直升机，直升机涂装成可爱的兔头，两只耳朵做成了螺旋桨，看起来像一只兔子摇着花手飞过来了。

白楚年："？"

白楚年将镜头拉近，看清里面戴着护目镜和耳机的驾驶员是谁之后，拿起通信器："解除三级警备，都散了吧。"

他走下侦测台，站在海浪拍打的岸边，戴上墨镜仰望远处的天空。

比直升机先到的是锦叔的电话。

白楚年接起来，陆上锦的声音有些急躁："陆言这小家伙，让我教他学了两周开直升机，今天我出去见个朋友的工夫他上了飞机就开跑了，赶紧去看看他，别被防空打下来了。"

很少见到锦叔焦头烂额的样子，白楚年望着缓缓出现在天边的直升机轮廓："我侦测到一架兔子涂装直升机。"

陆上锦："哦，对，就是那架。我买了一组，让涂装设计师给我从荷兰兔、安哥拉兔、泽西兔那些外观全做一遍，现在家里庭院停着一窝兔子直升机，他把短毛垂耳兔开走了。"

"啊，这。"白楚年想了想，"要不然我帮您照顾一段日子吧。你看他学校那边也放假了，假期在岛上玩一阵子也没什么。"

陆上锦沉吟半晌。

"他那个脾气，在你那儿待不了多久。"

"就当玩了。"白楚年肯定是要先想方设法把兔子留下再想别的。

白楚年听见他和助理交代了几句什么，过了一会儿，陆上锦说："我给你那边派了一个亿，把住宿弄好点，再建个甜品店。"

"不用啊，锦叔，我们这儿住宿条件挺好的啊。"

"一个学生才四十平的宿舍能叫好？"

"不好吗？"

他听见陆上锦自己嘀咕："看来也不能穷养，大意了。"

"锦叔。"白楚年怔怔出神，踢走脚边的贝壳。

"好吧。"陆上锦说，"对了，等风头过去你再回来，没事的时候我把几个闲置的公司交给你打理。"

"不用不用，我不缺钱。"

"学学总没坏处，你不可能在搜查科待一辈子。过了二十八岁，特工就不好干了，大把的年轻人等着取代你，你不是永生不死的。"

白楚年并没有反驳，轻声应下来。

交代完这些，陆上锦揉了揉鼻梁，把陆言飞到特训基地这事跟言逸说了。

言逸的语气比他想的要轻松得多，甚至有些欣慰："让他去。"

天边的兔子直升机缓缓驶来，白楚年领他往海岛停机坪而去，陆言稳稳落地。直升机螺旋桨停止后自动收起，看起来像两只兔耳朵耷拉在机体两侧，独一无二的设计非常新颖。

陆言从上面跳下来，穿着一身飞行服，戴耳麦和护目镜，看起来还挺像那么回事。

白楚年蹲在地上等他，懒洋洋地举起拳头，快步朝他走过来的垂耳兔亚体举起手跟他碰了碰。

白楚年仰起头问："少爷，是来找我玩的，还是漂洋过海来找你那个小竹马团聚的？"

陆言扯下耳麦，蹲到白楚年身边，指尖划着地面说："你说这里不看出身只凭实力说话，是不是真的？"

"当然。"白楚年笑笑。

"万一不是这样，我就走。"陆言将信将疑。

"没问题。"白楚年轻松答应，"对了，锦叔还分了一个亿过来，怕你住得不舒服，要我重建特训生宿舍楼。"

陆言吓怕了似的摆手："不要不要，退回去退回去！在这儿我要当一个整个家产只有几千万的普通人。"

白楚年："……其实可以再少点。"

陆言迟疑了一下："那几百万？可是那连房子都买不起了，我会不会被排挤？"

白楚年给了他一张宿舍房卡："你就说爸爸是个体户，别的就不用说，他们也不会问你的。"

"……"陆言想了想，一捶掌心，就这么办。

"那……要是还有人像以前那样欺负人，我能打回去吗？"

"能，但只能在格斗教室。"白楚年站起来，"不过你既然打了人就得允许别人打回来，规则不会只保护你一个人。"

"好啊，我希望他们打回来。"

陆言雀跃地脱了从家里穿来的 T 恤和裤子，摘掉所有配饰，换上白楚年扔来的一套特训服跟他走了。

今天的格斗教室学员不少，整个上午的格斗课异常消耗体力，也非常容易受伤。拥有治疗能力的萨摩耶亚体和接骨木亚体穿着白色制服坐在圆桌边喝茶，他们帮在对练中不慎受伤的学员治疗。

白楚年领着陆言进来，端着茶杯的萨摩朝他憨笑："白教官，晚上打台球去吗？"

"没空，忙着呢。"白楚年跟两位医生摆了摆手，往吧台走去。

格斗教官戴柠在吧台抽烟，战术教官红蟹今天休息，特意跑来跟戴柠炫耀自己得意门生的新战术。

"看看我们揽星。"红蟹端着一杯马天尼，举起手机录像恨不得贴在戴柠脸上，"看这藤蔓放得时机多准，哎，有时候我真的觉得没有什么能教给他了。但是他毕竟还小，才十七岁，我这些天得钻研一些新战术教给他。"

戴柠朝他吐了个烟圈："滚。"

"挺清闲啊。"白楚年过去搭住他俩肩膀，"柠哥，一个好消息和一个坏消息你想先听哪个？"

戴柠三两口把一支烟吸尽，在烟灰缸里摁灭："坏的。"

白楚年："哎呀，先听好的。"

戴柠瞪他一眼："那你让我选个屁得了。"

白楚年把陆言拽过来："给你弄来个小孩，十五岁 M2 级垂耳兔亚体。"

戴柠呛了一口，转过来审视陆言。

陆言的兔耳朵翘起来："教官好，我是陆言。"

这个姓很敏感，戴柠重复了一遍："姓陆？"

陆言赶紧又补充一句："我爸爸是卖小蛋糕的。"

"噢。"戴柠深深地打量了他一眼。

红蟹教官托腮看热闹："嗯，不错，可惜是个弱亚体，不过近战还得是强亚体，弱亚体没有劲，还不如送我这儿来学战术呢。"

戴柠瞥他："差不多得了啊。"

其实戴柠也不太看好弱亚体学格斗，即使他自己就是弱亚体。但袋鼠亚化细胞团显然要比垂耳兔在生物特性上强势得多，垂耳兔是所有兔子里最脆弱的一种，非常容易受惊吓或者受伤。

"十五岁，太小了。"戴柠捏了捏陆言的骨骼，"以前练过吗？"

陆言点头："我觉得我还挺擅长这个的。"

戴柠犹豫了一下，拿了双新护手递给陆言："试一下，我不会下手很重，不用害怕。"

白楚年坐到戴柠的位子上看热闹，叫服务生推来一杯冰球威士忌，对陆言说：

"全力以赴，这是位好老师。"

陆言应了一声。

两人拉开一段距离，戴柠向他勾手，示意可以开始。

既然白楚年说可以全力以赴，陆言便没有犹豫，率先朝戴柠发动攻势。

他的身形非常娇小，而且柔软灵活，更惊人的是他的速度，完全继承了兔亚化细胞团的奔跑优势，不到一秒时间就冲到了戴教官面前。

戴柠战斗经验丰富，在陆言即将触及自己要害时轻松挡开。但陆言那一拳并未落在他格挡的手臂上，而是凭空消失了。

连着陆言整个人一起。

速度非常快，连戴柠都没有看清他去了哪儿。

就在他消失的一瞬间，戴柠身后无声地出现了一个黑洞，陆言从洞中探出身体，指尖轻轻点了一下戴柠的肩："不用这样放水的，我真的挺擅长这个。"

白楚年吹了声口哨："柠哥，给他点厉害看看。"

红蟹的注意力也被这只灵活的小兔子吸引过来，转过身靠着吧台一起看热闹。

戴柠眼里亮起一丝光，缠紧护手带，准备打第二回合。他认真起来，感觉浑身的血液在隐隐发热。

陆言知道怎样评估对手实力，因此没有采取在学校时速战速决的打法，他在戴柠出拳时快速左右闪现。戴柠的拳速并不慢，招式也刁钻，普通学员不可能在戴教官密集的攻势下挺过 15 秒，即使毕揽星刚来时在戴教官手底下也走不出三招。

时间一分一秒过去，陆言毫发无损。

观众席看得清清楚楚，陆言精准躲过了每一次出拳，身影一直在戴柠身边闪现，不曾被击中。

红蟹放下酒杯，身体向前倾，专注观察那位少年："妈的，这小子技能点全点闪避上了吧，这打法能把人累死。"

垂耳兔亚化细胞团伴生能力"超声速"：百公里加速 0 秒，加速至声速仅需 3.2 秒，加速至超声速需 6 秒，有效范围在以启动能力当时的站位为中心半径九米范围内，超出范围后需重新加速，加速过程被打断也需重新加速。

白楚年一直没把陆言放在眼里过，ATWL 考试中表现平平的小少爷藏拙藏得连他都看走眼了。

陆言完全靠躲避消耗了戴柠最具锋芒的第一轮攻势，在戴柠喘息的间歇，展开了猛烈的进攻。

他一招都不贪，只要击中了戴柠就立刻换位，不给他还手的机会。

戴柠很快发现了陆言伴生能力的局限性，在缠斗中有意拖着陆言移位，突然超出了他加速的作用范围，陆言的速度一下子慢下来，慢下来的一瞬肚子上便挨了狠狠的一拳。

陆言摔了出去，顺势一滚，躲开了戴柠接下来的刚猛扫腿，6秒是非常短暂的，陆言很快再次加速到可与瞬移媲美的速度上。戴柠故技重施，压制陆言。

他们所在的格斗场吸引了周围所有学员过来围观。

白楚年看了一眼表，三分钟快要过去了。

陆言逐渐显得有些体力不支，他的耐力很差，因此每次都会优先选择速战速决，只有遇到强大的对手时才会选择缠斗，但他没有遇到过几次强大的对手。两个爸爸都很厉害，但他们工作很忙也很累，陆言没有要求过他们陪自己训练。

而且他在学校与同学对练时都是留着手的，平时什么都没做还被一群人针对，打伤了谁就更麻烦了。

陆言停顿的一瞬间，被戴教官锁住脖颈按在了地上，他的力气耗尽了，瘫在地上大口喘气。

陆言的眼睛红了一圈，喘着气哑声笑道："好痛快，老师。"

白楚年拍了拍手："漂亮。"

戴教官把陆言拉起来，扶着他的肩说："不错。"

其实心里恨不得马上把陆言粘到自己家的户口本上，生怕别的教官给抢走了。

戴柠揽着陆言的肩回来，给他释放安抚因子恢复体力，警惕地问白楚年："你有什么坏消息？我先说好，这个孩子我是不可能再让出去。"

"没要你让啊。"白楚年喝完剩下的威士忌，"就是想说这个小崽是揽星的朋友。"

红蟹喷出一口鸡尾酒，笑得直吐泡："哟，到头来还是我们家人呢。"

陆言小声辩驳。

戴柠绕过去，轻轻碰了碰白楚年，轻声问："真要我教他吗？"

"慌什么？你安排他吧，我有点事先走了。"白楚年跟陆言又说了几句，推门走了。

其实白楚年早就想回住处歇着了，但工作毕竟还是得做完，晚上他才回了教官宿舍，往真皮沙发里一窝，拿起笔记本电脑打开中午的新闻回放反复看。

他拿了一支笔，把那些人鱼说的话用拼音拼出来，记在本子上。有一部分是电视上的科学家们翻译出来的，也有一部分是他自己凭与兰波交流的经验知道的一些口语，再加上查他能拿到的资料，生硬地把它们翻译出来。

"aband……banda……a……"白楚年拿笔帽蹭了蹭头发，"什么啊，那个红鱼叽里呱啦说啥呢，离我兰波那么近，死了真是活该。"

有几个句子还是弄不懂意思。

白楚年转着笔想了半天，突然给侧写教官郑跃打了个电话。郑跃接起来："楚哥，我上课呢。"

"你上你的，把你班里那个小丑鱼给我叫出来。"

"什么小丑鱼……啊，你说于小橙啊，行，你在哪儿呢？我让他过去。"

"你让他出来就完了，我自己过去。"

挂断电话，白楚年卷起笔记本准备出门，突然接到了会长的回信：

"809号特种作战实验体克拉肯已进入大西洋西部，经检测有登陆倾向，明晚之前给我一份合理的调查方案。"

小白归队纪事

（一）陆上锦视角

我初次见到那孩子，是在一场铁笼拳赛中。其实我对这些血腥赛事不算感兴趣，但男人的交际中总是存在一些必要的应酬。

透过贵宾室的广角玻璃窗，潮水般的观众坐在炽热的昏暗中咆哮嘶吼，举起手中的一切事物迎接率先出场的棕熊。

魁梧的棕熊比我还要高出半个身长，目测体重超过二百公斤，用必胜的眼神向包括我在内的所有观众挑衅，身上勃发的肌肉像要冲破青筋的束缚，被薄薄的一层皮肤笼罩着。

看得出来他很强，但我更想看看他的对手是谁。

他的对手出乎我的意料，是个瘦弱苍白的少年。

那孩子看上去年纪很小，只穿着一件肮脏的白衬衣和一条短裤，赤着脚，那两条沾满血迹的腿纤细得像能轻易折断。

我并非心软的人，但家中也有和他年纪相仿的孩子，看到他的一瞬，我心里一阵难受。

场上比赛已经开始，那少年突然爆发出一股惊人的力量，他像猫一样敏捷，攻击时却像野兽迅速且致命，他看似纤弱的一拳竟像钢筋混凝土般贯穿了棕熊的身体，而且他并非凭借蛮力对抗，他每一次进攻和倒退的时机都富有智慧，像经过周密的思考。

短时间的撕扯后，棕熊实验体竟倒地而亡，那赤脚的少年站在场上举起血淋淋的左手，等裁判宣布比赛结果后，他才拖着沉重的脚步走下格斗台。

我叫来侍者，让他们把那少年带到贵宾室来。

"哈哈，还说不想来呢，这不是一来就看上了？"朋友打趣我，我回以一笑，没什么好说的。

那肮脏瘦弱的少年被带上了楼，扔在我们面前的地毯上，他的后颈戴着控制器，双手被反绑在背后以免暴起伤人。

他疲惫地躺在地毯上，锐利的眼睛警惕地凝视着我，但很快又渴望地看向桌上的香槟冰桶。

他渴了。

我拿了块冰给他含在嘴里，他用力咬碎，我观察了他的牙齿，他长着猛兽幼崽的乳牙。

一块冰还不够，我用手舀了捧冰水递到他嘴边。

他不信任我，但渴坏了，用余光提防着我，到我手心里舔水。

他的习性看起来不像人类，反而像动物。我试探着摩挲他的头发，他察觉到我没有恶意，所以并没反抗，甚至喉咙里发出安逸的呼噜声，像猫咪。

"原来是猫。"我说。

"是狮子。"那孩子凛冽地望着我，纠正我。

其实我有点讨厌狮子，但他说他是白狮，不是美洲狮，我接受起来容易一些。

我把这孩子买了下来。

带他离开时，我让人解开他手脚的铁铐，本以为他会挣扎扑咬，可他异常乖巧，牵着我的衣角跟着我离开，在车上局促不安地坐在一个小角落里，怕弄脏坐垫。

（二）言逸视角

我太意外了，锦哥竟然带回来一个孩子，说是在出差的地方捡的。

来时已经查过了背景和来历，证明他是个由白狮胚胎培育成的白狮实验体，来自红狸市培育基地。

虽说如此，可他毕竟是个孩子，和陆言差不多大，送去接受安乐死实在残忍，如果真的那样做了，我大概会愧疚一生吧。

我带他到浴室里洗澡，起码得先把这身血迹污垢洗刷干净。

可我一开花洒，那孩子就炸了毛，谨慎地躲到墙角对着花洒龇牙。

我用水冲他的脚让他适应，他很快就镇定下来，坐在板凳上等我帮他洗。

脱掉他几乎包了浆的衬衣后我惊呆了，他的胸前到腹部有一道极深的伤口，边缘皮肉外翻红肿，是感染发炎的症状。

这可不行，纵使生命力再顽强，也不可能靠自身能力愈合如此严重的伤口，得尽快送到医学会接受治疗。锦哥真是糙手糙脚，连孩子身上这么大的伤口都没发现。

"痛不痛？"我尽量避开他的伤口冲水，给他搓洗其他地方。

他点点头，但克制着不动，似乎在担心水把我的睡衣弄湿了。

为了解除他的紧张，我和他攀谈起来，问起他的名字。

"白楚年。"他字正腔圆地读了出来。

这有些出乎我的意料，我以为他不会有名字呢，我问他是哪三个字，他似乎不懂怎么描述，用左手食指在蒙着雾气的镜子上写给我看。

"真是个好听的名字。"我夸赞他，他特别开心。

给他简单清洗干净，吹干头发的时候，他喉咙里一直发出呼噜声，我的手摸到了什么？他头发间突然冒出两只毛茸茸的白毛耳朵，是放松过头了吗？

我还没反应过来，他已经害羞地捂着耳朵躲到沙发后边了。

他居然能外显本体特征，竟然已经达到 A3 级了吗？不用想，我也知道在残酷的培育基地里，他经历了多么长久的痛苦。

第二天早上，我开车带他来 IOA 治疗外伤，裁冰的助手小韩医生早已在门口等我，他带了几个护士，准备接走小白。

小白对他们抱有很大的敌意，一直对小韩医生龇牙吼叫，而且一直紧紧拉着我的手，恐怕我抛弃他。

我认真地告诉他，我就在这栋大楼里工作，不会离他太远。他把紧握的手松开了，但他依旧恐惧。

小韩医生十分专业，他观察到小白紧张过度，脱下身上的白大褂扔给身边的护士，弓身靠近小白，用温和的千鸟草亚化因子遮掩身上的消毒水味。

小白终于冷静下来。我也看明白了，与其说他厌恶穿着医生制服的人，不如说害怕，害怕到了浑身颤抖的地步。

"小白，乖乖跟韩医生走，他不会伤害你的，你也不可以伤害他。"我不放心地嘱咐他。因为如果他伤人，甚至杀人，就只剩死路一条，没有人愿意为他辩护，我也没理由偏袒他，可我希望他好好活着，那样才有机会感受他不曾拥有过的善意。

他点了点头。

最终，小韩医生牵着小白往医学会走去，小白频频回头，我答应一下班就去看他，等他治好伤，就接他回家。

唉，严重缺乏安全感的小家伙。

（三）韩行谦视角

是个白狮实验体啊，我的博士论文终于有着落了。

我牵着他走到病房里，他张望了一下四周的白墙和输液架，露出反感的眼神。

我还是第一次近距离观察这种生物，他和人类没什么区别，如果不用专业仪器，肉眼根本无法分辨哪个是人类，哪个是实验体。

钟老师对我说过，治疗实验体时必须使用金属扎带固定他们，这种生物具有高度不确定性和攻击性，我们医生必须先保证自己的安全。

不过绑扎带之前，我用伴生能力"圣兽徘徊"读了他的心，我没想到，他一直在努力信任我，就因为会长临走前说的那几句话。

我尝试着不绑扎带，先给他量了身高、体重和体围，他很配合。不过等会儿全身检查仍然要打镇静剂和麻醉剂，这个步骤无法省略。

小丽护士端着无菌盘推门进来，将盛有镇静剂的注射器拿起来，小白就像条件反射般伸出手，顺从地等着扎针。

这种行为值得深究。我特地准备了一个全新的笔记本，用于记录小白的情况。

等小白呼吸平稳进入睡眠后，我检查了他的伤势。

他胸腹上的创口是撕裂伤，看起来是被某种生物的利爪撕扯而成的，这种程度的创口放在普通人身上根本活不过三个小时。

老师看着我给他做了缝合，手术结束时老师对我的缝合技术有点不满意，我又得苦练几天缝合技术了。

小白的观察日记每天充实着我的笔记本，我和他的关系也逐渐从陌生变得熟悉。他的生长速度实在太快了，我照顾了他一个月，他已经从少年体形长到了和我一般身量的成年体形，而且从最初的沉默寡言变成了大话痨。

"韩哥，花是哪儿来的啊？"他坐在病床上跷着腿晃悠，问我病房花瓶里多出来的一束百合花的来历。

"我自己买的。"我的日常工作很烦琐，其中很大一部分时间都在陪他聊天。

"自己买的？"白楚年哈哈大笑，"好惨。你没有对象吗？"

"没有。"

他突然沉默，陷入了沉思。

看来实验体的情感比我想的要复杂。我拿出笔记本开始写新的记录。

"受过伤的实验体幼崽。"我低头记录新的内容。

他丢了一块橘子皮砸我："这个用不着写进去！"

（四）言逸视角

最近我们发现了一件有趣的事情。

起初我担心小白住院会不适应，因此白天接受完治疗，我会在下班时接上他，带他回家里住。陆言上的是封闭式寄宿学校，平时都不在家。

不过陆言也有放假的时候。

因为工作性质，除卧室和洗手间外，别墅内外各个角落都安置有摄像头，并且有专人定时检查是否有异常。

一天，我正坐在办公室里喝咖啡，技术部的朋友忽然发来了一段剪辑过的视频，说监控录到了好玩的事情，特意给我看看。

我看到家门被推开，陆言斜挎着书包溜进来，那天并非假期，看来他是偷跑回来拿东西的。

小白刚好在家，听到门外陌生的脚步声后就迅速躲到了沙发后面，悄悄扒着沙发背偷看陆言。

小白的位置距离摄像头很近，所以他的小表情和自言自语都被录得很清楚。

"哥哥……"小白舔着嘴唇想从沙发后爬出去和陆言打招呼。他从照片里见过陆言的，我给他看过我们的照片。

不过这时候，陆言正好接了个电话，只听他怒气冲冲地回应电话另一端的人："叫哥也没用！小组作业就差你一个了，你拖着我们怎么办啊？陪你一起不及格吗？滚蛋，今天下午必须给我交上来，再叫我哥我就一拳捶死你。"

我看见小白被吓得又缩回了沙发后边，两只毛茸茸的耳朵紧张地贴到头皮上，直到陆言走出家门，小白都不敢动。

我好久没看见过这么可爱的事情，在办公椅上笑得前仰后合，还发给锦哥让他也笑一笑。

家里只有小白一个的时候非常安静，他会和我们一起看电视新闻，而且我们发现他的智商极高，连锦哥这样的金融高才生都考不住他。

那么只有蚜虫岛的老师才有资格教他了。

他在医学会接受了为期一个月的治疗，伤势终于有了好转的迹象，接下来只需要静养即可，而且他的成长速度远远超出我的想象，短短一个月，他的外形就长大了许多，我和他说话时只能仰视。

他也变得很开朗健谈，和我们完全可以正常交流。

我问他是否愿意到蚜虫岛学习，他欣然接受，他已经不再是初见时那个腼腆的小狮子了，已然是个可靠的青年。

我亲自送他去往轮渡码头，临行前他克制地拥抱了我，用真诚清澈的眼神望着我，对我说："我会报答您和锦叔的。"

他是个好孩子，我想我没有看走眼。

三个月后，我的助理在办公室向我汇报工作，我问起小白的近况。

助理："会长，小白已经被您送去蚜虫岛三个月了。"

我："他适应那里的学习环境了吗？"

助理："他已经当上教官了！这是蚜虫岛教官们的联名申请，还有小白的述职报告。"

我愣了许久。

蚜虫岛的教官们全是退役的 IOA 顶尖特工，在申请信函中，我看见他们几个人用夸张的不可置信的语气描述着小白的指挥才能。战术教官红蟹说："和他比起来，我的指挥就像一团糨糊，如果他不当教官，我就只能羞愧辞职了。"

格斗教官戴柠说："他来到我的格斗教室第一天，就轻易打败了我，还说他的格斗技巧很差，其实只是用心理战术战胜了我，并且帮我复盘了整个战斗细节，自从我毕业后就没再受到过这么详细的指导！"

侧写教官郑跃说："我确信他不是人类，他具有可怕的智慧和玩弄对手心理的技巧。会长先生，您只能选择重用他，或是毁灭他。"

…………

我们似乎，捡到了一只小怪物。

不过无妨，是值得信任的小朋友。

图书在版编目（CIP）数据

人鱼陷落 / 麟潜著 . -- 长沙：湖南文艺出版社，
2022.7（2024.6 重印）
　ISBN 978-7-5726-0700-4

　Ⅰ . ①人… Ⅱ . ①麟… Ⅲ . ①幻想小说－中国－当代
Ⅳ . ① I247.5

中国版本图书馆 CIP 数据核字（2022）第 081183 号

上架建议：畅销·青春文学

RENYU XIANLUO
人鱼陷落

作　　者：	麟　潜
出 版 人：	陈新文
责任编辑：	刘雪琳
监　　制：	邢越超
策划编辑：	柚小皮
特约编辑：	周冬霞
营销支持：	文刀刀　周　茜
版式设计：	潘雪琴
封面设计：	有点态度设计工作室
插图绘制：	Vivid 雨希　温　捌　Bug 夏　水青山令　不语竹
内文排版：	百朗文化
出　　版：	湖南文艺出版社
	（长沙市雨花区东二环一段 508 号　邮编：410014）
网　　址：	www.hnwy.net
印　　刷：	三河市鑫金马印装有限公司
经　　销：	新华书店
开　　本：	640mm×915mm　1/16
字　　数：	390 千字
印　　张：	20.5
版　　次：	2022 年 7 月第 1 版
印　　次：	2024 年 6 月第 6 次印刷
书　　号：	ISBN 978-7-5726-0700-4
定　　价：	52.80 元

若有质量问题，请致电质量监督电话：010-59096394
团购电话：010-59320018